Sunlight

白色世紀2

作者 余卓軒

瓦伊特蒙 角色陣容

統領階級（祕密會議）

恩格烈沙（長老，武器是長柄巨斧）
陀文莎（縛靈師）
亞煌（奔靈者總隊長，翔鷹形靈）
安雅兒（首席癒師，蜘蛛形靈）
「冰眼」額爾巴（遠征隊長，巨鱷形靈）
「紅狐」費奇努茲（遠征隊長，資深狙擊手）
哈賀娜（遠征隊長，螺旋光軌倩靈）
飛以墨（遠征隊長，掃擊光波倩靈）
帆夢（研究院的首席學者）
麥爾肯（研究院的年輕學者）
雨寒（黑允長老的女兒）

居民

黑允（長老）
藍恩大媽（淨水場管理）
湯比（牧園管理）
貝琪（菜園管理）
駱可菲爾（靈板工匠）
布閔（銀匠）
大塊頭（實習銀匠）
葡慕（艾伊思塔的玩伴）
費氏兄弟（艾伊思塔的玩伴）
杜朗達（石器工匠）
烏理修斯（資深學者）
索菲亞（居民少女）
莰蒂（居民女孩）

奔靈者

艾伊思塔（出生在所羅門，人稱「引光使」）
凡爾薩（人稱叛逃者，父親是知名奔靈者）
亞閻（神祕的資深戰士）
俊（聯合遠征部隊的生還者）
琴（老園長湯比的姪孫女）

莉比絲（女弓箭手，巨型光柱倩靈）
朗果（武器是雙圓鎚）
湯加諾亞（新人，球體護盾倩靈）
蒙勒（桑柯夫長老的親信）
尼古拉爾斯（武器是雙邊刺刀）
海渥克（武器是兩柄戰斧）
帕爾米斯（弓箭手，可數箭齊放）
依可蘿（女弓箭手，水蓮形靈）
尤里西恩（以速度聞名，武器是雙刃環）

奧丁（癒師）
牧拉瑪（癒師，樹根形靈）
韓德（狙擊手，一度知名的遠征隊長）
普拉托尼尼（人稱「捕手」，光網倩靈）
比克洛陶宛（新人，駝背雪獸形靈）
達特（曾任探尋者支部）
泰鳩爾（武器是虎爪耙）
辛特列（武器是雙刃巨劍，遠古巨鰻形靈）
黎音（獵豹形靈）
佩塔妮（雙胞胎姊姊，武器是三叉短戟）
佩羅厄（雙胞胎弟弟，武器是三叉短戟）

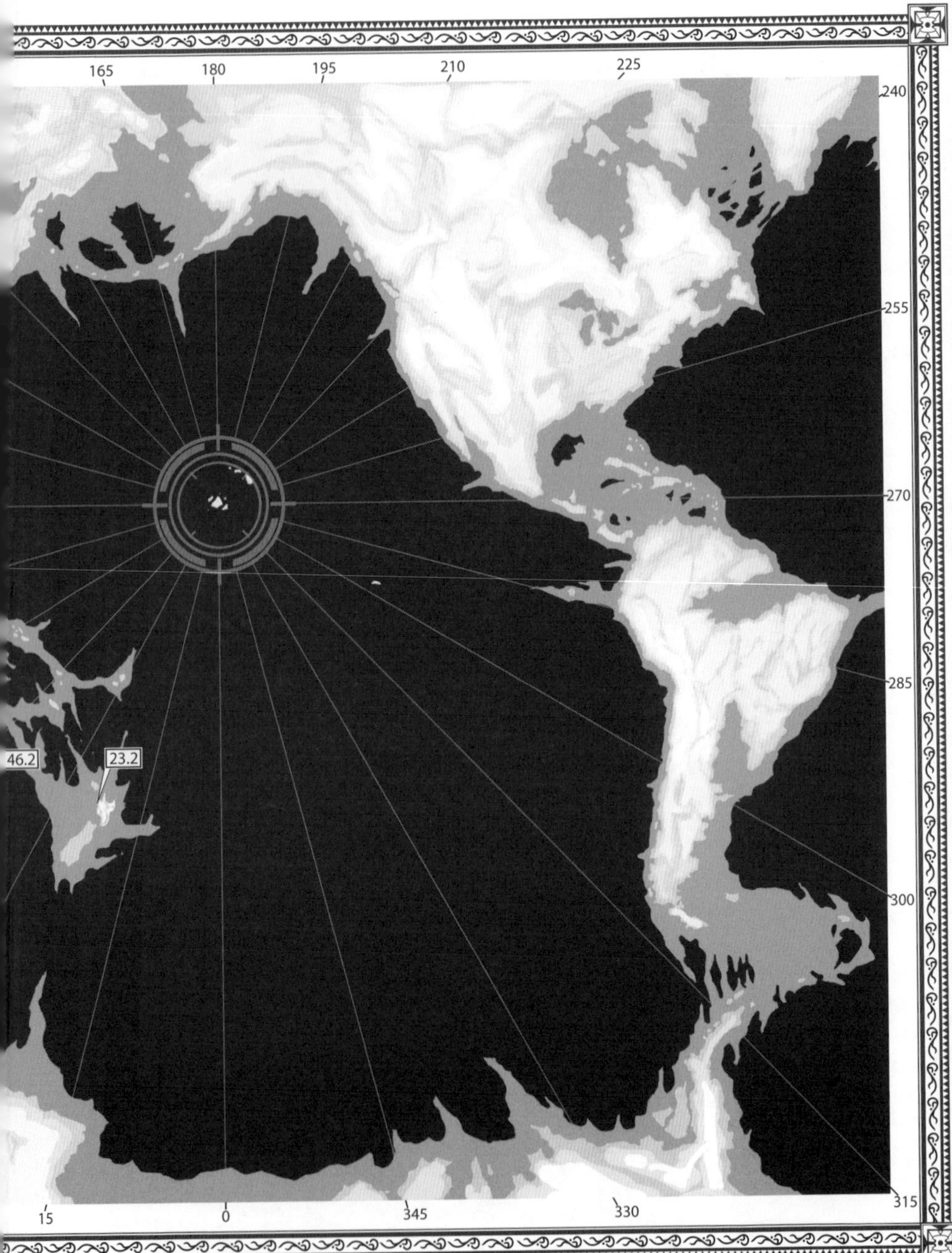

世界地圖（雙子針度數）

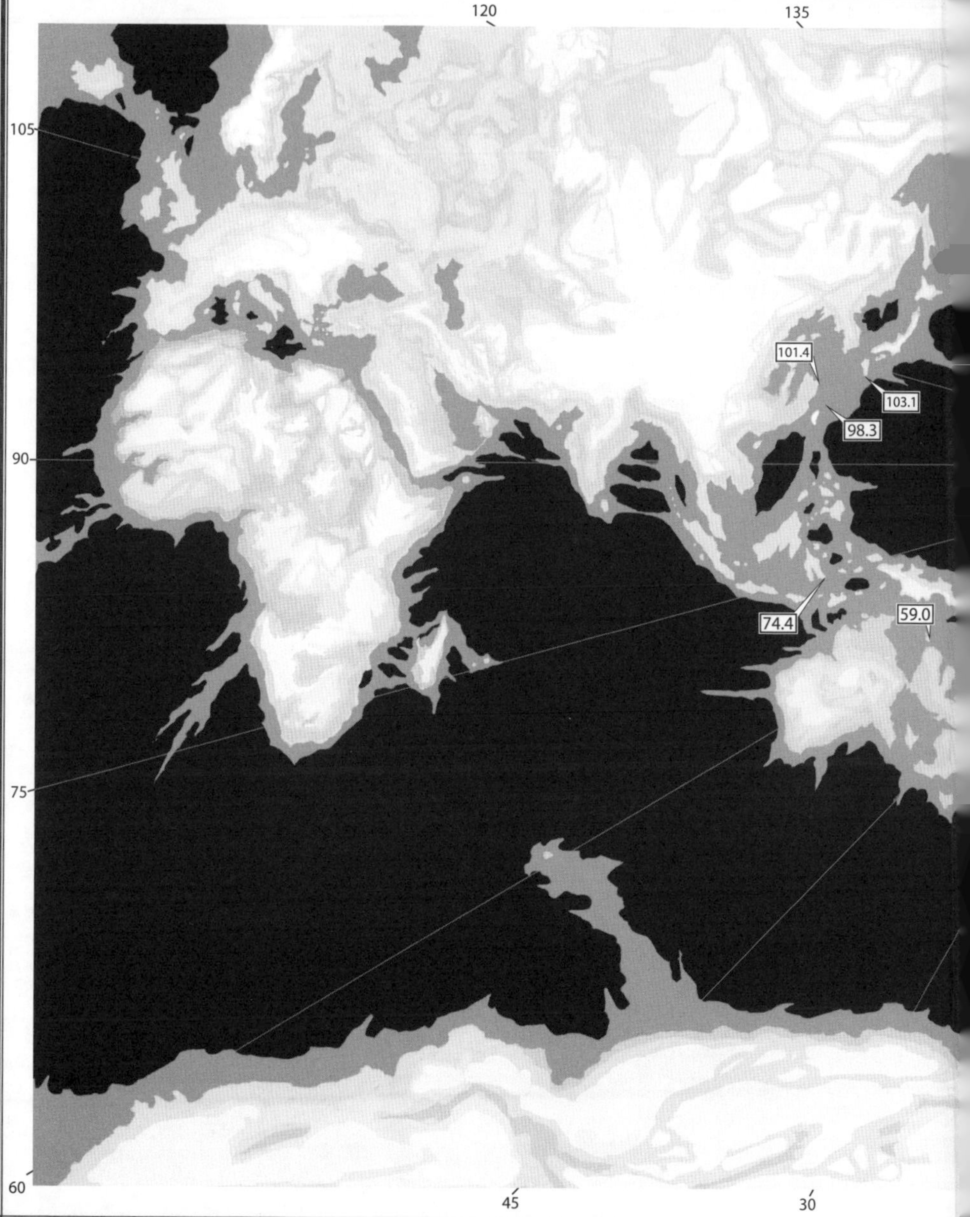
120
135
105
90
75
60
45
30
101.4
103.1
98.3
74.4
59.0

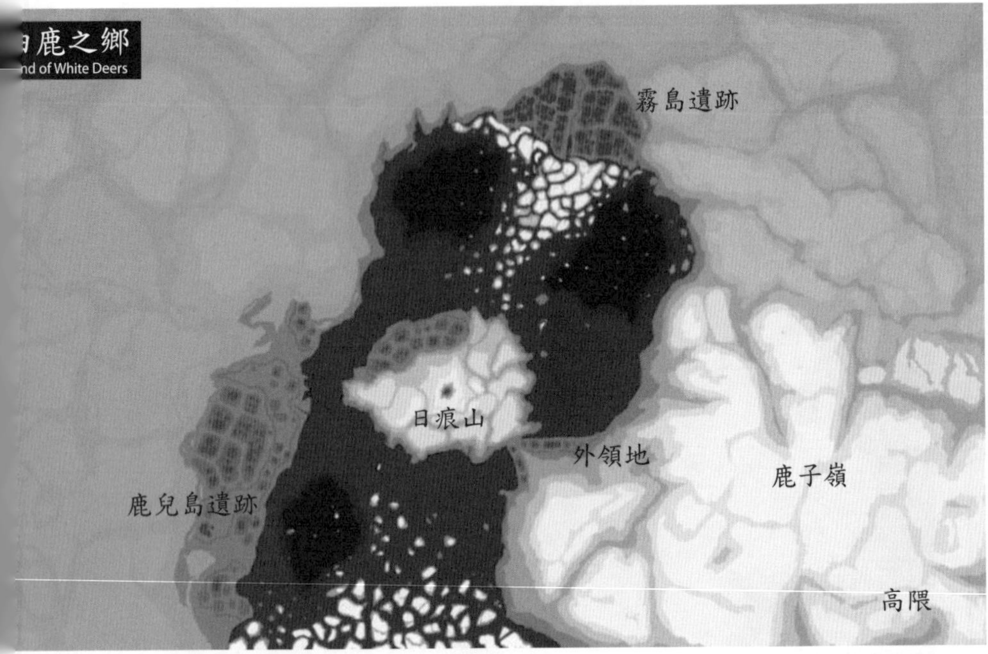
白鹿之鄉
nd of White Deers
霧島遺跡
日痕山
外領地
鹿子嶺
鹿兒島遺跡
高隈

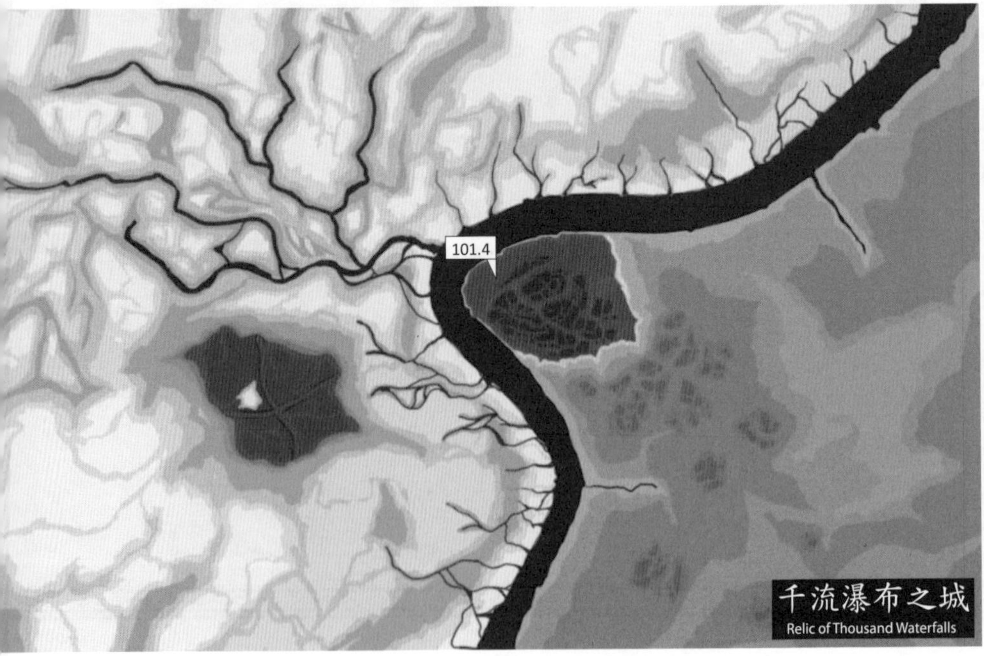
101.4
千流瀑布之城
Relic of Thousand Waterfalls

PROLOGUE《序幕》

束靈儀式尚未開始，廳堂內已氣氛詭譎。

岩壁間的狹長黑影彷彿有了自己的儀式，舞擺，搖晃，朝她無聲吶喊。

縛靈師挺起身子，手拎燈罐，步履緩慢地走到牆邊。罐子裡的螢火蟲幽光依稀照亮她白皙的手臂和修長的指甲。陀文莎是名高䠷的女子，一身絲綢貼附胴體，薄得近乎透明，在螢光渲染下透出了柔美的身軀，胸脯的弧度若隱若現。

和往常一樣，她聞到潮濕的皮革味，聽見岩地的腳步聲。但今天，這些感知被推擠到意識的朦朧邊緣，被腦中某個鮮明、險惡的黑影給蓋過。

她彎身把罐子輕放在牆角，然後回過頭，看向長形石桌前的四個人。

黑髮少女。

娃娃臉的挺拔少年。

鼻子長滿水痘、下巴方正的青年。

以及，明顯年過四十五的中年男子。

他們都穿著厚實保暖的衣裳，在過去二十四小時內陸續從外頭的雪地歸來，抱著已捕捉到雪靈的棲靈板——由鋼鐵、銀紋及魂木打造而成的狹長板子，尚待縛靈師進行封靈。

現在，他們戰戰兢兢盯著縛靈師，靜候儀式的啟動。

陀文莎打量這四個人，一股不安的感覺騷弄著她的腦門，如同從地底縫隙裡爬出來的蜘蛛似地，不停挑動她的神經末梢。這種隱隱的難受使她憶起了什麼。

來自回憶深處想忘卻的角落，某種極度不祥的預兆。

※

那些天生擁有縛靈資質的人類，能感受到鄰近區域的原生雪靈的動態，甚至可以探知不同雪靈的深層潛能。然而這種與生俱來的能力伴隨著代價，讓這些被稱為「縛靈師」的女性五感朦朧，身體冰冷。常人所感受到的事物和情緒，對她們而言難以領略。

在冰雪世紀，老一輩的縛靈師一旦發現某些孩子擁有這樣的天賦，便會從非常走的時期就開始培養她們，並在她們的女性性徵出現之前，透過儀式令其正式成為縛靈師。她們以身體成為媒介，擔任這時代最神祕的力量的容器，她們的判斷會主導每一位奔靈者的命運。

然而縛靈師卻永遠無法擁有自己的雪靈。

在陀文莎十四歲，初次擔任此一職務的那年，瓦伊特蒙同時有三名縛靈師。這還不算多，據說兩三百年前奔靈者為數眾多的年代還曾同時出現十幾名擁有縛靈資質的人……然而能束靈的人數卻一代比一代少，直至今日，僅剩她自己一人。

所幸陀文莎的能力是公認的百年難得一見，足以撐起瓦伊特蒙所有奔靈者的需求。她可以清晰感受到偏遠角落的原生雪靈，引領每位新人在指定的日子出發尋覓。多數情況下，她所判斷的結果均令人心服口服，各個奔靈者支部都在她的引導下茁壯。

於是年少的陀文莎在崇拜與愛慕中成長，逐漸接受自己的身分，沉浸在身為史上最偉大的縛靈師的讚頌與虛榮之中……

然而在她首次接觸到「暗靈」的一刻，一切改變了。

當時她以最年輕的身分擔任儀式主司，其他兩位年長的縛靈師則陪伴身旁。盛氣凌人的陀文莎隱約感覺廳堂的氣氛有異，穿著薄紗的身子微微不自覺地顫動，但兩位長輩不停催促，而且她也篤定無論發生何事自己都有能力處理。

於是，當時的陀文莎不顧內心的不安，開始進行儀式。

猶記得當時，當那異變的雪靈忽然出現時，嚇慌了在場的所有人。「暗靈」散發著純黑色的光芒，從那年輕人的板子裡冒出來，鑽進少年的體內並反噬了他的意志。

少年的眼睛翻白，在她眼前倒下。儀式大廳陷入慌亂。

事後，長輩們告訴陀文莎那並非她的錯。她們說廣大雪地裡隱藏著億萬個原生雪靈，確實有極小的機會人們會捕捉到「暗靈」，也就是雪靈的突變種，那代表邪惡、無法降伏的遠古意志。每個世代都會出現一兩個這樣的不幸事件。長輩們還說單看原生的彩影根本看不出差異，只有歷經束靈儀式才能將暗靈的真實型態釋放出來。因此這一切不是陀文莎的錯。

然而陀文莎的心底卻再清楚不過，儀式啟動前那股不祥的預感就快把她淹沒，但她選擇了忽略。她早該拒絕束靈，中斷儀式，果斷去毀掉那少年的棲靈板……

雖然長輩說了那麼多的安慰話，事實便是，在事件發生後，她再也沒聽見人們說她是史上最具資質的縛靈師。

這是陀文莎心中的烙印，無法忘懷的失敗。接下來的二十年，她的能力穩健地成長，再未面對當初的窘境，也再沒體驗過當初那種不安的預感。

——直到今天。

※

恩格烈沙長老走進儀式廳，髮辮上的鐵環在肩頭鏗啷作響。他的手中捧著結霜的棲靈板，似乎剛從外頭歸來。他臉上深長的傷疤在螢光照耀下格外明顯，那是在數個月前魔物入侵瓦伊特蒙時所留下。

目前，瓦伊特蒙只剩恩格烈沙一位長老坐鎮，負責監看束靈儀式。

他在陀文莎的旁側坐下，威嚴地朝點頭。

陀文莎卻猶豫了。不祥之兆啃咬著她感知的末梢。她幾乎能確定，這就是當初遇見暗靈的感受。她開始考慮是否應該停止儀式。

這一次，沒有其他年長的縛靈師在她身後盯著。只有自己一人了。她必須下決定。

陀文莎可以確定眼前四人所帶回的原生雪靈之中包含了暗靈。或許她應該叫他們全部放棄手中的板子，回到雪地重新尋覓。

然而，時間不夠了……再次要靈板工匠為他們量身定做板子需要時間，外出尋靈也需要時間。瓦伊特蒙對新人戰士的需求迫在眉睫。

四分之一的機率……

做決定前的短暫一刻，陀文莎輕閉起眼。

她和二十年前不同了。現在的她，處於縛靈一職的真正全盛期。不……她壓下不自量力的傲氣。她已見識過暗靈的恐怖。會毀了那位奔靈者的一生。

但為了一位奔靈者，要其他三人一併放棄自己的雪靈嗎？

他們接受縛靈師指示，冒死帶回初見的雪靈，那也是雪原裡最適合他們的雪靈。那三人會願意放棄最理想的原生雪靈，妥協找個次佳的嗎？

而她自己……難道也想放棄這機會，雪辱二十年前的汙點？

許久不作聲的陀文莎緩緩睜開眼。她知道有一個風險極高的方法：只要在暗靈現身的前一刻探出它的所在，就可以阻止它。

或許這正是命運賜予她的機會。就算整個瓦伊特蒙都不了解，陀文莎必須證明給自己看，今天的她有能力面對暗靈。

「**開始吧。**」陀文莎終於開口。轉念之間，心意已決。她必須直面這個挑戰。

她吩咐四名新人將帶回的生雪灑在板子的表面，引領他們同聲唸起儀式導文：「**消逝的生命，莫忘遠方的執念。自沉睡之中甦醒，喚醒對方到來。兩者相互牽引，此乃屬於你的意志……**」

四名奔靈者齊聲附和。角落的螢光莫名地閃動，讓他們的面孔蒙上一層詭異光影。

「**以未來彌補過去，我們並未忘卻遠古的誓言。靈魂緊繫，相守相依……**」她斜視牆角的陰影。「**縱使光明滅絕，黑暗叢生；即使天地崩裂，生命終結……**」

眾人的聲音就像池面擴散的漣漪，迴盪在岩壁間。廳堂內的氣氛莊嚴，不安的感覺卻像投入池面的石子打亂一切節奏，沉入陀文莎胸口，揪住她的心臟。

接下來的階段，縛靈師得逐一喚醒原生雪靈的本質。她的神色未變，心跳卻已飛快。她必須在「暗靈」出現之前，早一步採取動作。

陀文莎挪身到黑髮少女面前，伸出雙手觸碰她的手背，指引女孩把額頭貼向板面的雪沫。陀文莎的體溫逐漸上升，驅動棲靈板內的雪靈蛻變；在她的意識中，所有原生雪靈就像無數光點，沒有固定形態，直到她以感應將其凝聚為更實質的形體。

暗靈的威脅像道陰影在意識的邊緣徘徊。

「──『絢痕』。」少女照著縛靈師的話，說出自己的雪靈真名。

剎時間在她的面孔底下，棲靈板表面浮現出醒目的雪紋。彩色的光波從四方緩緩溢出，像游動的煙絲爬滿石桌。少女輕抬起頭，睜眼盯著發光的板子，以及海草般延伸的雪靈。

陀文莎輕吸一口氣，感到胸口一陣冰涼。她的目光掃向剩下三人，情緒越趨緊繃。

下一名是個娃娃臉的灰髮少年，殷切的微笑帶著稚氣，似乎等不及想看自己雪靈的模樣。陀文莎的不安卻倏地加劇，呼吸急促。她突然不確定自己是否該繼續，因而好一陣子沒有動作。

「陀文莎，怎麼了？」恩格烈沙長老投來質問的眼光。

她往旁邊瞥了一眼，設法定住心神。是的，她曾被暗靈擊敗過，但這次她絕不容許失敗。

陀文莎的身子往前傾，薄衫飄晃，露出了圓潤的乳線。她的雙掌握住對方的雙手時，少年似乎一陣羞赧，前額壓向雪沫時還撞出了聲響。

「──『魄凡』。」他的雪靈是道球狀的旋光，以少年為中心敞開，像是突然吹起的巨大泡沫。球形彩光幾乎緊貼廳堂的岩壁，像水波般飄動。不出一陣子，圓罩般的光波回縮來包覆住他的身子，看得少年滿臉驚奇。

陀文莎坐直了背，望向最後兩人。

第三名青年神色黯淡，寬大的下巴和長滿水痘的鼻子，並未在她的意識中觸動什麼感覺。然而，坐在最旁邊的第四名新人，中年工匠，卻令陀文莎想起了什麼……

人類在十來歲的青少年時期，與雪靈之間的共鳴最為強烈。因此瓦伊特蒙選出的戰士，很早就必須接受奔靈的培訓。通常過了三十歲便難以找到絕對契合的雪靈，在雪地晃了一圈卻無功而返的機率高達九成。也有人因找不到雪靈，凍死在外頭。

但陀文莎知道，眼前這人是個例外。

她記不得他的名字——她記不得任何人的名字——但她知道這男人長久以來的工作就是修補通往外頭雪地的隧道。因此他時常身處於風雪之中，年過四十五卻體魄強健，領著居民在瓦伊特蒙的周邊做粗活。最近不知為何，這名工匠突然向縛靈師提出自己想成為奔靈者的要求，希望縛靈師給出指點。

起初陀文莎拒絕了。但男子異樣地堅持，無論縛靈師允不允許他都要出發。陀文莎在六天前將他送往外頭的白色大地。

這位中年男子成功捕捉到雪靈已是天大的意外，更令陀文莎感到詫異的是，他在獲得雪靈前，竟有辦法獨自在外存活快要一週。

恐懼像隻無形的手揪住陀文莎的腦門，揪住她的頸子，揪住她的胸口。暗靈的壓迫感忽然令她喘不過氣。

難道這次……我要失敗了？陀文莎有點兒不知所措，腦中全是即將破繭而出的黑暗預兆。

她立即做出決定，跳過第三名青年，直接來到中年男子面前，命他以額頭貼雪。

此舉令所有人迷惑，包括中年男子自己。恩格烈沙長老也挪動身子，似乎想問些什麼，最後卻選擇沒吭聲。他們知道儀式中必須完全遵從縛靈師的決定。

「此乃你的雪靈真名，跟著我念，」陀文莎趕緊握住他的手，感覺自己的身體正不斷升溫。中年男子的視線有些飄忽不定。陀文莎禁不住顫抖，卻逼自己說出了對方的雪靈真名。

「——『琨瀚』。」男子跟著說。

有幾秒，廳堂裡一點兒動靜也沒有。

突來的光影從板中射放，穿透男子的胸膛，在他身後散開。所有人驚訝地抬頭。七彩的光波凝聚起來，形成一種龐大的生物形態：駝著豐厚的背，高至岩頂，大如石柱的前肢支撐身子，空洞的雙眼釋放殺氣，身上彩光凝結成鱗甲，波光粼粼。那雪靈靜峙在男子的身後，像座守護主人的巨塔。男子回過頭，神情僵硬在那兒，似乎被自己的雪靈給嚇著了。

不是他？陀文莎盯著中年男子，恐慌掐住自己的喉嚨。儀式大廳早已瀰漫著暗靈的濃厚氣息，已超過她能阻止的界限。慢慢地，她將視線挪向第三名青年。

對方坐在石桌前，盯著板子的神情有股異樣。

「**你……**」陀文莎驚惶開口的一刻，黑影攀攥出現。瞬間她的聽力、視覺遭剝奪，體溫劇降，意識昏眩，感知被邪惡的意念給占據。待她回過神來——

她看見鮮血猛然從那青年的口中溢出，沿著寬厚的下巴滴落。數道黑霧從青年的身子鑽出，在胸前打開一片血紅。

「這什麼!?」一旁的灰髮少年大喊。所幸他的球狀雪靈仍像一層保護膜依附於身，阻擋了腰間好幾道曲捲的黑色異物；它們像是邪惡的意念，想突破彩光護罩啃蝕裡頭的人。「妳……

妳的雪靈……」少年慌張地連滾帶爬，退後好幾步。

此時，所有人都看見了。

黑髮少女的雪靈不再是彩色的，不知何時已轉為黑色光芒般的波緞。它像整片活過來的烏煙，籠罩面前的石桌。

少女顯然嚇壞了，不知所措。暗靈像漆黑的海藻以噁心的模樣甩動，倏地襲擊儀式廳裡所有人。水逗鼻的青年因胸口負傷，來不及逃脫，從脖子到腦門被黑煙給刷過，裂出一道道鮮紅的肌理。他的臉頰溶化，露出白齒，血液迸發得到處都是。

游動的黑煙朝陀文莎撲去，卻被恩格烈沙長老擋在。閃爍的虹光從長老的棲靈板冒出，形成一道彎刺鑽入岩地，再以強大的物理影響力掀起整片石板，攔住凶猛的暗靈。

中年男子也踏了上來，身後的龐大雪靈揮動彩光凝成重拳，瞬間打散了黑煙。暗靈卻像被吸引的塵埃，重新凝聚在少女的棲靈板上。

「雪靈剛誕生，會依附奔靈者的精神來活動，」陀文莎對長老說：**「得想辦法讓她失去意識！」**

暗靈再次襲來。灰髮少年咬緊牙關，張開虹光護照與之對抗。此刻，恩格烈沙長老孤注一擲，拋下棲靈板，繞到少女身後單手鎖住她的頸子，另一手重擊她的後腦。

少女昏了過去的數秒後，暗靈以扭曲的姿態慢慢縮回棲靈板中……

「這到底怎麼回事？」少年喘著氣，慌張地問。

「他沒救了。」中年工匠跪在全身血紅的青年旁，伸手觸摸他鮮紅的頸部。

「這是『暗靈』……」恩格烈沙長老望向縛靈師。「這女孩叫琴，對嗎？」

陀文莎茫然地點頭，眼神卻無法從震驚中恢復。

她真的再度失敗，就和最初那次一樣。

她無法即時偵測出暗靈的所在，也阻止不了奔靈者受害。人們會知道縛靈師再次辜負了所有人……

恩格烈沙長老捧起少女癱軟的身子。「那麼現在怎麼辦？她已完成『定魂』，脫離不了暗靈的束縛……」

「長老！恩格烈沙長老！」有人衝進儀式廳，驚慌吶喊：「啊！您在這兒——」那人是守護使支部的奔靈者，彎著腰在昏暗的燈光下氣喘吁吁，似有急事報告。當他看見躺在冰冷地面的死者，以及滿地的鮮血，頓時語塞。

陀文莎已不在意身邊任何事，只在腦中不斷重複一句話。

我無法……再面對瓦伊特蒙了。

「有什麼事等會兒再說，我們有突發事件得處理。」恩格烈沙對前來的使者搖頭，抱著琴準備離開儀式廳。

使者停頓了幾秒，硬將目光從屍體挪開，急切地說：「但是長老，聯合遠征隊……」他環視所有人，以極度不可思議的口吻說：「聯合遠征隊的成員……從所羅門歸來了！」

相傳在舊世界的二十一世紀，有顆隕石毫無預警闖入地球大氣層，墜落於太平洋中央。

衝擊力使地殼板塊與海洋水位起了巨大變化。數年之間，厚重的雲層凝聚於天空，永恆降雪，逐漸將地球密封。全世界平均溫度降至零下，文明相繼滅亡，生命逐一消逝。

從此，世界進入「冰雪世紀」，地球全然轉為一顆白色星球。晝夜依舊，但白天的一切變得朦朧，夜裡的天空則永遠漆黑。

「陽光」成為傳說五個世紀，卻因「恆光之劍」被發掘而重返世間，點燃所有人劇變的命運——

PART I

EPISODE 01《潾霜》

石壁間傳來朦朧的聲響，空氣中有股空靈的哀傷。一向暖和的瓦伊特蒙，已不如以往。

在人稱「陽光殿堂」的小洞穴，鐘乳石叢沿地鋪開，只有一條走道從中央通往末端的一面牆，上頭盡是符紋壁畫。走道兩旁，上千個銀飾以線繩懸吊在鐘乳石上，代表無數世代的奔靈者為了瓦伊特蒙付出了生命。

白髮的奔靈者低著頭，獨自坐在洞窟角落。他裹著殘破不堪的黑色遠征衣裝，暗淡無光的長髮遮蔽面容。

不知為何，岩壁偶爾微震，鐘乳石上的銀飾發出叮噹聲。

回到瓦伊特蒙時，他第一時間交出從所羅門帶回的資料，並雙眼茫然地告知人們所羅門已滅亡，還有聯合部隊的瓦解。

接下來不知多久，他恍惚地回答他們的每個問題。聯合遠征隊發生了什麼，所羅門發生了什麼，他發生了什麼；沿途的情況如何，所羅門周邊的情況如何，所羅門內部的情況如何；所羅門裡的屍體有什麼樣的傷口，精確死亡人數多少，遠征隊的每位成員如何陣亡……

他面無表情，逐一回答。恩格烈沙長老急切地給出更多問題，總隊長亞煌則坐在一旁聆聽，從頭到尾沒說一句話。他有點記不起來自己回答了什麼，只單靠本能地回應，且空洞地盯著前方。

「先讓他去休息吧。」亞煌最後開口，人們才靜了下來。

然而他沒有回自己的窟房。與許多奔靈者一樣，他的父母雙亡，也沒有其它親人。最像兄弟的那人，他背叛了他，獨自回到瓦伊特蒙。

因此他來到陽光殿堂，從懷裡拿出一小片飾物。上頭的銀紋像是怒吼的獅子。他選了一柱鐘乳石，將它疊在成串的的銀飾上。然後坐了下來，再也沒有動作。

不知過了多久，或許數小時，或許數日。這種對時間喪失敏感度的感覺，他非常熟悉……他曾與一群夥伴被困在同一個地方，嘗試堅信不會到來的希望。

白髮的奔靈者就這麼坐在殿堂裡，直到感受不到時間的脈搏。

不時有人來到身旁探望。前探尋者支部的同伴，首席學者帆夢。恩格烈沙長老、總隊長亞煌也再度到來……他們都想跟他說話，卻無人能讓他抬起頭來。

「能生還下來，便是好事。黑允長老昏迷了，桑柯夫長老他……總之，現在瓦伊特蒙的事宜暫由我掌管。」厚實的嗓音在耳邊說：「你放心，短期內不會再派你出任務，先好好休息吧。」他一動也不動，說話者卻離去了。

「你辛苦了，」另一人說道。當他什麼也沒回答，對方僅將手放在他肩上一陣，便拖著跛行的腳步聲離開。

「謝謝你帶回那些資料，非常寶貴，研究院已如火如荼在研讀。」輕柔的聲音說。

「俊……」

他完全聽不見身旁人所說的話。他們對他來說毫無意義了。

因為他的耳中，只聽見風聲。

捲動雪塵的風聲，對抗魔物的風聲；在他疾馳的身影後方，逐漸消失的風聲。

蒼灰色的天空下，他在深雪中疾馳，緊抱懷裡的卷軸筒，緊盯前方的海岸線。成千上萬的「狩」——那些冰晶骨架、雪塊肌理的魔物，不斷放出震天嘶吼，卡在他身後某個關口，卻無法通過。

——因為路凱隻身鎮守在那兒。

俊咬著牙死命往前，看著越來越近的海岸線，逼迫自己不能回頭。他差點無法克制折返的衝動，辜負戰友以生命託付給他的信任。

後方傳來極劇的轟鳴，炸裂聲掀起一波雪塵掃過身旁，彷彿大地正在怒吼。

不停湧出的淚水在冰天雪地瞬間結凍。他沒有緩下速度。

後方靜了，耳邊只剩棲靈板的刮雪聲響，他卻沒有緩下速度……

記憶中，路凱總站在俊的前方，先於他面向所有挑戰。但那是最後一次了，未來也不會再有了。

現在，俊低著頭，雙臂靠在膝蓋上，眼角的傷疤隱隱刺痛。

在他身旁是個破損的行囊，以及嚴重毀壞的棲靈板；銀製的邊角幾乎全磨掉了，透出裡頭變形的鋼環。一道巨大的裂痕切過板子底部，曝露出乾裂的魂木。

偶爾，幾絲幽然的藍光從板子冒出，在空氣中晃動。他依然埋首在手臂裡，動也不動。那飄晃的柔光無奈似地，再度沒入板中。

回憶像是一縷輕煙，在渾沌的腦中漫延，直到它濃烈得不堪承受，像熾熱的火燄扭曲所有念想。俊的雙手合攏，顫動。

他腦子裡冒出很久以前的畫面。

第一次知道路凱這個人，兩人才十二歲。

瓦伊特蒙的資源稀缺，因此只有即將成為學者或奔靈者的人，才有資格學習閱讀與書寫的技能。這些奔靈者的候補生平時在外以木板鍛鍊滑行，課餘時間就和導師坐在雪地，運用白晝的明亮來練習讀寫文字。一有考試，每位孩子每天都會分配到一顆姆指大的蠟燭，在短短的一小時內，自己在陰暗的書舍復習所學。

那次俊離開書舍時看見一堆孩子擠在廣場，似乎分成兩派起了衝突。雙方頭子怒氣沖沖地對罵。而站在他們中間的，是個矮一點的黑髮男孩。

「別打了。」那孩子似乎想阻止兩邊的人打起來。他把小手放在大孩子的胸口，卻被對方揍了一拳。

「路凱你滾開！我非教訓他們不可！你不讓開我連你一起揍！」

但那孩子動也沒動。他的嘴角滴血，再次把手按在大孩子的胸口上。「別打了。」

白髮的俊站在遠處，看著這一幕。

三年之後，兩個少年將一同從雪地歸來，把雙手放在各自的板子上，說出束靈儀式的禱文——

縱使光明破滅，黑暗叢生；直到天地滅裂，生命終結……

又有人走進了陽光殿堂。

腳步聲停在不遠處，那人似乎坐了下來，便許久沒有動靜。俊沒有多加理會，依然垂著首。他甚至感覺不到飢餓，身體早已麻痺。他憶起那場決定命運的等待，十幾天來除了雪水，沒有任何東西進胃裡。熟悉的痛麻感來到腹部，他想藉著身體去回憶，想像時間能倒流，彷彿只要再一次承受極限的痛苦，就能回到那一刻。夥伴依然存活的那一刻，他必須選擇離去之前的那一刻。

空氣中一點聲音也沒有，身旁卻多了一層淡淡的香氣。

「路凱真的……不會回來了嗎？」

俊沒有回話。

好幾分鐘過去，那人嘆了口氣，站起身。這時俊才彷彿第一次聽見她的聲音。

他想起什麼似地，緩緩抬起頭來。白髮披著憔悴的面容，凝望過去，看見女孩的手中握著玻璃蠟燭，微微點亮柔順的綠髮。她寶石般的眸子裡，是反射著燭光的淚水。

俊凝視她好一陣子。

動起胳臂時，僵硬的筋絡陣陣疼痛，但他從一旁拿來行囊，在裡頭找到一個小型的鐵製筒。然後他伸出顫抖的手。「路凱說……必須親手交給妳。」

女孩遲疑了幾秒，接過來後立即抽出裡頭的東西。那是一疊薄薄的文獻，似乎從某個記事本上撕下的。

「這是……這是所羅門的日誌……」她的目光從紙張挪向白髮的奔靈者。「外頭帶回的東西，不該先交由長老或研究院嗎？」

傻再度低下頭，不再回應。

他看不見女孩的表情，卻聽見她嘆了口氣。「傻，謝謝你……」

女孩離去的腳步聲迴盪岩壁間，就像無法返回的時間，越漸稀薄，在白髮奔靈者的耳裡逐漸消失。

取而代之的，是魔物的嘶吼，刮雪的餘音。

以及腦中的無盡風聲。

EPISODE 02《拂羽》

首席癒師坐在黑允長老床邊，棲靈板平放在大腿。釋放而出的彩光像隻比人還大的蜘蛛，凝聚在長老的胸前，以彎曲的長腳沒入她的頸子、雙肩、雙手及腰間。暖綠色的光波瀲灩閃爍。

一陣子後，巨型蜘蛛恢復七彩的色澤，慢慢散解於空氣中。虹光的殘跡流回了棲靈板。

「謝謝妳每天來這兒，安雅兒……」雨寒站在一旁搓著冰冷的雙手，聲音泛著傷痛與愧柩。

「這是我該做的。黑允長老的生命力很強韌。」首席癒師安雅兒露出淡淡的笑容。但雨寒知道那僅是安慰話，母親一點兒起色也沒有。

安雅兒的瞳孔是層極淺的綠色，像被螢光照亮的水面。翡顏裔的綠髮盤成兩輪圓圈，貼在頭的兩側。她身穿高雅的連身厚袍，臉蛋卻總泛著孩子般的笑意。

雨寒看著母親失神的目光。幾個月來，黑允長老雖已度過危險期，意識卻似乎再也回不來。多數時間除了落入夢境，就是呆滯盯著前方。她聽不見別人的話，只在食物來時張口，早已不是母親過往的模樣。雨寒在面前，她也視而不見。

「別擔心太多，妳的母親一定很快就會恢復的。」安雅兒雖這麼說，卻避開了雨寒的視線。

她的雪靈和雨寒的「拂羽」性質不同，無論抗縛性或靈體分散性都顯弱，但其治癒能力卻無人能出其右，無數次救活了頻死的奔靈者。

或許她無法接受自己的治癒能力用在母親身上，卻一點用也沒有。雨寒低著頭想。

首席癒師躊躇了一下，轉身離開黑允長老的窟室，出門前差點撞上另一個身影。

「啊，癒師大人，」藍恩大媽打了招呼後，看著安雅兒離去，才蹣跚地走進來，手中端著一個鐵盤。

隆隆……岩壁發出微晃，令她肥胖的身子差點走不穩。窟房頂落下些許粉沫。

「又地震了……」雨寒看著上方。

「剛從菜園裡拿來的，有點熟透了，」藍恩大媽把盤子擺在桌前，以俐落的動作將裡頭幾個白色果子給剝開。滑溜的果皮包著多汁的果肉，一股香味飄散出來。鐵盤裡還有碗稠黏的粥，浮著一層灰色的油。藍恩大媽來到黑允長老身旁準備拿粥餵她。「雨寒，趕緊吃掉那些水果，不然它們乾化得很快。」

「好的，」雨寒小心翼翼地拿起一棵白果子，才剛咬一口，又有人探頭進來。

那是探尋者支部的蒙勒。「『邊緣之門』已打開，大家都到了。」他對雨寒說。

「啊，好，我馬上去。」雨寒放下手中的果子。

「等一下，什麼事那麼急？」藍恩大媽有些惱怒地說：「先讓她好好吃個午飯吧。」

「這是與死者道別的儀式，她得代表黑允長老出席。」

「沒關係，藍恩大媽，我不是很餓，帶一顆在路上吃就行了。」雨寒再度拿起果子在面前晃了晃。

她跟著蒙勒繞過半座瓦伊特蒙，明顯看見過去數個月的重建工程已有成效。到處是重返工作崗位的人們，日常生活也開始正常運行，許多人提著螢光燈遊走在暗沉的隧道間。

「今天也是你代表探尋者支部嗎？」雨寒問。

「是的，目前也只能這樣了。」蒙勒用略帶恭敬的口吻回道。他是桑柯夫長老的親信，之前由他鎮守被長老監禁的縛靈師，與凡爾薩起了衝突。

雨寒又探首問：「那麼……桑柯夫長老怎麼樣？他還好嗎？」印象中，瓦伊特蒙戰役結束後，許多人把怨恨全指向桑柯夫，他便從公眾眼裡消失了。

「長老他……不太好，」蒙勒搔搔自己的下巴，下唇的整串唇環發出清脆聲響。「有人提議要公審他，否則褫奪長老地位。」

雨寒心想這是必然的，囚禁縛靈師一事差點導致瓦伊特蒙的滅亡。但她沒說出口。

那些曾經遭到魔物入侵的洞穴修復得完好如初，已看不出激鬥的痕跡，只有牆面偶見的黯淡冰屑——由狩體爆開後嵌入岩壁的殘跡——提醒人們當時的慘況。

雨寒看著居民堅毅的神情，心生欽佩。沒人預料到狩能闖入無雪的地底，很多居民還是第一次見到牠們駭人的模樣。

但他們已經往前走，把控好生活的節奏。雨寒如是想的同時，他倆步出了一個通道來到黑底斯洞。

位於瓦伊特蒙中心的巨大岩洞被上百萬個螢火蟲覆蓋，數座巨型鐘乳石柱沒入岩頂，像潭潭冷光中的黑影。然而，存在於洞穴北半邊數百年的一大片螢光，現在稀疏黯淡。那是狩群入侵時溫度劇變的結果。

奇怪的是，暝河的北角依然留有殘冰。工匠們花好幾個星期想處理掉那些碎冰，不知為何卻一直遇到困難。雨寒盯著河面的浮冰一陣，被蒙勒叫上，跟著他繞過黑底斯洞。

龍骨洞穴就在前方，從濕氣都聞得出來。

「小心這兒的岩地崎嶇不平。」蒙勒深怕她跌倒，頻頻回頭以燈罐替雨寒照亮步伐。

不出一陣子，他們來到一個相對明亮的寬廣洞穴。石筍之間懸掛著一長串繩索，上頭的螢光燈點亮了某種動物的骸骨。雨寒每次見到都感到震憾：石化的骨頭像被時間凝固，半沒入岩石中，卻能明顯辨識出那遠古生物的全貌。

一排排弧形的骨頭拱起牠的肺腔，底下有四片鰭狀物，工整的頸骨隨著岩壁的角度向前彎曲，比牠的身子還要長。連接的顱骨像在呻吟，整副骨骸可謂完整無缺，除了幾處在世紀輪轉間被鐘乳石給截斷的地方。

「這裡有個坑，啊，這裡邊緣有片軟苔，要小心！」蒙勒殷勤得令雨寒有些不知所措。她被迫說了聲謝謝，但蒙勒接著伸手扶她。螢光燈在對方手中，雨寒只好惶恐地拉著他，小心翼翼攀爬在骨骸與石筍之間。

龍骨如此巨大，兩人耗了好一陣子時間走到洞穴另一端。前方的道路終止在岩壁圍成的三角夾縫裡，中央是道敞開的鐵門。

「邊緣之門」位於瓦伊特蒙最南方，僅與一個人的肩膀同寬，卻高得看不見頂，像根鐵柱沒入上方的黑暗中。

雨寒跨出鐵門，立刻踏入柔軟如泥沼的濕土。

地面發出黏稠的聲音，吸著她的腳步，前方卻傳來明顯的水流聲。有蟲子在無邊無際的幽暗空間鳴叫。蒙勒手中的燈光偶爾照亮身旁的鐘乳石，卻驅逐不了沒有邊界的黑暗。雨寒跟在他身後左右張望，想像石柱之間有魔物撲來。如果凡爾薩在場，她八成會抓他袖子，搞得他憤怒地甩手……

好像只有凡爾薩在身旁，她才真正感到安心。

漸漸地，雨寒望見左前方有幾簇綠光。那是河岸邊的人群。

這已是幾個月以來，她第三次代表母親來到這兒。雨寒循著水流聲走到他們當中。那些人的手中都提著燈罐，被螢光照亮憂愁的臉龐。他們是死者的家屬和朋友，來送最後一程。

河水漆黑，而一旁的濕地上，躺著三具用亞麻葉裹住的屍體。

她看見幾個守護使支部的奔靈者，應該是代表恩格烈沙長老前來。雨寒沉默地望著他們，忽然想起茉朗的身影。她想像自己的導師就站在所有人中央，微笑著轉過頭來……

哀傷令雨寒低下了頭。瓦伊特蒙戰役犧牲了許多人，包括茉朗。幾個月前，戰爭剛結束的初次道別儀式送走了三百多人，由雨寒親自捆包茉朗的遺體。第二批也有幾十名亡者。現在眼前這三具屍體，想必是挺著傷勢撐過好幾個月，最終依然對抗不了命運的殘忍。

有奔靈者雙雙抬著那幾具遺體踏入水中，將他們懸浮於水面。

「請陽光護祐這些人的靈魂……」他們念起瓦伊特蒙的導文。河邊的人群哀悼地垂首，有人發出啜泣聲。雨寒想起恆光之劍的歸來。既然人們已見到陽光的模樣，為什麼儀式還是得在這種陰暗的地方舉行……

「希望地心，會永遠為你們保持溫暖。」語畢，奔靈者放手了。那幾具遺體半沉半浮地順著水流而去。岸邊似乎有人想追上去，卻絆倒在濕土地。他們的哭泣被黑暗吞蝕。

雨寒望著漆黑的河川。

邊緣之門外頭的這條河，沒有名字。即使人類已在瓦伊特蒙住了五個世紀，卻從未為它命名。

「雨寒——」她跟隨人群走回龍骨洞穴的途中，被人叫住。雨寒回過頭，看見那人左眼的藍光。

「額爾巴先生。」雨寒站直了身子。對方是遠征隊支部的主要領隊之一，年過六旬卻依然健壯。他失明的左眼埋著一道冰色的碎片，據說是與狩交戰時發生的意外。他本人愛開自己玩笑，說這冰屑給了他老邁的身軀無窮的力量。

「正巧我得去找一下縛靈師，妳和我一道過來吧。有件事，也得讓妳知道。」平時總穿著遠征裝束的老將難得只穿著幾層布衣，腰部纏了好幾綑麻帶。

「有什麼事呢？」雨寒開口問。身旁的蒙勒也露出好奇的神情。

老將壓下音量，神祕兮兮地說：「這兒不方便。到儀式廳再說吧。」

蒙勒似乎有自知之明，尷尬地與她微笑道別便跟著人群離開。因此雨寒尾隨額爾巴再次穿越黑底斯洞。

途中，她不斷聽見有工匠在爭吵，似乎是新帶回的魂木才過一天就白化了。這比過往更加嚴重。鑄鐵工坊、色染工坊、淨水工坊全都搶著要尚存的魂木助燃。

最後兩人繞過鏡之洞，來到儀式廳。剛踏進去，雨寒便聽見一個熟悉的嗓聲：男子的口吻醞釀著頻臨爆發的怒意。

「我說過很多次，能找的地方都找過了，妳必須給我更明確的指示。」凡爾薩站在縛靈師面前，氣急敗壞地說。

短刺的黑髮和白色羊駝毛製的披風，全都結著雪沫，代表他剛從外頭歸來。凡爾薩正用手解開兩邊袖口的繫繩，手肘處和褲管都垂著細長的皮製帶子。他不經意轉頭，和雨寒四目相接時，她不知為何胸口感到一陣悶熱。

「陀文莎，妳得再試試。不然根本是浪廢時間！」凡爾薩繼續催促。

儀式廳只有他們四人。此時雨寒才注意到縛靈師的異樣：以往總散發著從容的美麗女子，現在坐在儀式廳的角落，神色不寧。

「**我不……我不知道……**」陀文莎以模糊的眼神望著地面，搖頭回道：「**整個地方……大地都在搖晃……我的感覺，我沒辦法去決定……**」

額爾巴來到他們身旁。「三個支部都已調動人力去勘察。周圍雪域確實發現狩的蹤跡，但這和以往並無不同，就是一些零星的偶遇。我們每隔幾天就得和牠們交戰無數回。」老將深沉地說：「那些零零散散的狩反倒像是上次戰役失敗後，不甘回來找碴的。」

額爾巴說得一派輕鬆，雨寒卻心知肚明，有了上次教訓，再無人敢擔保會發生什麼事。如今奔靈者竭盡心力想加強防禦，卻因少了縛靈師的明確指引而茫然。

陀文莎依然失神地盯著前方，伸手壓住自己的額頭，神情痛苦。雨寒和凡爾薩交換了眼神，心裡湧現一陣擔憂。縛靈師近來的情況已非糟糕所能形容……自從被桑柯夫長老監禁在「深淵」的牢房開始，陀文莎的身體便一直不好。雨寒聽說最近一次的束靈儀式更是出了大災難：傳說中的「暗靈」冒出來，還驚傳有奔靈者死亡。

在那之後，陀文莎的精神狀態一直不穩定，無法再行儀式，說出的話都語焉不明。即使是曾經救過她、理當身受縛靈師信任的凡爾薩，也搞不明白陀文莎想表達什麼。

三個支部都繃起了神經，害怕幾個月前驅逐的魔獸大軍將歸返而來。縛靈師的異狀讓奔靈者進入戒備。

凡爾薩嘆了口氣。他收拾起煩燥的口吻，緩聲對陀文莎說：「我再看看吧，妳最好多休息。」

「不，縛靈師沒有時間休息。」老將額爾巴忽然插口，對其他三人說道：「我帶消息來，明天將有個祕密會議，陀文莎妳也得參加。說不定，這與妳探知到的威脅也有關聯。」

「**關聯……祕密會議？**」陀文莎緩緩抬頭。

「嗯，是聯合遠征隊帶回來的資料……研究院徹夜不眠去解讀，發現了一些東西。他們似乎有重大消息要宣布。」額爾巴眼窩中的冰屑微微發光。「帆夢說明早我們得做個緊急決定，而且消息絕不能外傳，尤其不能讓任何居民知道。這得切記。」然後他對雨寒點頭說：「所以，妳還是得代表黑允長老出席。凡爾薩，你也一起來。」

凡爾薩露出挺詫異的神情。「我……？」

「這是恩格烈沙長老的吩咐，我也同意。說來有點兒諷刺，但凡爾薩你脫離支部體系好一陣子，反而沒什麼包袱。我們需要你的意見。」

離開儀式廳後，雨寒看見凡爾薩提著棲靈板和雙刃大刀朝著北環大道走去。她跟在他身旁，雙手握在背後，不自覺捏著自己的手指。

「妳現在去哪兒?」凡爾薩瞥了她一眼。
「我、我要去貯藏窟，幫母親盤點一下存糧。」她脫口而出，才發現自己竟撒了大謊。所有人都知道儲糧盤點和遠征隊支部的黑允長老一點兒關係沒有。她純粹想跟著走這一小段路。
雨寒羞赧著臉，偷偷地往上瞄，看見凡爾薩一貫地皺著眉頭，沒說什麼。對方似乎感覺到她的視線，瞥過來時，雨寒慌張地趕緊低下頭。凡爾薩逕自朝前走去。
雨寒再度試探性地望向他。「你又要去外面了嗎?」
「嗯，我相信陀文莎的感知力。她在掙扎，有什麼想說的卻做不到，這種情況反而讓我更不安。多到外頭走走，說不定會撞見什麼。」
「是嗎……」雨寒想了想。「那麼你……需要人幫忙嗎?」
凡爾薩斜視過來，把銀紋滿布的巨劍扛在肩上。「別說笑了。妳做好自己該做的吧。」
「喔……」雨寒縮了下脖子，心跳加速。凡爾薩的意思是……不想要我幫忙嗎?還是覺得我總沒有做好本份?
她的心頭有千百種混亂的想法，卻又一次偷偷側過臉，盯著他胸膛的牙骨項鍊。他的身上有股陳舊皮衣的味道，衣領間透出熱氣。
「黑允的事妳別管太多。」凡爾薩突然說:「瓦伊特蒙重建得差不多了，許多事都解決了。妳該多花點時間練習奔靈。不然再出狀況，妳一樣會是個累贅。」
「我……我想多幫母親一些忙。等哪天她醒來，若知道我是可靠的助手，一定會很高興的。」
凡爾薩瞪了她一眼。「嘖，隨便妳。」

到了通道口，他拉緊披風準備回到雪地。才走了幾步，他又回過頭來。凡爾薩的神情有些彆扭，沒有直視她。「我的意思是，若妳找不到人陪伴做奔靈練習……跟我說一聲。」

雨寒愣了一下。「啊?哦，好……」她看著對方立刻轉身的背影，突然覺得心跳得好快。

待對方離去，雨寒才不自覺地露出笑容，因為她明白凡爾薩想說什麼。她站在原地好幾秒，然後快步朝母親窟房的方向走去。

EPISODE 03《離焱》

夜晚降臨前，疾風拉起緞帶般的飛雪。

凡爾薩站在雪地裡，披風沉重地飄擺。兩隻虹光凝聚而成的獵犬佇立在身旁，空洞的眼珠彷彿燃燒，全身釋放絲絲光影隨風晃動，成為陰沉大地上唯一的色彩。

在「恆光之劍」歸來而解救了瓦伊特蒙後的這幾個月，人們把怒意全指向桑柯夫長老，同時視艾伊思塔和凡爾薩為英雄。居民更是把凡爾薩解救縛靈師的事跡廣為傳頌。

這些突如其來的扭轉令他有些無法適應。

這陣子以來，縛靈師似乎只在他倆面前才會透露出信賴，說出她所感知到的蛛絲馬跡。此舉招來一些奔靈者的妒意和另一些人的欽佩。但只有凡爾薩自己明白那些都是無稽之談，因為陀文莎的呢喃連他也聽不大懂。

記得瓦伊特蒙戰役過後不久，有次他走過亞麻田時，幾位居民圍了上來。

「我們聽說是你即早警告了三長老，咱們才有時間準備防禦。真是不幸中的大幸！」

「長老他們根本不懂怎麼領導，差點把我們家園給滅了……幸好有你在，否則情況必會更糟。」

「謝謝你，凡爾薩。為了所有人的安危，只有你敢觸犯規矩，點燃烽火繩！」

「原來你不是『叛逃者』。我們都聽說了關於你父親的事……」

最令他吃驚的是最後一句話。是誰告訴居民那麼多？

這種聞風而來的攀談現象越來越多，搞得他喘不過氣。或許相較於感謝的聲音，他更習慣人們質疑的目光。因此他時常得溜出來雪地，閃避人民，只不過這次是為了完全相反的理由。

現在他繞著瓦伊特蒙的周邊滑行，只稍停下動作，隨手往雪裡撈，就可看見失去光芒的冰屑——「狩」的殘痕。當時數千隻魔物就擠在這兒，準備突入人類的最後要塞。

凡爾薩拾起一片細小的冰屑，試著用指頭擠壓。那硬度可比鋼鐵，若沒有雪靈的力量介入，刀刃怎麼也劈不碎——

地面忽然震盪。一陣轟鳴，像是大地龜裂的聲響，又像把狂風扭曲的怪叫。他警覺地四處張望。

過了幾秒這現象便停止了，留下滿天的飛雪和逐漸變暗的天空。

這種現象最近似乎越來越頻繁，瓦伊特蒙的上空也總出現不尋常的風。凡爾薩嚴肅地凝視雪地，回憶起魔物大軍做出消耗戰的影像。現在回想起來，他一直覺得整件事情有種說不出來的怪異……但他又想不起究竟是哪兒不對勁。

凡爾薩擺動後腿前進，讓棲靈板在白雪中劃開弧形軌跡。他不斷在雪裡看見戰後的碎冰殘跡。有時一陣強風掀起的雪浪，在空氣中灑滿無數暗藍色的塊狀物。一股說無來由的不安卡在他的心裡。

陀文莎已感受到瓦伊特蒙正面臨某種重大的威脅。但每當有人詢問哪方向的雪地聚集了狩群，她卻又說沒有任何地方，語焉不詳。

或許這一次，連縛靈師都無法確定他們將面對的是什麼……

我們不是擊退牠們了嗎？這到底怎麼回事？凡爾薩思考著，感到雪靈在體內膨脹，傳來暖意，並將暖流導向他的手腕和領口處，那些曝露在風雪中的皮膚表面。

「恆光之劍」已回歸瓦伊特蒙，狩群應該知道自己沒有任何勝算。難道不是這樣？

然後他想起了亞閻。戰後他們曾經倉促地碰過一次面，凡爾薩立刻明白恆光之劍其實是那傢伙帶回來的，而非瘦弱的綠髮少女。然而在戰役結束後亞閻就消失了蹤影，不知去向。

又一次無功而返，凡爾薩踏進閘門，解開結霜的白毛披風，用它裹住棲靈板。他悶哼一聲提起板子和巨劍，步入北環大道，試著避開駐守的奔靈使的複雜目光。

倦意令他打算先回到「深淵」的居處。然而，某個突來的想法令他止步。

冰冷的空氣中，凡爾薩盯著前方，一動也不動。他詢問自己掙扎的內心，是否該造訪一個他已許久未去的地方……

他踏著猶豫的步伐來到北環大道的東南側。這裡有幾個遭封鎖的隧道，也是當初狩軍最先突破的缺口。相較於以往空無一人，目前守護使支部派駐許多人鎮守在此。凡爾薩經過時，其中一人向他點頭，另一人則以奇特的眼神看著他。

他記起他們的名字。臉頰消瘦的是尼古拉爾斯，粗大脖子上有爪痕的是海渥克，他們都是相當有經驗的奔靈者。然而凡爾薩與他們並不熟識，些許尷尬地點頭示意。

他穿過幾條通道，終於懷著不安的心情來到一座幽暗的洞穴。上一次來到這裡已是好幾年前。

洞穴像是天然成形的廳房，遭荒廢許久，盡是軟苔。濕氣延著不規則的岩壁滴落，在兩旁的地上淤積成小水坑。他盯著房間盡頭那道破碎的紅磚牆。它是由早期的居民從「邊緣之門」外頭取回的紅土所砌。

爬滿牆面的，是整片白色的藤蔓。

人們不會相信好幾百年前，這兒曾是通往外頭雪地的唯一通道。在那時代，奔靈者唯一的工作就是從這裡保護瓦伊特蒙不受魔物侵襲，因此當初只有守護使支部一個單位。可想而知，這通道外頭發生過無數可歌可泣的戰事。

而後，奔靈者的崛起帶動了人們探索外面世界的欲望。早在凡爾薩出生前的一百多年，祖先們已沿著北環大道開通各個出入口。

後來人們決定封鎖這兒的舊通道，用岩石和濕土把它堵住，築起最後一道紅磚牆。時間流逝，卻無人曉得藤蔓是從哪兒出現的；它們像數不盡的　白色的觸鬚，逐漸覆蓋面牆。有人猜測它們來自後方被封鎖的通道裡，汲取奔靈者祖先的血液滋長，堅忍地穿透了石塊與硬土。

凡爾薩剛往前挪動幾步，便發現廳房裡竟然還有另一個人。

洞穴裡唯一的螢光燈懸掛角落，點亮那人的黑披風和墨綠色髮辮。她回望過來，從裝束判斷應該是名遠征隊員。

「『叛逃者』——凡爾薩。」對方以細銳的聲音說。

這句突來的話激起了凡爾薩許久未曾感受的怒意。他直視那女人。「妳是誰？」

「你不曉得嗎？也難怪，我成為遠征隊隊長時你已經躲在自己的窩兒裡。」她發出嘲諷的笑聲。「我叫哈賀娜，剛從南方『基督城』的遺跡歸來。」凡爾薩看見她眼角的白色蔓紋刺青，覺得心裡一陣不舒服。她那雙深黑色瞳孔的外圍有圈淡淡的綠光；只有體內灰薰裔和翡顏裔的血統勻稱才會有這樣的色澤。哈賀娜看來和自己差不多年齡，卻顯老沉許多，面部的皮膚有長期曝露在外的乾裂痕跡。雨寒曾說這陣子越來越多遠征隊員從外頭歸來，他們錯過了瓦伊特蒙戰役，現在才知道黑允長老出事了。哈賀娜必是其一。

「看來你似乎找到方法彌補自己的過錯。許多人都在談論你呢。」哈賀娜露出更加諷刺的笑容。「恩格烈沙長老有要你歸隊哪個支部嗎？」

「他知道沒有支部適合我。」凡爾薩回。

「呵。意思就是你不適合與其他奔靈者合作。」哈賀娜冷笑。

凡爾薩選擇不回答。只要她的譏諷未獲回應，便會自討沒趣地離去。這是他長年應對他人的方法。

然而哈賀娜的下一個動作，卻令凡爾薩差點嗆了氣在胸膛。

她伸出一隻手，拉開磚牆上繁密的藤蔓。哈賀娜的目光死鎖住他，笑容卻變得深沉，五指持續扯開一層層乾硬、皺縮的蔓痕。底下的牆面逐漸露出模糊的字跡。

凡爾薩的心跳變得急速。他惡狠狠地盯著哈賀娜數秒，才把視線挪往牆上的文字。父親的文字。以白墨寫下的一串話。

哈賀娜看向白文，眼神似乎浮現某種情緒。她放開手，揚起披風往凡爾薩的方向走來。她在他身邊停下腳步。「加爾薩納告訴我們無論發生什麼事，絕不拋下夥伴。外頭的世界只有敵意，但夥伴會扛著你一起活下去。」

凡爾薩握住顫抖的拳頭。

「加爾薩納曾在單眼負傷的情況下，領著十幾位奔靈者突破數百頭狩的包圍，」哈賀娜繼續說：「他救出一整隊同伴，沒讓任何一人陣亡。」

凡爾薩沒讓自己的視線從父親的文字上挪開，腦中一片空白。

「他是我們的恩師，卻有了你這不孝子。」哈賀娜悶哼了一聲。「別以為運氣好，做對幾件事就想與你的父親平起平坐。你還早得很吶。」

凡爾薩就這麼盯著暗紅磚牆，一句話沒說。他甚至沒有聽見哈賀娜離去的腳步聲。

他再度被本能給綁架，雙腿像遭到冰封，無法採取行動。就跟過去兩年一樣。

他的思緒飄向父親在世時，兩人因價值觀不同而發生的永無止境的爭吵。加爾薩納——人稱「疾馳燄痕」的知名奔靈者，認為當今的三支部體系嚴重拖累奔靈者的組織能力，嚮往著單純而統一的領導格局，也就是僅由總隊長來決定一切。他反對什麼事都得透過三位長老來分配職責，瓜分相應的利益。

當時的凡爾薩認為父親的觀點與現況極度脫節，看不清奔靈者體系也必須進化。要扛起越漸繁雜的責任，體系的複雜化是必然。

兩代人之間的爭執越演越烈，也在奔靈者支部間成為廣為人知的話題。

凡爾薩從不願承認，但他明白即使在爭執最激烈的時候……他也從心底以父親為榮。他見過父親把雙劍的技藝操控得淋漓盡致，馳騁魔物之間，利落斬斷冰脊。許多年輕的奔靈者都是加爾薩納教出來的，包括亞闇。

凡爾薩渴望父親這樣強大的戰士會認同自己的想法。現在回想，或許他就是為了想證明給父親自己正在茁壯，才頻繁地與他爭吵……

不知為何，他的思緒飄向更遠的時空。自己很小的時候看過父親給新人上的第一堂課，就是在這兒。

加爾薩納帶新人們來到這個密封已久的通道，看著這片象徵性的紅土磚牆。他訴說祖先們曾在這兒經歷的種種戰事，並在磚牆上以白墨寫下字跡，告訴他們身為奔靈者的真正意義……

但在三年前，由於三長老的背叛，加爾薩納所率領的隊伍全滅了。一些學生與夥伴為了弔念他，便在眼角刺了白色蔓紋。

凡爾薩終於挪動雙腿往前走，貼近破碎的磚牆。他不自覺伸出手，握住乾皺的藤蔓，然後閉起了眼。

父親的死，讓他質疑自己曾經相信的一切。兩年來支撐他不崩潰的信念，是對三長老的恨意。在瓦伊特蒙戰役結束後，黑允和桑柯夫都得到了應有的報應。不知是否因為如此，凡爾薩的情緒平靜許多，卻依舊不曉得該怎麼面對與父親衝突的過往……但至少，惡夢的次數減少了。

他猛然睜開眼，提醒自己仍有一位長老，尚未得到應得的懲罰。

凡爾薩握住拳頭，乾硬的藤蔓在五指間發出脆裂聲響，擠壓出灰色粉沫。他緊緊盯著牆上的字跡。

……那片白皓的大地是人類這物種的最大天敵……而奔靈者的遠古使命便是代替人們

去面對外面的危險，確保其他人永不需要與冰雪世界交會。這該是至死不渝的天命……

凡爾薩握緊右拳。

「喝！」他猛然出拳，在紅磚牆中央粉碎了一大片父親的字跡。

在瓦伊特蒙最西邊的「深淵」某處，凡爾薩躺在岩壁的凹陷處，一片簡陋的雪鹿皮墊上。

他已脫掉上衣，雙手枕在腦後。明天一早首席學者將招開的祕密會議。現在只有恩格烈沙長老會參與，因為黑允和桑柯夫已經喪失領導者的實權。他忽然想起了雨寒。那傻呼呼的女孩依然忠於自己的母親，代替她東奔西跑，期盼有天黑允將恢復意識。

一絲莫名的罪惡感浮現。當初若他快一步解救黑允，或許……

凡爾薩發出咒罵，翻身壓下複雜的情緒。他身旁一點兒光也沒有，冷空氣中時而飄來微微的暖流，像是地心的規律呼吸。

曾經當他閉起眼，看到的盡是黑暗。曾經復仇的意念啃蝕著內心，是支撐自己活下去的唯一理由。

然而現在，連眼前的黑暗也模糊了……因為不知從何時開始，他總看見視野邊緣的微光……

凡爾薩有種非常不安的想法。

那次他昏死過去，被茉朗和雨寒所救，女孩的雪靈進入他體內時，觸碰到的不僅僅是肉體的傷口。她放了一股深沉而強烈的暖意到他感知的深處。

他應該要痛恨雨寒才對，痛恨與黑允長老有關的一切才對啊……他深吸口氣，忽然發現瀰漫心中的其實是恐懼。而且是他從未體驗過的一種恐懼。

一度可以依賴的黑暗被剝奪了。現在的他，總能瞥見那羽翼般的微小光點……

黑暗中的光，這才是他從不熟悉的。

祕密會議的地點在黑底斯洞南方的濕土洞穴末端，一個廢棄已久的地窖裡。

凡爾薩帶著縛靈師來到入口，一個不規則凹洞的邊緣，側邊綁著亞麻繩梯。他往下爬了一會，離地面尚有幾尺便跳了下去，以穩健的姿態落地。

然後他呼喊縛靈師的名字，過了好一會，陀文莎才以緩慢的動作攀爬下來。她的絲綢群襬被麻繩刮了起來，露出蒼白的腿。

陀文莎緊抓著繩梯，似乎不知該怎麼辦。

「跳吧，我會接住妳。」凡爾薩說。

幾秒鐘的寧靜，然後縛靈師落了下來。凡爾薩接住她柔軟的身子，詫異地發現她幾乎沒有體溫。縛靈師的目光朦朧，像兩顆失焦的灰色珠子，直盯著凡爾薩的臉龐，卻彷彿什麼也沒看見。

為什麼她的神情總是泛著徬徨？凡爾薩看著陀文莎慘白顫動的雙脣，幫她站直了身子。他擔憂縛靈師的情況將牽動整個瓦伊特蒙的命運，但以她現在的模樣根本無法勝任她該做的事。或許之後，他得想辦法找她獨自溝通，看有沒有令她回復的方法……

他們走過的路，兩旁盡是鐘乳石，在廣大的幽暗空間裡像遭遺忘的墓碑。突然他意識到前方有抹昏暗的光。

當兩人越走越近，路的盡頭是一扇半開的木門，橘光從裡頭透了出來，彷彿伴隨某種鎮魂曲的韻律，微微閃動。

凡爾薩原本預期這是個小型會議，因此推門進去的一刻著實吃一驚。簡陋的小房間裡，已聚集不下十個人。

恩格烈沙長老，總隊長亞煌，首席癒師安雅兒……

而在他們身旁，是四位穿著黑色裝束的奔靈者：「冰眼」老將額爾巴，以及人們廣稱「紅狐」的費奇努茲。另外兩人的面孔不算熟悉，其中一人凡爾薩昨天已見過，就是帶著輕蔑笑容的哈賀娜。她看見凡爾薩時立刻變了表情。而第四人流著直順的灰髮到腰間，是個神情冷酷的男子，與哈賀娜的手肘相貼。她稱他為飛以墨。

從衣裝看來，這四人應該都是遠征隊的隊長，是黑允長老的親信。

而站在人們中央的是首席學者帆夢，身後跟了一位研究院的年輕小伙子。他們面前的桌上擺著零零散散的資料。

當房間裡的人看見凡爾薩走進來，要不皺眉，要不毫無表情，只有帆夢如往常一樣對他露出微笑。就像自己遭瓦伊特蒙唾棄的那幾年，也只有帆夢、亞閻兩人對他的態度從未改變。

首席學者將白髮綁為一束在腦後，臉龐極為憔悴；凡爾薩看著那只古老眼鏡後面精力殫竭的神色，彷彿數日未眠。

「凡爾薩，進來吧。」恩格烈沙長老對他發出友好的招呼，卻令凡爾薩的情緒微微波動。他頷首回應。

最後，他的視線落在這群人當中，最嬌小的那個身影。

雨寒頂著一頭黑色波浪似的捲髮，總縮著脖子，一副不知所措的模樣。看見凡爾薩出現，她露出殷切的神情。凡爾薩刻意避開她的目光。

眾人圍繞著陳舊的石桌，堆疊上頭的蠟燭搖曳著火光。在這麼隱閉的地方燃起珍貴的燭火，給了會議嚴肅的份量。凡爾薩瞥了一眼身旁的縛靈師，算算包括他自己，房間裡共計十二人。

所以，排除桑柯夫長老，瓦伊特蒙的最高領導者都在這兒了……凡爾薩心想。

人們恭敬地讓位給神色不寧的縛靈師。凡爾薩自己卻倒退幾步，選擇依身牆邊。他仍不習慣這一切，覺得自己不屬於這幫人。視線對面，哈賀娜似乎正在打量他，嘴角掛著明顯的嘲諷，對身旁的長髮男子飛以墨說了些什麼。

「都到齊了，」首席學者環視所有人。

帆夢那暗淡的神情與以往不同，似乎頗有猶豫。「在開始之前，」他繼續說道：「我必須先告訴各位……接下來要說的事，在我們共同做出決定之前，絕不能讓這房間以外的任何人知道。所有居民，所有奔靈者。包括研究院的所有學者。」

包括他自己的學者同伴？凡爾薩感到詫異。會說出這樣的話，不像帆夢。

氣氛立即凝重，一股不安懸浮在悶熱的空氣中。

恩格烈沙長老指著桌面的文獻，率先打破寧靜：「帆夢，難道不是研究院的同仁協助你解讀這些資料？」

首席學者伸手把資料整理起來，沉靜了半晌。「是的……但只到某個階段。」他的神情有股明顯的罪惡感。片刻後，他吸了口氣，舉起手中的文獻說：「這些……是聯合遠征部隊用性命換來的。」

火光映照出淡褐色紙張的粗糙表面，以及上頭密密麻麻的音輪語。「所羅門的日誌，」他告訴眾人。

「我們只獲取一部分，但分析出來的內容都指向同一個結論。」帆夢接著說：「在過去幾年間，所羅門探索舊世界的方法徹底改變了。他們開始研究『狩』的動態，想從遠古遺跡尋求線索，找出根除魔物威脅的方案。」

幾位遠征隊長露出不解的神色。老將額爾巴問道：「首席的意思是……他們派出的遠征部隊後來都以此為目標？」

「是的，尤其是遠征隊。日誌裡寫著他們的第一守則——抵達各遺跡時，首要任務便是集中精力找尋與『狩的起源』相關的資料。」

四名遠征隊長交換了目光。打從數年前開始，人們對所羅門奔靈者的印象就是他們貪得無厭，每達一座遺跡都拚命翻找東西，卻未想過他們可能在尋找實物資源以外的東西。

深受所羅門影響的人，凡爾薩的父親首當其衝。但凡爾薩從未想過有帆夢所說的可能性，因為瓦伊特蒙自己的遠征隊就從未有過如此聚焦的目標，他們甚至沒有想過要從遠古文獻裡去找到「抵抗魔物的方法」。

在黑允長老的領導下，各個遠征部隊搜刮遠古文物，僅用以協助研究院拼湊舊世界文明的樣貌，彷彿那是最重要的精神糧食。

「從什麼時候開始的？」恩格烈沙長老問。

「或許三、四年前，甚至更早。」

「那時正值我們衝突越演越烈的時刻……」老將額爾巴瞇起了雙眼，冰晶般的左眸子成一條深湛的藍光。「所羅門有這樣的想法，卻從未告知我們。」

凡爾薩想起父親便是三年前與所羅門進行合作任務，率領部隊前往舊世界的斐濟島，才會遭遇不測……

石桌另一端，某個深沉的聲音開口：「我們雙方文明缺乏信任，錯在他們。所羅門總對我們隱瞞許多事。他們的奔靈者甚至不曾露臉，總戴著面罩。」說話的是費奇努茲。他是位年紀稍長的遠征隊長，複雜的髮辮披在頭顱上，像張網子。他擁有深褐膚色與剛強的眼神，左眼角也有白色的藤蔓刺青，一身黑色衣裳披著染紅的雪狐披肩，因此擁有「紅狐」這稱號。「那麼，他們發現了什麼關鍵資訊？」

帆夢轉身朝陪同的年輕學者輕聲說：「麥爾肯，把東西給我。」對方立刻打開一個大袋子，從裡頭小心翼翼地拉出又一疊文獻。帆夢邊接過手。「我們都知道狩真正的居地——『白島』，遠古時期並不存在。」

眾人點頭，仔細聆聽。

「五百年前它降臨在海中央，開啟了冰雪世紀。」帆夢一邊理著手中的紙張，一邊將目光投向總隊長亞煌。「一陣子前，總隊長和路凱……找到一張畫有『白島』的地圖。當時我們推測那是唯一捕捉到冰雪世紀真實樣貌的圖。看來，我們徹底錯了。」

帆夢在眾人面前攤開好幾張地圖，接著說：「這些是所羅門收藏庫裡的東西。」

癒師安雅兒發出微微的驚嘆，老將額爾巴也倒抽了口氣。就連凡爾薩也不免感到震驚；在他們眼前至少有十幾張白色世界的地圖——蒼白的陸地，暗沉的海洋，全世界遭冰封的模樣。

每張地圖的大小都不同。它們當中有些邊緣莫名地泛白，呈現的地理範圍也不盡相同。然而這些圖都有個共通點：它們全都捕捉到太平洋中央的白色島嶼。

「這怎麼可能？他們從哪兒找來那麼多這樣的地圖？」哈賀娜尖聲質疑。

「冰雪世紀的大地樣貌……」額爾巴用寬厚的手掌撥弄它們。「這些全是所羅門的收藏品？」

帆夢用手推了下眼鏡，火光在鏡片躍動。「在所羅門的記錄裡，提到這樣一件事……」他的聲音聽來像在顫抖：「『白島』的面積，在不同的時期，是不同的。」

凡爾薩驚愣一下，鬆開插在胸前的雙臂。他離開牆邊朝桌面靠了過去。其他人似乎才剛會意過來，陸續湊身向前，盯著散布面前的圖像。

這些尺寸不對等的一張張地圖，單憑肉眼對照當中的細節，已可察覺首席學者所說的是不爭的事實。

「會不會是繪製地圖時的誤差？」哈賀娜還是滿臉不相信的樣子。「或者是附近海面結冰的結果？」

「舊世界的魔法幾乎不會出差錯，這我們早已印證。」帆夢的口氣十分篤定，卻壓不住焦慮。「若依照所羅門標示出來的時間來推測，所有的跡象只證明一件事……」帆夢的手指掃過每張地圖角落的字跡，然後將它們的順序重新排列。

他的動作不算流暢，陰暗的火光下，彷彿在害怕什麼。人們不自覺地屏氣凝神，寧靜的房間只剩紙張搓動的聲響。

「看這裡……」眾人的目光順著帆夢的手，略過一張又一張地圖。開始有人發出驚訝的嘆息。凡爾薩咬著牙，立刻知道帆夢想說什麼。

「……『白島』，正在隨著時間成長……」

飄晃的蠋光在這一刻顯得相當詭異。眾人仍不確定眼前的信息代表什麼，一陣子無人說話。此時總隊長亞煌問道：「首席，這代表現在『白島』是什麼樣子，沒有人知道，對嗎？」

他們全看向他。

「是的……」帆夢點頭。「有可能比我們所處的大陸更加巨大，也說不定。」

「這怎麼可能呢？」哈賀娜瞪大了眼，口吻出現猶豫。

「舊世界用以捕捉世界模樣的魔法，必須依賴一種稱之為『電』的特殊能源，當今已不存在。」帆夢說：「因此這些圖應該來自於冰雪世紀初期。如果照它成長的跡象推演，過了數百年的現在，『白島』的樣貌將難以揣測。更重要的問題是，究竟什麼驅使它成長？這與狩群的活動有關聯嗎？沒人曉得原因。」

「這與瓦伊特蒙有什麼直接關係？」恩格烈沙長老打斷了他的話。

帆夢不安地回望長老。「所羅門的日誌裡，不斷用音輪語重複一句話。翻譯過來的意思大概是……『惡魔已突破火燄，人類都要滅亡。』」

凡爾薩忽然注意到縛靈師的情況不太對。她以單手緊抓著絲衣，壓在胸口上。

「在這裡，『惡魔』應該就是『狩』的意思。而『火燄』……」首席學者用手在海洋周邊比了一圈說：「我們有理由認為，『火燄』代表的是『太平洋火環帶』。在冰雪世紀，地熱成了文明生存的必要條件，也直接保護人類不受魔物侵擾。所羅門，以及我們瓦伊特蒙，都位於火環帶的邊緣，因此五世紀以來，只有我們倖存下來。」

人們開始議論紛紛。凡爾薩知道在這一刻，眾人的腦中必然想著同樣一件事——所羅門文明已被徹底殲滅，現在只剩瓦伊特蒙了。

「這種臆測太過度了，」恩格烈沙長老將雙掌壓在石桌上，面對首席學者說：「狩的威脅過去五百年一直存在。不是第一次，也不會是最後一次。」

「是啊，就算牠們想大舉入侵，最後的勝利的依舊是我們。」老將額爾巴也附和，安撫似的口吻說：「所羅門滅亡，不代表我們會有相同的命運。」

在一旁，紅狐吸了口長氣，似乎若有所思。火光照在他稜角分明的臉上，令他看來格外陰沉，只有那雙細長而銳利的眸子相對明亮。那是身經百戰的弓箭手的眼神。「有件事情你們得想想……」紅狐開口：「幾個月前，我們頭頂上集結了千萬隻魔物。這種情況在歷史上不曾發生過。試著回想那些魔物的形態，有多少我們連見都沒見過？那些嘴巴裡含著紫光的巨獸，我活到這把年紀還是第一次見到。難道你們曾見過？」他望向恩格烈沙與額爾巴。

他們沉默了。

那次危機，是凡爾薩冒然闖入狩群大軍斬殺一頭口含紫光的巨蟲，待牠死去連帶周遭的小型狩群一併崩解。對於所有奔靈者，那都是第一次他們面對這樣詭異的敵人。

「不管將來出現什麼樣的敵人，我們守護使支部都不會鬆懈守備。」恩格烈沙長老固執地告訴眾人，並扭過頭說：「帆夢，你招集我們來這兒，還有別的意圖吧？」

首席學者沉思數秒，才再次望向麥爾肯。年輕的學者從大肩袋裡翻出一個捲軸筒，從裡頭掏出又一疊厚重的資料。它們看上去應該是舊世界遺跡無誤，是遠古時期的人運用某種魔法把畫面凍結。色彩已褪去，卻仍清楚看見結滿冰雪的建築，甚至是「城市」的全貌。

眾人意識到所羅門私藏的寶物多得令人詫異，無不神色驚愕。然而首席學者略過一張張驚人的圖片，從中挑出一張粗糙的手繪稿。

「這是什麼？」恩格烈沙長老盯著那張唯一的黑白稿，看樣子像是地理平面圖。

帆夢將它攤平於桌面，曾擔任使節的老將額爾巴立刻認了出來，湊身過來說：「這是所羅門大本營的內部結構……這也是聯合遠征部隊帶回來的？」

「是的，」帆夢輕聲回應。它畫出了所羅門內部的通道、廳房、階梯。凡爾薩皺想起在父親的時代，當雙方文明出現嚴重衝突，這樣一份地圖必然會為瓦伊特蒙帶來強大的戰略優勢。沒人料想到所羅門就這麼滅亡了。

眾人好奇地端看，直到首席學者伸手指向地圖的中央部分：幾個大廳房的交會口，隧道與河流彼此穿插，被幾層交錯的階梯環繞。它也是大本營主要道路的匯集處。

在那兒，帆夢食手觸碰的地方，有道倉皇的音輪筆跡。

「『惡魔的起源』……」癒師安雅兒說出口。「這什麼意思？」

「日誌裡明示，這是他們首次發現『狩』出沒的地方。」帆夢回答。

「怎麼可能？這兒可是他們地底要塞的正中心！」額爾巴一把將圖抓了過來，獨眼瞪得老大，仔細檢視那張圖。「所羅門的入口離中央廳堂非常遠。狩怎可能直接從要塞的內部出現？」

帆夢沒有回話。

「說不定他們有些外人不知道的密道……」安雅兒做出推論：「而狩就是從密道突入要塞中

央？」

帆夢這時搖頭，語氣變得更加嚴肅：「這是最令人匪夷所思的地方。我問過俊，那個聯合遠征隊的生還者。他說他們六人花了相當長的時間勘察整個地方，並沒有找到額外的密道。所以當他們看見這張圖的時候，路凱他們也相當納悶。」

「首席，你的判斷呢？」總隊長亞煌切入要點地問。

「我不知道……我翻過所羅門的每一張記錄，再沒有找到相關的訊息。很不幸，聯合部隊避難的地方似乎只是眾多的儲藏庫之一，或許還有更關鍵的日誌，俊沒有找到。」

「『惡魔的起源』……」安雅兒那兩潭淺綠色的雙眸反射燭火，盯著那不祥的字跡。

所有人也沉默凝望著石桌。眾人不安的神色，代表他們都明白一個最糟糕的可能性——瓦伊特蒙很可能正面臨相同的危機。

這一次，無論縛靈師或是研究院，都找不到問題的癥結。

「有太多難以理解的事了……」帆夢壓著額頭，嘶聲說：「聯合遠征隊帶回來的東西給出了更多的謎團，而非答案。但這些破碎的信息已經很明顯了，我感覺……」帆夢忽然停頓，似乎無法讓自己說出接下來的話。

四名遠征隊長正盯著他，恩格烈沙、安雅兒的目光也挪向他。首席學者試著開口，卻發不出聲音。

「首席，」在他身後的麥爾肯輕聲說。

「嗯。我們必須做個決定……或許……」他嚥了口唾沫後，終於對眾人說：「這只是微乎其微的可能性，但我們得考慮讓所有居民做好準備……我們有可能得撤離瓦伊特蒙……」

搖曳的火光下，所有人的神情茫然。有些人交換了眼神，似乎還無法理解聽到的話。雨寒瞪大了眼，摀住雙脣。

凡爾薩注意到在場只有兩個人的表情未顯詫異——亞煌，以及紅狐。彷彿早在帆夢開口前，他們便已思考過這可能性。

「但如果撤離……還能去哪兒呢？」癒師安雅兒不確定地問。

「你說要讓所有人離開瓦伊特蒙？」恩格烈沙長老一反過往威嚴沉著的態度，表情變得異常銳利。他肩頭的兩圈鐵環把橘光反射在臉頰上，彷彿他的表情遭怒意點燃。「帆夢，你得想清楚。我感覺你這次言過其實了。」

「不……這才是我招開這次會議的主要目的……我得詢問你們對這件事的看法。」帆夢說：「是的，這聽來荒謬，但我們必須考慮最壞的可能性——」

「帆夢！這根本不是解決之道。你明白這個提案代表什麼？」恩格烈沙長老提高了音量。

「一切……得由統領瓦伊特蒙的你們來決定。」首席學者望向幾個遠征隊長。「若真有那麼一絲可能性，要離開瓦伊特蒙，遠征隊的角色是最重要的。得先派他們尋找下一個棲息地……」

恩格烈沙長老激動地反駁，但站在一旁的凡爾薩已沒留心去聽，因為他這才驚覺一件事……

過去好一段時間，縛靈師總把新的奔靈者編入遠征隊支部。事實上，這正是當初三長老發生衝突的引爆點。現在回想起來，莫非縛靈師早已料想到什麼？

眾人在桌前激辯，凡爾薩卻悄悄地望向陀文莎。

奇怪的是陀文莎似乎沒在聽任何人說話。她眼神恍惚，面容蒼白，只呆望著石桌。

此時帆夢身後的年輕學者面帶惶恐地舉起手，以畏縮的姿態自顧自地說：「聯合遠征隊的生還者說過，所羅門從入口開始，一直到要塞的深處，到處都是死屍。而且多數都是毫無防備的居民。」說話的麥爾肯看來十八歲不到，聲音極度輕細，甚至帶了點羞怯。他的眼神卻含有某種堅定。「這代表一個很恐怖的可能性……」

人們紛紛望向他。

「魔物的襲擊定是突發的。所羅門裡的人，沒有任何時間反應。這和幾個月前我們面對的從外部攻擊的魔物是不一樣的。當初我們還有機會叫居民逃往黑底斯洞，派遣戰士在洞穴交錯的節點布署防禦……對吧？」

顯然麥爾肯這番話讓眾人陷入沉思。就連恩格烈沙長老也靜了下來。

帆夢接著麥爾肯的話說：「是的。現在沒人知道狩群是用什麼辦法突入所羅門的中央地帶。但如果同樣的情況出現在瓦伊特蒙，我們一樣毫無招架之力。」

「所以你希望所有人都做好離開瓦伊特蒙的準備？」癒師安雅兒說：「帆夢，你知道這個提議會伴隨多大的代價？」她搖了搖頭。「我們正處於療傷期，現在丟一個震憾彈給居民，沒有人可以承受。」

恩格烈沙長老深吸口氣。「安雅兒的想法是對的。況且我們剛打完一場勝仗，突然就說瓦伊特蒙要滅亡了，這毫無道理。你得考慮到這件事將衝擊居民對奔靈者的信心。」

還是，衝擊居民對你這位長老的信心？凡爾薩諷刺地想，或許帆夢犯的最大錯誤，就是把這麼重要的信息只給這群人看。

「我們舉個最簡單的問題吧。若踏出瓦伊特蒙，人們還能往哪兒去？」老將額爾巴質問。

「我還不清楚。但若你們認為有必要採取行動，我會立刻動員研究院的全部力量，勘察迄今積累的所有舊世界資料。或許我們有機會找到可以遷徙的據點——」

「首席，恕我冒犯，你們學者可曾親身在外頭的雪地裡待過？」遠征隊長哈賀娜露出僵硬的笑容。「離開瓦伊特蒙，你認為有多少居民能順利活下來？別說找到下一個像瓦伊特蒙一樣的地方，就說三天吧。三天。你認為有多少居民撐得過三天？」

帆夢緊閉雙脣，無語回答。然而這次紅狐卻開口了：「論最糟的情況，一部分有能耐的人存活下來，總比所有人都給屠殺來得好。哈賀娜，妳不同意嗎？」

哈賀娜愣了一下，似乎想反駁，但總隊長亞煌接口：「那還只是一個層面的問題，費奇努茲。」他對紅狐說道：「安雅兒先前的顧慮不無道理。我們得考慮現在這時間點，要居民從心理上做最壞的準備，目前已分崩離析的社會機能，必會全面癱瘓。」

「那是必然的。但是面對危機，你指望不付出任何代價？」紅狐反駁亞煌。

「由誰來付？居民還是奔靈者？」

「適者生存，乃是天理。人類的文明得延續下去——」

「夠了！」恩格烈沙長老厲聲吼。燭火把他的瞳孔染得熾熱，目光橫掃所有人。「瓦伊特蒙是我們祖先犧牲多少東西，付出多少性命拚死守護，才成為世界淪陷後的最終庇護所？我沒想到竟會有一天，我們在討論該不該捨棄它。」恩格烈沙長老鮮少動用這種語氣，石桌前的眾人都嚇了一跳。「你們忘記了嗎——『奔靈者的遠古使命是確保其他人永不需要與冰雪世界交會。這是我們至死不渝的天命！』」

恩格烈沙的凝視給兩位學者巨大的壓力。他們陸續低下了頭。

「帆夢，我了解所羅門的滅亡是件大事。我相信你在研讀那些資料時，腦中滿是對瓦伊特蒙的擔憂。這是美德。」恩格烈沙放緩了口吻，嗓音卻依然不失嘹亮。「但別忘記，瓦伊特蒙有最優秀的戰士。我們會誓死捍衛自己的家園。你是首席學者，請相信守護者支部。請你相信所有奔靈者誓死保衛居民的決心。」

帆夢看著石桌周圍的人們，似乎想尋求支持，卻發現自己孤立無援。

「我們絕對會保護瓦伊特蒙，無論魔物從哪兒出現。相信我。」恩格烈沙說。

紅狐似乎想回些什麼，最後卻沒出聲。

恩格烈沙畢竟是在場唯一的長老，此話一出，無人敢提出反對意見。凡爾薩看見其它遠征隊長也堅決了神情，逐一點頭同意。總隊長亞煌正在沉思。麥爾肯垂首，帆夢輕輕嘆息；兩名學者也傾顏示意讓步。

漸漸地，凡爾薩意識到一件嚴重的事。或許瓦伊特蒙五千多人的命運，在這一刻已遭定奪——就像當初，三位長老擅自決定了他父親的命運。

「……食古不化的垃圾。」

幾根蠟燭燒得只剩矮蒂，火光隱隱收縮，讓房間變得昏暗不明。過了好幾秒，石桌前的人們才一個個回望過來，看向凡爾薩。

「你剛才說什麼？」恩格烈沙側首凝視。

凡爾薩已經許久未有現在這樣的感受。瓦伊特蒙戰役完結之後，他在過去兩年緊繃的神經得到舒緩，差點忘記那一股可以貫穿腦門的恨意。在這一瞬間，凡爾薩想起自己當初為何痛恨這地方。

他的面孔深陷在暗影中，只有姣白的眸子被火光點亮。凡爾薩直接回應恩格烈沙：「你打算說服所有人，他們後代子嗣在未來幾千年，幾萬年，都還會待在瓦伊特蒙？還是你打算恐嚇人們，未來數千萬年，只要待在地底就會永遠安全？」他壓低嗓音，聽來卻更加憤怒。「所以我說你是食古不化的垃圾。」

「凡爾薩！搞清楚你在和長老說話！」額爾巴惱怒了。

「沒關係，讓他說下去。」恩格烈沙舉起手。「是我要他來參與這次會議。每人都有發言的權利。」長老的眼神也燃燒起來，表情卻像石雕般沉靜。

「奔靈者想不想誓死守護這地方，和居民需不需要做好遷徙的準備根本是兩碼子事。」凡爾薩瞥向首席癒師安雅兒。「妳說瓦伊特蒙戰役讓居民飽受驚嚇？所以他們需要時間做心理療傷？在我看來，現在不正是披露最壞可能的最好時機嗎？」

安雅兒呆愣地回望他。

「居民剛走過一遭生離死別，承受力正強。」凡爾薩掃視著房間裡的這群人，打從心裡感到噁心。「我搞不清楚是誰賦予你們權力，對瓦伊特蒙所有人握有生殺大權。但沒有人能剝奪其他人面對未來的打算。若你們連考慮都不考慮帆夢的提議，等我走出這房間，就立即告知所有居民！」

恩格烈沙長老也愣住了。各個遠征隊長都帶著凡爾薩熟悉的敵視目光凝望他。

「凡爾薩，我召開這次會議的目的，不是為了威脅任何人……」首席學者急著解釋。

凡爾薩明白自己會脫口反駁，純粹是因為長年被恨意包覆的神經遭到挑動。居民的死活與他何干，況且他當初連逃離瓦伊特蒙的勇氣都沒有。但在這一刻，他無法毫不吭聲。

「你說得振振有辭。但沒搞清狀況的是你，」開口的是哈賀娜身旁的飛以墨。他披著遠征隊的黑色披風，灰色長髮在火光下像冷鐵般平順。他以冰冷的聲音說：「遠征隊支部經過多少個世代建立起探索系統，才開始明白外頭世界的情況。而最遠，我們也僅到過澳大利亞。五千多個居民，你想帶他們去哪兒？」

「研究院是做什麼用的？」凡爾薩惱怒地回。

「研究院只會紙上談兵。面臨雪地的實地挑戰，沒有多大用處。」對方說道。

「飛以墨……你們的遠征基礎都是研究院提供的。」帆夢挺著疲憊的身子回他。

「那麼何不去找實際到過更遠地方的人？像是艾伊思塔。爭取她的意見。」凡爾薩面對所有人。

「是啊，她去過難以想像的遠方。或許可以聽聽想法……」安雅兒輕聲附和。

其實真正明白遠行挑戰的人，是亞閣。但即使事關瓦伊特蒙的安危，凡爾薩並不打算出賣自己的朋友。他不會道出亞閣才是艾伊思塔背後的關鍵。「聽說那女孩偷了研究院的資料，跑得比你們任何一支遠征隊都要遠？」凡爾薩諷刺地望了飛以墨一眼。「那麼找她過來，詢問她遠方世界的情況，討論出對應的選項。整個瓦伊特蒙都知道艾伊思塔從『方舟』帶回了恆光之劍。我不敢相信你們竟沒有考慮納入她的意見。」

然而她未受邀來祕密會議，必然有其原因。飛以墨回道：「艾伊思塔有自己的雪靈，但五千位居民沒有。況且她並不算正規的奔靈者，無權參與我們的決策會議。」

「凡爾薩，真要嚴格說，你也老早不是我們一夥的。」哈賀娜雙手插胸，尖聲回道：「若非恩格烈沙長老要求，你連站在這房間的資格也沒有！」

凡爾薩怒視她。哈賀娜的身上有父親的鬼魂，她不會放過任何機會羞辱他。

凡爾薩感覺腦子有些昏眩。他又回到了以前的模樣，與決策者起了衝突。心裡某個聲音在吶喊，自己總是干涉太多。他總把自己逼到這種境地。

奔靈者的未來、居民的未來、瓦伊特蒙的未來，根本都與他無關。他有股衝動想調頭就走，自己從不該踏進這房間。凡爾薩掃視石桌前的眾人最後一眼，接觸到每個人冷默的眼神。

然後他看見雨寒。

黑色捲髮的女孩瑟縮在石桌的對角線，雙手緊握，惶恐不安地回望著他。她那漆黑的瞳孔裡有光火在跳動，讓凡爾薩憶起每當自己閉起眼，那些在暗夜中的微小光點……

他的情緒緩和了下來。

「……如果你們真想以瓦伊特蒙的統治者自居，憑藉十幾人聚在一起就想決定瓦伊特蒙的未來，」凡爾薩低下頭，咬著牙說出口：「那麼至少把所有可能性都考量過吧。找『引光使』艾伊思塔過來，告訴她這些危機。她有能耐往返亞細亞大陸和瓦伊特蒙，你們需要她的判斷。」

至少，她和亞閻有勇氣做到我不敢做的事，凡爾薩心裡想著。他倆憑藉一己之力，做到了這群自以為是的傢伙從來無法辦到的事！

EPISODE 04《芬瀾》

天地之間一片霧濛，只有那束光穿透了風雪，像道寧靜永恆的存在。

山谷間，上百個朦朧的身影圍繞著「恆光之劍」輕頌著導文。在他們頭頂，柔光像是筆直的金色長矛刺入天際，在鉛灰色雲層的中央開了一個洞孔。周圍的雲緩慢轉動，彷彿有隻看不見的手指正在空中撥弄，捲起了渦流。

然而，除了恆光之劍的周圍，天空中的大片雲層依舊像遭時間凍結，層層淤積，綿延千里，囚禁整個世界。

艾伊思塔站在人群的外圍，將棲靈板直直插在雪地裡，微微依身其上。她的兜貌遮住半邊臉，靜靜凝望這些居民。開啟恆光之劍時，天空總會浮現綿綿細雨和飄渺的霧氣。雪霧模糊了所有人的身影，只有當他們輪流貼近恆光之劍的暖光，五觀才忽然清晰。

居民流露出各種神情。有人敬畏，有人困惑，有人哀痛流淚。

皛白的雪地裡，幾位奔靈者護著那神祕的儀器：樣貌奇異的底座，架著三根並列的玻璃管，於晝時啟動，召喚「陽光」回到人世。這是她與亞閻冒然前往子幅線 96.9 度的巨大島嶼「方舟」所帶回的遠古聖器。

研究院小心翼翼地對待恆光之劍，第一次發現他們的藏書和文獻再多，也頗析不了這個聖器如何運轉。但帆夢依舊熱切地認為舊世界的人類找到了終極的魔法來源，以「Aqua」——水，為燃料啟動各種聖器。

但冰雪世紀的降臨似乎早一步毀滅了所有的智慧結晶，在終極魔法普及之前，冰凍了地球。

遠古人類慣於仰賴的舊式燃料全失效，在結凍地表再無法對抗不斷出現的魔物。艾伊思塔覺得這有點兒諷刺……若他們早個十來年掌控水的法術，冰雪世紀豈不會為人類帶來取之不盡、用之不竭的能源？那麼面對狩群，或許人類文明不會那麼早滅絕……

數個月以來，奔靈者每天正午來到外頭的雪地，在飄渺的白色山谷間啟動恆光之劍，召回傳說中的陽光。終其一生待在地底的居民，帶著震驚的情緒從北環大道一排排走出，想見證奇跡。這一帶再沒出現狩群的蹤跡。

今天被派駐來保護恆光之劍的幾位奔靈者當中，艾伊思塔認出了其中三位。以圓鎚為兵器的朗果，女弓箭手莉比絲，以及剛成為奔靈者的湯加若亞。其中，湯加若亞比她小兩歲，從前兩人算熟識，有機會溜到外頭總會帶著木板去比賽，看誰在雪地滑得快。艾伊思塔的滑行技術厲害許多，卻不幸在成為奔靈者的一刻遭到長老們的監禁。湯加若亞的情況也沒好到哪兒去，他的天生反應頓了些，控板技術不佳，遲了好幾年才被允許去尋找雪靈。

前陣子他好不容易受縛靈師囑咐外出，帶回自己的雪靈，卻在束靈儀式遇上傳說中的「暗靈」，差點嚇破膽子。據說縛靈師短期內將不再派新人外出，因此湯加若亞算是最後一批成為奔靈者的新人。

恆光之劍底下，湯加若亞稚氣的面孔不時望過來，和艾伊思塔四目相接時會不自覺地傻笑。艾伊思塔則朝他做了鬼臉。

眼前奔靈者的職責除了守護聖器，還得負責居民的制序。他們畫出一個半徑五公尺的禁區，一次只讓三位居民踏進來，允許他們用手接受陽光洗禮。

而那些在外圍等待的居民，個個仰頭看得入迷。飛雪像霧一般濃，混著薄薄的細雨，只有光束穿透之處清晰明亮；金色光芒的外緣，偶有大片雪花螺旋紛飛，給人一種它們正朝著天際而去的錯覺，然而實際上它們正從空中落下。

艾伊思塔聽著居民誠心的歌聲。不時有人在雪地跪下雙膝，做出祈願的姿態。哭聲偶然穿透風雪而來，艾伊思塔卻說不出是哪些人在啜泣。

然而最令她不解的是，依然有許多人雙手插胸，僵著站姿，擺出質疑的面孔。最近這種人似乎越來越多。

亞閻曾說當人們親眼見到「陽光」，祂的地位在人們的心中就有可能改變。隨著一天天過去，人們對恆光之劍的反應確實漸漸分歧；從詫異到接受，從接受到質疑。大家開始習慣了每天的正午十分，恆光之劍便會啟動。多半居民來到外頭是為了見證奇跡，但也有越來越多的人，來這兒只是為了重複審視它。彷彿只要盯著那儀器越久，他們便能道出真理，解開某種隱諱的邏輯。

艾伊思塔覺得百感交集，亞閻的話幫她做了心理準備，但人們的轉變依然比想像來得更快。她當初預期恆光之劍的歸來會使人們意識到自己並非被拋棄的子民。她期待自己帶回的是希望，永遠不滅的希望。她想看見居民滿懷希望的臉……而不是滿臉的懷疑。

有居民用手去撥弄那道光，似乎想撈住無形的光來洗面。也有人蹲下身想研究儀器的底座，被奔靈者給立刻阻止。艾伊思塔看著人群各種極端反應，不自覺在心底問，是不是只有永遠接觸不到的東西，才能成為恆久的希望？才能成為無法磨滅的信仰？

還是，希望本就無法永存於人心……？

她盯著恆光之劍，忽然想起了喬安。假如燭將仍活著，看到了「陽光」，他又會告訴她什麼？

或許恆光之劍喚起了多數人的無比敬畏，但艾伊思塔更懷念把燭火握在胸前，那微微的暖意。

打從她剛來到瓦伊特蒙起，燭將喬安就總是偷偷為她點起火苗，即使這觸犯了只有長老與學者才有權使用燭火的法令。當她身在遠方，喬安死了。燭將與許多居民一同落難。最後一次見到他，喬安給了她一個小巧的蠟燭，伴隨她撐過整趟旅程。

她趕緊用手套抹乾淚痕，怕它結凍在臉上。

還有亞閻……艾伊思塔想起他。亞閻現在，人在哪兒呢？

「啊，我協助妳找到恆光之劍，所以妳也得有所回報對吧？麻煩妳，可愛的淑女，千萬別告訴任何人有我與妳同行。」當初狩群大軍被擊退後，亞閻曾私下告訴她。

「什麼啊？所有人都看到你和那隻六臂魔物作戰，還叫大家要保護恆光之劍！」

亞閻聳了聳肩。「是啊，但誰會曉得是我和你一起去了亞細亞大陸？」

「那麼……等別人問起我怎麼找得到方舟，我該怎麼回答？」

「就說妳憑藉一己之力辦到的。」

之後不管艾伊思塔怎麼逼問，亞閻都不透露他為何這麼堅持。很明顯感覺事不單純，他隱瞞了許多事從未告訴她。然而亞闍總有辦法導開話題，或壓住艾伊思塔的手腕，或用嘴唇封住她的口。

然後有一天，亞闍就這麼消失了。無影無蹤。

「『引光使』，」有位裹著褐色厚皮衣的居民來到她的面前，令艾伊思塔回過神來。薄霙之中，那居民欠身親吻她的手。「妳是如此勇敢，自己前往遠方帶回了創世的奇跡。我們想說聲謝謝妳……」他道出自己的孩子是多麼興奮，夜裡不再感到害怕，滿懷希望地睡去。

艾伊思塔的心中升起一股暖意。

「我並沒有做什麼，這是陽光的指引。」她微笑回道。起初她總覺得不好意思，無法克制地羞紅了臉。但久而久之，她開始露出開朗笑容，甚至開始習慣人們給她的「引光使」稱號。

第二位迎上來的居民，卻皺著深鎖的眉頭，以不確定的語氣問：「啼啼瓦蟲的螢光，長老大會的火把，都為我們帶來光亮。不算什麼奇跡。那麼『恆光之劍』是不是也……僅是某種更強烈的……該怎麼說……」他語塞片刻。「說不定它只是某種……」

這次艾伊思塔主動上前握住對方的手，看著他的眼睛說：「我們舊世界的祖先曾經創造許多奇跡，或許我們終其一生都無法徹底了解。『恆光之劍』就是他們留給我們最重要的東西。」艾伊思塔看向直通雲霄的光束，那居民也隨著她的視線仰頭。「祂帶著先祖的意念降臨，或許就是希望跟我們說，這世界並非一直像我們理解的那模樣。或許它曾有過別的樣子。不是嗎？」

「這……很難想像……」

「嘗試看看，」艾伊思塔微笑。「看著那道光想像看看，其實沒有那麼困難。或許有一天，世界也會回到那樣子。」如果人們願意堅定這信念，恆光之劍的出現就是最大的奇跡。

至少，她是這麼相信的。

那人的目光飄忽在她與光束之間，最後盯著恆光之劍許久，才抿脣點了點頭。艾伊思塔在心中鬆了口氣。似乎每天都有人提出這樣的問題。然而那居民才剛轉身離去不久，事情便發生了。

一聲尖叫穿透風雪。幾位奔靈者擋住一名老婦人。

「還給我！」婦人陳舊的披風落在地上，滿頭褪了色的綠髮隨風飄擺。她揮著手臂想往前衝，卻被朗果和另一位奔靈者給架開。後方的莉比絲已揚開長弓，湯加若亞則站在一旁，一副不知所措的模樣。「我的兒子還沒走！他一定還沒走！」老婦人嘶吼著：「別讓『陽光』帶走他——把他還給我！」

艾伊思塔立刻抽起棲靈板往前拋，躍上去後刮起雪塵，蜿蜒繞過人群。她的兜帽被吹開，露出滿頭綠髮和隨風飄晃的貝殼串。她迴身一轉來到他們身旁。朗果一施力把婦人推開，艾伊思塔正好接住她。

「你弄痛她了！」艾伊思塔不悅地對朗果說完，從地上拾起婦人的披風，抖開雪沫。「這裡……」艾伊思塔為她披上。她認得她。老婦一家人在肉食儲藏窟工作，她的孩子在戰役中受重傷，撐了數個月卻回天乏術。就在昨天，他的遺體被送到邊緣之門外，由那條無名之河帶往地心。

老婦人兩手摀臉，把頭埋入艾伊思塔的懷裡，低聲啜泣。「大人……引光使大人……求求妳讓喚回我兒子的靈魂，別讓陽光帶走他……」

「這……我……」艾伊思塔不知該說什麼。她只能緊緊摟住那婦人，將手輕放在她年邁的髮上。

「別讓陽光帶他走啊……為什麼……為什麼妳不早點回來……」老婦歪著頭，聲音出現異樣。「就是妳……為什麼不早點回來？」老婦人游絲般輕細的聲音，猛然轉為咆哮：「妳為什麼不早點回來趕走那些怪物!?」她抬頭的一刻，艾伊思塔愣得鬆開了手。

老婦人哭紅的雙眸滿是血絲，只有瞳孔被恆光點亮。她的臉頰覆蓋著好幾道冰痕。

她的家人從後方慌張地趕來，拉住已崩潰的婦人。他們趕緊向艾伊思塔道歉，硬是拖著婦人離去，在雪地留下凌亂而沉重的足跡。

莉比絲走了過來，收起她的弓說：「守護『陽光』的責任就交給我們吧，妳大可回去黑底斯洞。妳每天來這兒湊熱鬧，會讓居民很困惑。」

艾伊思塔壓下想反駁的衝動。她明白多少奔靈者怎麼看待她，狐疑和不信任寫滿他們的臉。因為只要在外頭的雪地待過的人，便難以想像艾伊思塔連奔靈者都稱不上，怎可能安然從亞細亞大陸歸來。

她只感到異常疲憊，覺得自己確實該返回地下了。此時面前一個嬌小的身影出現，踏著深雪走來。那女孩的身後有名身穿紅色披風的奔靈者，佇立在遠方等待。

黑髮女孩走近時，面容從霧霙中變得清晰。她那烏黑的眼袋與蒼惶的神情，口中斷斷續續冒出熱氣。

「雨寒？」艾伊思塔說。

「引光使大人，」雨寒腳下是白雪壓縮的聲響，她喘著氣道：「我們在找妳。」她分心瞥了恆光之劍幾眼，才接著說：「恩格烈沙長老和首席學者叫我來帶妳過去，出了很緊急的事。請妳跟我們走一趟。」

自稱為「紅狐」的費奇努茲走在兩個女孩的前方。即使有披風覆蓋，依然看得出他背膀寬厚，頭上結著細膩複雜卻又略顯粗獷的髮網。不知為何，他的背影令艾伊思塔想起了燭將喬安。喬安應該和他差不多年齡吧……

費奇努茲領著她們通過丘嶺洞穴，再穿越高不見頂的蝠眼洞。身旁不少人群忙碌往來，不時有孩子朝艾伊思塔揮手招呼。多數居民對她的態度和奔靈者截然不同，人們的微笑讓艾伊思塔稍微重拾起精神，試著去忘掉剛才發生的事。

而一路上，紅狐向她解釋了一切。

他概括道出首席學者想傳達的事情，卻刻意把危機輕描淡寫地帶過。這令艾伊司塔雙手抱緊棲靈板，碧綠眼眸張得老大，好幾次差點停下腳步。「這種事……不需要召開居民大會，先告知人民嗎？」

「沒有必要。」紅狐側首過來。「先讓統領階層決定該怎麼應對，再想下一步。妳的角色是提供遠行的見解，會起關鍵作用。」

艾伊思塔沉默了。要是半年前，她一定會主張要立刻讓瓦伊特蒙的居民都知道迫切的危險。然而她卻再度想起剛才那位老婦人，以及恆光之劍對人的影響。

若給予人們希望，會激起種種極端的反應……那麼，絕望呢……？

「引光使大人，」雨寒貼近她，輕聲說：「是凡爾薩說服所有人，說應該要找妳一起，聽取妳的想法喔。」

「嘿，別那樣叫我。」艾伊思塔立刻沒好氣地回道。自己和雨寒認識已非一兩天。「妳剛才說凡爾薩？」那位……叛逃者？她想起在瓦伊特蒙戰役時，亞閣曾與他並肩作戰。艾伊思塔又看著雨寒，不確定為什麼這女孩提到凡爾薩時會露出一絲笑容，彷彿倍感驕傲似的。

「是的，『引光使艾伊思塔大人』……啊！」

艾伊思塔用手指輕點一下雨寒的鼻頭，令黑髮女孩瞇起眼。「雨寒，叫我艾伊思塔就好。」

「啊……好的。」雨寒搓著雙手，微微縮起脖子。

「那麼聯合遠征隊的俊呢？你們有沒有找他？」

「帆夢有叫他一起來參加會議，但他拒絕了。俊已經把所知的事情一五一十告訴研究院，不願再參與其它討論。聯合遠征隊的事……對他打擊太大了……」雨寒露出憂傷的神情，艾伊思塔也沉默了。

在他們經過黑底斯洞時，艾伊思塔忽然發現自己的胸口有股悶熱感，而且越漸強烈。

「等、等等……嗯？」她壓著胸口想歇會兒，卻不經意發現一件奇怪的事。

氣泡般的虹光正從她拿著棲靈板的那隻手腕浮現，緩緩飄旋。她並沒有呼喚自己的雪靈出來。

「怎麼了？」紅狐和雨寒同時回望。

「沒……沒什麼。」她跟上他們的步伐，目光卻直盯飄晃在手臂附近的光點。這並非第一次「芬瀾」自己莫名冒了出來。

他們經過喧囂的街角，有人推著載滿陶器的木車，有人端著裝滿蔬果的亞麻籃。孩子們四處奔跑，孕婦與丈夫牽手漫步。滿天的繁密螢光把黑底斯洞籠罩在一股柔迷的光暈中，數不盡的人群像剪影般挪動，猶如無聲流動的浪潮。一陣氣鳴般的聲音讓人潮散開來，眼前出現一頭體積龐大的角鹿。牠的暗白皮毛有著柔順的紋理，背上坐了三、四個人。陰黃色巨角蒙上一層冷光，像有尖錐的大盆子，上頭懸吊著各種杯狀物，隨著牠晃動的步伐敲擊出聲響。

艾伊思塔環視周圍的景像，心想好不容易，瓦伊特蒙開始恢復戰前的生氣……她低頭，卻發現虹光點已消失了。

他們踏上一座石橋，橋的彼端沒入一個窄洞，離開了黑底斯洞與背後的光。前方柱子掛著好幾串螢光燈，他們各自取下一盞，由紅狐步行在前方一段距離。

一路上，雨寒低聲向艾伊司塔解釋會議中人們的立場。「所以凡爾薩覺得學者們才是對的，要讓人群做好萬全的準備。但恩格烈沙長老非常反對。」

艾伊思塔點點頭，聆聽著。

「然後會議裡有四位遠征隊長，都是我母親很信任的人。哈賀娜和飛以墨的感情相當好，雖然他們久久才見一次。不過他們兩人好像都不太喜歡費奇努茲……」雨寒再壓低音量，似乎怕紅狐會聽見。「事實上額爾巴也不喜歡紅狐。可能遠征隊之間有競爭關係吧，時常比較誰從遺跡帶回更珍貴的寶物。」

「那麼額爾巴也支持首席學者的提議嗎？」

艾伊思塔知道「冰眼」的名聲。他是知名的老將，雖然出任務少了，但在奔靈者當中依舊有影響力。

雨寒搖頭。「額爾巴通常會挺恩格烈沙長老的決定。他們算同輩的奔靈者，有很好的私交。啊，其實恩格烈沙長老好幾次想網羅他，轉支部擔任守護使的隊長。他已經在慎重考慮了。」

艾伊思塔看著這個嬌小的女孩，有些吃驚她竟然懂那麼多奔靈者的人事關係。但或許她不該吃驚，雨寒可是黑允長老的女兒。「那麼總隊長亞煌呢？他的立場很關鍵。」

「這我不太確定……」雨寒想了想。「他似乎有所猶豫，沒有表態。」

艾伊思塔沉思了一會兒。情況已很明顯，這場祕會不太為瓦伊特蒙帶來太大的改變。沒有奔靈者的支持，研究院任何提議都是紙上談兵。

「對了，首席癒師也在會議裡。安雅兒自然希望穩定，所以對學者的提案抱持懷疑。」雨寒說：「所以目前只有費奇努茲一個人，與凡爾薩同一陣線。」

「雨寒，妳觀察得好入微。」艾伊思塔微笑。她自己平時只和居民朋友打交道，對奔靈者的事一概不知，現在被雨寒給上了一課。

「沒……沒有。跟在母親身邊，時常都得接觸類似的事。」

三人的腳步聲迴蕩在岩壁間，一個堅實，一個急促，一個輕柔。艾伊思塔知道這裡的所有地形；最南端的盡頭就是濕土洞穴，它隱藏了數個廢棄的窟室，想必是祕密會議的地點。

萬一某天瓦伊特蒙真的出事了，人們又該搬往哪兒？艾伊思塔不自覺想起俊交給她的東西，以及裡頭蘊藏的那些難以置信的祕密。她曾想過是否該直接告訴帆夢，但當她仔細反覆閱讀那一小份文獻，把每一行音輪字跡看了不下百次，最後卻打消了念頭。

那不是瓦伊特蒙需要知道的，也不是她現在應該面對的。

路凱的遺物——那三張破碎不全，從不同的日誌分別撕下的紙張——已徹底顛覆她的人生。

我曾經以為瓦伊特蒙不是我的家鄉，不停想念自己出生的所羅門……艾伊思塔心底的情緒翻湧。她終於發現自己或許大錯特錯。

她本能地握住胸前的黑水晶項鍊，亞閻稱之為「靈凜石」的寶物。

當她擠進那十幾人的房間，討論的情況已白熱化。

這群統領階級的與會者正在爭吵採取什麼樣的對策。首席學者帆夢認為至少未來數個月內，各遠征隊的任務主軸必須改變，要集中尋找下一個可能的棲息地，而且居民得做好隨時踏上遷徙之路的準備。站在他對立面的恩格烈沙長老則認為奔靈者的調度必須聚焦在守備上，而且不僅外緣雪地，就連瓦伊特蒙的內部也需要派駐人手，防止所羅門的悲劇在這兒上演。

多數人同意長老的邏輯。親歷過白色大地的險惡，就知道絕大多數的居民將難以在外生存。

「奔靈者有雪靈來調節體溫，這是我們在雪地存活的主因。」首席癒師安雅兒急切地說：「普通居民一輩子習慣地底的環境，你要他們怎麼承受外頭的天候？」

雨寒回到這群人當中便不再說話了。即使她替代黑允長老出席，卻無法為遠征隊支部做任何決定。另一方面，總隊長亞煌提出幾個深入的問題，卻時常陷入無言的沉思。最後，站在角落的凡爾薩面露慍色，也不再答話。在場的縛靈師也從頭到尾沒說過一句話。

討論從遷徙的可能性一面倒向怎麼防衛瓦伊特蒙才是最有效的。

艾伊思塔聽著眾人爭執，視線飄動在散布石桌的文獻上。那些地圖、遺跡的圖像，以及寫滿音輪語的紙張。因此當話題突然指向她，艾伊思塔一時不曉得怎麼回答。

「妳用直覺告訴我們實話就行了。」恩格烈沙長老問她：「如果算上近期歸來的所有遠征部隊，目前奔靈者的總數有三百三十人，居民卻遠遠超過五千。只有妳去過那麼遠的地方，妳認為一旦所有人離開瓦伊特蒙，集體存活率有多高？」

「應該……」艾伊思塔知道她必須實話實說。「……非常的渺小。」假使沒有亞闍的陪伴，她肯定也無法活著回來。

她無法想像要求他人不依靠雪靈在外頭存活。奔靈者與居民的數量遠遠不成比例，兼顧不了那麼多人。然而她再一次想起路凱託付俊交給她的文獻，不確定該不該道出一個額外的想法。

他們不可能相信我的，艾伊思塔很篤定，他們只會責怪俊為什麼沒把那幾張紙交付給統領階級……

接著，眾人開始詢問她遠方世界的模樣。她花了點時間重覆闡述旅程中的驚險境遇：龜裂的峽谷，突來的川流，想像力不可及的駭人地形。但就和之前告知研究院時一樣，艾伊思塔只說了去程的事，沒提及返程所發生的事，也沒道出亞闍的名字。

她只強調一件事：「就算我有棲靈板，也好幾次差點喪命。普通的居民若想徒步跨越隨便一座冰崖，那機率太渺茫了……而且離開瓦伊特蒙越遠，地勢的不可預測會超乎想像。我們……我自己，好幾次在一望無際的雪原挖窟露宿，夜裡被地震給嚇醒，一起來發現身旁的地表已破碎成海洋。」

幾位遠征隊長神情不變，倒是帆夢聽了面無血色。

「現在回想起來，我怎麼活下來的都不知道。若是五千居民露宿在那外，你們想像一下……」她吞了下唾沫，話鋒一轉說：「還有許多地方，我甚至沒辦法用言語來描述。有可能幾秒鐘的誤差，數千條人命就被冰原給吞了。」

人們神情嚴肅地聆聽。當中，哈賀娜和飛以墨這兩位遠征隊長卻冷冷地盯著她，眼神充滿不信任。

艾伊思塔忽然察覺自己是不是說得太令人絕望。眾人沉默，許久沒人作聲。

恩格烈沙長老正色說：「帆夢，凡爾薩，你們都聽見了。要找到下一個像瓦伊特蒙的宜居地點，根本不可能。我們最大的勝算就是保護好自己的家園。」長老瞥視艾伊思塔，她點頭同意。無論如何，她都不想讓居民冒險進入冰雪大地。

「那好了，這陣子就別再派遣遠征隊出去了。所有奔靈者都分駐在瓦伊特蒙吧。」額爾巴下了結論，這次不再有人反對。

雨寒凝望艾伊思塔，眼神中似乎有一絲失望。

人們開始討論起守備工作的調度。首席學者默默嘆了口氣，他身旁的年輕學者開始收拾桌上的東西。艾伊思塔這才發現那名少年的存在，印象中他叫麥爾肯，當初艾伊思塔就是從他手中騙走了方舟的資料謄本……

當她發現麥爾肯正盯著自己，艾伊思塔一陣尷尬，視線下挪。

此時，她看見少年手裡拿著的某樣東西。「等一下，這是什麼？」艾伊思塔問。

「嗯？」麥爾肯本能地護住零散的資料，明顯不想再與她打交道。

「這個——」艾伊思塔整個身子向前傾，半身越過石桌，從他懷裡抽出了一張有某種護模的舊世界紙張。

「這也是從所羅門倉庫裡找到的，是遠古時代的『城市』圖像。」麥爾肯無奈地回答。

艾伊思塔睜大雙眼，凝視手中的圖。這張由遠古空中魔法所捕捉到的影像，是密密麻麻的擁塞建物。雪霧朦朧了許多地方，周邊已遭白雪埋沒。

「這沒什麼特別的，我們研究院還有好多這樣的圖，都是遠征隊帶回來的。」麥爾肯把圖抽了回來，明顯想打發她。「我們有大約三十幾座這樣的城市古圖——」

這次，艾伊思塔直接緊繞過石桌來到麥爾肯身旁，把少年嚇了一跳。她二話不說直接從他懷裡搶來整疊資料。

「妳、妳幹什麼!?」麥爾肯錯愕地喊，帆夢也看了過來。

「閉嘴。」艾伊思塔倉促地從裡頭翻找，最後挖出三張類似的圖，目不轉睛檢視著。「這些是哪幾座城市，你知道嗎？」

「這……這一張是遠古北美大陸的『洛城』遺跡。」麥爾肯回道：「有大片凍結區塊的是『香港』，在亞細亞大陸的南端。最後這張太模糊了，所羅門也沒寫任何註解，不知道是哪個遺跡。妳有什麼疑問嗎？」

「這兒，看這些紋路，三座城市都有。」艾伊思塔順手抓來一支蠟燭，貼近圖像中央的某種紋理：陰暗的深色線條穿叉在遺跡的道路之間，像是翻出地面的觸手。整體看上去，就像一片破碎而乾枯的巨網，覆蓋整座城市。

「這……有可能是舊世界建築體系的一部分。我們尚不了解。」麥爾肯說。

「不，我親眼見過這東西。」艾伊思塔輕聲說。

兩位學者立即盯著她瞧。帆夢皺起眉頭問：「妳在哪兒看到過？」

「『方舟』。」艾伊思塔憶起與亞閻站在白色巨塔頂端所看見的景像。「那裡的遺跡地表也被同樣的紋理覆蓋。光看這些圖你們可能感覺不出來，但是……我很確定這不是舊世界人類造出來的。」

「妳怎麼能斷定？」帆夢又問。

「它們的質地不是人工物，和遺跡普遍不同。更像是天然發生的。」艾伊思塔拎起圖，擺在首席學者眼前。「不需要親臨現場，直接看著這些圖，也能明白。」

帆夢的神情變了，很明顯他知道艾伊思塔所言無誤。「與狩有關聯嗎？有沒有其它線索？任何線索？」他急著問。

艾伊思塔想了想，慚愧地搖頭。首席學者與麥爾肯互望了眼，神情再次消沉。她這才放下手中的紙張。「抱歉……」

「那麼我們會議就到此為止。現在已是危機時刻，未來數個月所有支部的奔靈者都必須扛起守備工作。」恩格烈沙長老說完，額爾巴在他身旁點頭。

「看樣子，我們會和最初的奔靈者一樣，只剩守護使一個支部。」紅狐語氣平坦地說。艾伊思塔無法判斷他是不是在嘲諷。

祕密會議似乎就這麼結束了，什麼也沒改變。各遠征隊長紛紛動身離開。總隊長亞煌撐起柺杖，和首席癒師也準備離去。

「對了，陀文莎，」恩格烈沙長老似乎想起了什麼事，停下腳步。「現在外頭不太安全，但還是不能完全停止束靈儀式。奔靈者急著需要新血。妳有沒有什麼對策？」

艾伊思塔這才覺得事有蹊蹺。陀文莎只盯著石桌一角，眼神恍惚。

「或許縛靈師可以告訴我們哪個方向沒有狩的威脅？」老將額爾巴站在門邊說：「我們可以派有經驗的奔靈者尾隨新人一段距離，照應他們。」

「但這會大大降低原生雪靈出現的機率吧？」哈賀娜轉身問道。

「尾隨新人半天的距離，應該不會影響他們找到雪靈。以現況而言，確實有必要這麼做。」

「是啊，主要還是得確保鄰近地帶沒有狩的威脅……」

「**瓦伊特蒙，已經滅亡了。**」

人們的話被打斷。所有人都停下動作，僵直身子看向陀文莎。

艾伊思塔已忘了呼吸，直盯著縛靈師那昏暗不明的面容。陀文莎猩紅的雙唇在顫抖，然後她摀住自己的臉，跪了下來，重複念著某些話語。

恩格烈沙長老立刻繞過石桌走來。「陀文莎，妳剛才的話什麼意思？」然而凡爾薩和雨寒已快一步來到縛靈師身旁，蹲在她身邊扶住她。有那麼一陣子，眾人顯得不知所措。房間一片寂靜，只剩縛靈師那不知是嗚咽還是呢喃的聲音。

半晌後，凡爾薩抬起頭，斬釘截鐵對所有人說：「她的情況不大穩定，先讓她休息吧。有什麼事以後再說。」

不知是否錯覺，黑底斯洞變得比以往更加寒冷。

艾伊思塔一手拿著棲靈板，一手揪著自己領口，覺得胸腔一陣不舒服。縛靈師的話在她腦中注入無法形容的恐懼。某些事已發生了……卻無人知曉是什麼。

雨寒走在她身旁，凡爾薩則跟在她倆的後方。他們打算去工坊洞穴搬一些器皿到縛靈師的居處照顧她。但艾伊思塔不斷想起那些殘留在遠古遺跡的詭異的紋理，以及她在「方舟」所看見過的紋路。它們有關連嗎？如果那些紋理真的與狩有關係……又代表了什麼？

她覺得自己錯失了某個最重要的線索，某種很明顯的線索。

「妳似乎和許多居民保持不錯的關係。」

艾伊思塔回頭望了一眼說話的男子。曾被稱為「叛逃者」的凡爾薩。他彷彿一點也不怕冷，坦露胸膛，寬鬆的襯衣裡頭是串牙骨項鏈。

「居民就是我的家人。」艾伊思塔側首回答他。

他們三人踏上跨越暝河的石橋。幾艘小船停在河的中央，船上的工匠正在用竿子打撈殘冰。

凡爾薩又說：「我已聽說了。妳告訴所有人關於……」他的聲音忽然有些彆扭。「關於我父親的事。那是亞闍在旅程中途告訴妳的？」他的聲音變得尖銳，還帶了點不悅。

「亞、亞闍？你在說什麼？我是自己一人——」

「別裝了。他告訴過我了。」凡爾薩打斷她。「放心吧，我不會洩露他的事。我只想告訴妳，別多管閒事。」

「你們在說什麼啊？」雨寒的視線飄動在兩人之間，似乎完全聽不懂。

他和亞闍有那麼熟嗎？艾伊思塔心想若是如此，她倒想問亞闍去了哪裡。但她在橋的中央轉過身來，手插胸前面對凡爾薩。「你說我多管閒事？」

「我的事不需要你管。」凡爾薩說。

「我只是認為人們有必要知道事實。你並不是他們口中的『叛逃者』。」她刻意不去提到黑允長老等人做過的殘忍決定，因為雨寒就站在他們身旁。「你應該要感謝我才對。居民們都對你改觀了。」

這句話似乎令凡爾薩的額頭緊繃，青筋全冒了出來。「聽好，別到處說我的事，懂了嗎？從現在起妳最好閉上嘴！」

這人怎麼那麼令人討厭？艾伊思塔盯著他，被凡爾薩充滿威脅的口吻給激怒了。她不甘示弱向前走一步，碧綠色的雙眸直視對方。

「你這個沒教養的傢伙，怎麼用那種態度說話？我們素昧平生，好心幫你，連聲謝謝都收到，你竟然敢叫我閉嘴!?難怪居民都那麼討厭你！」

「妳——」凡爾薩睜大眼想說什麼，卻被雨寒給拉住。

「你們別吵呀……」雨寒緊張地看著即將開打的兩人，但她似乎想了一會，也貼近凡爾薩輕聲問：「你的父親怎麼了？」

「沒什麼！這不干妳的事！」凡爾薩的吼聲嚇著了兩位女孩。

艾伊思塔噴著鼻息，自討沒趣地把目光瞥往一旁，恰巧看見那幾艘停在河中央的小船。船周圍的河面隱約反射洞頂的螢光，那些光波被工匠打撈殘冰的動作給頻頻打碎。

突然間，艾伊思塔清楚感覺到腦中的血液凍結。

「妳給我聽好，我不曉得亞閣究竟跟妳說了多少，但從現在起，妳要再敢提起——」

「你們……」艾伊思塔的喉嚨差點發不出聲，只勉強擠出了一絲話：「他們說，所羅門是從中央遭到突破的，對嗎？」

「聽見我在跟妳說話嗎!?」

艾伊思塔的腦中出現如巨網般覆蓋遠古遺跡的紋理。她這才意識到問題所在。

如果那些遠古「城市」的人們並不是因為天候劇變才滅亡呢？如果……舊世界人類的聚集地，曾經發生和所羅門一樣的事呢？艾伊思塔莫名地無法呼吸，胸腔的痛處又出現了。她雙手環抱胸口。

「艾伊思塔，妳怎麼了？」雨寒察覺到異樣，拉住她的手臂。

凡爾薩似乎也發現事有不對勁，靜了下來。

如果狩有方法……有方法找到所有「人類的聚集地」呢？

那些舊世界人們堪稱為「城市」的地方，不也一樣嗎……？

她昏眩地盯著船上的工匠，有種他們正以慢動作在撥弄水面的錯覺。

瓦伊特蒙……也是人類的「城市」啊！

艾伊思塔指向前方。「那些河面上的殘冰……這幾個月都不曾消失，對嗎？」

凡爾薩這才隨著她的目光朝瞑河望去。雨寒也不確定地挪動視線。他們全盯著那幾艘船。空氣彷彿已變得更加冰冷。

雨寒摸著自己下唇說：「戰後的殘雪都清除了，只有這一帶的河面殘冰，不知道為什麼一直出現……」

眼前的畫面艾伊思塔早已看過不下百次，但直至此刻，她才意識到這一切代表什麼。她低頭，發現雪靈果然已蠢動起來，光體縈繞在她的手腕邊。「原來是這樣。」艾伊思塔打直棲靈板，刻不容緩地走到石橋的邊緣。

「告訴我發生什麼事。」凡爾薩說：「妳等等——」

艾伊思塔沒有看他一眼，縱身躍入河中。

水的溫度比想像中冰冷太多，這不該是暝河的溫度。她打了個寒顫，但身體立刻被虹光包覆。即使身邊彩光瀰漫，水底依舊是一片深不見底的黑。印像中，暝河是條極深的地底河。

艾伊思塔知道是召喚「芬瀾」出來的時候了。她的雪靈已經蛻變過。

從方舟歸來的途中，她親眼見證了雪靈的變化。從過往僅依附在鍍銀鎖鏈上的飄渺光絲，轉變為全然不同的形體。艾伊思塔緊握棲靈板，以意識激發出彩光。

光體在水中像渲開的染料，無聲漂動，又迅速凝結為一道螺旋光束往河底而去，並在過程中化為更強韌的形體——流線的腹部，展開的光鰭，那模樣是在遠古時代被稱為「虎鯨」的生物。

雪靈的強光驅逐了黑暗，越游越遠，直通暝河底端。艾伊思塔目不轉睛地盯著。

然後她看見了。

河床的底部，有某種噁心的紋理。芬瀾的光僅點亮一小塊區域，卻足以讓她徹頭徹尾發寒。她用意識讓雪靈順著那表面往前游，看著彩光點亮的軌跡，恐懼越漸強烈。

整個河底，全被這樣的紋理給覆蓋。

那是某種像是結晶體，卻又滿布著莖痕的表面。與她和亞閻在方舟所見如出一轍。唯一不同的是，暝河底端的紋理並未乾枯，而是平滑、飽滿，像某種怪異的金屬物質，卻又像在休眠的龐然大物，巨大得令人難以想像，且在遭雪靈點亮時，反射出一層幽暗的光。

代表死亡的冰色藍光。

EPISODE 05《拂羽》

情況轉變快得另人無法想像。五百年來，瓦伊特蒙首次陷入極度慌亂。

人群的焦燥就像空氣中的硫磺，濃烈而令人窒息，卻不抵每日俱增的寒氣給人的恐懼。居民急於搬離黑底斯洞，擁入鏡之洞、丘嶺洞穴、工坊洞穴，甚至是種滿亞麻田的各個偏遠洞穴。他們寄宿在為數不成比例的窟房裡，人人憂心忡忡。瞑河底下出現魔物的消息已傳遍四方，所羅門如何滅亡的事情也在迅速擴散。

長輩牽著孩子，在幽暗微光的照耀下一批批撤離。奔靈者則逆著人潮，手持棲靈板朝同一個方向而去。

人類的祖先把瓦伊特蒙建立成環狀的防禦系統，黑底斯洞曾是最安全的核心地帶。現在一切改變了。它挨住了數個月前來自外頭的進攻，卻沒人知道接下來將發生什麼。

奔靈者全被調度進來，駐守在瞑河各角落。

恩格烈沙長老下令從這一刻起，棲靈板和兵器必須時時刻刻攜帶於身，就算在無雪的地底。然而實際上，奔靈者除了鎮守在河岸邊，盯著漆黑的水面，其它能做的事並不多。五百年來，他們從不需要在水中作戰，更不知道怎麼在水底自如地操控雪靈。

「雨寒，在黑允長老恢復之前，妳來幫忙協助大夥兒。」恩格烈沙長老派遣雨寒負責許多資源調配的工作，包括分配食物及飲用水，以及充當傳令員。「如果遇上困難，就找費奇努茲幫忙。現在人們日常生活的運轉已經出了問題，我們得儘快讓社會機能再次恢復。」雨寒用力地點頭，希望在這種時刻也出一份力。

諷刺的是，祕密會議花了那麼多時間爭吵的結果，就這麼被推翻了。在一片混亂當中，雨寒從凡爾薩支持學者決議是正確的這件事找到些許慰藉。恩格烈沙長依然固執地堅持沒有必要做遷徙的準備。統領階級的其他人卻開始動搖。

有陣子，母親的情況似乎好轉，幾次下床走動。然而多數時刻她依然神智不清，時常眼一閉就睡去。既然黑允長老無法勝任緊急遠征的指揮，這責任全落在總隊長亞煌的肩上。

一旦知道敵人已潛入瓦伊特蒙，亞煌及癒師安雅兒立刻確定自己的立場。

總隊長不顧恩格烈沙長老的反對，找來二十位最優秀的遠征隊員，當中包括哈賀娜、飛以墨，以及曾與他和路凱前往雪梨的黎音。「你們的任務是獨自外出，找出一個所有居民能待上一陣子的安全地帶。記住，必須離瓦伊特蒙不出一天的滑行距離。」亞煌說吩咐這二十人分散開來尋找，以增加機會。「這代表你們將會單獨面對危險，但我相信大家做得到。」每位遠征隊員嚴肅地頷首，立刻踏上征途。

雨寒曾經問他：「總隊長，恩格烈沙長老好像希望所有人都留守在瓦伊特蒙，要是他不同意這樣的事……」

「我們沒有選擇。」亞煌坐在石梯上，捆了一層層新繃帶在雙腿上。兩柄長劍現在絲毫不離腰間。

首席癒師安雅兒也組織起她的癒師團隊，遊走居民之間，明言告知人們要做好離開家鄉的準備。有些居民聽了表現出極端的反應，癒師們則以雪靈緩下他們的情緒，安撫人群。

事到如今，統領階層的人們以兩種對立的方式面對此危機，令局勢更加緊繃。

另一方面，研究院也開始有了動作。帆夢已發布緊急號令，要所有學者徹夜不眠去過濾資料。

首席學者當時也把雨寒找來，私下告訴她：「總隊長囑咐奔靈者外出尋找的只是暫時的避難處。我們還是得想辦法鎖定長久宜居的地方……雨寒，我知道黑允長老私存了一些遠征隊從各遺跡帶回來的東西。我需要看看沒有漏掉一切可用的線索。可以嗎？」

雨寒猶豫了一陣，最後下了決心，帶著一票學者前往母親窟房的祕密地窖。

因此這段時期她不僅協助恩格烈沙長老做資源分配，還來回奔走研究院。雨寒逐漸了解研究院的邏輯——

瓦伊特蒙的人類能在冰雪世紀存活下來，實非偶然。這兒的環境是由好幾個符合文明生存的條件疊加起來。

「首先是地熱。必須擁有足夠地熱的地理帶，才能支撐人類生存。地底不會有過度結冰的危險。」帆夢讓所有學者翻遍資料，在好幾張龐大的地圖上做出標示，打算找到相似於瓦伊特蒙的地方。「我們先把焦點放在太平洋火環帶的周邊。不過仍得切記，所羅門的日誌說過狩群已有能力突破這些地方，所以得擬出更多選項。」

「把板塊交接處給標出來，還有那些顯著的熱點地區。這些地方的地幔溫度相對更高，形成的流紋岩能夠更好的保護我們。」學者們的面前攞著上百疊遠古文獻，他們不停地過濾，在地圖上畫出一圈又一圈的紅色標示。

「第二條件，地理上不能離已知的大陸棚太遠。這可以確保無論周邊的海洋怎麼結凍或龜裂，海岸線都在觸及範圍內。這可以確保我們有食物來源。」

「第三條件，遠離舊世界的大城市遺跡。那兒總有狩群出沒。」學者們在遠古城市的位置上，畫下明顯的黑色十字。而第四、第五等次要條件則把遠古的魂木森林分布考量在內，以及地質的普遍情況。學者們參照研究院的地圖，以及所羅門的私藏，進行各種交叉比對。

由於長時間缺乏休息，有欠缺經驗的年輕學者撐著厚沉的眼皮，不小心在圖上畫了錯誤的位置。「已經沒有時間了，你們還敢出這種錯！」雨寒聽見年長的學者把他們痛罵一頓。「圖上的座標偏差一公釐，你知道會出現多少的誤差嗎!?」

瓦伊特蒙的緊急局勢給了研究院倍大的壓力。學者得在慌亂之中扛起人類文明存亡的責任。但帆夢從未放棄希望。他和一票資深學者無時無刻都在開會，揣摩列舉各項條件，帶領研究院花了一整個星期逐步過濾，重複演算，重覆確認，想鎖定下一個可能成為瓦伊特蒙的目的地。

在幫忙計算資源分配的時候，雨寒偶爾會看見有奔靈者集體潛入瞑河底下。

這陣子，他們不停設法去攻擊河底的奇怪物體。多數人因水深而無法抵達，就算有少數幾位「抗縛性」較強的奔靈者完成深潛，也只能撬開一些冰屑，沒什麼實質作用。雨寒聽說恩格烈沙長老想叫艾伊思塔再去一次河底，以她異於常人的水性去試探那東西。但不知為什麼，艾伊思塔激動拒絕。

若依常理判斷，魔物的肌理全由雪塊構成，不太可能從水中出來還完好無缺。然而奔靈者依舊緊張地監視河面，彷彿懼怕隨時會有魔物大軍從水理走出來。雨寒也覺得心底毛毛的，無法料想敵人究竟會以何種方式出現。

黑底斯洞頂端的千萬螢光依舊閃爍，然而居民都已徹離，現在這個空蕩蕩的地底洞窟瀰漫著一股肅殺的氣氛。

某天，雨寒聽說總隊長亞煌和恩格烈沙長老吵了一架。沒有人親眼見到，但隔天守備的布局改變了。一半以上的奔靈者收到命令，得抽出更多時間去教導居民在雪地裡的基本知識，例如在雪中行走與散熱。

雨寒明顯感覺到情況正在加速改變。似乎奔靈者都在做出最壞的打算。

安雅兒的癒師團隊開始把五千居民分配為十人一組的單位，並指派身體強健的居民為組長。他們吩咐一個單位裡的人得協助彼此，共同準備好遠行的裝備，包括保暖的衣物，防風護套、皮帳篷，飲水器皿，以及刀刃和線繩。許多工匠開始收割溫菌草和亞麻葉，並製作雪橇和防雪皮靴。

每天傍晚，雨寒督導著載貨的推車，上頭裝滿一袋袋冷魚乾、肉乾，菜卷和水果。居民蜂擁而上，每個人都拉著她想多搶一些食物。若非紅狐和其他奔靈者在一旁阻止居民，她懷疑自己根本無法勝任這樣的工作。即使如此，雨寒時常注意到有年幼的孩子從推車上偷糧食，跑回一旁端看的父母懷裡。她猶豫該不該告訴奔靈者，卻每次都打消念頭。或許孩子們需要更多的食物……

奔靈者這一連串不尋常的動作自然在居民之間掀起恐慌。人們不斷詢問統領階層是不是真的打算放棄瓦伊特蒙。

某一天，當雨寒也被問及這問題，她只能硬生生回道：「這些都只是準備，為最壞的情況做的準備而已……」

「妳那麼說是不對的。」之後，費奇努茲私下對她說。

「為什麼呢？」雨寒和紅狐兩人坐在裝滿羊駝毛皮的小船上，經過水階洞穴往北漂去。

「應該告訴他們若出了意外，我們得先撤離瓦伊特蒙一兩天，等危機解除後會再歸來。」

「但研究院和總隊長說過，最糟糕的情況可能……」

「是的，但居民不需要知道那麼多。」費奇努茲有條不紊地划著槳。「能不能在危機中活下來，心理狀態是第一要素。群眾的心理是個巨魔，難以掌控。我們只希望它沉睡，而不是起來嘶吼。妳明白嗎？」

「啊……」雨寒聽不太懂他的話，只縮了縮脖子。

水階洞穴被密密麻麻的鐘乳石覆蓋，大石柱將河道切分為細小的支流。到處都是零散的螢光燈，點亮岩石潮濕的表面以及水面的陣陣漣漪。她看見好幾艘小船和他們同行，穿縮在石柱之間。

他們拐了個彎，經過黑底斯洞中央的小島。那兒空無一人，氣氛詭譎。

小船穿過一座座連接小島的石橋。雨寒歪著頭，目光離不開島上那三座巨大的水鐘。再也不會有人爬到水鐘塔的頂端敲響鐘聲，取而代之的只有遠方洞穴傳來的低沉號角。她彷彿看見母親和兩位長老在島中央的集會廣場激辯，也看見凡爾薩曾經點亮塔頂的烽火環。

記憶猶新，卻彷如隔世。雨寒一直覺得當前的危機感異常地不真實，因為她還沒親眼見到河底的異物。

但當她瞥見河岸邊的整群戰士，那危機感即刻有了現實的容貌。

數十位奔靈者半身沉浸在暝河中，從水裡喚出雪靈。一潭潭虹光點亮河面。她知道恩格烈沙長老正在訓練奔靈者，用意志鍛鍊雪靈的水下活動。

「看來大舉發動攻勢的時間不遠了。」紅狐說。

「長老似乎很著急……」

雨寒猶豫地望著那些人。恩格烈沙長老推測河底的東西很可能是個載體，能將狩群自外頭的雪地運過來。若有辦法破壞它，就能阻止瓦伊特蒙重蹈覆轍所羅門的過失。「可是對於那東西的本質，也都是我們自己的猜測。如果它持續沒有動靜，是不是應該繼續觀察比較好？」她詢問。

「理想情況是。但沒有人能長期承受那種未知的恐懼。居民已瀕臨暴動，壓力全轉嫁到恩格烈沙長老的頭上。他可是守護使支部的頭子。」雨寒似乎聽見紅狐輕噴了下鼻息。

確實，雨寒也好幾次見過居民毫無理性地咆哮，把怒氣全發在奔靈者身上，要他們當下就解決河中的危機。不管做了多少準備，不會有人真正想離開瓦伊特蒙。

「費奇努茲，你不加入他們的攻擊嗎？」

「我的弓箭在水中發揮不了作用。況且……」紅狐以銳利的目光盯著河岸的戰士，似乎還有什麼話，卻止住了口。

「要是能把『恆光之劍』帶來地底就好了，說不定敵人就會嚇跑了。」雨寒低下頭來。

紅狐深吸口氣，眼神充滿殺意。「敵人定是有備而來。我們所面對的威脅絕不單純。」

就這樣，日子一天天過去，情況卻非常不樂觀。居民的騷動越演越烈，任何能發洩怨恨的事都逃不過他們的口與眼。他們再一次咒罵桑柯夫長老，責怪他監禁縛靈師過久，導致她的失常，直至現在才發現河中的危機。他們甚至認為這陣子發生的一連串事件全是因為三長老的失格所致。他們咒罵昏迷中的黑允長老，也以及扛起防禦工作的恩格烈沙。在極端的恐懼下，居民早已對長老體系失去了信任。

唯一的好消息是數週之間，總隊長派出的奔靈者已陸續歸來。黎音、飛以墨、哈賀娜都找到可以當成臨時避難所的地方，並給出雙子針的精確度數和準確方向。

遠征隊支部的各個小隊輪番帶著上百位居民組長去外頭，在雪地裡訓練他們，教導他們各種必須死記在腦中的教條：穿衣的原則，排除致命汗水的方法，用肉眼判斷腳下冰層的狀況，以及雪盲症出現時的病癥。

他們要求所有居民剪掉鬍鬚、鬢髮等容易暴露出來的毛髮，並嚴禁在皮膚上戴著金屬飾物。雨寒時常去旁聽，因為嚴格說起來，她根本沒有任何遠征的經驗。

「有人說在雪地不能睡著，不然就會沒感覺被凍死了。」某個看似六、七歲的孩子問了遠征隊長。那孩子已全副武裝，裹著好幾層布衣和毛茸茸的護頸，戴著不成比例的手套，滿臉興奮，好像期待踏上冒險的旅程。

「胡說。那是用來嚇唬你這種小鬼的。」遠征隊長哈賀娜手插胸前，歪著頭看著那孩子。

「凍死前，你自己會先醒過來，這是人類的生理本能。然後你會慢慢看著自己的皮膚變成紅色，然後紫色，然後黑色，像有千萬隻蟲子在啃蝕你的身體。痛到極限之後才死去。」那孩子聽完瞇起眼，漸漸露出要哭的表情。在場的老年人露出泰然的模樣，反倒居民壯年的臉色慘白，戰戰兢兢地聆聽。

數百年來，在奔靈者的保護下，居民對如何面對外在環境一概不知。他們對於皓白大地的印象，只有以往奔靈者帶回來的種種故事。要在那麼短的時間內把所有生存法則塞進人們的腦中，壓根不可能……

每一位奔靈者都心知肚明，用言語傳達知識是一回事。真正到了外頭，能教會他們生存的，只有死亡。

那一天的正午，當事情發生時，雨寒正在研究院幫忙。

數不盡的燭火點亮歧嶇而狹窄的研究院內廳，光影不祥地晃動。牆面上的凹槽盡是熔化的殘蠟，彷彿瀑流的液體被時間凝固。一支燭火熄滅，便有學者再擺一支上去。

雨寒看見即將完成的地圖上滿是學者的手繪標註。他們正在進行一道新的手續，按照舊世界石灰岩洞的位置來勾出更多的標示。從圖上看來，可以滿足所有條件的區域都離瓦伊特蒙非常遠，遠遠超過所羅門的地理位置。就算依靠棲靈板，也得好幾個星期才可抵達。

帆夢盯著巨大的地圖數分鐘一個字沒吭，眼底有股灼熱。想必他正在考慮要如何做取捨。站在他身旁的麥爾肯提出了建議：「首席，我在想……要不要也找出舊世界的產銀區？能滿足『銀』與『魂木』這兩項條件是延續奔靈文化的關鍵。只有奔靈者的數量不減，其他人的未來才有保障。」

「那我們得同時提升遠古魂木森林的重要層級。」帆夢說完，雨寒的目光不自覺繞到圖上畫有大片綠色標示的地方。他們必須至少必須走到新幾內亞島才有保障。

雨寒感到背脊一涼。從地圖上一條條的距離計算線看來，到新幾內亞島的垂直距離超過了四千公里。這還沒把地勢條件考量進去。這中間全是海洋和沒有陸地的冰原。

「不行。」帆夢搖頭。「我們的銀器多半是從城市遺跡找到的，要把舊世界的出產生銀的地方當作有效估量，有點不切實際。」

「但產銀區周邊的遺跡裡，找到大量舊銀器的機率會更高。」麥爾肯說：「雪靈可以引導奔靈者找到被埋藏的銀器。」

「還有縛靈師的問題。如果她一直無法執行束靈儀式，就是奔靈者數量的瓶頸。原始森林也是個問題，沒人能保證它們還保有多少魂木。」

研究院有無數的變量得考量。聽著他們的討論，雨寒卻越來越害怕，彷彿要離開瓦伊特蒙已成了既定事實。她低頭蹲在一旁，幫忙綑包有重要歷史價值的文獻。

不知何時，他們的身旁多了一個人影。

沒有人意識到綠髮的女孩是何時走進來的。艾伊思塔似乎正壓抑著緊張的神色，手中握著一個小巧的卷軸筒。雨寒看見她深深吸了口氣，才走近帆夢。

「首席，我……我想了很久，還是覺得應該讓你看看。」艾伊思塔交出手中的東西。

研究院的空氣有些悶熱，成群的燭火在岩壁灑了一層晃動的橘光。其他學者繼續他們的工作，帆夢則把調整地圖標示的工作交給麥爾肯，自己跟著艾伊思塔走向角落。

首席學者好奇地抽出幾張紙，花了點時間閱讀。然後他猛然摘下自己的眼鏡，走到另一張桌子前貼近火光，鼻子幾乎要碰到紙張。他的下巴幾乎垮了下來。「艾伊思塔，妳……妳從哪兒拿到這些？」雨寒從沒見過帆夢這樣的表情，即使在密祕會議中也不曾如此。她停下手中的工作，悄悄挪了幾步，端詳那兩人。

帆夢似乎想隱藏自己的驚訝，掃了眼正在埋首工作的眾學者。然後他抓住艾伊思塔的肩膀，和女孩竊竊私語。

「但是這……這未免太離譜了！」雨寒聽見帆夢驚嘆。

「我也不曉得怎麼回事……」艾伊思塔回道：「我了解現在情況緊急，本來不想打擾研究院的工作。但總覺得……您有必要知道這些事。」

首席學者朝艾伊思塔伸出顫抖的手，在空中停留幾秒，然後拎起她胸前某樣東西。燭光反射出一條黑晶色的項鍊。不知過了多久，當帆夢緩緩鬆手，雨寒看見他的額頭似乎冒出汗來。

過了許久帆夢才說：「我懂了。交給我吧。」

艾伊思塔緊張地點點頭，快步離開研究院。首席學者仍呆立在原地，死盯著手中的紙張。

「啊……」雨寒立即起身，把三、四綑書捧在懷裡，追上艾伊思塔。

艾伊思塔這才留意到黑髮女孩。「雨寒？妳怎麼拿那麼大一包？」

「這些是最重要的文獻，得先拿到北環大道西邊的通道口堆著。」

「要放在雪車裡嗎？」艾伊思塔問。

「是的，得先做出最壞的準備……」

「那讓我幫妳吧。」艾伊思塔拿了一半過去，雨寒頓時呼了口氣，感覺輕鬆許多。

她側首瞄了綠髮女孩一眼，好奇她究竟給了帆夢什麼東西。然而艾伊思塔有點兒心神不寧。雨寒猶豫了一會，吞回已在口邊的問題。

兩個女孩穿過幾乎無人的黑底斯洞，依稀可見幾位居民的倩影出現在左右旁的小徑。雨寒從沒想過居民都撤走後的黑底斯洞會有如此荒寂的感覺。就連岩頂的螢火蟲也變得暗淡，像染了塵的淚珠。

她一直很羨慕艾伊思塔熟悉瓦伊特蒙的每一處。雨寒從小依附在母親身邊，直到現在才有機會探索家園的各個隱晦的角落，卻似乎為時以晚。「艾伊思塔……妳覺得我們可以安然度過這次危機嗎？」雨寒抬頭。綠髮女孩比自己大幾歲，也比自己高了一個頭。

「我不曉得。但我覺得人們的生命是最重要的，不管得去哪兒。」艾伊思塔若有所思地說。兩人的步伐在石徑上迴響。

「嗯……希望大家都可以平平安安的。希望瓦伊特蒙可以回到以前的樣子。如果……」雨寒小聲說：「如果可以，等危機過去，我想加入安雅兒的團隊，成為一名癒師。這樣就可以幫助到好多人。」她想讓自己更強大。這樣就可以不須依賴別人，自己治癒好母親。

「癒師團隊嗎？」艾伊思塔的眼中閃動著憐惜的光芒，以及某種未知的情緒。「雨寒，妳真善良。」

雨寒羞怯得想低下頭，卻忽然聽見身邊多了腳步聲。

有群人影經過她們的前方。更遠處還有更多身影出現，全朝著同一個方向去。很明顯，這些人手中都拿著棲靈板。

「湯加若亞！」艾伊思塔叫住當中某人。那是位挺拔的少年，有著稚氣的娃娃臉。對方回望過來，略顯驚訝。「湯加若亞，你們要去哪兒？」艾伊思塔追問時，雨寒環視身旁的奔靈者，起碼十幾位。

「啊，恩格烈沙長老下令了，我們要對暝河底下的東西發動總攻擊。」湯加若亞急切地說。

「什麼……？你們不是已經嘗試好幾種方法了？沒有用的。」艾伊思塔面露恐慌。

「這次不一樣。過去幾個星期我們加強了水中的鍛鍊。恩格烈沙長老頒布了新的攻擊策略，這次我們會搭配不同的能力輪番組織攻勢，從不同角度嘗試擊破那東西，直到完全摧毀它！」

「長老要派多少……要派多少人下去？」艾伊思塔問。

「一百多個人，分為五波攻勢。」

一百名奔靈者？聽到這數字卻連雨寒都嚇了一跳。這已占奔靈者總數的三分之一。難道恩格烈沙長老調動了整個守護使支部？

「別去……」艾伊思塔突然拉住湯加若亞的袖子。「你別跟去。」

幾位奔靈者經過，投來異樣的眼神。湯加若亞甩著手，尷尬地說：「妳別、別這樣，這是我的第一個任務。」

他想跟上他的夥伴，艾伊思塔卻沒有鬆手。雨寒緊跟他們身後，感覺有事非常不對勁。

「湯加若亞，求求你別去！我親眼見識過了，不管什麼攻擊都是徒勞！」艾伊思塔蹙急得幾乎要哭了出來。

「那妳想怎麼辦？等待瓦伊特蒙滅亡嗎？」

「我……我不知道……」艾伊思塔壓著自己的胸口。「總有別的辦法可想的。求你不要潛入暝河！」

少年不可思議地搖頭，放低音量說：「艾伊思塔，妳應該也感覺了，居民的恐慌已經超出臨界點了。我們在練習的時候，每天都有人來找恩格烈沙長老爭吵……再不找到清除那怪物的方法，說不定我們就得拿刀對抗人群。」

雨寒聽見艾伊思塔發出洩了氣的嘆息。湯加若亞嚴肅地點頭，然後甩開手，跟上其他扛著長板的夥伴。雨寒這才注意到她和艾伊思塔都沒有把棲靈板帶在身旁。

兩個女孩擔憂地互望一眼，也跟著其他人焦急的腳步。她們穿過大大小小的鐘乳石，穿過蜿蜒下坡路來到黑底斯洞的中心。眼前的景像令雨寒發出驚嘆。

暝河兩邊的兩上站著百位奔靈者。他們多數已踏入河中，將棲靈板倒放於水面。虹光圍繞著每個戰士的腰間——眾人的彩光沿著河道的弧度形成一條光帶，猶如色彩眩目的巨蟒。越來越多奔靈者踩進河水，召喚出雪靈。

「這裡是瓦伊特蒙！這裡是我們的領土，人類的領土！」恩格烈沙長老的嘹亮聲音響徹整個黑底斯洞。雨寒找了幾秒，才看見他那矗立在人群中的身影。

「我們不會離開瓦伊特蒙！」長老怒吼：「今天之後，沒人會質疑這件事。我們會守護自己的家園！」

周邊所有戰士一同發出了戰嚎。

恩格烈沙長老的雪靈從他的體內冒出，繞著手中的板子攀上寬闊的胸膛。「我們鍛鍊過無數次，就是為了這一刻。」他接著說：「無論那些魔物懷著什麼鬼胎，我們會徹底摧毀牠們！」奔靈者齊聲發出震天吶喊。

「開始吧！」恩格烈沙長老猛地揮落手中的長柄巨斧。

數排奔靈者帶著幽炫的彩影，以一致的動作潛入水中。不出一陣子，他們的彩光消失在河底。下一波奔靈者跟著踏入水面，同樣在水中招喚出雪靈。

「別去，別跟他們去！」艾伊思塔追上去，緊緊拉住湯加若亞的手。這次少年猶豫了，露出羞愧又惶恐的神色。

「湯加若亞，第三波攻勢要開始了，快過來！」前方一位臉頰消瘦的奔靈者回頭喊。他是尼古拉爾斯，手持細長的雙邊刺刀。「快！你還站在那兒做什麼!?」

「是……是！」湯加若亞渾身在顫抖，他猶豫片刻之後告訴艾伊思塔：「我、我和妳不同。我已經是奔靈者了。我是個戰士！」於是湯加若亞跑向前，用有些笨拙的動作踩入河水，濺起誇張的水花。他摟住發光的棲靈板撲進水裡。

尼古拉爾斯跟在他身後，半身沉浸在湯加若亞剛剛消失的位置。

雨寒側首，看見艾伊思塔單手摀著嘴，淚水已懸掛在眼角。雨寒莫名地感到無力，不曉得該說些什麼，只好握住艾伊司塔冰冷的手。

這是第一次，超過百名奔靈者在瓦伊特蒙的境內主動展開任務。而且是不允許失敗的任務。

一潭接著一潭耀眼的虹光燃起，戰士們帶著必勝的氣勢，沒有絲毫猶豫，沒入淒黑的暝河之中。

EPISODE 06《芬瀾》

她不曉得自己為何如此恐慌，心臟像一輪悶沉的鼓，劇烈撞擊胸口。

艾伊思塔僅見過一次河底的紋理，但那駭人的景象已深烙印在腦海，揮之不去。直覺告訴她有危險了，彷彿心中某條紅色的烽火繩已遭點燃。

片刻之後，百名奔靈者的身影消失了，艾伊思塔盯著晃蕩的陰暗河面。身旁的雨寒緊緊牽著她的手，艾伊思塔勉強擠出僵硬的笑容，壓了壓女孩溫軟的手掌。在河的兩岸還有更多奔靈者在觀望，或許是其它支部的成員。河面再沒有任何動靜，人們持續低語。

等待的每分每秒都是煎熬，艾伊思塔的腦中滿是自己的心跳聲。

就在她覺得快要無法呼吸時，他們回來了。一道彩光從水中擴散開來，在它中央，一位奔靈者仰頭破出水面，大口呼吸。緊接著，越來越多虹光浮現，奔靈者的身影歸來。那是第一波下去的戰士。

他們讓雪靈暫時回歸手中的板子，換氣後準備再次潛入水裡。

當第一波奔靈者回到了水底，第二波戰士冒了出來換氣。艾伊思塔屏氣凝望，等待下一波人的歸來。

終於，某位奔靈者半身躍出河面，舉起手中的短劍大喊：「成功了！我們擊碎它的防禦了！」忽然從他的身後有更多奔靈者湧出水面。暝河虹光氾濫，眾人難掩興奮的神采。

「成功了嗎!?那東西果然沒想像中來得堅硬！」岸邊有人吶喊。

那位奔靈者濕著身子，高舉短劍呼號：「沒錯。接下來得一鼓作氣消滅它！」

那奔靈者的話仍含在口中，卻猛然化為一聲尖叫。他的胸前有道錐刺突了出來，迅速擴大成鮮紅的傷口——直到他的軀體擴張，被撕成兩截。

數道冰藍色的尖刺從水中升起。河邊的人們在驚嚇中騷動。

然後暝河在他們眼前變了形。

河面鼓了起來，不斷膨脹，水流淹開吞沒岸邊，瞬間沖走圍觀的人群。巨浪朝艾伊思塔撲來。

「雨寒！抓緊我！」艾伊思塔單臂勾住一旁的鐘乳石，另一手緊抱著驚嚇過度的雨寒。人群的叫聲被河水的流響覆蓋，一個難以想像的龐然大物倏地向上甩，像條巨大的觸手撞上黑底斯洞的岩頂，直接滅了無數螢火蟲。地底洞穴劇烈震盪，爆發的水流淹過周圍。

水花彷彿散開的瀑布從觸手表面退去，露出底下冰晶般的紋理。艾伊思塔看見它表面碎裂的地方，現在冒出了無數像蛇一般的莖痕，尖端是不停變幻、忽長忽短的錐刺。那巨大的觸手重重落了下來，壓碎窟室和石柱，以及無法逃開的奔靈者。

轟隆巨響伴隨炸開的血水。

不出一陣子，艾伊思塔身邊的水開始倒流回去，再次露出底下的岩地。此時她看見湯加若亞的身影——少年用身體壓著自己的板子，雙手死命抱著一根石柱，肩膀被一根細長的冰藍錐刺給釘在地面。

「雨寒妳快逃！」艾伊思塔放開手，也不管自己連武器和棲靈板都沒有，直奔湯加若亞。那龐然大物遮掩了前方的視野，扭轉時不斷發出冰塊碎裂的巨響，緩緩朝北方挪動。湯加若亞整個身子被拖著走，痛苦哀嚎。巨物移動的速度變快了。

艾伊思塔奔跑在濕透的鐘乳石間，滑倒了幾次，卻絲毫不停下速度。最後一段距離，她整個人向後躺，滑過濕潤的地面，撞上那正在挪動的巨物表面。她迴身拉住穿透湯加若亞的細長冰刺。那是種她從未感受過的觸感，滑溜，冰冷，既像某種生物的表皮，又像有生命的冰。

她抱住少年，和他一起摟住他的棲靈板。「你的雪靈！快點！」

「需要時間恢復……現在沒辦法……」湯加若亞痛得幾乎要失去意識。

「不用召喚出來，只要讓雪靈包住棲靈板的表面便行！快呀！」他們被拖過一段坑窪滿布的岩地，迎面而來是座崩塌的石柱。

終於，微弱的虹光在板面灑開。艾伊思塔立即舉起它，用力劃開一道弧線，割斷了冰刺。

他們撞上石柱停了下來，整片噁心的紋理從身旁呼嘯而過，朝著北方而去。

「艾伊思塔！」雨寒跑來他們身邊。

「雨寒，妳的棲靈板呢？」

「離這兒不遠，在我母親家……啊！」雨寒露出惶恐的表情。「母親還在病床上，我得……我得過去……」

「帶湯加若亞一起走！幫他治癒。我們必須離開瓦伊特蒙！」

湯加若亞壓著自己肩膀，和雨寒跑開。艾伊思塔則朝反方向飛奔——她必須回居所拿棲靈柩和鐵鎖鏈！

不出片刻，黑底斯洞已成煉獄。她經過好幾個破碎的屍體，腸臟灑落一地，鮮血被河水帶開一片殷紅。有具屍體被沖刷過來。是少了下半身的尼古拉爾斯；他消瘦的臉頰像被什麼銳物給劃開，露出齒骨到耳緣。艾伊思塔摀住嘴，頭也不回地跑。眼角餘光讓她瞥見仍在作戰的奔靈者，他們或釋放雪靈，或以虹光兵器劈砍正在挪動，像一面巨牆的紋理。無數道冰刺從巨物的表面甩出，接連刺穿戰士。

「別退縮！守住瓦伊特蒙！」恩格烈沙長老站在人群後方，揚起虹光怒吼。艾伊思塔看見他少了左手臂，類似白骨的東西黏著皮衣懸蕩在側身，他的左臉也毀了。

她轉了個彎，朝上坡爬。回首時她發現那觸手已鑽入正北方的隧道裡，龐大的體積磨擦著岩壁，刮出震耳欲聾的聲響。最恐怖的是它的後端不斷從暝河中湧出，無法估量到底有多長。

巨物且摩擦洞頂，千萬顆螢火如今已滅了一大半，剩下的像發光的粉塵飄落。

艾伊思塔意識到這是瓦伊特蒙的最後一刻了。她忍住讓自己別回頭。

當她衝進家裡，想戴上新的鐵鍊，卻發現雙手在激烈顫抖。「快呀……」外頭不斷傳來轟然巨響，岩屑四處灑落。「為什麼戴不上去……呀啊！」終於她扣上扣環，立刻披上批風、戴上背包，抓住棲靈柩往門口衝。

出門的一剎那她差點被吹向一旁，撞在窟室的牆上。狂暴的風正在席捲黑底斯洞，帶進漸濃的雪霧。

連風也和魔物是一夥的嗎？艾伊思塔簡直不敢相信。那觸手必然已貫穿通往外頭的隧道。

她知道自己必須再次穿越黑底斯洞，找到北環大道西邊的出口，因為居民大隊都在那兒。然而地面正以不可思議的速度結冰，白雪不斷灌注進來遮蔽了光源，朦朧她眼前的一切。不出一會兒，已什麼都看不清，只見遠方河面的龐然大物持續擺動，像是陰影中的陰影。

地震稍緩片刻，但她沒有時間喘息，因為她聽見了夢魘中的聲音——低沉、野蠻的嘶吼聲，成群響起。

遠方，冰藍利齒帶出蒼白的輪廓，數十……不，數百隻魔物占據了洞穴的北方，緩緩朝中央包夾而來。濃霧之中有零星的彩光出現在牠們的面前，接著是金屬撞擊聲。

艾伊思塔忽然意識到自己要活著穿越戰場的機會多麼渺茫，便立即繞道前往鏡之洞的方向。越向東邊跑，地面漸漸回復為無雪的岩地，然而冷風不停帶著雪霧襲來，似乎想追上她的步伐。忽然在震盪和狩群的嚎叫之間，她聽見某個細微的聲音。

艾伊思塔四處張望，目光停在右方。是嬰兒的哭聲！

一位母親被斷裂的鐘乳石壓垮，已沒了呼吸。在她懷裡的孩子在輕聲哭泣——而且是兩個嬰孩。

艾伊思塔二話不說，單手將他們摟在懷裡，繼續奔命。然而當她急轉個彎，卻再度停下來，看向一條無人的通道。某個想法在腦中點燃。

她僅猶豫半秒，便喚出彩光，跑進漆黑的通道裡。

喬安的故居有個小庭院，後方一道鐵架依著石牆，上頭擺滿煮蠟的器皿。

艾伊思塔把鐵架推倒，拉起地面的蓋子。裡頭塞了個挺大的袋子，是喬安的私藏。她咬著牙，費力將它和棲靈板一起扛在肩上，同時沒讓左手的嬰孩滑落。

她來到北環大道，拚命往西邊跑。

途中她碰上更多慌張的居民，大家都朝著西邊的通道湧去，爭先恐後想離開瓦伊特蒙。一陣子後，她和人群越來越接近西邊的出口，卻忽然意識到一件事：前方有風雪迎面吹來。

不會吧？難道有更多魔物已在外頭等待？

突來的光芒讓所有人瞇起眼，吹雪越漸強烈，狂風呼嘯，艾伊思塔本能地想抖開鐵鏈，卻發現抱著兩個嬰兒和一大袋蠟燭，雙手根本做不了動作。一陣恐慌讓她想轉身，卻被身後的居民推著走。「等等……停下來！」

她感覺腳下已積滿白雪，人們相互推擠，出口迅速逼近。冷風刺痛喉嚨，飄雪令她睜不開眼──

她忽然感覺手一空，有人奪走了嬰孩。突來的另一雙手抱住她的腰間，把她拉了上來。艾伊思塔試圖張開眼。

「別停下腳步！」她看見哈賀娜在上頭，抱著兩個嬰孩在懷裡。另一側，飛以墨則穩住艾伊思塔的身子，幫她扛起沉重的袋子。其他奔靈者紛紛伸出手，將居民一個個拉上雪地。有更多穿著黑色披風的遠征隊員在周圍形成圓陣，守住了出口。

「別害怕！你們安全了！」哈賀娜對所有人說：「我們會保護你！」霧氣從人們的嘴角飄開，他們的目光全被吸往某個方向──不遠處的天空下，恆光之劍正在等待。

奔靈者轉過身。「那是我們集合的旗幟。我們去『陽光』底下！」

EPISODE 07《潾霜》

瓦伊特蒙的內部已完全被冰雪覆蓋，到處是走散的居民和張牙舞爪的狩。白髮的奔靈者卻逆著人群，闖回黑底斯洞。

他乘著棲靈板滑過一條漆黑的隧道，前方的雪霧中有漫漶的藍色光影。衝出的一瞬間他迴身舞槍，槍柄在風雪中傳來強烈的觸感，讓他明白自己斬斷了某頭魔物。左肩的舊傷隱隱作痛，但他未減緩速度，憑藉本能沿著黑底斯洞的邊緣繞行。

視線忽暗忽明，黑底斯洞的穹頂已看不到過往的螢光海，取而代之的是底下密密麻麻的藍光點，全聚集在一道陰暗而巨大的觸手兩旁，似乎在和它進行某種互動。那景象十分詭異。

他的心底升起一股不祥的預感，眼前的畫面讓他有種從未有過的不安。

然而情況緊急，他只能加速繞行。繁密的藍光中，他還隱約看見零星的虹光點正在被吞沒。俊別過頭去，試著不去看。

他找到南方岩壁上的陡峭階梯，直接蹬起棲靈板，躍了上去，然後加強雪靈的力量滑動在白雪鋪蓋的石階上。他以極端傾斜的角度向上衝，闖進某個洞穴裡。

強風不斷從後方襲來，盡頭的石牆依然露出漆黑浮雕的一部分，彷彿仍在執著地對抗冷白的風霜。然而兩旁的鐘乳石早已變成塊狀的白柱。俊向前滑，心裡一陣慌張，他得找到路凱的遺物。

他用手拍掉一個個鐘乳石表面的凝雪，打亂底下一串串晦暗的銀飾。隨著動作越來越快，俊的心跳急劇。他依然無法接受戰友的死，難以想像要面對外頭一望無際的雪地時，路凱再也不在身旁。

俊猛然停下——在一疊暗淡的銀飾裡，他看見他在尋找的木片。上頭的銀紋是隻怒吼的獅子。

心慌感瞬間減輕。俊伸手，把木片緊握在手心。

十四歲的那年，身為奔靈者候補生的俊和路凱曾一起去雪地進行鍛鍊。他們遇上一群罕見的雪鹿，就在他們藏身的卡西卡特松樹林的外頭。

「好幾年沒有候補生逮到雪鹿了，」路凱當時興奮地說：「我們一定要抓到一隻！」

兩人踩著沒有雪靈的木板劃開一道弧型軌跡往下坡去，朝著被驚動的鹿群衝刺。

他們在顫動的大地刮起雪浪，追逐奔騰的鹿群。路凱緊握長矛，注意力全在他的獵物上，是俊先發現一件不妙的事：前方的地勢是個向外伸的懸空雪簷。

他放緩速度，開始打量環境。俊和路凱都在與時間賽跑，卻是因為不同的原因。

「路凱！我們得回到樹林裡！」

當時俊喊了幾次路凱才聽見。有幾條鹿已竄回樹木之間，有些鹿則更加分散，在雪簷邊緣奔跑。

就在兩人透過下坡的衝刺力量滑回樹林的邊角，眼前的雪架崩塌了。湧動的雪崩把好幾頭鹿向下沖刷，活生生埋葬了牠們。

所幸周邊的大片樹林穩固了地勢，他倆雙手抱著灰槁但結實的樹幹，吃驚地看著腳邊的斷崖。

那一次，他們領著探尋者支部的奔靈者回來此地，挖出七、八頭雪鹿帶回瓦伊特蒙。也是那一次，俊意識到他得成為這位不要命的同伴的眼睛。路凱的執著和膽量就和初次見到他時一樣，他可以站在兩群將開打的孩子中央，也可以眼中只有獵物，完成常人想都不敢想的事。

但他需要有人在他身後。

一年後，兩個少年一同把雙手放在各自的板子上。在縛靈師的引領下展開束靈儀式，一同說出口——

消逝的生命，莫忘遠方執念……

兩者相互牽引，永恆循環的意志……

以未來彌補過去，我們並未忘卻遠古的誓言……

他倆的聲音合而為一，輕聲默念。

縱使光明破滅，黑暗叢生；直到天地滅裂，生命終結。

我們是——

俊從陽光殿堂躍了出來，落入底下的雪地。他的周邊環境都被厚雪吞沒，分辨不出窟房和道路的輪廓。狂風不懈地吹拂。

白髮奔靈者朝西北邊而去，試圖躲開魔物的追擊。路徑滿是血痕，以及冰霜覆蓋的屍體。偶爾一陣混著血腥味的硫磺氣息撲鼻而來，很快又被冷風帶走。雪沫侵入嘴裡，冰涼之餘有股不自然的味道。俊單手繫住遠征隊的黑披風，忍住肩傷調整背包，卻在穿過又一條隧道時愣住片刻。

工坊洞穴裡的雪已高得超乎想像，裡頭混著一堆殘破的屍體。

這景象彷彿就是所羅門的模樣。

他閉眼甩了甩頭，設法集中精神。所幸在長征中破損不堪的棲靈板已修復完畢，之前「槌子手」駱可菲爾花了相當時間幫他修補，機動性和全新的板子相當。只是他從未想過第一次使用新的棲靈板，竟是在瓦伊特蒙的內部。

俊驅動雪靈的能力，讓板子硬生生帶著他穿過工坊洞穴。

然而一進入北環大道，尖叫和怒吼突來。他看見狩群追著奔逃的百姓，連續砍倒居民，為數不多的奔靈者則返身作戰。情況一團亂。

俊急速前奔，緊握長槍加入戰鬥。似乎所有人都卡在通往外頭的窄道入口。周圍一片漆黑，唯一的光線來自奔靈者的兵器和魔物的齒爪。彩光、藍光不斷劃開弧線，交錯衝擊。

俊刺中一隻狩的「核」，感覺牠散化為塵，後方卻湧來更多的敵人。牠們胸前整圈利齒蠕動著，似乎想找目標啃蝕。然而牠們吃到的是兩道劍芒——雙劍的虹光斬裂冷白的身軀。

俊看見總隊長亞煌再度迴轉，劈散又兩頭魔物。他雙腿的綳帶像碎布般飄晃，然而亞煌手中的劍刃從未失準，一刀砍倒一頭狩，掩護居民通過。

俊本能地來到總隊長身後，和他背對背舉槍作戰。兩人在驚慌失措的人潮中守住通道，猶如急流中的兩顆巨石，面對勢不可擋的狩群。當居民逃離得差不多，他們也跟著撤退。

俊和亞煌經過一個拐彎處，那是整條通道最窄的地方。俊盯著地勢，有個想法在心底隱隱沸騰。「總隊長，我守住這裡，你先帶居民離開。」

亞煌僅猶豫了片刻便說：「隨後跟上來。」

一旦總隊長離去，俊把路凱的遺物握在掌心，架開長槍面對狩群。

越來越多藍光從雪霧中浮現，帶著迫切的殺意逼近。俊穩住腳下的板子，置身在岩洞中的窄口，不打算再離開。

路凱，你就是這樣的感覺嗎？

棲靈板旋轉了半圈，讓槍刃像道旋風，平行切開狩群的軀體。牠們暴露出裡頭冰晶般的核心。他再扭動手腕，讓槍刃繞過頭頂劃了道弧，一次劈散兩頭狩。蜂擁而來的魔物發出嘶吼，似乎因無法通過這關卡而惱怒。一道道冰爪襲來，劃開俊的披風和髮辮。他的白髮飄散開來，他卻沒退讓一步。

不對，路凱所面對的敵人有十倍多！

即使肩膀疼痛欲裂，腿部也出現血痕，俊死命壓回敵人的攻勢。槍刃一時無法扭回來，他甚至用肩頭去撞魔物，想擋住牠們。這是致命的錯誤，因為那就像用身體去撞山壁一樣，他被彈了開來。俊口中含著血繼續起身作戰。

他讓本能帶動身體，帶動武器，心頭的感受卻越來越茫然。

他一直想知道路凱的最後一刻，心裡在想些什麼。是人類的安危，還是瓦伊特蒙的安危？是什麼支撐路凱的信念到最後？

這些困擾他的問題化為一股推力，驅使他面對死亡。或許這樣，他就能了解路凱當時的心境，或許他就能……扼殺那一股無時無刻啃蝕自己心頭的力量。

一頭魔物把他整個人往後擊倒，更多魔物敞開胸前的裂口，放聲怒吼。還早……俊心裡想著，這些根本微不足道。完全微不足道！他再次起身，耳中只聽見風聲。

「俊——！」

他愣了下，回頭看見總隊長在隧道彼端等待。一頭狩衝過來時，俊直直將長槍刺入牠口中，使其化為粉塵。他喘著氣猶豫，與幾十頭魔物對峙了片刻。

最後他轉過身，朝洞口滑去。

俊跟在總隊長的身後，身邊盡是徒步的居民。眾人攜家帶眷，蹣跚地在雪地裡一步步前行。風雪雖強，「恆光之劍」依然破開天地，靜待人們的聚集。

在這一刻，那道金色光芒在人們眼中成為無可替代的希望。周圍的雪地沒有狩敢接近。

遠方的天空仍是層層淤積的雲層，一片不祥的鉛灰色。但逃出來的人們已聚集在「陽光」底下。人們耗了數週所作的準備並未徒勞；各種遷徙必須品、雪車、動物，都安然從北環大道的出口處運出。飛雪纏繞著凍雨，在堆疊的物品上結了一層半透明的雪淞。數千位居民裹著褐色、灰色的毛皮衣裳相互依偎。

皚白大地上，瓦伊特蒙的生還者就像一小撮柔弱的螻蟻，背後是無盡的雪丘。然而當俊和總隊長接近人群，令人詫異的一幕出現在眼前。

有個人站在恆光之劍一旁，對著圍繞的群眾說話。

他蒼老的面孔滿是皺紋，綠髮結為髮辮盤於頭頂。白雪深達桑柯夫長老的腿脛，他一手提著權杖，一手摟著自己的棲靈板。

群眾無聲凝視他。許多奔靈者正以充滿敵意的眼神盯著他，卻也無人作聲。俊左右張望，感覺長老似乎才剛說完什麼話，讓在場所有人陷入沉默。

「要是沒有人有異議，就這麼決定了。」桑柯夫露出一絲歪斜的笑容。

俊認出了艾伊思塔、尤里西恩等人的身影，還有銀匠布閔，靈板工匠駱可菲爾。他還看見兩名孕婦相互依偎，還有聚在居民當中的研究院學者。這些人的目光全跟著桑柯夫長老移動，就算有人想說些什麼，最後卻都未開口。情況似乎有股莫名的詭譎。

在人群的某個角落，黑允長老裹著厚實的毛皮在木製雪橇裡打盹，雨寒則守在她身旁。

桑柯夫長老看見總隊長，便朝他們的方向走來。

「亞煌，你來得正好。我已經告訴所有人一個重要的決定。」

總隊長一語不發地直視他。俊站在一旁，看見桑柯夫長老在總隊長面前幾吋停下了堅硬的步伐。

「瓦伊特蒙毀滅了。再也沒人回得去。」桑柯夫長老說：「但接下來，所有人得面臨比狩更殘酷的的挑戰——到了雪地裡，無論晝與夜，死亡都會如影隨行。」長老不顧自己褲管褪了起來，長靴上方的皮膚正被冰冷的白雪沖刷，蹭得生紅。「你最清楚，以前在地底的所有常識在雪地都不適用。想生存下來，我們只需要一位絕對的領導者。一位長老。」他微笑，露出了泛黃的牙齒。

隱隱約約，俊聽見有居民在啜泣，似乎已陷入失去家園的情緒。開始有人竊竊私語，或相互安慰。

「之前我們三位長老吵得沸沸揚揚，什麼事都幹不成，還差點把瓦伊特蒙的命運給賠上。」桑柯夫的嘴角抽動。「在找到下一個能長久居住的地方前，人們每一天都得面臨攸關生死的決擇。所以做決定的人一位就夠了，其他人都該聽令於他。」

「我同意。那麼誰是長老？」總隊長靜靜回應。

「呵呵，」桑柯夫瞇著眼，望向某處。「這殊榮，就由黑允來扛了。」

不僅俊感到驚訝，總隊長也顯詫異。

「怎麼？難不成你以為我會把這麼嚇人的職責烙在自己身上嗎？」當亞煌沒有回應，桑柯夫朝著人群點頭說道：「這些人還陷在震驚之中，沒反應過來。等驚愕慢慢淡去以後，他們又會想起我做過的事。他們會指著我的鼻子說，當初就是因為我監禁了縛靈師，才搞得瓦伊特蒙滅亡，我多麼不配當長老，遑論『唯一的長老』。」他發出一陣歇斯底里的嗤笑，眼神卻軟化了些。「更糟的是，他們很可能沒說錯。」

「但黑允長老的情況……」總隊長開口。

「是是，她的情況所有人都知道。這正是為什麼遲早得有更合適的人站出來，你說是不是？」

總隊長露出了不解的神情。

「別讓我覺得你愚蠢至極！難道你聽不懂我在說什麼!?」桑柯夫扯住亞煌的領口，把嘴巴湊到他耳邊，沙啞地說：「黑允要是一直沒恢復過來，長老的職責就落在你身上了。」

亞煌這才露出真正驚訝的神色。「什麼？我怎麼能——」

「搞清楚狀況吧！你的腳已廢了，還想上前線逞英雄幾次？你的遠征經歷無數，且對所有支部都瞭若指掌，我們沒有別的人選。人們需要你的領導。」桑柯夫惡狠狠地說：「在外頭，每一吋雪地都是戰場。只不過你的士兵不再是奔靈者，而是連棲靈板都沒碰過的老人和孩子。接下來才是真正的地獄！」

桑柯夫長老把這個重擔說得像是萬劫不覆的詛咒。俊首次看見總隊長無話可回。紛飛的雪花在他們之間飄落。

「呵，聯合遠征隊的事你擺了我一道。如果真有機會，我倒想看看你有什麼辦法掌控瓦伊特蒙所有人。」桑柯夫的嘴角再次抽搐，他伸舌舔了舔凍結在脣邊的口水。

亞煌的神情微微轉變。「長老……你打算去哪兒？」

桑柯夫鬆開了手。他的權杖落在雪地裡，他卻未揀起。桑柯夫面向瓦伊特蒙的方向，目光卻彷彿落在更遠的地方。他緩緩開口幾次才說出聲：「你們這些人什麼都不曉得……那段時間糧食短缺，周圍百里不見一條冰縫川。我們幾個血氣方剛的傢伙就自告奮勇出走。我和虎牙，恩格烈沙，還有加爾薩納擅自做出決定。長老們都以為我們死定了。」他露出了蒼老的笑容。「我們解決的狩可多了，現在這些根本不算什麼。我們還拉了一條小座頭鯨回來。你相信嗎？四個人。四個人帶回來一條完整的鯨魚。人們直說不可能是我們拖回來的，定是某條冰縫川給了便利。我們只得解釋四人的雪靈都有強大的物理影響力。哈，他們還真信！這還只是其中一個例子而已呢，其它的——」桑柯夫的笑容僵住了，有層陰霾罩住眉間，瞳孔邊緣濕潤了起來。他沉默了許久，然後目光再度回到亞煌。「希望死之前，你們別受太多苦。願陽光庇祐你們。」

桑柯夫踩上自己的棲靈板，微弱的虹光在腳踝閃動。他的神情憔悴，身子看來虛弱無比，似乎連站都站不穩。

「長老……」亞煌試著攙扶他，卻被桑柯夫給推開。

「我不是長老。我根本從來不想當長老啊。」他抽出腰間的兩柄匕首。俊看見那上頭並沒有鍍銀。「所有人都忘了……我也曾是奔靈者，是吧？我可是奔靈者，得回到夥伴的身邊，不跟你們這些無恥之徒瞎混……」

他咳了幾聲，然後離開了眾人。直到他已滑開一段距離，居民似乎才意識到他的離去，望向那孤單的背影消失在雪塵之中。

總隊長首先找來癒師團隊以及各遠征隊長，一起盤點生還者的人數。看樣子，仍有一部分守護使支部的成員順利逃脫了瞑河的浩劫。

奔靈者的總數約是三百，居民則略低於五千。

「走吧，我們得先前往緊急避難處。」總隊長側首過來：「俊，由你帶著『恆光之劍』吧。」

白髮的奔靈者點頭，來到那奇特的儀器旁。他脫下手套，用手觸碰那道光。

這是俊第一次親手觸摸祂。難以形容的溫暖從他的手掌漫延到胸口。他想起自己曾和路凱聊過，想一起組織遠征隊去方舟尋找橫恆光之劍。最後這任務卻被艾伊思塔給完成。路凱帶回來的線索促成了這次的發現，他自己卻失去見到「陽光」的機會……

俊仰望天際，看著密封世界的厚重雲層。只有那道寧靜的光束地穿透至彼端。

……路凱，那是你所去的地方嗎？

在俊的身後，居民已成群動了起來。低沉的號角聲吹響，人們拎起裝備，在風雪中緩緩動身。

俊吸了口冰冷的空氣，將雙刃長槍掛在背上，然後戴回黑色手套。他彎身觸碰富含精細紋路的底座，抬起它，也抬起了直達天際的光束。

然後俊踩著棲靈板，滑向遷徙大隊的前方。

PART II

EPISODE 08《絢痕》

第一週，死亡人數高達兩百人。

白色之丘綿延大地，直到視線可及的地平線盡頭。恆定的風吹起飄擺的雪浪。

數千位居民像是蒼白地表上班駁的塵埃，緩緩移動。人們隨時都可望見奔靈者矗立在左右丘嶺；那些黑色遠征裝束的身影在白雪地與蒼灰天空之間顯而易見，劃出了遷徙大隊的邊界。

整個大隊分為許多小組，居民裹著毛披風相互扶持。而在擁擠的人群中，還有十幾頭角鹿，牠們的背上擺放生存必須用品，碩大的身軀在雪地留下深沉的蹄印。也有居民騎著羊駝，那些體積較小、脖子粗長彎曲的動物。

年邁的湯比縮著身子坐在一頭大角鹿的背上，粗糙的長鬍鬚幾乎要碰到鹿頸。角鹿的盆形角上掛滿大大小小的皮袋子，弓起的背則綁著挽具，拖行後方一個長型雪橇，拉著好幾個有孔洞的木箱。木箱裡頭傳來各種叫聲——鼬鼠，雪狐，幼鵝，蜥蜴等動物，全是從湯比的園裡帶出來的。

他駝著背，身體隨角鹿的步伐搖擺。

「湯比，會口渴嗎？」琴來到他身邊，遞出裝水的皮囊。她的靴底踩著橢圓形的雪鞋，是用木條與線繩編織而成，能在鬆雪上撐起一個人的重量。

湯比揮揮手拒絕，嗓音沙啞地說：「省著點，今天日子還長。喝完得再融雪，太耗時了。」

琴沒說什麼，但把軟塞堵了回去，再把水囊塞回後腰部與皮膚緊貼，然後重新繫上布衣旁側的線繩。披風底下裹著兩三層不算厚的衣裳是多數居民的外出服，琴也不例外。

長征的第一守則是絕不能穿戴過厚的單件衣物，否則徒步中流了汗，衣服難換，汗水凝固又會凍傷皮膚。琴的寬鬆布衣有好幾層通風口袋，外頭裹著貼身的褐色披風，肩頸部有加強保暖的兔毛。

她的直髮深黑，眼睛卻是半透明的灰。那兩顆明亮的銀色珠子般的眼睛看向角鹿後面的龐大雪橇，目光停在騷動嘈雜的木箱底下，一個被厚帆布包著的東西。

忽然角鹿擺晃的幅度過大，或許是累了，因此琴來到巨獸前方牽住韁繩，引領牠別走偏。

她所屬的居民小組有一半以上都是親戚，即使只是遠親。湯比是她已故爺爺的兄弟，而湯比的兒女與孫子拖著沉重的步伐，落後她一大截。琴堅持要走在老湯比身旁，即使她的雙腿已痛了好幾個小時。但奔靈者一直沒讓人們休息。

在她周圍的居民全是體力殫盡，神情渙散的模樣。失去了家園，人們已不知要去哪裡。

起初，當地底家園遭到魔物侵占，人們跟隨奔靈者在一條意外平坦的雪地上走走停停，徒步數小時來到一個天然的露天深谷。當時，奔靈者說這是第一個暫時的避難處。

然而第一天結束時，身體有凍傷跡像的居民已不下百人。他們根本不知道傷口怎麼來的：鼻尖、臉頰、耳朵都紅腫，有些孩子拚命喊著手好燙，脫下濕冷的手套，發現指頭全腫得要發紫。癒師們喚出暖綠色光芒的雪靈，終於勉強控制住危機。

奔靈者在夜裡點起火把，卻只允許手持書籍文獻的學者圍繞在旁。琴當時便看見那個雪羚羊皮製的大帳篷——黑允長老和她女兒的營帳。裡頭也看得見火光。

是啊，只有那些人能享有奢華的火燄。

那天晚上，人們將皮套搭在雪橇上做成簡陋的篷子。她的所有親戚都擠在同一個帳篷裡頭，她才剛爬進去就被幾個姑姑給推到一旁。「過去點，妳的位子在角落。」她們說。

和所有居民一樣，琴在陰冷的篷子內只能多裹上幾層衣服，連一片溫菌草也沒有。琴朝自己的手掌不斷呵氣，在顫抖中睡去。

人們在那深谷紮營短短三天，風暴來襲好幾次。深谷少了屏障，雪如流水般輕易灌注進來。有五、六個年過七旬的長者在夜裡辭世，據說是心臟撐不住。附近缺乏能送走遺體的河川，因此他們的家人在峭壁角落挖了坑，埋葬死者，還放了些食物作祭品陪伴。琴當時心想，那行為很愚蠢。

更誇張的那些人還拆了一座雪橇，堅持要把木頭雕塑為碑，立在墓座上悼念。

當暴風越演越烈，奔靈者催促大夥兒再次動身。

人們在困惑中做準備，抱怨和質問聲不斷，奔靈者卻從不說出目的地在哪。每一晚，琴盯著那個燈火通明的巨大羊皮帳篷，心想在裡頭的統領階級八成還沒想清楚要帶他們往哪兒走，過一天算一天。

再隔天，地面的堆積新雪讓許多人的行走速度降了一半。

「留意手腕和腳踝，尤其衣物的接口處！」奔靈者巡視大隊時不停吶喊。

「切記流汗的地方，通風口袋要打開。行走時要顧好身體的角度，把口袋面和風向呈直角——」

奔靈者的種種提醒，琴認為對普通居民而言太難懂了。果不其然，身體出現異狀的人越來越多。不僅老弱婦孺，就連看似強健的人們也出事了。

某位居民組長的雙腳出現壞疽，完全沒了知覺，看上去就像皮膚被塗上一沱漆黑的顏料，腳趾甲則是乾裂的蠟黃。他們選了另一人當組長，雙腿壞死的那人則被人抬上羊駝。

到了第五天，身體有凍傷跡像的居民已不下千人。當初癒師們教過的六道處理步驟，人們在面對風雪時全忘光了。

癒師團隊也漸漸無法應付急增的負傷人口。

每天正午奔靈者照慣例啟動恆光之劍。凍傷的人們彼此推擠，想爭取陽光的治癒神蹟。琴站在遠方凝望擋住居民的奔靈者。在他們當中有個綠色長髮的女孩，似乎不斷想安撫居民。琴覺得無趣，面無表情地轉身離開。

水源是更嚴重的問題。這片有取之不竭的雪之大地，實際上對毫無經驗的居民而言每個動作都是危險。

居民無論長幼，每人都帶著一個保命瓶。用奔靈者所教的溶水方式太耗時，許多人口渴了，乾脆直接抓了雪塊就往嘴裡塞。當天夜裡上百人發高燒。癒師團隊從夜裡急救到天明，但很明顯，有一大群人暫已無法行動。

遷徙大隊就在一望無際的白色平原停下了。人們試圖搶救生命，卻不知死亡已籠罩上來。

首先，只是輕柔飄落的雪片。奔靈者驅趕人們動身，居民卻開始反彈，覺得應該就地休息幾天。「殿後的部隊回來報告，」一位獨眼的老奔靈者嘗試告訴眾人：「東方雲層有異，很可能是暴風雪。現在我們完全曝露在平原，到時候連紮營都有困難。」

人們彼此連拖帶拉，終於緩緩跟隨奔靈者的引導朝西北方挪動。然而這一次才過半天，大隊變得又長又零散，拉長了至少三公里。

現在琴位於大隊的中段，正牽著角鹿的繩子一步步往前走。湯比已在牠的背上睡著了。

「妳走那麼快幹什麼？」一個男人氣喘吁吁地跟上來。

琴回頭，看見他也踩著狹長的雪鞋，半蹓半踏步地接近角鹿，急著從牠的側邊解下一袋東西。湯姆斯是湯比的兒子，算是琴可以稱為伯伯的遠親，也是他們的組長。

「其他人都落後了，妳跑那麼快，結果把水一起帶走！」湯姆斯回瞪她一眼。

琴看著他取下三袋備用的保暖水囊。想必他們落在後方，身上的水都已喝完。那三袋應該是要撐到隔天中午的飲用水。但琴什麼也沒說，只回望著他。

此時幾位黑披風的奔靈者從身旁滑過，往後方而去，似乎有什麼緊急的事。

「哼……」湯姆斯擦了下嘴角，視線挪回琴的身上。「我們也真夠倒霉。如果縛靈師沒出狀況，她就能幫妳完成束靈儀式，這樣妳早就是奔靈者，可以幫我們多要些資源。」然後他壓低聲音咕噥道：「這真是對我們族人的侮辱，可別讓愛奴傳統斷在妳手上。為什麼偏偏就妳沒趕上儀式？都怪妳手腳太慢了！」

湯姆斯捧著那幾袋水離去，還不望回過頭拋下一句：「記住，別走太快！」

琴沒有理會他，卻凝望角鹿後方的雪橇一陣。在那堆木箱底下，有塊被帆布裹住的狹長物品——那是她的棲靈板。

意外發生後，恩格烈沙長老吩咐在場所有人隱瞞那件事。眾奔靈者知道某人的靈魂已與「暗靈」相繫，但並非每人都能認出是她。居民則一概不曉得。琴告訴自己的親戚縛靈師身體有恙，取消了所有儀式，因此她才沒機會成為奔靈者。

事實上，這還不算撒謊。她無法用雪靈溫暖身子，無法在雪地裡滑行，與普通居民根本沒兩樣。琴害怕觸碰那板子，深怕那邪惡之靈會再次透過她的意識，冒出來危害所有人。因為自己的關係，她已導致某個素昧平生的青年死去。

人們總說億萬雪片沒有兩片完全相似，就像每一位奔靈者的雪紋都不一樣。她不懂為什麼唯獨她帶回的是暗靈。

原本琴打算放棄那噁心的板子，把它包起來丟棄在房間的角落。但逃出瓦伊特蒙後，她驚訝地發現棲靈板出現放在雪橇上。或許湯比自以為體貼，做出這種不必要之舉。

風中落雪漸密。原本疏密有致的雪花，迅速被橫掃的疾雪給取代。不知不覺中，風暴在已降臨在大隊的頭上。

琴拉緊披風的兜帽，以兔毛緣擋住口鼻。身後各種動物淩亂地怪叫，聲音卻漸漸被狂風壓過。周圍人群的身影矇朧，腳下的鬆雪開始難以行走，一個腳步不對她便跪了下來，半條腿埋入雪裡。

被彩光包覆的身影來來回回出現又消失在雪幕裡。

「這是萬里暴雪，將持續好幾天不會停止！我們得前往有遮蔽物的地方！」某個奔靈者指向前方大喊：「跟著最明亮的那道彩影！別跟丟了！」

「有多遠!?我們要走多久？」有居民喊道。

那奔靈者沉默數秒，便道出實情：「得步行九個小時，到達目的地前別停下腳步！聽懂了嗎？到達目的地前千萬別停下，這風暴只會越來越嚴重！」語畢，他滑著棲靈板離開，身上的虹光變得更加閃亮，拉開無數彩帶遠去。

琴感覺身體快凍僵了，寒風似乎有辦法找到衣物間的縫細，像千道利刃刮弄皮膚。她回頭，看見老人趴在角鹿的頸子上。

「湯比！」琴繞到雪橇邊，用力推開一個木箱，裡頭幾隻雪狐不停打轉。她找到一個箱子，試著解開封蓋上的鐵絲，厚實的手套卻不停妨礙。風雪令她睜不開眼，琴索性脫下手套，裸著雙手想解開鐵絲。她掀開箱子，從裡頭拉出兩張亞麻製的大帆布。

琴用其中一塊布蓋住整個雪橇，花了好些時間才綁緊它。她的雙手僵硬，指尖像有針刺。然後她跑到角鹿身旁，那動物的背比她高兩個頭。琴趕緊解開靴子底下的雪鞋裝備，踩著皮座向上一蹬，拋開帆布蓋住湯比的背，並把布的尾端在老人座墊下打了好幾個結。老人灰白的眸子跟著她挪動，鬍鬚結滿冰霜，嘴唇頻頻打顫。

「你待在防風布裡別動——」琴說完趕緊爬下雪地，伸手將帆布另一端拉過去包住角鹿的頸子，再打起死結。這時她的手已沒知覺了。

她緊張地搓揉手掌，發現一點用也沒有。她把手套戴回去，卻看見尚未綁死的雪鞋又脫落下來。待一切就緒，她的手感覺被烈火燃燒。

琴拉起轠繩往前走。

暴雪一陣陣襲來，彷彿無形的鞭子朝人們抽打。所幸角鹿本能地明白這次情況攸關生死，開始走得急，她不再需要耗太多力氣去拉扯。琴的亮灰色眸子四處打量，發現人與人之間的距離越拉越開了。奔靈者不時從視線中經過，似乎徒勞地想整頓遷徙大隊。

她不曉得自己究竟走了多久。左方幾尺有人倒在雪地裡，她只瞥了一眼，沒有停下腳步。

夜色降臨，原本已糟透的能見度現在變得更加模糊。琴一連經過好幾個趴倒在雪裡的軀體。唯一幸運的是，黑夜讓引領大隊的彩光變得清晰。四周伸手不見五指，她連後方湯比的身影都看不見，只聽見角鹿沉重的鼻鳴。她追著遠方燃燒的彩影，逼自己別停下。暴風雪讓每一步都是折磨，但她試著什麼都別想，用井然的毅力向前行；別在意侵入口鼻的雪沫，別在意狂風咆嘯的聲音，別在意漸漸僵硬的趾頭，漸漸消失的體力。

數小時過去，她有種錯覺，彷彿只有自己被困在暴風地獄裡，在原地徘徊了無數天。

琴的臉頰、雙手，甚至舌頭都沒了知覺，眼睛也難以睜開。然而遠方那潭虹光忽然變成了三個……然後五個，然後七個。

當她拉著角鹿接近，看見那群奔靈者守著一道漫延至黑暗裡的冰牆。牆中央，是個巨大的洞穴。

「這樣便沒問題了。」癒師起身，他的雪靈從暖綠轉回七彩的顏色，像散去的游絲慢慢脫離琴紅腫的雙手，頸子，和赤裸的雙腳。癒師挪身到下一位居民時，琴穿上新的毛襪、裹起帆布，換上乾的衣裳。

奔靈者破例燃起十團火燄，讓居民聚集在一旁取暖。陸續有人從洞口進來，發出哭嚎。

新進者輪番取代火堆旁的位置。每過一陣子，會有載著糧食的羊駝或角鹿，被幾名奔靈者一同護送進來。

湯比也已接受治療，躺在她身旁咳嗽。他們的角鹿安然無恙，卻少了兩只大箱子，分別裝著長毛鵝及備用糧食。

琴打量一下他們所在的地方，是個異常巨大的冰穴。火光照耀下，四周的冰牆閃爍平滑的冷光。這時她看見綠髮的女孩蹲在人群中，面帶微笑低語。

她就是人稱「引光使」的艾伊思塔——獨自從遠方把「陽光」帶回這世間的女子。

引光使似乎選擇性地找了不同的居民說話，然後她朝琴的方向走過來。

「湯比……」引光使跪在老園長的身旁，眉間有股微微的憂傷。她擠出笑容說：「這個，您帶在身邊。」

即使老人的眼皮底下有多處凍傷，他雙眼睜大，滿是皺紋的手接過一個玻璃杯和打火石。

「任何時候覺得需要溫暖，就點燃它沒關係。」

「可以這蠟燭……」湯比咳了幾聲，看向綠髮少女。「我們居民不能使用。這會觸犯長老的規定。」

「不用擔心，這些是我的東西，其他人無權決定。」艾伊思塔握住他的手，包覆住玻璃杯。

「如果有人問起，就說是我給你的。」

湯比猶豫了許久才點頭。引光使輕撫老人的額頭，然後拎著袋子離去。

琴看著她飄逸的綠髮，在居民之間走動，和不同的人輕聲說話，時而從袋裡取出蠟燭給他們。不知為何，一股莫名的嫌惡湧上琴的心頭。

在琴的眼裡，那只是施捨的舉動。引光使總是站在恆光之劍旁邊，多數居民已視她為某種救世主。她根本不明白那些真正需要救助的人心裡在想什麼，根本不明白孤立無援的感覺。

引光使必然沉溺在虛榮感裡，以為自己擁有多大的權威。她總裝出關心他人的模樣，好像所有奔靈者當中只有她一人了解居民的需求。但是琴很明白，就像在以往社會握有特權的三長老和學者，還有在雪地生存握有特權的奔靈者，只要某一天有人敢挑戰艾伊思塔身為引光使的權力，她就會不計一切去碾壓別人。

艾伊思塔那不自覺的虛榮心一定會慢慢把她往統治者的方向推。她和那些腐臭的統領階級並無不同。

湯比發出一陣劇烈的咳嗽。這時，琴才看見他後頸的一片紫斑。

「怎麼會……剛才的治癒沒有效嗎？」琴趕緊再去找癒師。不幸的是受傷的人數過多，再加上雪靈的能力需要時間復甦，下一次治療仍需等待。

琴把湯比帶到最近的火堆旁，卻發現根本擠不進去。有居民受了更嚴重的傷，甚至有人到了必須截肢的地步。等癒師終於來到湯比身旁，已過了五個小時。

夜半十分，洞穴某處發生騷動，有人說黑允長老恢復意識了。到處都有人竊竊私語。琴不理會那些事，只擔心湯比的身體每況愈下……

隔天清晨，外頭的風雪依舊肆虐。不斷有奔靈者重返雪地，企圖救回走散的居民。但這頻率越來越少，到了晚上，已不再有人歸來。

有人說他們喪失至少了兩百位居民。不知該說幸運還是不幸，她的親戚竟然全部平安抵達，護送他們的似乎是位名叫帕爾米斯，拿著長弓的奔靈者。然而琴最害怕的事還是發生了，湯比不斷發出呻吟，肺部出現異常，刺痛著他每次呼吸。他的親人面帶憂色地圍在身旁。

「都是妳急著趕路，沒有照顧好我父親！」他們的組長湯姆斯眼角泛淚，對琴發出責難：「全……全都是妳的錯……」

琴沒有說話。

當琴看也沒看他，湯姆斯惱怒了，他把她推向冰牆，朝著她咆哮：「妳為什麼不回答？」

「回答呀！妳承不承認自己錯了!?」

她撇過頭去，依然一句話沒說。

「算了啦，她是個啞巴。只顧自己走，怎麼會有這種人啊？」旁邊一位姑姑開口。

「妳竟然把整箱備用糧食給弄丟了。什麼沒不見，就糧食不見。這下可好了，我們整組分配到的口糧都在裡頭。還是妳在途中自己吃了?私藏起來了?」

「沒關係，以後每次大隊要發額外的口糧，琴的部分都歸我們的。」

她的姑姑們七嘴八舌地說，就連她們的孩子也瞪視著她。琴只靠著冰牆跪坐下來，冰冷的灰色眼眸朝老人的方向望去。

「別再說了……」老園長吃力地開口：「多虧了琴，不然動物都不保住……琴，妳過來。」

湯比虛弱地揮手。

琴也不管周圍憤怒的視線，爬到湯比身邊。老人把手放在她的手腕上，指甲全是黑的。

「妳知道嗎……以前也有過類似的事……」他的聲音非常吃力，吸氣時胸口抽搐。「可是不表示……沒辦法掌控，也不表示……妳做不到……」他的眸子已超乎疲憊。「所以我幫妳帶著……因為……那才是真正屬於妳的東西……」

琴僵著面孔，珠子般的雙眸睜大。身旁的親戚你看我、我看你，似乎沒人曉得老人到底在說些什麼。

「我們遠古的族人相信……所有的東西都有神靈……祂們會以最適合的方式來到我們身邊……該相信什麼，是我們都必須面對的決擇啊……」他最後告訴她：「妳可以選擇屈就，和普通人一樣，就像我們的先祖被迫接受凡俗的價值觀……或者妳可以選擇相信，自己擁有那幫人裡面……最與眾不同的靈力啊……」

老園長在隔天去世了。

他的親人給他套上代表傳統的衣裳，由針貴的海豹皮和魚皮製成，並在他安祥的面孔輕輕套上魂木所做的薩跋頭冠。他的孩子們分別擺了遠古動物的小木雕在他懷中，有熊，貓頭鳥，鯨魚。他們甚至每人都拔出所剩不多的肉乾，放到老人手裡。

這一次，琴沒有認為他們愚蠢。她自己也把僅剩的肉乾放到湯比的懷裡。

冰雪世紀降臨之後，人類依外觀演變為「灰薰」和「翡顏」兩式種族。瓦伊特蒙的人們究竟從哪兒遷移而來，研究院從未找到真正的考據。然而口耳相傳的歷史遠比文獻更加真實。

從小琴就聽說灰薰裔的祖先主要來自三個遠古文明：舊世界的亞細亞大陸，環太平洋的東南亞諸島，以及遠北的一群人。最後這群人稱自己為「愛奴」，萬年前發明了弓箭，居住在文獻中堪稱「千島群島」及「北海道」的遠北之地。

琴以故的父親曾說源自繩文的古老時代，祖先便相信萬物皆有靈。他們屬於世間最古老的文明之一。世紀輪轉之間，經過無數次與他族群融合，包括在冰雪世紀的瓦伊特蒙與其他灰薰裔，甚至翡顏裔的人進行通婚，接受了凡俗的價值觀。

但實際上他們從來沒有忘記傳統的故事。他們相信冰雪世紀出現的雪靈，正是天地萬物中的靈魄糟到釋放。

他們認為這是人類文明逐漸消失，神靈支配世界的時代。因此擁有愛奴血統的每代人當中，一旦有人成為奔靈者，都是親人眼中的驕傲。

所以他們無法原諒琴，無法原諒她竟然喪失了接受束靈儀式的機會。

當晚，暴風絲毫沒有減緩的跡象。陣陣冷風吹入洞穴，人們在顫抖中沉睡。

琴在黑暗裡起身，靜靜走往置物的地方。她繞過四處擺放的木箱，聽見裡頭動物的騷動聲，但她不予理會，從雪橇的邊緣抽出帆布綑包的長板。

然後她經過繁密的居民帳篷，朝洞口而去。

她沒有戴手套，也沒有套上能在鬆雪地行走的雪鞋。她只裹著環有兔毛的披風，穿著破舊的皮褲，以及許久未碰的，那雙鑲有銀底的靴子。

長至腰間的柔順黑髮被風撩起，珠子般的雙眸閃爍銀光——琴逆著肆虐的風雪，迎向黑暗，緩緩解開封住棲靈板的繩結。

EPISODE 09《拂羽》

雨寒一直以為在雪地生存下來是人們將面對的唯一挑戰。她卻從未預料到，長老體系會如此迅速地崩壞。

統領階集的奔靈者圍繞著黑允長老，盤坐於地。一個鐵盆在中央燃燒著火燄。

他們在一個巨大的營帳內，以八根木杖撐起緊繃的雪羚羊皮，上方掀開四個方形透氣口，隱約可見外頭反射著火光的冰牆。

「必須抓緊時間。一旦居民準備好，我們就得立刻離開。」老將額爾巴遞出一盒溫菌草，讓每人各取一片，用手指壓碎放進衣中。「若下一秒這裡塌了，我也不會感到詫異。」所有奔靈者都清楚，這洞穴是由冰層結構變化所生成，極可能瞬間發生劇變。

黑允長老的面色暗淡，雙脣乾裂。她沉默數秒，靜靜地開口：「這裡的雙子針度數？」

雨寒坐在母親身旁，用鉗子夾著一個鐵杯，在火盤上烘烤。那場暴風雪奪回不少居民的性命，卻喚回了母親的神智，讓黑允長老像剛從惡夢中驚醒，尖叫聲穿透整片雪幕。雨寒和多位奔靈者保護長老乘坐的雪橇，突破風雪來到這冰穴。然而雨寒總覺得母親……似乎有細微的改變。

「24.4。」總隊長說出他們的所在位置。他和紅狐的披風仍結滿雪霜，是從外頭歸來不久的證明。

黑允長老點頭，便不再說話。

「我們從瓦伊特蒙的23.2度出發，一直朝西北西的方向無誤。」紅狐面色凝重地說：「十幾天下來，僅跨越子蝠線一度多一些。以這種速度，要到澳大利亞沿岸至少需要半年時間。」

「這不是預料中的事嗎？」在他正對面，哈賀娜咯咯地笑。

雨寒的心怦怦跳，她知道這代表什麼。未來半年，遷徙大隊將在結凍的海面上度過，腳下沒有陸地，冰貌可能隨機改變。這對人們的心理狀態會是極大的考驗。

首席癒師安雅兒以撫慰的口吻說：「居民還需要時間適應。等他們適應了雪地的環境，大隊的行進速度應該會增快許多。」

「適應？」哈賀娜笑了笑道：「身為奔靈者，我們都沒摸清楚這片大地，甭想普通平民有辦法。」她望向身旁的飛以墨。「你說是吧？」」留著灰色長髮的遠征隊長卻閉著眼，並未與她搭腔。哈賀娜歪嘴滾了滾眼珠。

總隊長亞煌開口：「行進速度不該是我們的著眼點，因為沒人曉得何時才會找到可以長久棲息的地方。我們只須確保居民有辦法保護自己，試著降低傷亡人數。」

「在雪地多待一刻，居民傷亡的風險就越高。昨天又有十幾個居民死亡。」額爾巴回道：「研究院給的方向太模糊了。」

「我從來不覺得研究院的意見有多大用處。」哈賀娜又說。

雨寒知道每當帆夢不在場，一些奔靈者就會吐出這樣的話。忽然她想起凡爾薩，不曉得他和縛靈師的情況如何。她擔憂縛靈師是否無恙。上一次看到陀文莎，是剛到冰洞裡和首席癒師一起為她治癒時。

「我會再讓各領隊去找居民組長談談……直到對面風雪的信條在他們腦中根深蒂固。」安雅兒告訴眾人。

當前，總隊長已接受安雅兒的提議。近五千居民以十人為一個小組，便有五百個居民擔任「組長」，他們得在手臂上綁著淡藍色緞帶；而每十位組長又由一名身為「領隊」的奔靈者負責領導。這五十名被指派為領隊的奔靈者必須戴著藍色圍巾，專屬監督居民的情況。

遷徙大隊會依照這樣的系統相互溝通，有要事發生時，信息會經由那五十名奔靈者迅速傳遍五千人的大隊。

其他的眾多奔靈者也都肩負關鍵的職責。總隊長頻繁派人遠行，讓他們尋找下個遷徙據點，獵取食物，朝前方探路，以及幫大隊護航；這些功能等於延續了瓦伊特蒙舊有支部的特性。不同的是由於人數失衡，實際上再無支部之分，奔靈者只須以任務來定義小隊。

而最重要的改變，是所有癒師都獨立於這個體系之外，是安雅兒全權支配的團隊。因為無論是奔靈者或是遷徙大隊的居民，皆需要癒師的幫忙，因此癒師的崗位總是在動態變化——某方面而言，擁有治癒能力的奔靈者成為最重要，也是最匱乏的資源。

換言之，在目前三百名奔靈者中，五十人擔任居民大隊的領隊，五十人是癒師，另外兩百人則拆分成細密的任務小組。

雨寒也自告奮勇協助大家。這陣子她頻繁運用「拂羽」的治癒力，自己能明顯感受到雪靈的能力每天都在增強。尤其她的「靈力分散性」，曾一次喚出十幾隻鴿子形態的虹光，令在場所有人嚇了一跳。就連安雅兒也想不透為何她雪靈的成長幅度如此之大。然而雨寒很清楚自己離真正的癒師還差得遠，因為她除了靠雪靈之力去幫助居民，其它一概不懂。傷口包紮、處理凍傷的知識，她才剛剛開始學習。

「長老，那麼我們何時動身？」額爾巴傾首說：「我還是建議——」

「聽亞煌的吧。」黑允看向總隊長。

「萬里暴風已過去，我們明天一早就出發。在這兒久待，居民的慣性會回來。」亞煌回道。

長老點頭，眾人也附議。就在此時，有人掀開營帳的布門探頭進來——是艾伊司塔。

「請問……」綠髮女孩的面上微露慍色，她環視眾人說：「居民們一直在問，究竟要遷徙到哪兒去。為何久久還給不出任何答案？」

「我們說過很多次了，這種事無人能確定。」離她最近的哈賀娜扭過頭來，語氣十分不悅：「這取決於何時找到能久居之地。」

「艾伊思塔，妳可以告訴那些詢問的人，」老將額爾巴回答她：「目前只能先不斷在臨時避難所之間搬遷。就像遠古的遊牧民族，累積好資源再展開下一段旅程。一步步來，這是最保險的方式。」

「不行，人們需要更明確的答案。」

哈賀娜瞪視她。「但他們知道了只會慌亂。」

艾伊思塔搖頭。「他們都很害怕。你們沒有考慮到他們只是普通人，帶著長者與孩子，離開一輩子熟悉的地方。他們沒有我們的能力，挨凍的時候只能眼睜睜看著虹光飄過身旁，想乞求我們分給他們一些溫暖，卻追不上。」她的口吻充滿真誠的哀傷。「告訴他們目標在哪兒，給他們一點希望吧。別讓人們每天十幾個小時在雪堆裡攀爬，心中卻總是懸著。即使是謊言也好，只要給人們一個確定的方向，他們的韌性定會超乎你們的預期。」
篷子裡的人寂靜了片刻，有人嘆了口氣。
雨寒聽著艾伊思塔的話聽得入神，忽然發現火盤上的水已過熱，開始冒泡。她立即抽回鉗子，卻一個不小心掉了杯子，灑在篷墊上。
「啊！抱……抱歉！」她緊張地望向母親。「長老，我馬上去取新雪——」雨寒正要起身，母親卻搭住她的肩。
「沒關係，我不渴了。」黑允長老的眼神依然柔和。
「……是。」雨寒愣了一下，忽然知道母親哪裡改變了。黑允長老的性子不再銳如尖刃。如今她的精氣不如以往濃烈，反倒有種認命的模樣。不知道為什麼，這反而讓雨寒擔心起來。
「引光使，妳說得很動聽。那麼，假設我們公布一個理想的目的地吧。」飛以墨緩緩睜開眼，目光流向艾伊思塔。「聽到地方太遠，會不會剝奪他們的生存意志？聽到地方太近，一旦抵達時不如所願，要他們再次啟程，會不會讓人絕望？每個人所能承受的壓力程度不同，但抱怨的聲音總會影響到全體所有人。」
「陽光在上……所以你們真的連要去哪兒都不曉得？」艾伊思塔露出無法置信的表情。
當沒有人回答她，黑允長老默默開口：「艾伊思塔，這趟旅程何時告終，沒有人能預測。或許數個月，或許好幾年。也或許，我們全會被風雪給吞沒。從這一刻起，所有人都得做好萬里長征的準備。」
一陣紅暈飄過少女眉頭緊皺的面孔，她壓下滾燙的情緒，搖著頭離開帳篷。片刻之後，哈賀娜掀起篷簾朝外窺視，確定少女已離去才嗤之以鼻道：「我早說過，當初連祕密會議都不該找她來。」

「嗯。若她得知我們的目的地，會立刻崩潰吧……」飛以墨說。

「隱瞞是有必要的……這也是為了居民好。」安雅兒點頭。「等所有人真正適應長征的狀態，再告訴他們要前往舊世界的『柔佛海域』，應該也不遲。」

雨寒心底一陣罪惡感。艾伊思塔看來如此難過。但自己已經答應紅狐，絕不能把這件事告訴其他人，包括凡爾薩和艾伊思塔。就連首席學者帆夢本人也清楚事情的嚴重性，已嚴正警告眾學者要保密——遷徙大隊將前往遠古時期的「馬來西亞」和「印度尼西亞」交匯一帶，約為82.0度的遠西冰域。

研究院認為，只有那裡遠離太平洋火環帶，卻仍保有無盡的地熱，保有充足的原始森林及石灰岩洞，而且和數道海岸線接壤的機率甚高。論條件而言，該區域極可能比瓦伊特蒙更加適合文明的長遠滋長。只要能避開狩群出沒的遺跡，人們或許可以找到永恆的棲息之地。

然而問題是要抵達那裡，遷徙大隊將踏上至少一年的征途。有多少人寧可先知道這消息，以做好心理準備？雨寒在心裡想。又有多少人會希望自己先適應遷徙的節奏，再獲知一年後的目的地？

「大夥兒快去做準備吧，天亮時動身。」老將額爾巴說完，眾人紛紛離開黑允長老的帳篷。雨寒趕緊爬往角落的背包，想找塊布料清理灑了的水。

「亞煌，你先留下。」黑允長老輕聲說。

總隊長停下動作，坐回原來的位置，與長老面對面。遠征隊的黑色披風在他身旁散開，一圈厚實的白色毛皮圍住他的肩膀，繞過胸前以三根銀針緊扣。黑允長老則裹著雙層雪羚披肩，整排獸齒磨成的吊飾在她的手肘邊晃動。她的黑髮高盤，往後灑落，此時彷彿恢復了以往長老的莊嚴。而她一直以來掛在鼻緣及耳根上的金屬鏈環，早在離開瓦伊特蒙時雨寒已幫她取下。母親沒有雪靈，無法維持皮膚表層的溫度，和普通人一樣易遭金屬凍傷。

雨寒擦拭著帳篷的底墊，微微抬頭，發現兩人正沉默望著對方。

「長老，有什麼我能效勞的？」亞煌的態度和往常無異，恭敬而沉著。

黑允長老閉起眼。「說來也奇怪。身邊發生的所有事，我竟然都有記憶。」片刻的沉寂，她接著說：「我看見北環大道奔跑的人群。我也看見桑柯夫離去的背影。我知道暴風帶著密雪襲來，你們拖著我遠行百里。」黑允長老抬起頭，火燄反射在慢慢睜開，有如黑鏡的雙眸中。「我看到恆光之劍，以及在它旁邊的你。」

雨寒清理完畢，突然覺得帳篷裡的氣氛不太對。她覺得自己應該離開，讓他們私下談，雙腿卻驅使她回到母親身旁的位置，跪坐著靜待。或許因為，她察覺到母親口吻中的異樣。

「即使你身負重傷，依然領導著人們度過危機。」

「這是身為總隊長的職責。不足掛齒。」亞煌低聲回應。

「有些人說了許多話。他們看著我失神的眼眸，以為我聽不見。但每字每句，都像直接烙在心膛上的印記。」黑允長老說話少了慣有的激動情緒。雨寒擔心地望向母親的側臉。「……或許我們長老忘了許多重要之事。我們三人都犯了相同的錯，便是急於在歷史留名。我們為人類畫了疆界，也會自己畫了疆界，不斷假想有人踏入自己的權力範圍。拉緊手中的繩索，為了不願承認的目的。尤其當後輩既起，取代了自己的位置，不免心裡慌亂。」黑允長老的語氣依然平淡。

亞煌直視著老長，並未回話。

「但即使如此……我從未後悔自己做過的任何決定。包括主張與所羅門聯繫。」黑允長老的語氣出現變化。

「是的，聯合遠征隊所獲的情報……讓瓦伊特蒙得以逃過被殲滅的命運。」亞煌淡淡地補上一句：「至少目前如此。」

「瓦伊特蒙奔靈者的總隊長——亞煌。」黑允長老說：「我需要你給予承諾。」

總隊長也察覺了，聽出她語氣中異於以往的威嚴。他僅猶豫片刻便單拳頂地，低下頭說：「長老請直言。」火燄在他倆之間熊熊燃燒，揚起難以承受的熱氣。

「在我死後，扶持我的女兒雨寒，成為瓦伊特蒙的唯一長老。協助她率領眾奔靈者，引領遷徙大隊找到永恆的居所。」

這消息像道風，來得過於突然，雨寒甚至不確定自己聽見了什麼。待她慢慢會意過來，張開口卻發不出聲，她轉過頭，發現總隊長正直視著自己，他的臉上也滿是迷惘。

「我不……長老，我不了解妳說的，」亞煌有些結巴，眼神飄回黑允那邊。「妳已經沒事了，是瓦伊特蒙唯一的長老。況且雨寒還……」

「縛靈師曾告訴我，想保住人命，雨寒的能力是關鍵。」黑允解釋：「是的，一開始會有人質疑，但只要你親自表態，沒人會有異議。因為除了你，瓦伊特蒙當今沒有更適合的人選。」

「雨寒是個有潛力的奔靈者，相信她很快會成為癒師團隊裡的關鍵力量。」亞煌已迅速掌控自己的語氣。「但我們將長期面臨人類文明生死交關的事。領導遷徙大隊，無論挑戰與壓力都異於以往，沒有前車之鑑。要雨寒扛起這責任，有些殘酷。」

「是啊，我還太——」雨寒根本不知該說什麼，話才脫口，黑允長老伸手制止了她。

「雨寒還很年輕，也欠缺奔靈經驗。你們得輔佐她。因此必須由你說服剛才坐在這帳篷內的所有人。當然，也只有你能辦得到。一旦由你們這群人鞏固核心地位，共同領導遷徙大隊，居民自然會接受。至於我……」黑允停了片刻後說：「我很清楚自己的情況。踏出這個洞穴，便到不了下一個目的地了。」她這才側首看向自己的女兒。「但別擔心，我會和你們一塊踏上路途，陪你們走多遠算多遠。我累了，痛恨孤零零的一個人。」

一股莫名的難受讓雨寒濕了雙眼。母親說出這番赤裸裸的話，口吻卻如此沉靜，雨寒明白其中頭沒有任何誇飾。然而她仍無法了解原因。

「亞煌，我是否能獲得你的承諾？」

總隊長盯著火燄陷入沉思。然後不知為什麼，他閉起眼，毛皮圍肩微微下滑，彷彿莫名鬆了口氣。「我了解了。」他睜開眼道：「我向『陽光』立誓，會遵循您的心願，輔佐下任唯一長老，雨寒。」

「如果陽光肯帶我走，我會護祐你的，亞煌。」黑允長老說：「我想和女兒獨處一會兒。」

總隊長欠身後離去。雨寒的淚快憋不住，各種交雜的情緒令她不知所措。「媽媽……」她一手拉住黑允長老的手臂，下半身卻像要走出帳篷。「我去拿棲靈板，我的治癒能力現在很厲害了！妳不會有事的！」

「不急，我會給妳機會的。」黑允摟住她。在雨寒記憶中，上次母親這麼做已是好幾年前的事。「有些事，我必須告訴妳。」

雨寒猶豫半晌，然後舉起癱軟的手抱住母親的腰。她埋首在黑允長老的懷裡，不懂為何自己的眼淚不停湧出，滴在母親的裙袍上。

「妳知道為什麼在三個支部中，他們願意讓我掌管遠征隊？當初如果我想爭取其他支部的位置，我將一無所有。因為我是個女人，我甚至不是奔靈者。」

「雨寒，妳得知道曾經有一度，遠征隊的理想在眾人眼中太過遙遠。它不是為了糧食，不是為了安全保障，不是為了人們的基本生存需求而戰。最初被歸納到遠征隊的奔靈者，都是一些有能力缺陷的人……換言之，犧牲掉也不痛不癢的人。就像妳的祖父，妳的父親，還有我們許多堂兄弟。妳知道他們全被白色大地吞蝕了。但我從來沒告訴過妳，妳父親寒諾瓦發生了什麼事。目擊者說他衝向一頭巨狩，把長矛筆直插入牠體內，自己也被撕裂成兩半。他的隊友視他為英雄。我們家族的人一個個都成了英雄。可笑吧？所以依然活著的我才可能有今天。若非家族不斷付出的犧牲讓當初的統領階級感到虧欠，一個無法奔靈的女人怎可能獲得長老的地位。但他們遺忘得快，遠征隊員的事跡總被人遺忘得快。再也沒人記得我們家人英勇的付出，他們只看見一個女人還穩穩坐著長老的位置。我知道他們無時無刻在看著我，所以我不能出任何差錯。桑科夫的家族，恩格烈沙的家族，總隊長虎牙，退位的所有長老，尤其是『疾馳餤痕』加爾薩納……他們的目光全在我身上。既然我別無選擇，只能指揮遠征隊支部，我就必須證明給他們看。於是有一天，我明白了。我必須滿足人們最基本、最原始的一種渴望：對『傳說』的好奇心。我讓遠征隊撿回舊世界零零散散的用品，充分滿足人們的幻想，讓他們即使待在瓦伊特蒙的陰影中，也能聽取故事嘗盡冒險的夢。」

「效果很好。人們開始熱愛這樣的東西。讓我始料未及的是，遠征隊支部竟從無人在乎的雜牌軍，搖身一變成為最受歡迎的英雄。男女老少全簇擁著他們，爭相聆聽在遠古遺跡冒險的英勇事跡。每一次有奔靈者從新找到的遺跡返回，他們會三天三夜被人群包圍，說著真真假假的故事。比起外出找食物和死守崗位，這眩目多了。突然間，所有年輕的奔靈者都想加入遠征隊了。有人說想去北美洲，有人說想去南極洲，他們興奮地討論這些事。人們崇拜我，同時也懼怕我，因為我操控了他們精神上的渴望。終日待在陰暗洞穴的人們，我就是他們的陽光。」

「是的，身為無法奔靈的女人確實艱辛，這條路令我心力交瘁。但人們很快又忘記我天生的劣勢，只記得我能掌控所有遠征任務的地位。當時我知道我成功了。遠征隊才是冰雪世紀的人類所需要的，因為它有正視未知恐懼的力量，及面對未來版圖的信仰。」

「所以雨寒，我請求陀文莎無論如何必須把妳編入遠征隊，只有這樣，當妳繼承這個位置，才能做到我所無法做到的事。這時機來得出乎意料的快，我知道妳心理尚未準備好。但我看過許多人，知道誰有辦法給予眾人他們所需，誰會被眾人背棄。雨寒，我相信妳可以的，妳會是比我更優秀的長老。」

「別一副那麼吃驚的模樣。妳是我的女兒吧？」

EPISODE 10《芬瀾》

平地上冰雪交接的地方像是動態的調色盤，渾濁與清澈，靜穆與飄搖，由無盡的風一次次攪和，與時間的冰封之術抗衡。

遷徙大隊正經過一片結凍的湖泊，時而踩著蓬鬆的雪，時而踏過硬實的冰。艾伊思塔判斷這裡曾是碎冰帶的裂口，海水灌入後形成枝流狀的湖，綿延數里，表面不斷結凍又不斷碎裂。奔靈者的偵察隊伍判定這是風險最小的路徑。

「這裡，請小心腳步。朝那位奔靈者的方向走。」艾伊思塔牽過一位用綿帽包住臉的居民，指向斜對角，站在遠處的黑衣奔靈者。然後她再伸手去牽後面幾位走來的人。「看好腳下的冰，聽從奔靈者指示。別冒然踩在散雪覆蓋的地方。」整個大隊延長為縱隊，超過百名奔靈者站定在各個關鍵的據點，組成一條穩固的路徑通過湖面。

「看好腳下，請踩在白冰上！」艾伊思塔對搖搖擺擺的居民說：「要試著避開灰色的冰。黑色的絕不要踩！」她不斷重複這句話，深怕有居民忽視。顏色越黑的新成冰，薄得連小孩也支撐不了，而偏乳白色的冰層往往超過手臂的厚度，通常可以承受角鹿的重量。

「艾伊思塔，我腳下的冰會發出聲音呢！」某個孩子牽著母親的手回過頭來，他的雙頰異常消瘦。

艾伊思塔手插腰襬，裝做生氣的模樣說：「那是薄冰，當然的。你想洗洗澡沒關係，但沉下去了我還得去救你，太麻煩了。」

那孩子傻笑一會兒，被母親牽著走。艾伊思塔嘆了口氣。過著這種死亡如影隨行的日子，還笑得出來的只有奔靈者和年幼的孩子。或許這是好事。

她的神情嚴肅起來，看著綿延到視線盡頭的居民大隊。

湖泊以不規則的形狀蜿蜒在高大的冰齒之間，彷彿他們正走在某種巨獸剖開的胸膛。艾伊思塔看著湖面各種紊亂的色調，判斷出幾天前這裡必定還淌流著溪水，幾層冰尚未沉澱和凝結，極度危險，能儘快通過最好。

她在自己的崗位一站就是四、五個小時。有些居民在身上用繩索相連，緩緩從她面前走過。他們撐著瘦弱的臉，體力已達極限。瓦伊特蒙帶出來的食物早已不夠，若非丟失於風雪中，便是人們熬不住飢餓違規偷吃，因此所剩無几。黑允長老下達嚴格的配糧令，並派出更多奔靈者外出獵食，情況卻未好轉。

待所有居民通過她面前，天空已暗沉下來，細雪緩緩飄落。

「引光使大人！」呼喊聲從前方傳來。

她看見某處的人群發出騷動，知道出事了，便立刻乘著棲靈板朝那兒去。板子的邊緣刮起冰霜，傳來斷聲及湖面的裂響。

一位居民被湖面破碎的殘冰圍繞，頸子以下都在水裡。他痛苦地仰著頭，灰紫色的唇已發不了聲，手中緊握一條麻繩，其他居民正想盡辦法要把他拉上來。

「低下身子，別同時接近他！」艾伊思塔緩下棲靈板的速度，驚慌地看著成群擁上的人群。「這一帶的冰面很脆弱，兩個人去拉他就好。」

「艾伊思塔！葡慕也掉下去了，沒看到他再上來！」有人喊道。

一旁已有其他奔靈者陸續趕來，但所有居民只緊張地朝艾伊思塔比手畫腳，似乎把希望全寄託在她身上。

葡慕!?糟了，底下可能有暗流！艾伊思塔立即脫下披風，喚出虹光包覆身軀，想也不想地躍入水裡。

底下一片幽暗，她橫著身子趴在棲靈板上游動。艾伊思塔做好心理準備，讓九成以上的虹光脫離她的身體，在一旁化為虎鯨的模樣。一旦彩光離開她的皮膚，頓間上升的冰冷差點奪走她的意識，但艾伊思塔硬撐著雙眼，凝視雪靈游過的前方。

它像漂搖的色澤晃過眼前，拉開好幾道柔韌的光絲點亮了周圍黑暗。有那麼稍縱即逝的一刻，她隱約看見人影。

艾伊思塔立即讓芬瀾過去。虎鯨繞了個圈，張開透明的嘴，吞下那位正在徒勞掙扎的年輕人。葡慕臃腫的身軀被包覆在彩光中。

艾伊思塔矯健地游了過去，從身後摟住他，對方卻本能地轉身勒住她，讓艾伊思塔差點嗆了氣，冰水灌入肺腔裡。

虹光收縮到棲靈板裡頭，僅在兩人的身上留下一層閃爍的光模。板子彷彿有了自己的意識，帶著他們加速上移。

艾伊思塔拉著葡慕突破水面，伸手搭住最近的一塊碎冰。她聽見人們發出歡呼聲，有孩子雀躍地叫著：「引光使大人今天又救起一個人！」

葡慕在她的懷裡拚命咳嗽，死命抱緊她，大大的手掌用力握住少女的胸部。

艾伊思塔的臉色都青了，咬緊牙把棲靈板拋到岸上，再把右手的鐵鏈拋給前來營救的奔靈者。「你快鬆手！」她朝葡慕喊，並掙脫對方僵硬的手臂，用另一條鎖鏈繞過他的腋下，緊緊扣住。

這片湖泊的盡頭被阻隔在一圈環形的丘嶺當中。混亂的冰層、永恆的吹雪使地勢凹凸不平，但遷徙大隊今晚必須在此紮營。許多居民的雪橇可以直接拉起皮布成為帳篷，幾個人鑽進去並排睡。奔靈者則使用安裝在背包底下的單人輕型帳篷。

艾伊思塔把自己的篷子搭在高處，緊靠一面高聳的雪牆以防風。現在她在裡頭裸著身子坐在棲靈板上，試圖把溼透的衣裳掛在篷頂的橫架上。腹中的飢餓感越來越強烈，但她設法不去想，讓雪靈轉為柔黃的色調，有如觸鬚般撫弄著她的腳踝。光波捲上她的小腿，再為腰間帶來溫暖，然後沿著胸部的弧線緩緩向上挪動，覆蓋住濕潤的綠髮。

即使已有不下十次入水救人的經驗，艾伊思塔仍難以適應那種奪命似的冰冷。但只要她的身體還撐得住，就不會停止救人。在她遠行的時候，喬安死了，她連他的屍體都沒見到。她不想要再有居民死去了。

事實便是艾伊思塔的雪靈在水中的能力無人出其右，因此現在就連奔靈者也得牽就她。被迫潛水救人的一連串經驗，更讓她加速領略到在水中活動的要訣。

雪靈的六大屬性——基礎靈力、靈迅力、抗縛性、靈體分散性、靈力復甦性、物理影響力——當中她的「靈體分散性」或許沒有像雨寒等人那麼強大，但艾伊思塔已找到訣竅將雪靈切分為兩部分：一方面包覆身體維持溫度，一方面讓雪靈具象化。她更吃驚地發現，芬蘭的「抗縛性」在水中竟會倍增，能游到比想像中更遠的地方。

不久前她才把這些心得與其他奔靈者分享，他們則告訴她一個巧合：當初在暝河能夠有效操控雪靈的第一批奔靈者，除了有出眾的「靈迅力」，還有一個奇特的共通點是他們的「物理影響力」都偏弱。

芬瀾的這方面也非常弱，如果不透過鍍銀鎖鏈或棲靈板，幾乎分毫無法影響物理世界。艾伊思塔不確定為什麼會這樣，但有奔靈者猜測只有那些可以完全忽略物理阻力的靈體，才能在水中敏捷地發揮機動力。

她拿毛巾擰乾長髮，心中不免感到諷刺。長年以來，絕大多數奔靈者鄙視她的身世，視她為潛在敵人。但自從她從「方舟」歸來，展現水中能力，再加上遷徙面對的危機，讓她必須和所有奔靈者打交道，他們的聯繫也更加緊密。

久而久之，原本不太信任她的奔靈者都承認，或許她真有獨自一人遠行找到恆光之劍的實力。

但艾伊思塔還是提醒自己別忘了過去的傷痕。她不屬於他們。從小到大，只有普通居民不會因血統而公然排擠她。藍恩大媽，菜園的貝琪，和她一起在洞穴裡玩冒險遊戲的費氏兄弟，甚至是頻頻向她表白的胖子葡慕。當然還有總是鼓勵自己的喬安，以及老園長湯比……他們是她唯一的家人。

這陣子總隊長延攬她加入前沿探索的奔靈者隊伍，希望借重她曾獨自遠行的經驗，為居民找到風險較低的路徑。

艾伊思塔對這處境感到矛盾。但她明白，融入奔靈者的體系，才能聽到第一手消息，也才能夠更好的幫助到居民大隊，保護他們平安抵達遷徙的終點站……

帳篷被掀開，一陣風灌了進來。艾伊思塔趕緊摀住胸部驚叫：「是誰!?」

爬進來的身影裹著護臉的圍巾，滿身雪霜。「我不是告訴過妳如果篷子要靠著雪壁搭建，出口的方向不能對著下坡的角度?妳看這面雪牆有多高。現在出口避開了風向是很好，但如果晚上風頭改變，上面的雪架塌了下來，要挖出逃生的通道會很困難。」男子拿進來一個結滿雪霜的棲靈板。「這種初級奔靈者常犯的錯，妳竟然還會犯——啊，」他單手勾起遮目的頭巾。「看來我回來的正是時候。」

艾伊思塔全身赤裸，雪靈的光從身旁化開。她睜著眼，直勾勾地盯著眼前的男子。淡灰色髮辮落在白色披風上，左耳戴著骨片和細鍊耳環，腰間兩柄劍鞘。亞閻脫下被雪片覆蓋的背包及披風，開始解下皮靴的繩子。過了幾秒後，他才望過來。「咦?妳怎麼不說話?」

艾伊思塔看著他許久。「你去哪裡了?」

「今天嗎?離這裡有段距離。我是來告訴你們，別再朝西北西前進，北方的碎冰帶開始南拓，趁現在先往西南邊繞個兩天吧——」

「我說你這陣子都死去哪裡了!」艾伊思塔上前揪住他領子。

「呃……等等，這種歡迎方式太激烈了吧?」亞閻扯下自己的頭巾。

「瓦伊特蒙被狩奪走了，我們帶所有居民逃出來，很多人死去……我們……我擔心……」

艾伊思塔的怒氣在胸口膨脹，卻從眼角擠成淚珠。「你消失了三個星期!一點消息也沒有!

你知道我多麼害怕你——」她抹掉抑制不住的淚水。

「是啊，我在外修行歸來，從『深淵』的密道踏入瓦伊特蒙，發現居民竟然全換成狩了，嚇死我！」亞闍苦笑。「我還殺了一圈想看看怎麼回事。還好你們人多，軌跡好明顯，追蹤兩天就找到你們。」

「修行？修行什麼？」艾伊思塔皺起眉頭，雙頰通紅。「而且你為什麼不早點告訴我，至少讓我知道你平安無事……」

「妳知道不用擔心我的。至於為什麼沒早來？因為妳現在總是和那群奔靈者混在一起。很煩啊。」

這有關聯嗎？艾伊思塔不懂他在說什麼。亞闍總是這樣，不想讓任何人知道他的行蹤，艾伊思塔心想一定要找機會問清楚他到底在隱瞞什麼。「你要我不擔心，可能嗎？」她激動地說：「占領瓦伊特蒙的魔物跟暝河一樣大。一百名奔靈者攻擊牠都沒效果。」

亞闍想了想。「有嗎？我沒看見那樣的東西。」

艾伊思塔停下動作，不解地說：「怎麼可能？就是牠使瓦伊特蒙淪陷的。從來沒見過那麼大的魔物，長得像生物的觸角。牠隱藏在暝河底下已不知多久，然後突破北環大道的入口讓風雪都吹進來，狩群才得以闖入啊。」

「是嗎……？我只看見整個地方都被雪沫給覆蓋了。經過許多人的屍體，還有殺不完的狩。但沒看到妳說的龐然大物。」

艾伊思塔瞥向一旁，思緒混亂。這聽來極度不合理。那東西占據了大半座黑底斯洞……

亞闍伸手幫她擦擦淚痕，湊近身子微笑。「好久不見。」

艾伊思塔沒好氣地盯著他，噘起嘴時怒意全浮現在臉上。亞閻單手搭在他的棲靈板上，讓幽柔的彩光飄出來，用自己的雪靈挑逗她的雪靈。

「妳說的觸角……是像這樣嗎？」亞閻加深了笑容。他的雪靈變幻了形態，成為許多溫柔的觸鬚飄晃著，更從七彩轉換為紅寶石般艷麗，持續糾纏她的雪靈。漸漸地，芬蘭彷彿也被渲染，轉為一波波緋紅色的光。艾伊思塔不自覺地輕喘，放下胸前的手臂。

亞閻溫柔地抬起艾伊思塔的心形臉蛋，撥開濕潤的長髮，凝視片刻後，將她摟了過來。

灰濛濛的天空下，遷徙大隊的意志力不斷遭受挑戰。

食物的短缺，突來的暴雪，凝於行走的地勢全成了問題。

面對稍微有點斜度的坡道，居民必須以上翹的雪鞋尖端插進雪裡，一步步上攀；下坡時則側著身子，以雪鞋的側邊為阻力，一步步下行。這樣的行動非常消耗體力，人們走走停停，一直需要休息。一天下來，真正移動的時間不超過六小時。

殘酷的事實便是每天都有人在雪地死去。尤其當暴風雪來襲，大隊拖延數里，為了不耽誤自己的親人，有些在隊伍末端的傷患及老人選擇自我了斷。

某天夜裡，艾伊思塔才聽到居民說，大隊裡最後的孕婦好不容易撐過一整個月的遷徙之途，昨天捧著肚子，與丈夫靜靜坐在雪地。她的丈夫帶著微笑告訴其他人：「你們先走吧，我們隨後就到。」

再也沒人見到他們一家子。艾伊思塔望著漫天白雪，有股衝動想返回去找他們，卻知道為時已晚。

而這陣子，遷徙大隊有個更嚴重的問題。十位居民為一小組，十個小組由一名藍巾奔靈者領隊照料。這樣的制度看似合理，執行起來卻難上加難。同組成員之間的身體狀況、行動速度大不相同，時常有組長顧不了分散的成員，或是人們需要藍巾領隊時卻找不到人。結果便是任何人一出問題便呼喊最近的癒師，也不顧情況緩急。

由於長期勞累，欠缺睡眠，開始有癒師病倒了。

而長途遷徙的過程，寒冷是最大的敵人。它會削弱你的思考力，擊退你的意志力，令你什麼都不想做，只用盡一切方法想讓自己溫暖起來。就是在這種時候，不可靠的本能會霸占人們的心智，讓他們在最危險的地方停下腳步，搓弄凍傷的手，也不換掉溼透的衣裳。

當寒意侵蝕了你的意志，學過的一切不再管用，你甚至再無法理會身旁的人，像具活屍般走動。不斷有人在雪中倒下。

唯一不變的是大隊中央總看得見兩位居民騎著高大的羊駝，拉著黑允長老的雪橇。長老的面孔異常慘白，頸子與手腕都比以往瘦了一圈。

即便如此，艾伊思塔仍看見黑允長老撐起虛弱的身子，在大隊休息時遊走在居民中央，或找不同的奔靈者交談，強調他們肩負的重要責任。和以往最不同的是，現在黑允長老無論去哪兒，總帶著雨寒在身旁。

艾伊思塔單手遮住紛飛的雪片，從遠方眺望著她們。雨寒一直帶著莫名的愁容，但不知不覺間，她好像長大了。

遷徙的人群像渺小的沙塵，在白色大地顯得如此柔弱無助。艾伊思塔叮嚀自己，她還有必須完成的探路任務，否則大家都有危險。

「跟我來——！」她逆著風朝三名奔靈者喊道。

她帶著他們在冰壁之間滑行一段距離，左側的冰牆越來越高，正前方則出現一片寬廣的開口，通往右側展開的平原。「我們把居民帶來這裡，」艾伊思塔說：「然後沿左方繞行。」

「——左方？」名為朗果的奔靈者把兩手的圓鎚壓到雪裡，語氣充滿狐疑。「那兒地勢很雜亂，如果誤進了不該進的狹道，折返風險太高了！還是先把居民帶往平原吧！」

「相信我！我這一帶都跑過了！」艾伊思塔面不改色地撒謊。「西北西的碎冰帶已經漫延過來了，左側冰域的地勢會堅固許多，不出半天我們就可以脫離那些碎冰的威脅！」

那幾位奔靈者相望了一會，似乎還想質問什麼。但迄今艾伊思塔給的建議從未出錯。「明白了，就照妳說的吧。」朗果等人動身返回遷徙大隊。

艾伊思塔回首，看向遠方冰牆上的渺小身影，然後點頭。

亞閻的面恐被頭巾與圍巾遮住大半，披風在風中擺蕩。然後她看見他的身影退去，再度消失在風雪中。

說來也奇怪，亞閻不但能預測地形，他似乎還可以預測奔靈者的前沿探索部隊會採取什麼樣的決定。

遷徙大隊每一天該走什麼路，取決於兩個要素：首先是下一個階段的紮營地點。決策變量包括那地方的地貌是否堅實，能否遮避風雪，預計停留的天數，以及附近有沒有可採集的資源等等。第二個要素則是從現在的營地到下一個營地，中間選擇哪條路徑對居民最為安全。除了分析地勢，還得考慮每天人群負傷的情況。

由於冰域的變化越來越難以預料，總隊長決定在抵達澳大利亞沿岸之前，每晚固定召開路程的確認會議。他自然也邀請艾伊思塔加入。

她本來有些猶豫，但亞閻希望她這麼做。

她成為亞閻的眼和口，在一次次證明她提出的路徑建議是最優選擇之後，她漸漸能夠影響統領階級的決策。在燭火通明的羊皮帳篷內，每次艾伊思塔開口，人們都會靜下聆聽。

但亞閻仔細叮嚀過，由額爾巴、紅狐、哈賀娜及飛以墨率領的決策小組擁有多年的遠征經驗，多半情況下非常可靠。所以只要他們當中某一人提出的想法和亞閻的一致，艾伊思塔就會閉嘴不說話，只點頭附和。

而多數情況下，亞閻不會主動和艾伊思塔會面。亞閻只有在兩種情況下會偷偷出現在她面前。要麼就是前方地勢出現奔靈者尚未察覺的劇變，要麼就是他預測他們肯定會選擇一條看似合理，卻會錯失良機的途徑。這種時候，他總會要求艾伊思塔去說服統領階集要改變路徑。

艾伊思塔不清楚亞閻怎有辦法連遠征隊長的想法都摸得一清二楚，但她嘗試扮演好自己的角色。困難的是如何說服這些遠征老手。

「接下來兩天，我……我建議轉往西南方。」某天她在會議中提出。

「攀上高原？」額爾巴的身子往後傾，極度詫議地盯著她。其他人也滿臉莫名其妙。艾伊思塔的心跳變快了。

「是的，起初這段路會比較辛苦，但踏上那高原後，一切都會好轉。到時沿著它的地形弧線，自然會彎回西方筆直前進，對吧？」

「引光使大人，您瘋了吧？」哈賀娜交叉的雙手壓著胸口緊綳的遠征衣束。「妳要我們全偏離路徑？有什麼理由非得這麼做？」

他們全凝望著她，艾伊思塔卻說不出話。

因為前一天亞閣半夜忽然把她搖醒，在她迷迷糊糊時丟下這道指令後便離開了，什麼也沒講清楚。他只說：「到時妳就知道了。」

她在心裡咒罵亞閣一萬次。

「這會多出兩天的路程……如果缺乏很好的理由，為何要居民多去忍受苦頭？」飛以墨好奇地問，總隊長也正看著她。現在艾伊思塔沮喪地想挖個雪窟鑽進去，因為她根本不曉得怎麼回答，只能故作鎮定。

「我……嗚。」艾伊思塔的笑容非常尷尬。

「兩天的距離，不容隨便。」總隊長也說：「艾伊思塔，我們相信妳選擇路徑的直覺，但還是得說說妳的理由，我們得做出相應的人員調配。」

「是啊，否則就照原定計劃吧，省去不必要的風險。」哈賀娜斜視她。

艾伊思塔感覺自己的屁股結凍在帳篷地上，僵硬地動都動不了。她就這樣沉默了許久。最後她慢慢抬起頭。「是狩。我好幾次看見西北方有狩的身影。」

此話一脫口，沒人再反駁。

當天晚上他們找來許多前沿探索部隊的奔靈者，警覺地逐一詢問。似乎只有艾伊思塔一個人看見狩的身影。她紅著臉，堅持自己真看見魔物了，激動地狡辯直到人們不得不信。但她不經意看見總隊長的視線停留在自己身上，似乎在思考什麼。

隔天清晨，遷徙大隊耗了半天時間攀上西南方的高原。

各遠征隊長都調度了更多奔靈者在遷徙大隊的右側巡邏，深怕狩群出現。所有戰士成天神情緊繃，膽戰心驚地盯著地平線。艾伊思塔像洩了氣般看著他們。

高原一帶沒有起風，寒冷的程度卻有增無減。當天夜裡，艾伊思塔以自己的雪靈為居民提供溫暖，卻發現貝琪發了高燒。在一旁的篷子裡，幾位癒師正在為「槌子手」駱可菲爾、銀匠布閔兩人治療凍傷。還有兩名癒師無時無刻圍著首席學者帆夢，即使他說自己的情況已無恙。

艾伊思塔在居民的營帳間遊走，直至深夜。有個八歲孩子的雙腿必須鋸掉，還有個老婦人昏迷之後再也沒有醒來。很多居民缺乏癒師照料，卻只能等待。

第二天的旅程稍微順利些，高原的緩坡挺適合雪鞋和雪橇行進，居民能毫不費力地直行。眺望前方，雪地和雲層幾乎接壤在一起。群眾的身旁逐漸出現幾道淺淺的溪流，水的顏色呈淡淡的藍。

快到正午時，她和湯加若亞一同滑行在藍恩大媽身旁。大媽的胸前抱著兩個嬰孩，布巾把他們包得密不透風，只露出兩對可愛的小眼珠。

「還好他們看來很健康。」艾伊思塔欣慰地說。

「連入侵瓦伊特蒙的怪物都拿他們沒辦法，這對雙胞胎命可大了。」藍恩大媽笑著說。然而艾伊思塔擔憂地發現，藍恩大媽也比以前瘦了好多。

「說到狩，聽說北方出現牠們的蹤影，可得小心了。」湯加若亞神色緊張地打量右側天際線。

艾伊思塔憋著表情，不發一言。

「咦？那是……我好像看見什麼東西。」湯加若亞忽然說道。他朝一旁滑開來，然後朝她揮手。「艾伊思塔！快過來看！」

她立刻滑動過去。他們的棲靈板停在一條小川流旁，透明澄澈的水中有道黑影躍了起來，後面又跟了幾道黑影。

「是魚啊！」湯加若亞極度吃驚。

不會吧……？艾伊思塔愣了一下，目光追著川流的方向。然後她挪動腳下的板子，朝前方滑去。湯加若亞緊跟在後。

淺川不斷向前延伸，她再次加速，看見有更多小河從旁融入。堤岸邊的白雪底下是明顯的塊狀碎冰。思緒在艾伊思塔的腦中奔騰，她忽然有股驚奇的預感……

亞閣說過冰的密度沒有水來得密，因此會上浮，結凍的才只有河面。這是大家都知道的簡單現象，卻對地球的生態產生了決定性影響：有多少人們看不見的生物得以在冰面下生存下來，就是因為水的特性。

所以亞閣找到了。當地勢發生變化，冰層破裂，河水曝露出來，底下的磷蝦和浮游生物會把魚類吸引過來，而魚群又會吸引……

她害怕自己的推論快過自己滑行的速度，害怕看見終點時會大失所望。她甩甩頭，不去多想。

突然前方的地勢下斜，底下的景色猛然映入眼簾。身後的湯加若亞驚叫出聲。

那是片淡藍色的內灣，連接好幾個勾狀的湖泊。數條小河從各方匯集過來，帶著魚群奔躍。有一群海豹窩在湖岸邊，其中幾頭玩兒似地進出水面；成群的海燕在上方盤旋，時而落下來棲息在浮冰上。

這是個罕見的生態區。

艾伊思塔和湯加若亞繞著天然的梯狀坡道一層層往下滑，在柔軟的雪坡上留下板子的印痕，直到他們接近灣邊。

她簡直不敢相信眼前的景像，高原的另一側竟會有這樣的地方。身後陸續有奔靈者趕上他們。

「陽光在上！妳太厲害了！」一名奔靈者轉頭對艾伊思塔說。他的手中已拿出繩網。「引光使，在深水裡活動不是我們的強項，但獵食可是我們的專長啊！」

艾伊思塔有點詫異除了居民外，竟有奔靈者這麼稱呼她。

她看著人們懷著難得的笑容，朝魚群奔去。越來越多居民來到高地邊緣，大大小小的身影映著背後的蒼灰色天空，歡欣讚嘆。

EPISODE 11《離焱》

灣內的水清澈得彷彿另一個世界，有魚群漂過，也看得見底部的冰床，是好幾種濃度的藍。

圓形的內灣連著整串勾狀的小湖泊，整體看上去猶如某種女性手飾，隱隱透出藍光，映著周圍白雪，這景色美得令凡爾薩忘了呼吸。他拿起棲靈板和巨劍，沿著淺溪徒步下行。

居民分批抵達時，奔靈者已展開捕食工作。他們選了幾個角度，同時撥弄水面將魚群趕往某方向。「『捕手』，快！趁現在！」有人吶喊。

一位奔靈者在灣岸邊釋放出雪靈，數道光波像拋物線落入水中，交織成為光網，然後他用鍍滿銀紋的雙刃長槍揪住光網的一端，使勁往岸上拉。一波波蹦跳的魚被逼上了雪地。

不僅魚群，另一側湖泊上的岸邊還躺了一群海豹。幾位持弓的奔靈者接近，架上箭矢後數箭齊發。有兩隻海豹被射中，其它的躍入水中。精準擊中目標的兩位，一個是名為帕爾米斯的綠髮奔靈者，還有站在他身旁，把半邊灰髮綁成一束辮子的女孩，據說叫做莉比絲。凡爾薩聽說他們曾經都是探尋者支部裡很優秀的弓箭手。

好幾位奔靈者已朝受傷的海豹跑去。那些是曾隸屬於探尋者支部的人，總隨身攜帶名為鎬槌的工具，以致命的槌面重擊動物腦門。一頭負傷海豹的頭殼被一擊碎裂，眼珠瞬間變得渾濁。另一隻卻拚死掙扎，扭著身子想逃回水裡，負責擒殺牠的奔靈者高舉鎬槌，敲了好幾次，直到牠臉都變了形，鮮血流滿雪地。然後他們以工具反面的利鎬勾住那兩隻海豹的身軀，將牠們拖向歡呼的人群。

遷徙大隊破例在這個毫無屏帳之地紮營了好幾天，以補給下一段旅程所需的糧食。

所幸天候眷顧，人們有充足的時間做好一切準備。他們持續捕獵，在營區四周掛起抹了鹽的海豹肉風乾，並晾起牠們的皮毛。人們也將鳥肉、魚肉都抹上鹽沫，再添加從瓦伊特蒙帶來的各種香料。

不僅凡爾薩，許多奔靈者都露出詫異的表情，沒想到面對逃亡，有些居民竟然選擇攜帶那麼多的調味品。這些全都是重量。

他們自豪地為奔靈者準備食物，細細解釋各種香料的名字——火螺皮托草，一種有紅色斑點的白色葉片，能為魚肉添加果香；卡娃葉，有淡淡的薄荷氣味；帶刺的乳白薊，具有提神的苦味；水田花，一種白色芥末；以及皮可皮可，從邊緣之門外面的濕地採集的蕨葉，據說存有遠古森林的清香。

居民興高采烈的模樣令凡爾薩在心裡譴責他們的天真。看這些人做決定，難道慾望比生存更加重要？

然而當他盯著他們越久，心底卻浮現一個疑問。會不會……即使面對生死存亡，這樣的選擇反而珍貴？過去幾年，對瓦伊特蒙的恨意和對父親的虧欠俘虜了凡爾薩，逃避和無作為成了他的本能。已經許久，他沒有想過自己「想要」什麼。

「大夥兒得好好享受這難得的一頓！」藍恩大媽大聲呼喊。她領著上百位居民，為所有人打理餐點。她還特別切下一份特別柔軟的魚肉，淋上亞麻籽油，走過來遞給凡爾薩說：「這拿去給縛靈師。欸，還有這個，」她遞出另一份，白肉上有火紅的粉沫。「這是給雨寒的。」

凡爾薩若有所思地看著兩手上的魚肉，被藍恩大媽推了一下。「別愣在這兒，快去！」她的手霹哩啪啦地推凡爾薩的背。「等你給完才可以回來領你的份。」

凡爾薩照辦了，他來到縛靈師的棚子裡，看見有癒師和居民陪在她身旁。他放下食物要離去時，陀文莎拉住他的袖口。

「先別走……」縛靈師的眼神朦矓。「我們會在這兒待多久？」

「總隊長還沒說。」凡爾薩回：「但如果他們聰明點，就不會讓人們誤以為這兒是天堂。」

他找不到雨寒，她的固定帳篷裡空無一人。女孩這陣子似乎多了許多工作，兩人已許多久未曾交談過。凡爾薩幾乎走遍整個營區，才在首席癒師安雅兒的營帳內找到人。

雨寒跪在自己棲靈板上，正握著母親的手，強忍淚水。黑允長老躺在安雅兒的腿上，面色枯黃，呼吸有粗重的雜音。

凡爾薩把食物輕輕放在角落。「藍恩大媽給妳的。」說完他就要離去，卻發現黑允長老正凝望著他。

凡爾薩停下腳步，發現胸口浮現難以解釋的複雜情緒。但他什麼也沒說，就這麼看著黑允長老，等待她開口。

基於某種他不清楚的原因，黑允長老竟慢慢露出微笑。「……原來你是加爾薩納的孩子啊……」長老閉起虛弱的目光，沉重地吸氣。「呵……你父親時常提到你呢……」

凡爾薩眉頭深鎖，不知該如何回應。長老的語氣令他困惑。

「出去吧……」黑允長老說道。

他想說些什麼，卻選擇咬緊牙，退出了帳篷。

隔天，內灣首次落下淡淡的雪，寶藍色的水面無限幽靜。在朦朧的微雪中，黑允長老辭世了。

人們來到灣頭的彼端，一條流往遠方的河川旁。凡爾薩獨自站在高處觀看。三長老中，只有黑允獲得應有的告別儀式。數千居民及所有奔靈者在岸邊圍成一個半環，恆光之劍在他們中央。人們看著額爾巴及紅狐半身入水，抬著長老的遺體。她已披換上雪羚的衣裳，戴回閃亮的頭飾及鼻環，身軀底下墊著帆布巾。雨寒則站在旁側，彎身親吻母親的額頭。

從這距離，凡爾薩看不清女孩的表情，但他看見一隻虹光鴿子從雨寒的棲靈板飄晃出來。人們矗立雪地，動也沒動。周圍連風聲也靜止，只有雨寒的雪靈在空中擺晃翅膀，灑開飄渺的虹光。飛過恆光之劍時，鴿子的靈體片刻轉為金黃，並在顏色尚未恢復之前，溫柔地沉入黑允長老冰冷的軀體。

雨寒抬頭，將帆布封起，並從兩位奔靈者手中接過母親的遺體。

有那麼一刻，雨寒似乎無法放手。就在凡爾薩這麼想的同時，河水卻已推動黑允長老，緩緩漂離，然後越漸快速地遠離眾人的視線，消失在白濛濛的彼方。

雨寒低下頭，波浪的黑髮灑在雙肩，她的雙手緊握，半身仍在淡藍色的川流中，彷彿念起導文的模樣。雪片落在她的身旁，染上淺藍的光暈。

待雨寒走上岸，總隊長和其他統領階集的奔靈者靠了過去，聚集在她身邊。亞煌告訴所有居民從現在起，雨寒即是瓦伊特蒙唯一的長老。

有人低聲交談，也有人露出不解的神情。凡爾薩留意到在場所有奔靈者的模樣都相對鎮定，代表他們早已知情。

此刻之前，凡爾薩什麼也沒聽說過，他們依然把他隔絕在外。但他卻未驚訝，因為他從未屬於他們。他只感覺到心口下沉，像是情緒被掏空，只能站在遠處觀望這一切。

漸漸地，他無法解釋心頭那股傷感是什麼。是因為黑允嗎？他不確定。曾經痛恨的三長老都過世了，他應該感到解脫，甚至高興才對。然而看著雨寒和圍繞她身旁的人，凡爾薩的心中浮現一股莫名的失落……就像周圍的飄雪一樣緩緩下沉，無聲堆積。

EPISODE 12《潾霜》

遷徙大隊已進入以往遠征隊稱之為「狹冰地域」的地方，這是抵達澳大利亞沿岸之前最危險的地帶。在時而飄來的海風氣息下，是上千里的崎嶇道路，及永恆龜裂的碎冰帶。

新上任的長老雨寒年紀尚青，多數奔靈者均面露憂色。所幸實質任務的分派仍是由總隊長亞煌、冰眼額爾巴等老將來主導。一切未有太大的變化。

路上仍有居民死去，以年長者居多；據說有居民小組在不得以的情況下，得拋下落單的傷患。但生存下來的人們，似乎越來越能適應白色大地的情況，尤其孩子們對寒冷的承受度驚人地高。

問題在於行進速度。

旅程數週至今，大隊緩慢的速度還沒有釀成致命的問題。但進入「狹冰地域」之後，這樣的狀態很可能導致難以想像的後果。

因此數天前，在統領階級的討論下，奔靈者的組織形態有所改變。

總隊長把七成左右的奔靈者全留在大隊身旁，以防突來的地勢變化。這代表找尋營地的職責，探索路徑的職責，還有獵食的職責，全落在極少數的奔靈者頭上。這些身負重任的人當中包括哈賀娜、飛以墨等遠征隊長，還有艾伊思塔。他們時常必須自己一人扛起以往一個小隊負責的任務。

但他們都是奔靈者當中最具經驗的佼佼者，就算獨自脫隊遠行兩三天，也有辦法回到遷徙大隊身邊。

俊自己的職責並沒有太大的更動，他身為護航小組的一員，多半遊走在大隊的北方。

在艾伊思塔的提議被總隊長認可後，今天的路徑已定。俊和另一位叫達特的奔靈者正駐守在波浪般的雪丘間。遷徙大隊就在南邊一段距離之外，從這裡看不見任何人影。

「你還好嗎？看來有些心神不寧。」達特瞥向俊。

「啊……嗯。」

「吶。」達特嘴裡叼著肉乾，他撕下半片，然後伸出黑色手套。

俊接過來。那肉乾鹹得過火。

虹光從他的棲靈板尾部晃了出來，像數道細小的彩影搖擺一陣，又縮了回去。俊的睫毛像雪蟬的羽翼般輕輕眨動，不解地凝視自己的板子。數週以來，他的雪靈有些無法解釋的動態，似乎出於它自己的自由意識在掙扎。俊不確定是不是自己持續低落的心情影響了它……

放眼望去，在他面前的雪地上散布著塊狀的冰座，它們的頂端被白色的厚雪給覆蓋，側邊卻隱約露出晶瑩的淡綠色冰面。在視野中就像撒在白色毯子上的寶石。

這是這一帶雪域常出現的景象，那些結固的塊狀冰曾經都是海水，藍中帶綠，寧靜而美麗。然而對他而言卻是夢魘。

才不久前……他見過類似的場景。但那一次他的身旁有五位同伴。

哀傷在胸口鼓動，俊試著壓抑情緒，腦中卻飄過幾個身影。戴著金屬手套，冷靜沉著的弓箭手埃歐朗；個頭高大，軌跡拉出虹光的「破荒蠻子」戈刺圖；淡髮淡瞳的癒師攸呂；陰沉怪異的茄爾莫；以及領導三大支部的精英踏上那條不歸之路，聯合遠征隊的隊長……

他們曾是懷抱共同使命，奔馳在白色大地的六道黑影。

俊想起他們也曾來到狹冰地域，但是抵達「45度角關口」時並沒有朝西邊的澳大利亞大陸沿岸而去，而是轉往東北方繞行結凍的太平洋，前往所羅門群島。當時無人預料到是什麼在等待著他們。

「我知道這是生與死的賭注，我們每個人都有可能付出生命。」路凱的聲音在腦中響起響起。「但無論在前方等待的是什麼，我們會一起面對。」

「我會在你身後。」俊告訴他。

十五歲那年，東靈儀式即將到來，他們也開始學習紮上代表奔靈者文化的精細髮辮。某一天，縛靈師發出告示，要俊在當天正午朝北方出發尋找雪靈，並吩咐路凱先等兩天再朝東邊去找。

然而當時的靈板工匠生了重病，並沒有完成俊的棲靈板。

路凱把剛拿到的魂木工板在懷裡秤了秤，然後遞給俊。「你用我的吧。」

「這怎麼行……棲靈板是量身訂做的，要用半輩子的。」

「我們訓練時不也常常交換板子用？」路凱嚴肅地說：「你得做個決定。理想的工板，或者理想的雪靈。」

俊愣在原地許久。但路凱的話說服了他。

三天後，他們不約而同帶著雪靈歸來。兩人一起跪在縛靈師的面前，同樣神色緊繃，因為不知道自己捕捉到什麼樣的雪靈陪伴一生。

「**束靈儀式開始後，你們會聽見彼此雪靈的『真名』。沒問題吧？**」縛靈師提醒他們。

「當然沒問題。」路凱說完，朝俊露出了笑容。「看樣子，以後我的命握在你一人的手上了。」

這個玩笑話讓儀式開始前的緊張氣氛些許解緩。當時他倆並不曉得路凱的隨口一句，在他倆成為奔靈者之後將是千百倍的真實。身旁這位戰友會好幾次與自己出生入死，為了瓦伊特蒙的存亡並肩而戰。

縛靈師的聲音開始與空氣起了共鳴。路凱望過來時，黑色的眸子閃爍著堅定的神情。

然後兩人閉起眼，同聲念出禱文。

消逝的生命，莫忘遠方執念。
自沉睡中甦醒，喚醒對方到來。
兩者相互牽引，永恆循環的意志。
環繞著生靈的軌跡，懷抱著淨化的意念。
以未來彌補過去，我們並未忘卻遠古的誓言。
縱使光明破滅，黑暗叢生；直到天地滅裂，生命終結，
我們是奔靈者——文明延續的軌跡，寒冷黑夜的光源。

我們是人類信念的守護者，遠古遺跡的繼承人，以銀紋為脈，以魂木為驍，劃開白色大地的冰冷之軀，燃燒靈魂深處的光引之魂。

縱使光明破滅，黑暗叢生；直到天地滅裂，生命終結。

但為何只有我……活了下來？

俊感到無比諷刺，當初聯合遠征部隊拚死保護的瓦伊特蒙，現在化為遷徙大隊來到這兒。而只有俊一人逃過那場浩劫，他不明白為什麼是他。

起風了，眼前一波雪塵飄散開來。天空是一片怪異的景象，彷彿翻騰的雲海遭到魔法凝固，以非常緩慢的速度在變化。俊低頭看見板子尾端又冒出彩光，像兩片小巧的、尖尖的細刃在抖動。

俊感到疲憊，心中又多了個疑問。

打從六年前成為奔靈者，「潾霜」一直都是「沉眠之靈」。

奔靈者從小就被教導，由縛靈師主導的束靈儀式，實際上可以分為三道步驟——「棲合」，「塑靈」，與「定魂」。

「棲合」是儀式的開始，由縛靈師觸碰奔靈者的手，使其魂魄與原生雪靈交融；「定魂」則是儀式的完成，由奔靈者說出雪靈真名來完成。

而在中間階段的「塑靈」，縛靈師本人會感知能力召喚出雪靈的本質，使它從原生態轉變為新的形態。雪靈的形態就與飄落世間的億萬雪片一樣，沒有兩者絕對相同，全都獨一無二。但大體而言，雪靈的形態又可以分為兩種：「形靈」或者「倩靈」。

所謂的形靈會擁有明顯的形體，往往是遠古的鳥獸生物，釋放時力量甚強。例如路凱的獅子，總隊長的翔鷹。倩靈則缺乏既定的形體，具可塑性，奔靈者可以透過訓練來培養出非常獨特的能力。比方戈刺圖的光軌，埃歐朗的定點炸裂，「捕手」普拉托尼尼的光網，還有遠征隊長飛以墨的虹刃，皆屬此類。

然而還有第三種雪靈，不屬任何一類……俊的雪靈就被歸納為這種「沉眠之靈」。

束靈儀式之後，漭霜的形體既沒有改變，也看不見什麼特殊能力。只能依附在俊的鍍銀長槍上發揮靈力。

關於這種「沉眠之靈」，歷史上有人說它們終會蛻變，也有人認為它們會賦予奔零者本人更強的體術。這一方面解釋了俊與多數同僚相比有更快的滑行速度，更迅捷的刀刃斬擊。至於事實為何，歷任的縛靈師都說不清楚。俊一度懷疑他的雪靈將永遠處於沉眠狀態——直到今天。

光絲在棲靈板的表面搖搖擺擺，似乎想從什麼掙脫開來。俊嘆了口氣彎身，以戴著黑色手套的指頭觸碰那靈體——

「那個……俊，」達特指向遠方說：「你看那裡。隆起的一堆冰座後方，看見嗎？有東西在動，對吧？」

俊那半透明的眸子凝視過去，頓時握緊長槍，挺直了背。「那是『狩』。」

達特露出吃驚的表情。「牠們怎麼會在這裡出現？我們不是在附近搜查過了……」

「你去通知遷徙大隊。這裡由我來。」俊拉緊披風的扣環，綁好衣物上的繩結。眼前只看見四隻，但他知道必定有更多躲在後方。如達特所說，他們早已探查過這一帶的雪地，很確定沒發現狩群的蹤跡。牠們竟能毫無預警地出現。

俊佇立不動，任由強風吹拂白髮和披風，冷視迅速接近的魔物。然後他從胸口取下一條鏈子——它的上頭綁著銀色獅子的陳舊飾物。他將它纏繞在手心，再握住槍柄。

虹光開始像細浪一樣在板面暈開，透過他的身體來到左手的兵器。雙刃長槍的槍柄鑲著錯綜複雜的銀紋，虹光攀附上去，越漸刺眼。現在俊的前方已出現十幾頭狩，揚起流動的雪波直奔而來。牠們裂開利齒滿布的胸口，接連發出嘶吼。俊的耳中只聽見風聲。

怒濤般的魔物要壓倒他的前一刻，長槍激起白雪旋轉，刀刃劃出銀色的弧光。

兩頭狩接連爆開，剩餘的不斷圍來。俊如同疾風，在狩群當中恣意劈砍，在蒼白的軀體上劃出一道道藍光激放的傷口，壓根不在意是否有擊中牠們的「核」。

——你們會感到恐懼嗎？

一頭狩被槍刃劈開肩頭，像隻半垂死的生物胡亂晃動。俊沒去管牠，斬向其他。他失去過往的冷靜，讓自己被成群的高大白影包圍。他幾乎像是享受一般，舞動虹光誅滅藍色殘影。他甚至沒有仔細看清目標，只不斷劈砍。

——你們是否會害怕？你們是否會畏懼死亡？

等他感覺到疼痛，手臂和腰間已被鮮血染紅。但俊毫不在意，舞擺腳下的棲靈板殺敵，沉浸在暴風似的情緒中，想像自己就是路凱。

突然一陣奇怪的感受襲來，板子遭硬雪卡住。雪靈的動作不如以往敏捷，這讓他清醒了點。

潾霜有異常。怎麼會選現在……？

在他迷惘之餘，眼角瞥見的景象更令他吃驚——有許多狩已從側邊繞過，越過雪丘朝遷徙大隊的方向去。他失職了。

他沉溺在殺意之中，竟忽略了目標。

俊立刻劈開一條路徑想追上去。剛越過第一個雪丘，他就看見達特的屍體躺在雪地，身後拖了整條濕潤鮮紅的軌跡，撒開的腸子依然散發著熱氣。俊衝上第二個丘嶺，打算隻身攔截超過五十頭的狩。

然而無論他怎麼擊殺魔物，牠們似乎越來越活躍。俊終於明白這是因為他自己的體力在逐漸流失。左肩的疼痛回來了，其它傷口也開始影響他的動作。他告訴自己必須保護遷徙大隊，然而在暴風般的旋動中，心裡某個微小的角落卻順從了命運。或許……

他奮力刺出長槍，卻被巨大的冰掌給擋開。狩包圍過來，成了密不透風的白牆。

或許就這樣戰死……也不錯……

疼痛麻醉身軀，疲憊擒獲心靈。他不打算反抗了，看著幾道冰爪朝他的臉部揮來。某個東西扯動他，千鈞一髮之際俊被迫向後倒，剛好躲過敵人的攻擊。此時，俊才吃驚地看著虹光像沸騰的液體，在他身上激烈竄動。

光波瞬間被吸回棲靈板，從另一端壓出一個小光球。

那光球脫離開來，衝出狩的包圍網。

它在空中劃了道急劇的弧形，然後往回飛過來。光球的尾端露出兩片尖巧的東西，然後在加速中變形，伸出了光翼——那是某種鳥的形體，帶著光絲闖入狩群的中央，又倏地飛過俊眼前。狩想攻擊，但才剛舉臂，飛鳥已回到空中。

潾霜的速度之快連俊都大吃一驚，但更驚人的還在後頭。

在他面前，有三頭狩的「核」莫名暴露出來。戰士的本能被喚醒，俊扭轉板子帶動自己扭腰起身，精確地橫掃長槍，接連把魔物給劈散。

飛鳥回來了。光翼再次切開狩的身軀，裂口又深又長，揭露出藍光四射的內核，讓俊可以精準擊殺。那飛鳥以俊為焦點，拉開一圈又一圈的橢圓軌跡，經過他身邊再回到空中。而俊順著雪靈飛舞的節奏轉動棲靈板和刀刃，每次迴旋都有魔物爆開。

須臾片刻間，他已闖出了包圍網。虹光飛鳥緊跟身旁。

更多狩從後方包夾過來，貼近的速度出乎意料的快。俊認出了前方的雪脊，遷徙大隊就在它後方。

不行，我得在這裡解決牠們！他轉身急煞。

飛鳥振翅，繞過他的後頸，彷彿以他為支點向前甩，破開面前兩頭魔物的腰肢。俊迎上前去，刀刃劈灑整灘冰屑。

敵人再次集中過來，多得令他喘不過氣。裡頭甚至有幾頭異常高大的狩，詭異的身體比其它魔物高了一倍。染血的白髮在風中飄揚，但他直盯魔物胸脯的藍光，想起所有死去的同伴。牠們奪走他同伴的性命，奪走他最佳戰友的性命。他知道自己不能再退後半步，必須擋下所有魔物，否則——

龐大的虹光波從他身旁呼嘯而過。整排狩在瞬間蒸發，成為消散風中的冰塵。

俊回首，看見雪脊上矗立著數道身影。莉比絲又放了一箭，彩光如石柱般粗大，橫掃另一側的敵人。

「俊——快過來！」帕爾米斯搭上兩支箭。

俊抹開嘴角的血，立刻朝他滑行過去。雙箭從兩側飛過，他聽見後方魔物炸裂。更多奔靈從雪脊衝了下來，以驚人的氣勢經過白髮奔靈者的身旁。雙手各持戰斧的海渥克，拿著雙刃環的尤里西恩。還有奧丁、牧拉瑪兩位癒師。

俊滑上雪脊，在帕爾米斯身旁停下。飛鳥在他身邊迴旋兩圈後鑽回板子裡。

「從來沒見過你的雪靈。原來是燕子的『形靈』。」莉比絲垂下手中的弓，似乎正在等待靈力復原。

此時又有一人越過雪脊，朝底下的戰場奔去。他面戴鑲著金屬外殼的皮革口罩——那是名為韓德的奔靈者，曾是最出眾的遠征隊長之一，直到某次戰役中整個下巴被魔物的冰爪給挖開，地位便遭紅狐取代。韓德舉起一柄細長的弓，表面刻滿鍍了銀的遠古符文，然後單手架起兩支箭。他用手指調整角度，讓它們張得極開，幾乎要呈直角。

虹光纏繞弓表面的符文，漫延開來。韓德把弓打橫，瞄準膠著的戰場。

俊看著他鬆手。兩支箭朝不同方向筆直而去，卻在它們之間拉開一道弦月般的光刃，掃過魔物與奔靈者。那光波與多數魔物的胸口齊高，所經之處牠們被劈開，瞬間爆裂，留下站在飛雪中的戰士完好無恙。身旁的帕爾米斯看得雀躍，發出稱讚的聲音。然而俊凝視這一幕，腦中忽然閃現奇怪的感覺。

他察覺什麼地方不太對。

剩餘的幾頭魔物逐一被湧上的奔靈者給斬殺。「你真了不起，竟想自己抵擋那群怪物。」帕爾米斯對他說，並伸手接過其他夥伴從戰場拾回的箭。

幾位奔靈者也紛紛來到身旁，輕拍俊的背。

「你不要命了。」奧丁說：「下次再發生這種事，趕緊求援，別硬撐。」

俊喘著氣，這才感覺全身酸疼。沉默片刻後他說：「達特犧牲了。」

牧拉瑪問道：「在那丘嶺的對面？」俊點頭後，幾位奔靈者隨即離開。他知道他們將試著埋喪屍體，並取回能用的物件。

莉比絲的半邊灰髮遮住一隻眼，另一邊則綁著習慣性的側辮，以防舉弓時受影響。她指著俊的胸口說：「快去找癒師吧。你渾身是傷。」

人們吹起行進的號角聲，遷徙大隊再次踏上旅程。初霽的雪夾著水氣。

俊穿過濕黏黏的雪幕，在大隊的後方找到了韓德。對方把弓拎在背上，與背包相連的皮革箭筒已蓋上護罩，積了厚厚一層雪。

「韓德，你的雪靈之力在擊中目標時，會額外分散出靈體來鎖定狩的弱點嗎？」俊知道許多弓箭手都逼自己鍛鍊出類似的能力，聯合遠征隊的埃歐朗便是一例。

韓德的口罩裡傳來粗重的呼吸聲，他聳聳肩，搖頭。

「多數『單核』魔物的弱點都藏在胸腔內，你的斬擊算得很精準，一次解決了好幾頭。但我有個疑問……在那群狩當中還有兩三隻體積大了一倍的，你的光波應該擊中了牠們的膝部。」俊說：「牠們也死了。」

韓德似乎聽出他想說什麼，皺起眉頭。

「難道牠們雙膝之中還有其它的『核』？我聽過有這樣的魔物，體內的核不止一個。但總覺得那些狩看來相當普通，不該如此。你有見過那些魔物嗎？」

韓德這次篤定地搖頭。

俊看向一旁，濃密的落雪已抹去遠方丘嶺的輪廓。他無法判斷哪裡不對勁。是那些魔物的模樣嗎？還是有別的事情他們都忽略了？

他在腦中重複回放先前的戰役。他們大獲全勝，阻止了一場浩劫。但不知為何，那畫面讓俊深深感到不安……

他想起入侵瓦伊特蒙的龐大異物。當時所有人急於撤離，只有他在最後奔回陽光殿堂。當時看到的畫面也讓他和現在有同樣的不祥預感，只不過在危急之中沒有聚焦去思考。

這兩件事有些不尋常的關連，俊嘗試回憶，卻摸不著答案。

EPISODE 13《拂羽》

「糟了，藍恩大媽妳受傷了……」

雨寒的語氣焦急，試著攙扶她。

「沒關係。不小心罷了。」大媽彎著腰，起身的模樣卻有種說不出的怪異。她的臉頰有多處瘀腫，褲子的膝部也磨破了。「最近常踢到窟窿，大概年紀大了吧。」她笑了笑。

窟窿？雨寒驚覺不對。「大媽，請讓我看一下妳的臉。」雨寒盯著婦人的眼珠，發現顏色比以前淡了些，像蒙上一層霧。

「這沒什麼，同年人裡我算健康了，妳別擔心，去做妳該做的。」

「我怕可能是雪盲……等會兒我找安雅兒過來。」

無法判斷眼前的路面高低，還只是剛開始的症狀。萬一真的患上雪盲症，除了長期待在黑暗裡，沒有其它方法能醫治。

「長老，他們都在等待。」紅狐催促她。這位資深戰士的披肩已褪為深棕色，網狀的髮辮結著薄薄的冰霜。

「妳快去吧。我沒事的。」藍恩大媽爽朗地笑，卻看來更加虛弱。

遷徙之途已四個月過去。雨寒的黑髮超過腰間，綁為一整束垂擺在雪羚披風上。暗灰色的羊駝毛環繞她的頸部和袖口，以及飄動的披風尾端，隨著步伐捲起雪塵。她跟上紅狐的腳步。

「雨寒，我已提醒過妳，」紅狐語重心長地說：「妳現在身分不同，心態也得改變。與其把心神花在一個居民身上，不如多想想什麼決定對整個遷徙大隊更好。」

「喔……」雨寒差一點習慣性地縮脖子，但她挺直了胸，緊抿雙唇。在前方，總隊長和一群擔任領隊的奔靈者已聚集起來，熱切地在談論什麼。

紅狐貼近雨寒的耳邊。「老話題。但現在得做個決定，不宜再拖。」

這群戴著褪色的藍圍巾的奔靈者讓出了空間，給長老和紅狐進來。某位戰士以嚴肅的神情告訴眾人：「你們不能否認過去幾週魔物的攻擊越來越頻繁。幸好護航部隊提前在外緣把牠們擋下，否則後果不堪設想。」

「我只是有點驚訝，這裡多半是地貌複雜的破冰域和洋流區，理當不是狩喜歡出沒的地帶。」普拉托尼尼說。

雨寒默默望著眼前這些領隊。他們每人得照顧十個以上的小組，負責百人的性命。數個月的遷徙使每個人看來都像經驗豐富的老兵。即便是年紀最輕的湯加若亞也是，他的下巴滿是鬍渣，眼神多了一絲沉穩的氣質。他們都很擔心接下來的路程。

「長老來了。」紅狐提醒他們，眾人靜了下來。「我再重申一次。事實證明，無論居民組長或你們這些領隊，都再難有效把握住大隊的情況。這一週連續發生兩次，有整組居民差點被雪崩活埋，調動了不知多少奔靈者的力量才把他們救出來。還有到目前為止，我們已經損失一半數量的羊駝，載物載人都成了問題。」

「從離開瓦伊特蒙算起，現在羊駝僅剩一半？」雨寒吃驚地問。

「是，昨天統一盤點了。有很多居民一累就胡亂把東西壓在動物身上，甚至好幾人全爬到牠們的背上去。多半是累死。」紅狐嘆了口氣。「總之，目前大隊的組織模式太鬆散了。」

「費奇努茲，你說該怎麼樣？」某個領隊問。

紅狐斬釘截鐵回：「改變大隊的結構。把熟人歸納在一個組的方法行不通了，問題的癥結就在遷徙大隊總被拉得過長，大面積曝露在過多的風險之下。解決方法很簡單：我們把強健的人全集中在一起，他們就是我們的勞力部隊，必須協力扛起更多物資在身上。婦女和孩子為第二梯隊，輕裝行進，只要確保能跟上步調便行。最後才是傷患和老者組成的第三梯隊，集中由癒師陪伴。如此一來大隊的結構會更緊密。」

「把傷患集中起來照顧，這有難度吧？」有幾個領隊一同質疑。

「正好相反。現在傷患都散布在看不見的角落，傷勢惡化時沒人曉得，難以控管，常常在毫無預警的情況下拖累身旁的人。只要把他們集中起來，就可以分配固定比例的壯漢來照料他們，甚至可以給他們更多的羊駝、角鹿和雪橇以供乘載。」

人們思考了一會，逐一點頭，然後勉強地看向雨寒。

她不自覺嚥了下唾沫，不確定地開口：「總隊長……你認為呢？」

「我們可以試試這方法。但我認為沒必要取消現在的小組制度，夜裡紮營時人們還是想和熟人相處。那麼，僅限於晝時的征途，我們嘗試紅狐提議的新制度。」

「但如果……」雨寒問：「如果有人完全不想與家人分開呢？要是有人想在長途跋涉時陪在親友的身旁，會不會有反彈？」如果母親依然在世，雨寒希望每分每秒都能陪伴她。

「那樣就沒辦法了。堅持想走原制度的人，就如他們所願吧。」紅狐倒是相當乾脆地說。看見總隊長點頭，雨寒做出了決定：「就這樣吧。費奇努茲，交由你去辦可以嗎？」

「沒問題。我會找安雅兒協助，讓她去執行，癒師團隊最了解居民的情況。」

散會之後，雨寒在紅狐陪同下來到棲息地的外圍，盤點接下來一週的配糧情況。自從她當上長老，總隊長和紅狐是最常教導她如何勝任統領職務的人；亞煌主司奔靈者的相關任務，紅狐則聚焦在遷徙的內務上。但說實在，雨寒多半時間選擇和紅狐在一起，因為站在眾奔靈者的面前，她總覺得彆扭。

她看見整群角鹿窩在一起，在陰暗的雪地裡睡去，牠們中央堆著幾十箱風乾的食物，由兩名奔靈者看守。紅狐以棲靈板放出虹光照明，和雨寒仔細視察，直至深夜。

「太好了，食物比預估的需求要多，可以支撐十天的旅途。但是溫菌草的庫存全用完了。」雨寒把一個箱子給闔上。「很多人都凍著了，帆夢好像還受到嚴重凍傷，已經換好了幾名癒師都沒效……該怎麼辦？」

「非得繼續嘗試不可，他的角色格外重要。駱可菲爾也是。」紅狐深沉地說：「首席學者、靈板工匠那些人與普通的居民不同，對文明的延續扮演不可或缺的角色。動用多少資源都得確保他們的健康。」

「我聽說駱可菲爾弄傷了肩膀？」雨寒問道。

「嗯。他最好祈禱傷勢別惡化。靈板工匠唯一的價值就是他的手臂。」紅狐冷冷地說：「或許該說是不幸中的大幸，我們目前還不需要他的技能。現在一點兒魂木的庫存也不剩，連之前的備用板都為了緊急取暖，燒完了。」

「嗯……好可惜，好不容易縛靈師的情況才好轉了點。看樣子想為新人束靈還得過一陣子。」

「束靈儀式還是等找到長駐據點再說吧。大隊不可能為了等待幾個人去找雪靈而停下。」

雨寒點點頭。

「長老大人……」一個細小的聲音拉過他們的注意力。

雨寒回頭，看見一個小女孩站在角鹿旁。她搓動小手，圓滾滾的雙眼泛著哀傷。

「嗯？怎麼了？」雨寒走近，蹲在她面前。

「我能不能多拿一點吃的東西？」小女孩指向那些箱子。

「這些是未來要用的。時候到了，我們會分配的。」雨寒對她說。

「可是大家都好餓。媽媽和哥哥們都沒東西吃了。」

雨寒和紅狐交換了眼神，然後看向女孩的臉蛋，虹光使她深陷的頰骨更加明顯。「你們的小組配糧呢？應該還足以吃個兩天。」

「我不知道……他們說吃完了。媽媽病了，可是她還把自己的份給我和哥哥們。」小女生揪著手，露出失落的神情。

雨寒的心底起了一股憐惜之情，回望費奇努茲。紅狐嚴肅地搖頭。

「我……」雨寒觸摸小女孩的臉，知道長老必須堅持已制定的規矩。在冰雪大地，理性是生存的唯一法則。然而雨寒想起一些事……這輩子，她沒有兄弟姊妹，連最後的親人也失去了。

她起身，從最近的箱子撈出一包東西，遞給小女孩。「希望妳媽媽趕緊好起來。」小女生睜大眼，拿了食物後歡欣地離去。

「抱歉，我……」她帶著羞愧的神情轉向費奇努茲。

紅狐面無表情，只口吻淡然地說：「妳知道為什麼配糧的時候，我們以小組為單位來分發，而非個人？」

「為了便於分配時的效率？」

「是為了給所有小組自行調配資源的彈性。一組人裡誰吃得多、誰吃得少，誰來犧牲，還是怎麼輪流犧牲，他們得內部自己做決定。這不是奔零者領隊該操煩的，也不是妳該煩心的問題。統領階級該管的只有大局，確保大隊的整體生存機會的最大化。」

「我知道。但是萬一……萬一有不公平呢？例如她的小組有個惡人，總愛霸占其他人的東西。或者如果某些小組不曉得怎麼有效分配糧食來照顧到每個人，那該怎麼辦？」

「那麼他們就會滅亡。」紅狐斬釘截鐵地說。

有那麼幾秒，雨寒說不出話來。她感到胸口一陣緊縮，試著在紅狐暗沉的眸子裡尋找答案。「但領導者不應該給無助的人們當依靠嗎？」她的語氣變得焦急。「我們統領階級……不就是為了給人們生存希望而存在的嗎？」

「在那女孩眼中，妳並沒有帶來更多希望。」紅狐回道：「妳只是教會她一件錯誤的事。」

雨寒內心抽動了一下。

「妳仔細想想剛才的舉動，是為了解決攸關生死的問題，還是只為了平撫妳心中的感受？」她染著微光的身影反射在紅狐的眸子裡。紅狐的語氣永遠那麼平穩，一絲情緒也沒有。「扯到生存的事，人們只會依靠本能行事。而且本能是生物學習東西最快的捷徑，尤其那麼小的孩子。現在她知道下一次挨餓，只要編個更動聽的故事就能討到食物。如果不是從我們這裡，就是從其它小組得到手。妳可以揣摩一下，若每個人都學會做這種事，遷徙大隊會淪為什麼模樣？」雨寒感覺胸口喘不過氣。紅狐停頓片刻，最後說：「現在，那女孩已經知道這方法有效——因為身為長老的妳，允許她這麼做。」

當天夜裡，雨寒獨自躺在巨大的長老營帳裡，盯著眼前的黑暗，遲遲無法睡去。她知道接任長老以來，自己一如既往地對事情猶豫不決。別說重大決策，就連居民之間的小事她也不知該如何處理。若說唯稍有改變的事，那就是她學會壓抑心中的不安，別讓它無浮現在神情和舉止。即使比以往都要徬徨，她不知不覺學會了隱藏。

有時雨寒只能用眼神來默默懇求身旁人的幫助。但他們投來的目光總帶著蔑視的成份。母親告訴過她這種事會發生，但她從不知道真的發生了，感覺會如此強烈。

雨寒觸碰身旁的棲靈板，拂羽伸出柔絲般的彩光，輕撫過來……

她轉身抱住冰冷的板子，淚水流過面頰。

大隊改變體系，人們花了兩三個星期才真正適應。白天行動時，身強力壯的居民分擔了更多物品的搬運，幾個人一起拉著載物的雪橇。他們走在隊伍最前方，因負重被迫放緩腳步，卻仍比後方第二梯隊的婦孺來得穩健。絕大多數的癒師則守在大隊最後方，由安雅兒以及老將額爾巴率領，護航第三梯隊的老人和傷患。

紅狐的提議漸漸顯出功效，遷徙隊形變得前所未有的緊密。

總隊長亞煌在大隊最前面，身旁跟著白髮奔靈者俊，於每天正午十分開啟「恆光之劍」。而在大隊正中央，雨寒拿著沉重的弦月劍——握柄在中間的巨大彎刀——緩緩滑行在婦女和孩子們的面前。她身旁跟著四位奔靈者：紅狐，蒙勒，以及一對手持三叉兵器的雙胞胎姊弟，佩塔妮和佩羅厄。

他們進入一條極為險峻的地帶，破裂的冰山像直衝天際的巨牆，交錯成不規則的尖銳屏障。風強勁地吹著，人們依循奔靈者的指示走在突出的冰架上。他們被迫脫掉網狀的雪鞋，以皮靴穩穩踩著步伐。所經過之處，底下的景色若非破碎的殘冰，便是呼嘯的海流。

落雪越漸嚴重，他們像是走進濃霧中。布滿冰架的雪猶如白色爪痕，於道路上也漸漸堆。數小時間，景色已全然轉白，遠方交錯的冰壁都被厚雪掩蓋。

人群戰戰兢兢地沿著冰牆而行，右方是捲動的怒浪。

許多人從未預料到，死亡會以這種形式降臨。

首先是後方傳來騷動聲，令雨寒遲疑地轉身。有人尖叫，有人推擠。雪幕中隱約可見一團團虹光炸現，似乎出了緊急事件。幾位奔靈者從一旁滑過，其中一位停下對雨寒說：「敵襲！有狩出現在後方！」

身旁的人群驚慌地向前逃，雨寒卻想看清楚發生什麼事。

「別停下來，」紅狐拉住她。「這裡是狹道，得趕緊把人們帶離這裡。後面就交給額爾巴他們——」

一聲駭人的巨響。雨寒在驚叫的人群中仰頭，看見冰壁崩裂了。

一道龐大的裂痕劈開了大隊後方的冰牆，把地勢一分為二。雨寒感覺到腳下的冰正在隆起，彼端則逐漸下沉，形成高低不平的斷層。居民吶喊著，像擁擠的螻蟻跑過身旁。

「不行！」雨寒提著弦月劍往反方向滑，擠過密密麻麻的人群，擠過載著傷患的奔靈者。她看見好幾位居民在拉扯角鹿的韁繩，還有隻羊駝單獨跑在崖邊，一個不穩跌落底下，嘶鳴聲立即被海浪的咆哮蓋過。震耳欲聾的炸裂聲接連響起，感覺天地都在百晃。

她往前擠，看著眼前的虹光越來越近，彷彿整片天空都被染上激烈閃爍的彩影。前方究竟發生了什麼事？她急於通過，肩膀卻不斷遭人撞擊，幾度差點跌下海。

雨寒終於通過群眾，闖出來剛想喘口氣，景象已映入眼簾……

慘烈的程度令她腦中一片空白。

先前經過的冰架已裂為數段，洋流從各方襲來，激起巨浪。水裡似乎有什麼東西透著深湛的藍光。塊狀的碎冰充斥海面，奔靈者和魔物在上頭作戰——各種形體的彩光綻放，對抗冒著煙的冰藍魔物。散布戰場四處的是數百位居民，他們攀爬在搖晃的碎冰表面。許多人已滾落海中。

雨寒滑過滿是裂痕的路徑，從斷崖邊扶起幾位居民。「快點走！」

紅狐迅速來到她身旁，拉起絢彩的長弓，一箭擊穿兩頭狩。蒙勒也來了，在混亂中急於協助居民逃跑。眼前的斷冰卻相互碰撞，發出刺耳的恐怖巨響。

雨寒看著底下，許多人在水面瀕死掙扎，而且他們當中多半是傷患。她不曉得該怎麼辦，心臟像要從胸口蹦出，只能眼睜睜看著這一切發生。她忽然望見更遠處有個居民站在島嶼般的斷冰邊緣，手裡拉著幾個瑟縮的孩子。洋流迅速拓寬冰層的距離，他們才呆立在那兒片刻，猝不及防地一道巨浪便帶走所有身影。

有奔靈者施放虹光，建立起無形的橋面讓人跨越，但那時間極短，人們爭先恐後地推擠對方。更多奔靈者用棲靈板直接載起居民躍過破碎的冰座。

「別顧手上的東西了！逃命吧！」有人吶喊。

幾頭角鹿在海面拍打蹄子，到處是漂浮的雪橇和木箱。人群在逐漸崩塌的冰架上奔跑，有人順利跳過裂縫，有人攀在崖邊吶喊。雨寒瞥見額爾巴載著三個居民，安雅兒則護著某個幼小的孩子。號稱「捕手」的普拉托尼尼站在一個低崖邊，施放巨大的光網拋了出去，成為海面上密密麻麻的人們的生機。幾位奔靈者都來協助他，數柄長槍一同把光網往上拉，有居民陸續爬上岸，轉瞬間那光網卻消失了，至少半數的人跌回怒濤之中。

一塊高聳的斷冰從旁撞了過來，雨寒差點失足跌倒。她仰頭看見在那上頭有奔靈者載著居民下躍，但也有居民自己跳下來，砸在地面之後就不再動彈。

巨大的碎冰從壁上剝離，落在奔跑的人群中央，榨出一片稠濃的血跡。

「喝啊——！」朗果張開雙臂，手中的兩柄圓鎚燃起虹光，以驚人的物理影響力擊破冰塊。朗果滿臉的血，卻積極揮舞著圓鎚，為人們開出一條生路。

然而巨浪攪動中的冰層每一次碰撞都導致更多慘況，爆裂的冰屑彷彿落雨，掃過人群頭上。不斷有居民被砸中，腦子被削開倒地。雨寒雙眼圓睜看著這一幕，口中嘗到鮮血的鐵鏽味。到底……到底發生了什麼事……

恐懼、徬徨、害怕、絕望——有東西在她的體內甦醒。

她不自覺將手臂向外伸，拂羽像水流傾洩而出——鴿子劃出翡翠綠的光軌不斷出現，二十道，三十道。數不清的羽翼盤旋在眾人頭頂，像急旋的颶風。然後它們循著螺旋軌跡迅速下降，掃過所有人。

在雨寒身旁，紅狐吃驚地望著她。群眾的傷口被鎮住，體力迅速復原。她的雪靈彷彿溶化人們腦中的絕望，重新喚醒他們的求生意志。

「快過來！所有人！」雨寒凝視前方的戰場，再讓十隻飛鴿衝入奔靈者體內，撐著他們抵抗緊逼而來的狩。當最後一隻雪靈之鴿消失，雨寒瞬間精疲力竭。

她差點兒蹲坐下來，忽然腳下的地傾斜了。冰座急往左傾，居民驚叫著往崖邊落去。她本能地伸出弦月劍勾住冰架，但人們攀著她，好幾雙手拉住她的腳，還有人抱住棲靈板，驚慌之中雨寒也被拉著走。

蒙勒抓住了她。掛著骨環的下唇擠出吃力的弧線，但他撐住了。更多奔靈者已來到他們身邊，護住居民。雨寒站穩腳步，看見癒師安雅兒也出現在身旁，放出巨大絢麗的蜘蛛雪靈，治癒受重傷的居民。越來越多奔靈者聚集而來，他們是從大隊前方趕來救援的。

然而當所有人看見碎冰帶的情況，全愣得說不出話。冰座變得更加破碎，上頭的居民死命掙扎不想落入浪中，卻遭狩群趕盡殺絕。血跡與藍光點綴了整個殘景。寥寥無幾的奔靈者仍試圖與魔物對抗，但在不停晃動的冰座上，狩群竟能以怪異的角度立於冰面，奔靈者明顯處於劣勢。

「我們……我們得去救他們。」雨寒的喉頭哽咽，看著湧動的海浪推動傾斜搖擺的無數冰座，以及攀附在上頭的近百位居民。

蒙勒和幾位奔靈者相望，緊張地舉起手中武器。「那……那麼得快點，我們走吧。」

「丟下那些人。我們得離開這裡。」身後傳來紅狐的聲音。

雨寒驚訝地回望。「那些居民怎麼辦？」

「我們救不了他們。」

裂冰的巨響像是鎮魂的鼓聲，浪濤則是亡靈的哭號。雨寒聽不見遠方居民的聲音，卻知道他們正在尖叫。魔物的冰爪像銳利的劍，狠狠刺入無助的居民體內。

「趁他們占據了狩的注意力，我們得抓緊時間逃離。」

「什麼……？」雨寒不可置信地看著紅狐。

安雅兒也睜大了眼。「費奇努茲，你怎麼說得出這種話？」

「看清楚在妳們身旁的生還者！」紅狐甩頭，髮網在風中搖擺。「這些九死一生逃出戰場的人才是我們該保護的。在這兒也崩裂之前趕緊離開吧。」

雨寒挪動視線，感覺時間靜止了。無論是負傷的人群，聚集而來的奔靈者，此刻全都望向她。但這一次，他們投來的目光和她一樣無助。所有人都知道在這捉摸不定的碎冰域，躍過去就不知是否能回來。他們做好準備緊握武器，卻無人說話，因為沒人敢提議下一步該怎麼做。

紅狐再次開口：「長老——做出決定吧。」

EPISODE 14《芬瀾》

艾伊思塔他們所在的一小片空地被環狀的冰架包圍，垂冰像千百根淡藍色的手指，層層往上疊，仰頭可見狹窄的裂口，上方的灰色烏雲緩慢飄動。

首席學者帆夢坐在她身旁，嘴唇泛灰，臉色蒼白。在他們對面，總隊長神情緊繃，正在閱讀手中的紙張。雨寒則裹著兩層披風，面無血色。一條冰藍色的淺溪埋在角落，環繞他們四人所坐的雪地，高掛的垂冰朝它落著水珠；不知過了多久沒人說話，只有水滴聲暗示著時間仍在流動。

「所以，」亞煌帶著猶豫開口：「你認為除了瓦伊特蒙和所羅門，世間尚有其它文明存在？」

帆夢點頭。

「沒有其它的相關資訊了？」

「聯合遠征隊只帶回這些。若非與艾伊思塔的父母有關，說不定路凱連這幾張紙也不會留意到。」帆夢眨動鏡片後方的暗白眼眸，接著說：「很抱歉到現在才告知你們，畢竟它位於世界另一端，過於遙遠。不是遷徙大隊的當務之急。」

總隊長明顯仍在震驚之中。坐在一旁的雨寒則雙眼無神，有些心不在焉。

「『歐洲大陸』是嗎……」亞煌沉思片刻，朝艾伊思塔望過來。

俊給艾伊思塔的那三張紙取自零散的所羅門日誌。裡頭的片段內容，提到二十五年前有四名人類來自世界的彼端，遇上所羅門的白衣奔靈者。此事驚動統領所羅門的眾族長。後來，這些訪客似乎在所羅門中央的安格拉島定居下來，並說他們是來打聽遠洋文明的存在。還有一段紀錄，是雙方的交流對話。

破碎的日誌中提到，這些人來自歐洲大陸的北方，主司的工作就是尋找倖存的人類文明。文中似乎暗示他們有某種特殊的乘載工具，唯獨遺漏了細節，只能確定它並不像是棲靈板，而是某種可以乘載多人的器具。

「可乘載多人的器具……」亞煌看著手中的文獻喃喃自語：「什麼樣的東西能辦到？」

日誌還提到一則喜訊。那群人當中有對夫妻在所羅門生下一名女嬰，其中一張紙畫著他們三人的肖像。

「我只記得自己才剛懂事，父母親就去世了。七歲的時候，我被帶到瓦伊特蒙……」艾伊思塔告訴他們。

一直以來，她總覺得自己與其他翡顏族群的人們有哪兒不同。居民曾說過她的瞳孔與髮色比生在瓦伊特蒙的翡顏族人更加明亮。好幾年來她百思不解，自己既不像瓦伊特蒙的居民，更不像她出生地所羅門的深膚人種。現在，她終於明白了為什麼。

「其實我稍有印象。」亞煌對她點頭。「妳剛來的時候，我才開始擔任一個遠征小隊的隊長。記得我的導師加爾薩納曾說過，從所羅門來的女孩是個受詛咒的『異種』。有些雪靈在妳身旁會出現異樣。」

這句話令艾伊思塔感到非常不自在。因自己會帶來厄運，就要長年遭到雙方文明的歧視。

事實上，她記得所羅門正是基於相同的理由選擇拋棄她，把年幼的她驅逐出境。所幸當時有一位偶爾往返兩地的遠征隊員知道了，決定把她帶回瓦伊特蒙給居民撫養。

但她是「受詛咒的異種」，接近她的雪靈會有異乎尋常的表徵。這件事在她被監禁於瓦伊特蒙地底後，自然就消平了。直到最近。

「這件事我可能找到了解釋。之前亞……」艾伊思塔頓了片刻，然後再度開口：「這叫做『靈凜石』。在我小時候，身旁雪靈的異狀很可能是它造成的。」她從胸口撈出一條細鏈，鎖著一顆小巧的黑色水晶珠子。

「靈凜石？我聽過一些傳聞。」總隊長說道。「所以是它引起某些雪靈的躁動？」

「我猜沒錯。它是個奇特的石子。」艾伊思塔說：「但自從我有了自己的雪靈，學會掌控靈力之後，那些現象就不再發生了。」

帆夢此時插口道：「這石子有什麼作用其實並不重要。總隊長，她的父母只是拿它當作障眼法。」他抬抬下巴示意。「艾伊思塔，給他們看看裡頭有什麼。」

艾伊思塔撩起綠髮，取下項鍊。黑色的水晶球裡頭有微光點在閃爍。

接著她把水晶球從細鏈的接口用力扭開，「啪擦」一聲，它被拆了下來。

直到拿到路凱遺留給她的資料之前，艾伊思塔從沒想過可以把這兩樣東西給分開。現在，水晶球的接口處彈出了一個小巧的黃銅色按鈕。壓下去的瞬間水晶球分為兩半，像蓋子一樣彈了開來。

坐在對面的雨寒這才露出些許好奇的表情。帆夢以不靈活的動作單手從厚袍裡掏出一枚放大鏡，然後連同艾伊思塔的水晶墜子一起遞交給亞煌。「如此精巧的東西，我們沒有任何工匠做得出來。」

總隊長將放大鏡壓在墜子敞開的玻璃平面。瞳孔大小的空間裡裝著極度複雜的器械：一圈圈金色轉輪層疊交錯，底下細緻的齒輪仍在轉動。在轉輪之間有個極小的像音叉般的金屬絲，必須全神貫注，才會發現它彷彿以心跳的頻率在震動。

另外，若仔細打量某些齒輪上的刻痕，可以辨識出一組不斷變化的六碼數值。

艾伊思塔完全不懂它的功用。

「感覺就像舊世界的科技，但用途還沒法確定。」帆夢依舊難掩驚愕。「或許這世界比我們想像的更加廣闊。位於歐洲大陸的那文明，比我們先進太多了。二十幾年前他們就已經有方法跨越世界抵達所羅門群島。」

總隊長翻轉手中的墜子仔細端詳，注意到蓋子上的黑晶平面還有一個線索。「這上頭刻著一個度數。97.4……有什麼意義嗎？」

「嗯，還無法確定它代表什麼。」帆夢說：「初步評估，看起來像雙子針的度數。」

「是嗎……」亞煌思索了一會。「若想去尋找該文明，似乎有些不切實際。」

「我同意。到了世界另一頭，子幅線偏差一度可能代表數千里，甚至上萬公里的跋涉。」帆夢回道：「只是現在起，我們或許得留意這件事。這攸關生存。」

「我了解了。」總隊長將墜子遞給雨寒。「長老有什麼想法？」

「啊……沒……沒什麼。就這樣吧。」雨寒匆匆看了一眼，便把靈凜石交還給艾伊思塔。

四人準備離去時，艾伊思塔看著首席學者左臂上的繃帶，心頭有些難過。

他們走在垂冰之下，水滴落在肩旁，淺溪流過腳邊。艾伊思塔突然拉住雨寒，等待總隊長和首席學者走遠，才開口。

「雨寒，居民和奔靈者之間的紛爭變得更嚴重了。有人到處散布傳言，說當初……是長老禁止奔靈者營救落難的居民。這是真的嗎？」

她幾乎相信雨寒會立即否定。然而黑髮女孩低下頭，眼神不確定地飄晃。「雨寒，如果不是妳下的令……」艾伊思塔仍不放棄：「如果這是誤會，讓我去向居民解釋。」

雨寒的臉色極度蒼白，彷彿數天沒睡過覺，黑眼框像兩圈烙印深壓著憔悴的神情。她沒有看艾伊思塔，也遲遲未回話。

艾伊思塔這才瞪大了眼。「雨寒……為什麼？」

年輕的長老欲言又止，咕噥幾句後回道：「費奇努茲說……我們救不了他們……」

「那可是上百位居民啊！」突來的情緒使艾伊思塔拉高音量，她抓住雨寒的肩膀。「他們說總隊長派去一大票奔靈者，都已聚集在妳身旁。但妳卻下令要所有人從居民面前轍離，即使他們在哭嚎——」

「我當然知道！」雨寒抬頭，淚水積滿眼框。「妳沒有在場，沒有看到那情況！那不是魔物多寡的問題，妳沒有看到碎冰帶……碎冰帶的恐怖……如果奔靈者衝上去，半數都會死！」

「妳在說什麼？」艾伊思塔無法置信地盯著她。雨寒反駁的口吻和以往的感覺有些不同。

艾伊思塔緊抓著年輕長老的肩膀，怒氣在胸口膨脹。雨寒竟然一句話造成上百條人命消逝，難道她不知道自己現在的責任有多大？「妳已經是長老了呀，雨寒！不管別人說什麼，妳怎麼可以——」艾伊思塔正想破口責罵，卻忽然住了口。

在她緊握的手中，雨寒的身子正激烈顫抖。黑髮女孩的骨架是如此嬌小，她緊咬著唇，直視艾伊思塔。那模樣彷彿她在逼迫自己盯著某種駭人之物，眼睛做到了，精神卻已燃燒殆盡。

艾伊思塔急著想說什麼，卻發現雨寒的目光焦點已不在自己身上，像是恍了神，卻死撐著不讓淚水滴落。

「我……」艾伊思塔突然開不了口。「我以為……」她的雙肩垮下，鬆開女孩的肩膀。她僅猶豫片刻，把雨寒摟進懷中。

艾伊思塔試著溫柔地抱住她，輕撫她的背，試著安撫那止不住的顫動。

雨寒就在艾伊思塔懷裡，淚水不停湧出，卻連一聲啜泣也沒有。

一望無際的蒼茫白雪，看不清哪裡冰域終止而陸地開始，但當岩塊露出雪地的頻率越來越高，人們懷疑大隊已達澳大利亞沿岸。

某日，艾伊思塔和俊在前方探路時，在平原上發現一整片白色植物。終於確定腳底下是陸地。艾伊思塔看著手中的雙子針——46.2度。

難以想像奔靈者只需一個多星期即可抵達的地方，遷徙大隊竟花了將近五個月的時間。離開碎冰帶本應令人欣喜若狂，卻無人高興得起來。因為他們付出了過多的犧牲，卻仍不知前方有什麼在等待。

艾伊思塔打量眼前的植物，矮胖的樹幹高達她的腰間，頂端長了一叢叢長草般的葉片，全被晶瑩的冰凇包覆——白化的針葉穿著一層透明而厚實的衣裳。她測量一下方位，發現所有細葉都倒向西北西，也就是大隊前行的方向。

纖細的警報聲在腦中敲響。

艾伊思塔跪地抓起一把散雪舔了一下，嘗到鹽味。這一帶仍未脫離海洋的影響。如果連帶考量植物表面的冰淞是在夜裡形成，陸面在黑夜會普遍降溫，風會吹往溫度偏暖而且低壓的方向，也就是海面的方向。風在那過程中壓倒葉片，而冰淞把那形狀給囚禁，成為警示的指引。

「我們還是讓大隊準備調整方位，轉向正西邊吧。」艾伊思塔把想法鉅細彌遺地分析給俊聽，然後說：「從研究院的地圖看來西北西不應該是海洋，但海陸交接處的地勢反復無常，都很難說。」

「這樣確實比較保險，多花個兩三天來保證居明的安全。」俊也同意。「我去告訴總隊長。」

很快地，前沿探索部隊把人力分配的比重調往西邊，這道命令也從領隊到組長一層層傳遞下去，浩浩蕩蕩的大隊開始轉向。

接下來數天，艾伊思塔偶爾滑行到人群中央，都會瞥見有居民朝奔靈者咆哮。之前被狩攻擊的慘況徒增人心的裂痕，改變居民看待奔靈者的眼光。艾伊思塔嘗試去撫平群眾的情緒，卻有人認為她變了，變得只顧及奔靈者的立場。

諷刺的是人們一方面抱怨，一方面又害怕分配不到奔靈者的時間與協助。對命運的憤恨使人群焦躁，恐懼和嫉妒的情緒已蓄勢待發。

越來越多人得了雪盲，好幾個孩子在高燒中死去。艾伊思塔不知道所有亡者的名字，但他們紫白的面孔都有幾分熟悉。遷徙至今，活著的人已無法騰出資源為亡者造墓。當初最有運貨功效的角鹿，如今全數消亡，人們需要搬運東西得自己扛。而在風險難測的雪地裡，人們體內的儲備力量往往決定誰可以繼續前行，誰將被殘酷地拋下。

「你要我們把孩子丟在雪地？」某對居民抱著小兒子冰冷的屍體，朝名為奧丁的癒師吼叫。

「當我看見自己父親倒下時，我正在為你們居民治癒。」奧丁面不改色地說：「你可以選擇花半天埋葬他，但大隊不會等你。或者你可以帶著他的精神活下去。」

那居民拉著癒師的衣裳，跪地哭泣。艾伊思塔走過去，將手放在孩子的額頭上，輕聲說出陽光引魂的導文。然後她忍住在眼眶裡打轉的淚，試著說服那對父母放下兒子的屍體。「讓他安祥地躺在雪裡吧，我們得活下去……」

大隊停歇時，艾伊思塔經過群眾外圍，聽見銀匠布閔對一個大個子男孩咆哮：「你又犯錯了！我們的火源已經不夠了！」他們手持鐵器以蠟火熔銀，修補上一場戰役受損的兵器。有些奔靈者圍著銀匠而坐，還有些手插胸口站在後方等待。他們的一柄柄武器插在雪地。

「給我吧，笨手笨腳的！」布閔推開大個子男孩，自己為戰士們嵌銀。

艾伊思塔看著那男孩縮起寬大的肩，蹣跚地走到無人的地方坐下。印象中他也是個孤兒，沒人記得他的名字，只知道大家都叫他「大塊頭」。艾伊思塔想了想，走了過去。他正拿起小刀要雕刻什麼。

她在他身旁坐下。「你在做什麼？」

「引……引光……」大塊頭鼓著嘴，似乎很驚訝。他的手指又大又粗，不難想像他確實不適合鑲嵌銀紋那麼精細的工作。「這是……」他手中握著一個舊世界的水杯，結結巴巴。艾伊思塔判定那杯子應該是純銀器，上頭有許多陳舊的黑斑。大塊頭用小刀在表面刻出一張粗糙的臉，但鼻子、眼睛的位置都不對。他很不好意思地握住那東西。

艾伊思塔從懷裡拿出最後一個小燭杯，連同打火石遞給他。「這是我身上僅剩的蠟燭，給你做熔銀練習。」她站起身說：「要多多練習哦，技術才會變好。」

「引……引光！」艾伊思塔正要離去，大塊頭突然叫住她。男孩伸出手，將那粗劣不堪的銀器送給她。

「你不需要嗎？」

「布……布閔還有。」

艾伊思塔露出笑容，雙手接了過來。

夜裡的風極為強勁，沿壁而築的整排帳篷不斷發出拍打的聲響。當中只有奔靈者的營帳透出火光——那些少數有未用盡的火源的。艾伊思塔經過營區，似乎看見哈賀娜苗條的身影走進飛以墨的帳篷裡。

在大隊的邊緣地帶，艾伊思塔總看見一個孤身守夜的身影。

弓箭手韓德，當初就是他載著七歲的艾伊思塔離開所羅門，朝瓦伊特蒙馳聘而去。好幾個雷電滿布的黑夜裡，小女孩害怕地躲在他的披風中，聽著棲靈板刮起的聲響。

當時韓德仍是知名的遠征隊長，尚未喪失聲音，然而現在他連和同伴溝通都有困難，因此總是自己一人行動。沒有奔靈者出任務時會找他。

即使是看似關係緊密的奔靈者群體，也總有人遭忽略……

艾伊思塔朝他徒步過去。

當晚她在帳篷內把鐵鎖鏈散放開來，自己修補數個月來損壞的部分。艾伊思塔以匕首扳開變形的鐵環，扣上新的，再拿出小鐵鎚，敲出清脆聲響。她的動作迅速伶俐，很快便完工。這時，帆夢帶著助手麥爾肯來找她。

「……遠古時期，這裡曾有大片『森林』，許多惡名昭彰的人都隱匿在這一帶。翡顏裔和灰薰裔的祖先也在這裡無數次互相爭鬥，在舊世界的歷史上被稱為『黑色戰爭』。」麥爾肯說話的語氣像在念文本，少了首席學者一貫的自若。但他話鋒一轉，突然說：「最諷刺的是這裡的舊世界之名，妳知道叫什麼嗎？」

「叫什麼？」艾伊思塔問。

「『陽光海岸』。」

「喔……」艾伊思塔想了想，無耐地露出笑容。「看來一點也不像啊。看看周圍的天候，簡直比結凍的海域還糟糕。今天我們試了好幾次，才得以啟動『恆光之劍』。而且什麼森林，大夥兒連一株魂木也沒找著不是嗎？這裡應該叫『陰鬱海岸』才對。」

他們一起發出疲憊的笑聲，然後帆夢希望她給麥爾肯看看胸前的項鍊。

無論在哪兒，學者果然不改本色。麥爾肯的反應比總隊長誇張許多，整個下巴垮到心口，直瞪著靈凜石裡頭隱藏的精巧儀器，大半晌都沒眨眼。

帆夢靜靜地說：「它究竟做什麼用，現在我還沒有頭緒。但知道世界彼端仍有其他文明存在，讓我相當受鼓舞。在遠古能源全面失效的今天，這東西竟然還能動，它的創造者握有非常先進的技術。」

「首席，」麥爾肯用小指頭在環環相扣的金色齒輪上晃了晃。「上頭刻痕交會的地方，給出一組六碼數。」

「你認為是什麼？」

「不知道……看來不像是雙子針的數值，除非……」他吞嚥了口唾沫。「除非他們對子輻線的定位可以精準到小數點的後三位。」近年來，研究院的學者最多只能抓到小數點後一位的地裡定位值。

然而帆夢搖頭。「我覺得機率不高。」他把墜子轉了個邊，指出在蓋子上的線索，有人用手刻下的數值 97.4。「他們應該不會用兩種測量單位來標示同一種東西。那是另一種資訊。」

首席學者把項鍊墜子合起來，歸還給艾伊思塔。然後他單手托了下眼鏡接著說：「沒關係，我們還有時間做些實驗。」帆夢露出微笑。「麥爾肯，若我出了什麼事，解開這謎團的責任就由你來擔了。」

麥爾肯及艾伊思塔同時望向帆夢。

「首席，別胡說啊，你不會有事的。」麥爾肯尷尬地瞥了眼帆夢的左臂。

艾伊思塔也是，現在看著帆夢，很難不去理會他的手臂少了一截。由於帆夢在遷徙過程中每天都要檢視地理文獻，經常沒戴手套在夜裡研讀。發現異狀時，他的左手早已失去知覺。數天內黑死的組織從手指向上漫延，沒有癒師能醫治。最後他們得將他從手肘部位截肢。

「我最近開始在考慮，如果得找人繼任首席的位子，麥爾肯，或許你是挺合適的人選。」

年輕的助手緊張地向後傾，艾伊思塔透過彩光仍看見他臉紅。「歷代……歷代的首席，都必須德高望重……葳蕊姆，培利安潔，就算是『食堂的賢者』蒙布洛洛，都對研究院有莫大的貢獻。我不過是一名助手，遠遠不可能勝任——」

「對研究院有莫大貢獻？這倒也未必。研究院也曾有過差勁的首席，他的理智遭野心蒙蔽，想研究禁忌的『第七屬性』，還拿其他奔靈者做實驗。麥爾肯，掌控知識比任何刀刃都具力量。論天資和潛能，你比許多人都優秀。」

「拿奔靈者做實驗？有這樣的首席學者？」艾伊思塔插口，心頭滿是詫異。麥爾肯抿著脣，什麼也沒說。

「沒錯，是個喪心病狂的傢伙。」帆夢回她：「因此才當上首席一天，就遭研究院驅逐了。但這件事除了研究院高層與當時的長老群，沒什麼人知道。」

「那麼，你剛剛說的『第七屬性』是什麼？」艾伊思塔又好奇地問。

「你們應該都沒聽過。那是雪靈六大屬性之外的禁忌能力，妳還是別知道的好。」帆夢轉回本來的話題說：「麥爾肯，你具備天資，但心態上確實離首席還有段距離。首席學者要做的不僅是習得知識……」他停頓片刻後說：「總之，研究院還是有很多前輩垂涎這位子，你的機會必然不大，除非自己有心想爭取。」

麥爾肯看似鬆了口氣。

然而當艾伊思塔凝望首席學者，聽著他悉鬆平常的語調，心疼的感覺油然而生。帆夢的使命感比任何人都強，總認為研究院得扛起人類生存的責任，文明傳承的責任。但以他如今瘦弱的身子，還能夠撐多久？

藍恩大媽幾乎失明。她雙眼蒙著濕布，虛弱地躺在篷子裡，卻親切依舊地抱著那對雙胞胎嬰孩在懷裡。她把灰穀粒做成的冷粥放入口中咀嚼，再吐出來讓艾伊思塔用木湯匙餵他們吃。

艾伊思塔看著兩個孩子紅通通的臉頰，不自覺地笑了。即使在殘酷的環境裡，他們依然不失生命力。

在一旁，亞閻就像個無聲的鬼魂站在那兒，異常嚴肅地凝視這一切。他的頭巾低得快遮到鼻梁，散發一股不尋常的殺氣。小嬰孩看見他卻接連發出可愛的笑聲。

「好了，艾伊思塔謝謝妳，」藍恩大媽放下粥碗。「讓我陪陪他們，等會兒有人會來帶他們走。」知道自己已經無法再照顧這對孩子，大媽聽來挺哀傷。

「藍恩大媽，妳多休息。」艾伊思塔輕觸大媽的額頭，然後掀開篷子門口的遮布。

亞閻也用手壓住劍鞘以防出聲，然後跟著她踏出雪地。

天空雲層才剛開始轉明，人們尚未起身。在兩片交錯的岩架陰影下，將近一千個篷子窩在雪地中央。他們倆以近乎無聲的步伐繞到岩架的另一端。亞閻開口說：「妳要我冒著風險到藍恩的帳篷裡，就是為了看那兩個小子？」

「是啊，你看見了嗎？他們長好快呀！在瓦伊特蒙還沒像現在這樣。我原本害怕他們會撐不了這趟旅程。」

亞閻做出厭惡的神情。「妳瘋了。」

「怎麼了？你難道不喜歡孩子？」艾伊思塔看亞閻沒回答，忽然覺得很妙，湊身到他懷裡往上盯著他瞧。「不覺得他們很可愛嗎？」

「那對雙胞胎看來一副欠揍的模樣。」亞閻拉低頭巾說：「妳最好對恆光之劍祈導他們平安長大，別讓其中一個出事。或是一個長大成為厲害的奔靈者，另一個卻什麼都不是。」

「哈！我懂了，原來你也有弱點！你討厭小孩子。」她覺得很有趣，用手指截了截亞閻的肩。或許自己總遭他言語相激，難得找到令亞閻厭煩的東西，令她笑了出來。「我以後要把皮諾和可可帶在身旁，這樣你就不能欺負我！」

亞閻猛然停下，下巴高抬，瞪大眼說：「妳怎麼取這種名字？」

「藍恩大媽取的。」艾伊思塔瞇起眼。

她送亞閻到岩架的盡頭，知道他得再次離開，早所有人一步探出路徑。「等等，」亞閻突然蹲下來，伸手撈起一小撮白雪。

「怎麼了？」艾伊思塔看見雪地有許多刮痕，應該是奔靈者留下的軌跡。在營居附近，這很正常。然而她仔細一瞧，才看見他手裡的雪沾著某種黑色液體。亞閻示意她跟上。

兩人滑行一段距離，來到一個相對隱蔽的地方。雪架和低崖交錯，像是大地被爪痕刮出的密集傷疤。在那裡，他們看見狹谷中有個少女的身影。

她留著長長的黑髮，似乎正在練習滑行，但那動作不大自然，更像是被板子帶著亂衝。

「……奔靈者？」艾伊思塔覺得她看來有些面熟。是不是已故的老園長湯比的家人？

「那樣子像嗎？她的動作拙劣，看起不像有雪靈的協助。」亞閻笑了笑。附近有些不易察覺的暗沉融雪，彷彿灑上了黑色的墨水。

少女猛然轉身，似乎瞧見他們了。下一秒她立刻消失在低崖之間。

「獨自跑來這麼遠的地方練習，太危險了。」艾伊思塔總覺得哪裡怪怪的。

「危險？還好吧。我認識某個人，曾打算獨自前往亞細亞大陸。」亞閻逗趣地說，搞得艾伊思塔沒好氣地斜視他。

艾伊思塔打量了眼前的景象。「怎麼感覺她身旁的雪地有些黑色的液體？」

「八成她帶在身上的某種飲料洩漏了。」

「這怎麼可——」她話還沒說完，亞閻把她摟了過來深吻。

兩人分開時，霎間霧氣瀰漫。然後亞閻戴起兜帽，將棲靈板拋在腳邊。「記得，妳得趕緊查出統領階級的目的地是哪裡，否則接下來我不曉得該往哪個方向去探尋。」亞閻提醒她說：「我們得避免碎冰帶的慘劇再發生。」

艾伊思塔點頭。「亞閻……我問過雨寒，她說是自己下的令。是紅狐那殘酷的傢伙說服她的，但我不明白雨寒為什麼肯聽從。」想起這件事，艾伊思塔再度感到憤怒。死去的居民當中她就認識好幾位，她不敢去想那些人哭號著死去的模樣。

曾經，艾伊思塔在他們負傷絕望時，親手將蠟燭交給他們，告訴他們別放棄……

「這不令人驚訝。費奇努茲是遠征隊的老手。」亞閻回道：「踏入雪地的生存邏輯不容質疑。」

艾伊思塔抬起頭，懷疑自己是否聽錯了。「難道你也認為他們是對的？」

「呃，這與對錯無關。拋下生存機率甚微的人，保住多數人的性命，這是集體生存的原則。難道妳不同意？」

「但你怎能確定誰有更大的機會生存下來？當初有數十名奔靈者在場備戰，你知道嗎？只要下決心，必定能找到方法，」艾伊思塔的碧綠雙眼被怒火點亮，炯炯有神。「我生氣的是他們毫不嘗試就放棄了！如果所有人一起抵抗狩，必然可以救回很多居民——」

「但萬一犧牲慘重呢？一堆奔靈者在那兒送死，之後的旅程誰來保護大隊？雪地裡，奔靈者一條命可抵上百條人命。」

艾伊思塔不可置信地凝望他。亞閻是這樣計算人命的嗎？「亞閻，那些等待救援的居民多半都是傷患！狩追殺而來，他們一點逃生能力也沒有。」

「正因為是傷患，所以才難上加難。」

「奔靈者就站在那麼近的地方，卻選擇眼睜睜看著他們被屠殺！」

「聽著，我不曉得你們是怎麼做決定的，重新調動大隊把傷患集中在一起。但就結果而論，這很明顯是好事吧。至少為大隊省去了很多麻煩——」

艾伊思塔賞了他重重一巴掌。

她感覺整個頸子熱了起來，淚水克制不住地淤積。她不敢相信亞閻竟會說出這種話。

「呵……」亞閻側著頭，露出淺淺的微笑。「我懂了，那麼妳就保護妳深愛的居民吧。反正我的職責只是保護妳。」亞閻似乎不在意她動手，但他突然想起什麼似地，擺出誇張的表情說：「啊，可愛的淑女，妳讓我想起一個遠古的傳說。在舊世界歐洲的百年戰爭時期，有個發瘋的平民女孩——」

「你為什麼不能正經一點!?」

「她拿著代表信仰的白色旗幟……」亞閻的音量漸弱，撒手聳肩。

艾伊思塔的淚水從雙頰滑落，整個身子在發抖。她想起所有死去的居民。她還想起雨寒那嬌小瘦弱的身影，因為當上了長老，必須承擔所有決策的後果。「你為什麼總是這樣……？」或許心底某處，她明白這一切有多麼艱難，但艾伊思塔不斷告訴自己不能向命運妥協。即使在毫無選擇的情況下，她不希望人們泯滅最基本的信念。「你為什麼……總是這副模樣？」

亞闍總是那麼輕率，不經意就可以徹底扯碎她想守護的那份心意。或許他根本不了解她。或許他根本不在乎任何人。

「你的雪靈之力和戰士資質天生就比別人都好，這我知道，」艾伊思塔哽咽著說：「但你就可以瞧不起其他人，把人們都視為可以拋棄的東西嗎？」

亞闍掛著微笑，沉默看著她，一言不發。

悲憤絞痛艾伊思塔的胸口，她望著眼前這男人，突然意識到他是個什麼樣的人。「你沒有恐懼……你也不懂悲傷……甚至我打了你，你也絲毫不生氣。」

亞闍依然沒有回話，但他的笑容變淡了。

「你不懂什麼是快樂，不懂什麼叫犧牲，不懂失去的痛苦，更不明白人們在絕望時，拼了命想活下去的意念。」她無法抑止眼淚湧現，邊哭邊說：「你說你在乎我，但其實你只會為自己而活。你是個……你是個沒有心的野獸。」

她用圍巾擦拭一下面容，離開亞闍。

之後的兩個月，遷徙大隊試圖沿著陸地朝西北方行進。

澳大利亞大陸的沿岸有許多交錯的冰川及海灣，人們驚喜地發現各種生態棲息地，包括海獅，魚類和殼類生物。他們甚至見過一次擱淺的鯨魚。為了應對陸地帶來新環境的挑戰，奔靈者的體系再度轉變：現在，總隊長派出一支由五十名奔靈者組成的先行部隊，領導者是飛以墨。

這群精英隊伍會集中力量尋找食物豐沛的據點，就地展開捕獵及屯糧的任務。他們會在當地等待大約一週，遷徙大隊才浩浩蕩蕩抵達，屆時大量的糧食已準備就緒，只待裝箱及搬運。當居民大隊在糧食不愁的狀況下動身，飛以墨的隊伍已在下一個據點做準備。

如此一來，大隊無須在同一處久留，行進速度及飲食狀況卻都有改善。

「恆光之劍」轉由跟在總隊長身旁的黎音所攜帶。而目前的遷徙之途脫離碎冰帶的威脅，不再需要艾伊思塔奇跡般的引路協助。因此她心一橫，向總隊長請求脫離前沿探索部隊，回歸到真正屬於她的崗位——居民們的身旁。

EPISODE 15《絢痕》

過去四十五天，遷徙大隊在飄雪中沿著澳大利亞沿岸前行，跨越將近一千公里。

他們來到在遠古時期被稱為「大分水嶺」的地區，由無數錯綜複雜的山陵地貌交織而成，乾冷的山壁從他們的左側綿延到雲層盡頭。

大隊徒步在起起伏伏的雪坡上，偶爾琴和居民站在高處看向結凍的海洋，能明顯辨識出幾百年前海水位退去時露出的陸棚，像是巨大的扇狀沖刷坡，表面有綠藍色的冰紋。

某天，大隊決定在一個被岩壁包夾的遠古河口駐紮下來。河川本身已乾涸數百年，這片海拔位置頗高的窪地卻成了良好的臨時居住；高聳的岩脈屏蔽了冰域和陸地交接處冷暖不定的風，高地裡位置則消除了遠洋帶來的濕氣，降低雪崩的風險。

琴發現從駐紮第一天起，奔靈者便派出兩支規模不小的隊伍，一支前往山腳下的濕地去狩獵白鎧鱷魚，另一支則肩負一項特殊的任務。

流傳在居民之間的信息是，這片大陸在舊世界擁有挖掘不盡的礦藏。

距離他們駐紮地大約一天的行程——也就是奔靈者滑行一小時可達之地——有個名為湯斯維爾的遺跡。有次琴聽見歸來的奔靈者領隊和研究院學者的對話，說那城市在舊世界具備唯一可提煉三種基礎金屬的設備，當時運往其它大陸的銀礦也把這一帶當成中轉站。每日清晨當雲層的輪廓漸現，那支奔靈者隊伍便出發前往遺跡，用雪靈之力探尋銀器。

琴只能透過觀察去判斷那兩支隊伍的軌跡，明確之後她便朝完全不同的方向去，尋找一個能夠進行奔靈練習的地方。

每日，她在雪山中獨行，繞過險峻的雪架以確保滑行痕跡難以追蹤。她找到一片奇異的地區，清瑩的冰架以不同斜角聳立著，彷彿像有人把巨大的玻璃碎片從雲端拋落下來，深扎雪地。這兒就是最好的庇護所。

琴目前已能駕馭棲靈板在雪地行動，雖然穩定度依舊差強人意。令她苦惱的是她還無法正確釋放雪靈的力量。

今天琴小心翼翼地嘗試了一下，只讓一丁點兒力量從板緣流露——強烈的黑色光芒瞬間散放，像朵炸開的黑檀花，刷過周圍的所有冰架！

那些冰架開始崩裂，她趕緊向後退，卻在慌張之中控制不住雪靈，又放出一道力。這次是水平的衝擊波，在它掃蕩之下有兩道巨型冰架崩解，互撞，發出轟然巨響。琴驚叫著向外逃離，周邊的雪地彷彿被黑色火焰燃燒起來，融為黑水，冰架則邊融化邊迸裂，崩塌下來，把她身後的雪坡砸出一個大坑。

琴驚訝地發現那破口下方深不見底，原來是山陵間的天然縫隙，可能深達數里。她幾乎是連滾帶爬地逃離那區域，聽著身後地勢崩解的巨響，驚慌得頭也不敢回。

待地面的震盪平息，她喘著氣回首一瞥，之前大面積附著冰架的黑芒火焰已跟著坍方消失了，殘留著黑色液體在破碎的坡道邊緣。

「這全是妳幹的？」男子的聲音像鞭子刷過她的脊椎，讓她挺直了身子。

琴呆愣地回頭，看見戴著頭巾的男子吃驚的模樣。他的雙手已搭在腰間的劍柄上。她趕緊把棲靈板踢開，不知所措地左右張望一會兒，然後說：「我只是……想找地方練習，不曉得這兒的地勢這麼脆弱。」

男子有些狐疑地打量她數秒。「我沒看過妳在任何奔靈者的團隊裡。」

琴盯著地面，嘗試控制呼吸。然後她抬起頭，以清澈的銀眼珠直視對方。「我還不是奔靈者。那是我的夢想，所以帶著自製的板子來練習。」她說這些話時已不再緊張。

「妳的板子看來不像自製的練習板那麼粗劣。」男子盯著離她有段距離的長板。琴慶幸早在瓦伊特蒙她便把整個板子塗上一層黑漆，看不出來材質是魂木。然而男子鍥而不捨地說：「板長和妳的身高比例抓得近乎完美，兩端的弧度也完全無誤。是靈板工匠做的吧？」

「我做的。」琴撒謊時眼睛眨也沒眨。「做了很長時間的研究。」

男子倒是愣了半晌，然後發出咯咯的笑聲。「我注意到妳一陣子了。不曉得妳為什麼想隱瞞，妳的板子分明束靈了。」他朝她的黑色棲靈板走去。「否則很難做出上坡的疾馳。」

琴快了一步，單腳把棲靈板撈過來。接觸的一剎那，暗靈的能量怦然出現在腦中，有股隨時會爆發的力量在她的體內和板子裡竄動。但琴面不改色，硬生生用意志把暗靈壓制回去。她不能讓任何人發現自己的祕密。

她用另一隻腳蹬了下板子，在雪地流暢地挪動，證明給對方看她確實單靠身體的技能便可駕馭這塊毫無生靈的木板。「某一天，我也會像你們一樣去雪地找到屬於我的雪靈。」琴毫無懼色地說完，準備離去。

「等等。」男子叫住她。

他索性露出大大的笑容說：「叫我亞閻。聽著，這一帶的地勢有很多隱藏的雪殼，非常不安全。假如妳真的需要合適的練習場所，明天我找妳，帶妳去個地方。」

琴回望灰髮男子片刻，然後一語不發便離去。

當天傍晚，琴代表她的居民小組排隊領取食物。駐紮地的邊緣陳列了幾個亞麻棚子，有工匠在處理搜刮來的銀器，也有工匠在翻找堆疊起來的白鎧鱷魚的屍體。他們當中有人把鱷魚鱗片磨製成可以縫在衣物上的扣環或綁片，分發給居民。也有武器工匠切下較大面積的鱷魚皮，把它們做成奔靈者可以穿戴的肩鎧，胸甲，和護膝。

琴快要排到盡頭時，看見棚子底下的廚子從三、四公尺長的鱷魚體內切下有彈性的生肉遞給居民，還附上一些軟殼蟹，再撒了猩紅色的香料。但同時她看見艾伊思塔也站在那棚子底下，和一些圍觀的居民交談。

琴本能地感到不悅，試著不予理會。

「莜蒂，妳也想成為奔靈者嗎？修煉很辛苦呦！」艾伊思塔帶著笑容，彎著腰對一個不到十歲的女孩說。小女孩很認真地點頭。

「引光使，妳好像很久都沒有跟其他奔靈者出任務了？」小女孩的母親問。

琴剛好來到廚子面前，拿出準備好的布料，等待他把切好的肉片遞過來。

一旁，艾伊思塔摸了摸小女孩的頭。「遷徙大隊算是進入狀況了，所以我還是想陪伴在大家的身邊。」

「假惺惺的模樣。」琴脫口而出。她挪開視線的前一刻，有那麼零點幾秒和艾伊思塔四目相接。周圍有幾個人詫異地看著琴，連小女孩也望了過來。

「妳說什麼？」女孩的母親問，口吻些微地惱怒。「妳怎能那樣對引光使說話？」琴立刻後悔自己吸引了人群的目光，接過肉片後快步朝隊伍的尾端走去。

琴在漸暗的天空下穿過重重營帳，但她已料到身後有追上來的步伐。

「妳是琴吧，湯比的親戚？」艾伊思塔朝她喊。當琴沒有意思緩下腳步，艾伊思塔又說：「我做了什麼，惹得妳不高興嗎？」

尹光使聲音殷切，聽得出來是誠懇地想從琴的身上挖出答案。但正是這種誠懇令人作嘔，因為她甚至不知道自己的舉動意味著什麼。

琴停下來，轉頭和艾伊思塔對視。

「我們對彼此還不熟悉，」艾伊思塔說：「我不明白妳為什麼憤怒。」

「啊，但我對妳可熟悉了。所有人都熟悉妳不是嗎，引光使。」琴朝周圍的營帳晃了晃下巴。她不確定自己為什麼對眼前的綠髮少女總有止不住的憤怒，也不確定說出這些話是否明智。但她需要一個發洩的出口。長年來壓得她喘不過氣的黑暗，她需要把它推向那一絲光的裂縫。「妳自己是奔靈者，還裝成和居民多麼要好。妳很享受那樣的優越感吧？」

艾伊思塔很是詫異，碧綠色眼珠睜大，和琴的銀色眼珠相望。

「不是嗎？妳和我們在一起，就是熱愛那種高高在上的感覺。妳是帶回陽光的人，竟然不屑和其他奔靈者為伍，放低身段和我們這些人在一起。」琴的語氣越發惡毒。「因為妳需要弱者來襯托自己的存在感。恐怕妳自己都沒想明白這件事。」

艾伊思塔無言以對，躊躇了片刻才說：「難道妳不是奔靈者？我看過妳在雪地練習。」

「和妳差得遠了！」琴感覺自己的舌尖上了毒液。

「琴，我從很小就脫離出生地所羅門去到瓦伊特蒙。」艾伊思塔似乎嘗試把語調放緩。「我的家人只有瓦伊特蒙的居民，他們從不在意我身世。所以想陪伴在人們的身旁，是我自己的選擇。」

「妳說對了，妳的『選擇』。」琴撐大銀珠眼眸，感覺每一處神經都被點燃。「妳屬於所羅門，也屬於瓦伊特蒙。妳是奔靈者，又和居民關係好。妳永遠有選擇。」

艾伊思塔眉間微皺，不解地看著她。

「所以妳永遠不會明白『別無選擇』的人面對的是什麼！」鼻頭突來一陣酸楚，琴惡狠狠盯著艾伊思塔。

綠髮少女嘗試走近一步。「琴……」

「妳別靠近我！」琴低著頭後退，後悔自己無來由地失控。對琴而言，艾伊思塔是個有劇毒的女人。她不打算和引光使再有任何交集。「……永遠別靠近我。」

琴瑟縮著身子，把肉片捧在懷裡然後快步離開，留下錯愕的引光使在原地。

EPISODE 16《字蝕》

微風吹過林間，扯動枝幹的鬆雪。

他嗅出凜冽寒氣中似有似無的濃郁，魂木的氣味瀰漫。它讓空氣裡多了一份淤滯感，彷彿整片森林有了遙想和思緒，而那些思緒帶著重量下沉，直達在深雪之下保存遠古氣息的凍土。

在他身旁，巨木像終年永凍的巨人，枝幹密密麻麻，猶如他們遭到數不盡的長矛刺穿，矗立而亡。浩皚的白雪覆蓋下來，整片地區像是冰封而遭遺忘的王國。

這是個靜僻而肅穆的地盤，卻又不斷傳來窸窣聲，諸多不為人知的生靈躲在不遠處，以牠們的語言輕聲細語，悄悄窺視，觀察這個意外出現的男子。

他獨自於雪地站定，赤裸的雙臂朝內扣著沉重的枝幹，緊貼腹部。然後他以有條不紊的動作將木頭提至下巴，再平穩地沉下手臂。每次動作只令手肘彎曲，讓壓力流往肩頭。

一百九十七……一百九十八……汗珠持續從額頭滴落，滑過緊閉的眼瞼。

一百九十九……兩百。他調整呼吸，將枝幹放下。只有剛強的紀律能維持自己的情況，沒有捷徑。然後他緩緩睜開眼——雙脣開了道縫，從齒間吸氣，感覺舌尖微麻，肺中清冷。這是他進入狀態前的習慣。

亞閻正站在世上最古老的熱帶雨林中央。

幾隻小動物穿梭在頭頂的白色密網，成群的鳥兒遠處飛揚。

五世紀間毫無入侵者的打擾，使隱蔽的森林在冰封天空下，逐漸達到微妙的生態平衡。

亞閻踩著積雪來到冰霜掩蓋的巨大樹根旁，拎起兩柄劍鞘，釦回腰際。他雖已剪去髮辮，仍習慣性地綁上頭巾。

半遮掩的目光向前凝望，他將精神聚焦在幽暗的森林內部。

亞閻踩在棲靈板上，抽出雙劍的一刻彩光從板緣溢了出來，閃爍不定，似乎焦燥地想點燃那鍍銀的銳刃。「沒有敵人，練習罷了。」亞閻用意識將雪靈壓回板中，然後動身往前奔。

森林的地面極度顛簸，他沿著樹根表面滑動，一環接一環，落入凹陷處再躍出，雙眼連眨都沒眨。目光掃過的每一處，腦中瞬間規納出路徑。

樹幹從身旁消逝而過。亞閻轉動手腕，準備好雙劍。

遠古時期的人們強調單手兵器所帶來的平衡感及揮舞時的加速度。那時候的人即便想學習雙手兵器，也須先分開鍛鍊左右手，再提升到組合式的攻防術。然而冰雪世紀降臨後，奔靈文明改變了人類武術的基礎——為了在高速奔馳中維持平衡，手中的兵器必須左右對稱。

而掌控四肢連動的技巧成了奔靈作戰的核心。

他衝上傾斜的樹幹，短促地刮開一片雪塵，屈膝後躍起。一條懸空的枝幹迎面而來。

亞閻在空中旋轉棲靈板，讓身體做好落地後得變換路徑的準備，同時在半空扭腰帶動雙臂，斬下兩截樹枝。

不行。他感到不滿意，歧嶇的雪地打亂了騰空的節奏，右手瞄準枝幹較粗的部分，應該先落刀。結果卻相反。

他再次嘗試，在空中張開持劍的手臂，像銀色雙翼伸展開來，朝又一根樹枝削去。這次他能感受到相繼落刀時雙手應有的觸感。

亞閻落入前方雪地，激起一抹白霧，身旁的爬蟲「咻」一聲遽然逃開。他停下動作，靜下來沉思片刻。

乘著棲靈板運劍，那感覺對他而言就像雙腳被綁上鐵鏈，雙手也綁上鐵鏈，而這兩條鍊子之間還有第三條鏈。左右手相互牽動；後腳挪動時前腳也出現反作用力，四肢嚴重地相互影響。因此疾馳大地的作戰方式，成敗就取決於四肢之間的連動慣性——而樞扭，正是因不斷轉動而受力的腰腹部。

同時提升腰腹的肌肉力道以及柔軟度，是祖先流傳而來的方法，亞閻已掌控得相當好。然而他總感覺自己直到跳躍的一瞬間，意識焦點才會從腿部導往上身，那樣太慢了。

還有一點亞閻尚不滿意的是自己肩膀的承受力。

若不使用棲靈板作戰，平時大地會提供雙腳足夠的施力點；然而當棲靈板在雪地高速移動，若想營造相同的支撐力，每次揮刀之前板子必得急煞，雙腿將承受過多的反作用力。沒過多久，腿部肌肉就會嘗盡絞痛。這是奔靈者最常犯的錯：戰鬥時過度依賴上半身直接交鋒。

因此除非遭敵方包圍，亞閻從不做定點作戰。

雪地戰鬥的訣竅是動線。致勝的關鍵在於預測敵人的動態流線，讓自己的軌跡與其接壤，交錯之刻一刀擊斃。「柔剛流轉」——這是他自小習得的奔靈訓言，心中不變的圭臬。

亞閻再度行進於幽白的森林之間，驚擾成群生物。他以疾馳的速度維持慣性，以腰部的扭轉來控制主要的方位，雙手僅在衝擊的一瞬間微調動作，接連劈下枝幹。主要的衝擊力均由雙肩來承受。

因此這半年來，他不停鍛鍊自己肩部的承受力。前鋸肌、肩胛肌、三角肌，所有包覆肩部關節的肌肉都必須強化。每一天，亞閻在天明前的兩小時醒來，鍛鍊自己直到白晝來臨。他必須維持這樣的生理節奏，因為這攸關性命。

力量，敏捷，體力，耐受力，洞察力，他必須把這些全轉化為行動的本能。

「索恩頓之峰」聳立於澳大利亞大陸北方，位於59.0度。若隨著這條子幅線朝白島的方向去，便能直接抵達所羅門群島。

亞閻躺在雪坡上，俯瞰整片蒼白的丹翠森林。它是世界上最古老的熱帶雨林，一億三千五百萬年前的白堊紀元就已存在。即使在冰雪世紀，它那枝幹交疊而成的厚重天篷保護了難以計量的生態。雖然從亞閻的位置看不見遷徙大隊，但他知道人們已進入林中紮營。他只望見零星的奔靈者身影，在白色森林的邊緣，原本的海岸邊界設立起防線。

對多數奔靈者而言，這是他們首次來到這麼遠的地方。即使亞閻也從未見過林中那麼多的鳥兒。他第一次看見暗斑的白膚水蛙，不知名的爬蟲，以及擁有圓滾滾眼珠，經常攀附在樹皮上的大眼袋貂。看來這陣子，人們暫且不用挨餓了。

距離大隊上一個停駐時間相對長的地點，也就是捕獲銀器和白鎧鱷魚的地方，已過了兩週。然而現在使大隊選擇在此多駐紮一段時間的原因並非只是食物，而是離開瓦伊特蒙迄今，人們首次見到了魂木——那些剝掉雪衣，劈開樹皮，就可看見裡頭蘊藏綠光的原始植物。

他們花了相當精力伐木，打造更多單人便能拖運的載物雪橇。有天夜裡，亞闍甚至看見人們毫不吝嗇地燒木取暖。

他自己在遠離人煙之處燃起一小簇營火，用鐵鉗夾著器皿，熔化一顆原生銀礦。然後他小心翼翼地提起尖嘴溶器，將燒軟的銀淋在劍刃上，銜接起破碎的銀紋。身旁的石座擺放著鎚子、鐵夾和砌刀。彩光像游絲般從棲靈板飄了出來，像在尋找什麼。

「安份點。」亞闍目不轉睛盯著平擺於掌中的長劍。

加爾薩納曾告訴他，在這個時代，人類歷史上的武術有九成已經失傳，然而各大文明都有的雙手持刃的技術，卻因為融入了奔靈文化而被保存下來。他們的祖先繼承了諸多遠古的流派——源於亞細亞內陸的外方之地，立於方舟的祖靈之子，以及遠北的陰陽二天之流等等。這些古文明的雙手兵器之道匯集起來，傳承到他手中的便是「柔剛流轉之術」，四肢和腹部核心的連動交替在柔軟與剛硬之間，積累動態能量，從劍鋒釋放。

亞闍看著銀紋像柔水滑動，緩緩凝結在剛硬的劍身，不自覺想起艾伊思塔當時的話。或許她的譴責並沒有錯，自己是個沒有心的野獸。對於身旁發生的所有事情，亞闍的態度不冷不熱，嘲弄是他唯一面對世間的方法。他必須這麼做。

奔靈者的意識與雪靈相繫，情緒就是第四條鎖鏈，牽動彼此。尤其當他的體內……

風聲出現波動，傳來不祥的低吼。

亞闍停止動作，起身朝山坡的另一端望去。他手持長劍，徒步走向山腹旁的雪架。然後他看見隱藏在遠方凹凸不平的地勢中，成群的蒼白身影。

魔物聚集在山腳下的某個水灣邊，一座顯要的雪墩旁。通常情況下他只負責追蹤，沒必要不會採取動作。

然而觀察一陣後，他已能確定不出半天時間，牠們必將碰上遷徙大隊的棲息之處。

亞闍蹲下，將劍刃壓入雪裡冷卻。「啊，幾小時的工夫白廢了。」

他乘著棲靈板一路朝山底而去，越過稀疏的岩石，越過濃密的樹林。白色披風在身後飄擺，他從未煞住腳下的板子，甚至沒有揚起雪塵。亞闍化為一道白影，寂靜而急速地接近目標。

衝出樹林屏障的一刻他才定住棲靈板。獨自一人現身在成群的魔物眼前。

有幾頭狩似乎略顯驚訝，身子猛然扯動，再緩慢地轉過身面對他。牠們的冰爪逐漸變亮，那不知是腦子還是胸膛的表面撕裂開來，利齒層層掀開。

亞闍也頗為詫異。在他面前的狩不下五十頭，但他沒想到的是那座雪墩也動了起來。數道關節發出聲響，從那看似平滑的背部向前彎曲；待那頭巨狩起身，已有六隻手臂在空中晃動，牠的胸前裂出三道藍光。

「你們是流浪群體，還是刻意在追蹤我們？」亞闍拉低頭巾，雙劍在手中打轉。他的棲靈板綻放出彩光。光波像是逆流的液體，直接向上包覆劍身。

所有魔物現在全甦醒過來，徹底敞開藍光放射的手臂與胸膛。牠們的嘶吼撼動雪地。

「啊……看來這次不能指望全身而退了。」彩光絲緞在他陰冷的眸子前飄晃，亞闍對著雪靈說道：「你也憋不住了是吧？那就來吧。」

他的嘴角上勾，雙手架開劍刃，迎向密密麻麻的大群魔物。

EPISODE 17《拂羽》

「有找到他們的蹤跡嗎？」雨寒詢問身旁的雙胞胎姊弟。

「沒有……看來凶多吉少了。」佩塔妮滑行在長老身旁，雙手各持一支三叉短戟。她的胞弟腰間掛著相同的兵器，目光沒入灰牆般的濃霧，也消極地搖搖頭。

雨寒沮喪地嘆了口氣。他們位於大隊中央，卻因濕冷的霧氣，除了鄰近的人群什麼也看不見。

「那裡頭有我認識的人……」佩羅厄自告奮勇說：「過兩天，要是再沒有消息，請長老讓我帶支隊伍出發尋找。」他看起來僅比雨寒小一兩歲，口氣卻已展露雄心壯志。他的姊姊擺出不贊成的表情，但佩羅厄不予理會。

雨寒沉默片刻。「讓我想想吧。」

原本遷徙大隊瞄準印度尼西亞的狹長島嶼鏈末端為最終目的地，也就是與印度洋東邊接壤的一連串島嶼。學者們自信滿滿地說若能碰上那一帶的任何小島，接下來的遷徙路徑便沒問題了；只要一路沿著島鏈向西北方行，就可以開始留意合適的地底棲息處。

然而事與願違，實際發生的情況令人啞然。

他們沒有碰上期待中的島嶼，因此在冰凍的班達海域盲目行進。濃霧隨著海洋的氣味飄來，時有時無，幾次長達數天不曾散去。當最後一隻羊駝也死去，人們在霧中飲著牠的血，啃食牠的肉。路途中，大隊多次遭到襲擊，奔靈者得在能見度極低的情況下作戰。

更糟糕的事發生了。就在一週前，一支運輸單位平白無故消失了。

載著魂木的雪橇由超過百名居民拉行，十幾名奔靈者護送，蒙勒也在裡頭。

或許是久久未散的濃霧讓那隊伍和遷徙大隊脫離了。雨寒和總隊長立刻派出奔靈者去尋找，竟也沒了下落。

當他們再次接觸到陸地，急於從沿途經過的遠古遺跡來做地理定位，才發現大隊竟然落在舊世界稱為蘇拉威西島的附近。若依研究院推論，這裡大約位於子幅 74.4 度，距離南方的原定目標的島鏈起碼有五百公里之遙。遷徙大隊完全偏離了路徑。

有奔靈者與學者爆發口角，說雙子針的實際度數與學者所估量的完全不同。眾學者堅持己見，責怪奔靈者未找到可靠的地標才導致偏離。

沒人知道究竟發生什麼事。有居民知道後開始起哄，認為奔靈者沒有照顧好走失的運輸隊伍。失蹤者的家人更是頻繁來找長老施壓，希望雨寒多派人再去尋找。

事態每況愈下，遷徙大隊不再擁有幾個月前遇到原始森林的運氣，所發現的樹木早已白化透頂了，揮動手斧便可從樹幹削下鬆動的塊狀物。他們時而繞過丘嶺，時而經過冰域，開始穿越海陸頻繁交錯的凍原。

就在雨寒認為情況已糟到不能再糟，發生一件令人震驚的事。

那一天，大隊周圍的霧變得稀薄。他們似乎身處某個結凍的內灣，腳下踩著堅硬而無雪的冰面。

霧氣像拂動的觸鬚，彷彿仍眷戀著什麼般留連在空氣中。視野時而清晰時而朦朧。雨寒身旁的人們突然發出驚嘆。逐漸明朗的前方，矗立著某種巨大之物。

那是一座形體有些扭曲的塔形物，或許如山一般高，頂端沒入低垂的雲層。飄渺晃動的霧絲之間，它卻是個極端靜默的存在。這情景卻有種說不出來的怪異。遷徙大隊至今已見過許多風雪造就的違逆常識的景像，但眼前這那座高塔明顯不是天然生成的。

人群緩緩前行，雨寒覺得不太對，開始動身到大隊的最前方。

「我見過這座塔……」白髮奔靈者俊對總隊長和雨寒說道。他的聲音聽來相當不安。

「在哪兒？」雨寒問。

「聯合遠征隊的任務。」俊的面孔微微浮現情緒。「應該是介於瓦努厄圖群島和所羅門之間的狹冰帶，在遠方的海洋上。就是這個模樣，形體像巨大的脊柱。」他閉起白霜般的眸子，似乎在試著回想什麼。

「它怎麼會出現在這裡？」雨寒忽然覺得毛骨悚然。俊所說的地方離這裡將近兩星期的滑行路程。

「我不知道。只是那次，我們很確定它是在尚未結凍的海洋上。」

「但眼前這座巨塔卻立於冰面。」紅狐也來到他們身旁，靜靜地卸落肩上的弓。

雨寒覺得那奇特的塔確實像某種遠古巨物的脊椎。她不知為何心跳加速，看著出了神。

此時群眾的聲音牽動她的注意力。

「這是什麼……！」

「看下面啊！所有人看下面！」有人慌亂地揮著手。

低頭的瞬間，雨寒的心跳停了一拍。連紅狐都大聲發出咒罵。

腳邊的霧氣散去，冰的表面變得清晰透明——顯露出底下冰凍的紋理。

所有人盯著腳下，都確定他們曾經見過這東西，那是攻擊瓦伊特蒙的巨物。人群開始騷動。

記憶中，牠的皮膚表面正是這種布滿莖痕的結晶體。雨寒感到一陣昏眩，目光往前挪，發現視野可及的冰層之下全是這種噁心的紋路，直達前方的冰脊塔。

他們整個大隊都踩在冰面上。

「我們竟然走到這種地方。」紅狐以銳利的目光環視左右，從腰間的箭袋迅速取出一支箭。

雨寒的雙腿微微顫動，她忽然開始有了最糟糕的想像。或許他們所在的整片海域，底下全是這模樣……

「別慌！我們並未觸動牠！奔靈者！」總隊長下達命令，讓奔靈者帶領人群朝最近的陸岸而去。人群爭先恐後想逃離這片凍原，有人甚至丟下雪橇開始奔跑。

「所有人別慌亂！」亞煌急著告誡。「慢慢朝岸邊走！」

雨寒握緊弦月劍，看著居民匆匆經過身旁。她明白亞煌是對的。當初在瓦伊特蒙，是恩格烈沙長老率先發動攻勢才激活了這異物。或許有辦法防止災禍再度發生。

「陀文莎——！」凡爾薩的聲音從某處響起。

雨寒掃視周圍，忽然看見凡爾薩從人群中跑出來。她隨他的方向看去，驚訝地發現濃霧中有個微小的身影。不知何時，縛靈師已朝那巨塔走去。

「……縛靈師在做什麼？」一股突來的不祥預感攀上雨寒的心頭。凡爾薩已乘上棲靈板追過去。雨寒的直覺像個警鐘，告訴她得阻止縛靈師。

她拋下笨重的弦月劍，也踏上棲靈板。紅狐迅速反應過來，立即跟上，滑行在她的後方。篗篗白煙飄過，前方忽暗忽明，但雨寒加快速度。他們三人筆直前行。

視線彼端，巨大的冰脊塔逐漸逼近，給人無限的壓迫感。在它底下的縛靈師身影如此渺小，步伐卻給人一種明確而緩慢的錯覺。她正被什麼東西吸引過去。

陀文莎以優雅而詭異的動作抖落厚毛披風，接連脫下布衫，露出裡頭半透明的絲質衣裳。

他們離她約五十公尺——冰脊塔像道彼岸的巨牆，當他們越靠越近，塔面那彎折、扭曲的凹痕就越明顯。縛靈師的絲衣在霧氣中飄擺，隱約可見近乎裸露的身軀。她以輕柔的動作抬起手。

「凡爾薩，阻止她！」紅狐喊道。

三十公尺。

拜託，要趕上！雨寒閉起眼。

二十公尺。

「陀文莎——別碰它！」凡爾薩大吼。

十公尺。五公尺。

他們紛紛甩動棲靈板，急煞在陀文莎身旁。她的手掌卻已平貼於冰脊塔表面。

凡爾薩睜著眼喘氣，雨寒則屏住氣息。好幾秒過去，似乎什麼也沒發生。

片刻後縛靈師的身子癱軟下來，剛好被費奇努茲給接住。她躺在紅狐懷裡，身體因痙攣而捲曲。雨寒驚覺她已翻了白眼。

陀文莎的下脣抽動，口中發出某種不像人類的聲音。

「發生……發生什麼事？她為什麼要這麼做？」雨寒看向凡爾薩。

凡爾薩咬著牙搖頭。雨寒趕緊喚出拂羽，色調轉換在翠綠和暖黃之間，迅速包覆縛靈師的身子。然而陀文莎的異狀無法解緩，發出斷斷續續的嘶音，像有東西在喉間燃燒。

「她好像想說些什麼？」紅狐試著握住她的手，但她那顫抖的手掌突然施了一股力道，連紅狐的表情也扭曲。

「我……我救不了她。我去找安雅兒來！」雨寒起身離開他們。

她焦急地滑行在廣大的凍原上，神祕的紋理就在她的目光底下飛逝。雨寒試著不去看腳下，飛速前進。

遠離冰脊塔所在的冰原之後，遷徙大隊在一片厚雪地落腳。

所幸之前有驚無險，冰層底下的異物沒有甦醒。縛靈師的情況已穩定住，在首席癒師的照料下沉沉睡去。

雨寒和凡爾薩離開安雅兒的篷子，來到營區旁。雪地裡除了白化的斷木，還有三座舊世界的石像。它們足足有凡爾薩的兩倍高，表面的積雪在早先已被想做紀錄的學者給清掃開。

他們兩人依貼著這些奇異的巨石像而坐，棲靈板同時放出微光，點亮周圍漸深的黑夜。

「我很擔心縛靈師的情況……」雨寒解下自己的披風。一旁有位學者正拿著殷紙，描繪石像的模樣。「我們只有她了。萬一出事，再也無人能束靈……如果奔靈者的文明因此斷絕……」

「這些都說不準。」凡爾薩的語氣有些疲憊。「也有人曾說奔靈者的血脈是基於遺傳吧。事情總是有例外，說不定某天哪個居民就突然領悟起束靈能力。」

這種說法其實有道理，畢竟奔靈者的父母也多半是奔靈者，只不過成年的戰士出任務的陣亡率相當高，這也是為何奔靈者多為遺孤。然而雨寒依舊心有不安。「縛靈師不一樣……她的能力需要訓練與傳承。依照過往的習俗，陀文莎應該要選出她的繼承者了……但現在她的情況比以前都糟。」雨寒仰頭，瞥見巨石像扁平無表情的圓臉。

凡爾薩沒回話，疲倦地靠在石像底下，雙手搭在膝蓋上。

從雨寒的角度看這些高大的岩雕，那模樣有點兒像是狩。學者們曾判定，它們很可能是五千年前人類遺留在此地的信仰圖騰，代表這一帶的人們曾經崇拜的神靈。

雨寒這才想起，上一次和凡爾薩這樣單獨說話已經不知是多久以前……

「妳……習慣了長老的位置嗎？」凡爾薩開口問。

「當然還沒有……」雨寒坐直身子，調整了下衣裳。最近感覺自己的布衣有點緊，尤其胸脯的部分有些難受。

「居民與奔靈者的關係惡化了，妳應該壓力很大吧。」凡爾薩說道。一旁的學者們收拾好東西離去。遠方一片黑暗中，只有零星的帳篷裡還有火光。守夜的奔靈者釋放著彩影，在更遠處圍成防線。

「嗯……有時候會。」雨寒含蓄地回。

「算了。居民的想法必定是矛盾的。他們一方面恐懼奔靈者的能力，時時得發泄心中的不平衡，另一方面他們又明白自己處於弱勢，必須依恃他們的保護。」凡爾薩明顯露出不屑的神情。「出狀況時妳就會看見那些人懇求的嘴臉。」

「他們很依賴艾伊思塔。還有像帕爾米斯，那些家人仍健在的奔靈者，居民比較容易把他們當成一夥的。」雨寒沉下肩膀，心想反倒是她自己……身為長老，卻離他們越來越遠了。

「得了吧，那是因為妳扛下最直接的利益衝突。要是把艾伊思塔丟到長老的位置上，她也會面臨一樣的窘境。還不一定幹得比妳好。」雨寒有些吃驚地看向他。凡爾薩接著說：「總之別想太多。也別害怕。」他也看向雨寒。「腦子無法思考的時候，就跟隨自己的心走，不會有錯。」

雨寒的臉不自覺微微泛紅。她感到愧疚，數個月來因為長老一職消耗所有心神，她從來沒主動找過凡爾薩聊心裡的想法。

「我總覺得每個決定都好難……遷徙的路途發生好多事，但每次做出決定，都有人不滿意。」

「是嗎？妳不是有紅狐一天到晚在旁邊耳提面命。他應該有協助妳做決定。」

「嗯，他教會了我很多事。可是……」

「妳還是得小心那傢伙。總覺得他和其他奔靈者不太一樣，腦子裡不知道都裝了些什麼。我有時看見他暗地裡找飛以墨，不知在討論什麼。」

「啊……你有點誤會他了。費奇努茲私下幫我分擔許多決定，我才少了很多擔憂。他其實人不壞，只是……只是嚴肅了些，很容易被人誤會。」雨寒低下頭。「他對我很寬容，就算我做出不如意的事，他也很少責難我，反而一直教導我該怎麼面對事情。」

凡爾薩噴了下鼻息，明顯感到不以為然。

「都怪我太優柔寡斷了。上百位居民失蹤，該不該多派人去找人我也拿不定主意。」雨寒殷切地希望找回那群人，這麼一來或許在人們心目中，她便能彌補之前拋下居民的罪惡。她轉頭問凡爾薩：「你覺得他們會不會是遭到狩的襲擊？」

「不無可能。但更大的機率是他們走失了，找不著遷徙大隊的方向。因為，妳看這個。」凡爾薩從皮褲口袋中掏出了雙子針。圓形的羅盤上有兩種不同金屬的細針，一根指向北方，一根指向太平洋中央的「絕對磁極」，它們的夾角便構成了子幅線。而在凡爾薩手中，羅盤顯示 72.1 度。

「怎麼了嗎？」雨寒低頭看了一眼。

「一週前，它就是這度數。」

「什麼？」雨寒吃驚地瞥向他，然後將顏面壓得更低，貼近凡爾薩掌中的東西。「這個雙子針失效了？」

「看似是如此。至少我手裡這個是。」凡爾薩把羅盤收起來。

「總隊長還有其他帶路的奔靈者，他們的雙子針度數都是統一的。」

「是。但又有誰可以確定那些吻合的度數絕對正確？」

雨寒雙眼圓睜地看著他。

「或許研究院並沒有犯錯……」凡爾薩凝重地說：「這片大地有問題。」

一陣冷風吹來，令雨寒打了個哆嗦。她不自覺瞇起眼，卻突然聞到記憶中的陳舊皮革味，臉頰也傳來一陣溫暖的觸感。她發現自己竟靠在凡爾薩的胸膛上。「啊！對不……」她急著抬起頭，與凡爾薩四目相接。兩人的臉只隔一吋。

雨寒可以嘗到凡爾薩雙唇間的氣息。

她就這麼僵在那兒，只覺得有東西拚命撞擊耳膜。空氣彷彿被冷風凝固，某種她無法理解的感覺卻像道火燄，緩緩從胸口往下燒。雨寒的腹部一陣緊縮。

凡爾薩別過頭去。「妳……」他深吸口氣，聲音聽來有些尷尬。「妳挺讓我詫異。真的，我從沒想過妳會成為瓦伊特蒙唯一的長老——」

雨寒眨眨眼，覺得意識再度清晰。她縮起脖子沉下頭，卻阻止不了遮掩半邊聽覺的心跳聲。她覺得呼吸困難。

「我父親說過瓦伊特蒙只需要一位領導者，我以前可不這麼認為——」凡爾薩抬頭，咬緊牙。「呃……我在說什麼——」

他似乎有些語無倫次。雨寒也沒好到哪去，覺得自己快昏過去了。

營區仍有奔靈者的身影在巡視，細小的呢喃聲充斥黑夜。雨寒捏著自己手指，開口拚命想吸氣。拂羽像隻小巧的鴿子落在自己的肩上，拍打著艷紅的羽翼，好一陣子才恢復成原來的七彩。

就這樣，尷尬的氣息懸浮在空中，兩人好一陣子沒開口。

雨寒的腦子一團亂，想讓自己快點說些什麼。剛才凡爾薩提及自己父親，令她忽然記起前陣子的傳聞。她有些窘迫地開口：「我聽到……一件難以置信的事。有人說你的父親加爾薩納……是在我母親的命令下才無法返回瓦伊特蒙……」

打聽到此事的似乎是艾伊思塔，也是她在瓦伊特蒙散布事情的始末，為凡爾薩平反了「叛逃者」的汙名。但每次想到這件事都讓雨寒滿心的不舒服。艾伊思塔多管閒事，害人們把矛頭指向黑允長老。「我只覺得這當中一定有誤會。母親肯定有什麼難言之隱，她不可能想要你父親——」

凡爾薩猛然站起身，嚇了雨寒一大跳。

他的神情完全變了。黑眸子像兩潭深淵，青筋在眼角浮現，那神情彷彿看見千年宿敵。他就這麼盯著雨寒，一句話沒說。

「凡爾薩……」雨寒有點不知該怎麼反應，下意識伸手拉住他袖口。男子抽回自己的手，拳頭依然緊握。然後他拿起棲靈板離去。

雨寒就坐在石像底下，呆愣了好久。

愧疚和焦慮在她心裡打了結。她感覺自己觸碰到某種不該碰的東西，卻不清楚究竟是什麼。雨寒望著凡爾薩的背影消失在黑暗裡，想起初次見到他時，他也是充滿憤怒的模樣。

黑夜的風，似乎變得比以往更冷。

「我不贊同。」

雨寒看著紅狐，眼神透露渴求說：「是我……是我叫蒙勒參與那批魂木運輸隊的……」她對蒙勒的印象是一名忠心的朋友，無微不至地守在身旁。在斷裂的冰架上，他還曾經救過雨寒一命。「他們可能都在哪兒等待著。為什麼不能再試一次？」

紅狐以粗糙的聲音說：「我們派遣的人都沒回來。再派出更多人，為的是什麼？」

「說不定這次的運氣——」

「為的只是滿足妳心中的期盼，給自己再一次製造希望。」他等雨寒消化掉這些話，接著說：「但是妳得權衡這希望的代價有多高？妳身為領導者，怎麼總被情緒給控制？要謹慎思考，做出中立的決斷。」

兩人背後的晝時天空一片灰暗，雲層積得連弧度也沒有，像遮蔽了視野的平順岩頂。烏雲和地平線的夾縫間，依然可見那座詭異的冰脊之塔，似乎正沉默地回望著遷徙大隊。四周的人們已忙碌地在做準備，大家都想趕緊離開這地方。

費奇努茲似乎察覺年輕長老心中的煎熬，緩緩告訴她：「雨寒，『動機，方法，結果』──妳得牢記這句話。無論一個人的動機多麼清高，無論她的方法看似多麼有效，只要結果不對，一切都是徒勞。每個決策都有相應的風險，仔細考量，便不難想通究竟值不值得做。」

雨寒猶豫一陣，在心底告訴自己其實她和蒙勒也不算熟識。不能為了他去犧牲更多人。

「我懂了……」雨寒深深吸口氣，試著扼殺浮動的情緒。「我懂了。」

紅狐贊許般地點頭，忽然話鋒一轉：「我有件更重要的事得告訴妳。」

他掃了眼周圍走動的人群，然後貼近雨寒耳邊，輕聲說出一件事。

數十秒過去，雨寒絲毫沒有眨眼。「縛靈師說的？」她懷疑自己是不是聽錯了。

紅狐面色凝重地點頭。

「那……我們該怎麼辦？現在改路徑，研究院肯定不同意。」

「我建議相信縛靈師。上一次長老不聽信她的話，瓦伊特蒙差點滅亡。」

「那至少得向所有人解釋清楚──」

「我建議暫時先隱瞞。」紅狐的語氣改變了。「現在只有妳、我，還有當時在場的凡爾薩知情。我已警告過他別向任何人提起，尤其當縛靈師那麼信任他。」

「那麼總隊長……我們得告訴總隊長。」

「先不急。得採取行動時，再告訴亞煌也不遲。事實上，雖然妳是長老，遷徙的事宜幾乎全由亞煌在發號施令。這些都得慢慢改變。只要妳做的決定，就連總隊長也不該質疑。」

「但是他一定會有很多疑問……」

「雨寒，妳得明白一件事。長老是妳，不是別人。」紅狐靜靜地說：「妳堅持的事，其他人無權反對。遷徙至今，人們還是把亞煌當成大隊的實質領導者，是時候讓人們意識到妳才是長老。」他若有所思地盯著雨寒許久，補上一句：「若是黑允，她不會讓自己躲在黑影之中。」

在他們身旁，遷徙大隊動身了。雨寒覺得心裡異常的不安。

「我們先做好準備。屆時要採取行動，人們才不會有足夠的時間反對。」紅狐最後提醒她：「還記得我很久前說過的話？群眾的心理是個巨魔，我們希望它沉睡——直到需要它的時候。」

雨寒的心臟彷彿不聽使喚，強烈地扯痛她的胸口。她閉起眼，強行壓下所有感受，想像有隻透明的手握住自己的心臟。

我不是孩子了。我是瓦伊特蒙的長老。

恐懼就像化開的雪水，從指縫間緩緩流逝掉。雨寒睜開眼，點頭說：「我明白了。」

EPISODE 18《潾霜》

自從在凍原遇見冰脊塔，已過了兩個多月。

若從瓦伊特蒙淪陷算來，將近一年的時光飛逝。奔靈者尚有兩百五十名，生還的居民約三千五百人。

遇見冰脊塔之後，遷徙大隊的行進方向出現劇烈的變動。長老雨寒傳答了縛靈師的旨意，告訴大夥兒陀文莎已感應到他們的理想鄉「就在北方」。

許多奔靈者發出質疑，但長老沒有給出多餘的解釋，只說縛靈師領悟了新的感知能力。人們變得半信半疑，但沒有奔靈者敢挑戰縛靈師的預言。

因此這兩個月他們朝正北方前進，穿越風雪紛飛的陸地，海水肆虐的冰原，也曾經為了閃避一望無際的內海而繞行數週。他們在遠古歐亞大陸板塊及菲律賓板塊強勢交接的地方，沿著太平洋火環帶筆直向北。

每隔數天，一支包括俊在內的護衛隊便會保護縛靈師來到大隊的前方進行某種引路儀式。天寒地凍下，縛靈師卻總穿著薄絲衫。護衛隊員總得迴避目光，因為陀文莎全身上下除了高至膝蓋的皮靴以外都清晰易見；濕潤的絲衣覆蓋著大腿，豐碩臀部的弧線，肩膀和乳首的曲線全都展露無遺，彷彿她是冰原裡的一尊裸露的雕像。

她就這麼站在風雪中感知，直到確立方向無誤。

遷徙大隊跨越傳說中有七千島嶼的冰域，見證無比驚人的景像。遠方海面上有濃煙，像通天的黑柱散布各方。大地時常震動，有時搖晃數小時不停，引發周邊的殘雪綳落，冰崖坍塌。

夜裡，火燄像是奔灑的紅河從海中央的山陵緩緩流下。也有類似的火丘出現在凍原中央，把雪地燒了一圈巨大而沸騰的湖。遷徙大隊遠遠避開它們，然而有少數居民開始對這些景象默念本該獻給陽光的導文，認為它們是神靈的怒意。學者們嗤之以鼻地說這些不過是天然現象，古書中都有解釋。然而不識字的居民有他們自己的想法。

唯一確定的是，越接近子幅90度線，人們越能感受到這段長征再次充滿了不確定的危險。比起七、八個月前的殘冰地域，在這裡，混淆的地勢和易變的天候讓旅途難上加難，每一天都有幾十人因寒冷而死去，短短兩個月間他們喪失數百條命。

但人們抓著殘存的意志，尚未崩潰的唯一理由是他們相信長老的話：只要撐過這段路程，必能抵達縛靈師所說的理想鄉。

總隊長緊急動員過去曾在探尋者支部的奔靈者，將搜索魂木取暖當做首要任務。俊、帕爾米斯都是其中的成員。他們挖出一片片樹林，卻看見木頭都已嚴重白化，燃燒時化為濃烈的灰煙，難有溫度。

凍傷、生病的人數越來越多。有不少居民雙腿瘀紫，無法再行走，便被拋下。某天夜裡俊經過長老營帳時，聽見總隊長也在試著奉勸雨寒不應該把大隊逼得那麼緊。

然而年輕的女長老卻從未妥協，不讓遷徙大隊在同一處駐紮超過一晚。每當烏雲密布的天空開始明亮，前進的號角聲會第一時間響起。

海風帶著飛絮般的凍雨降臨。縛靈師張開雙臂，仰頭以一種奇特的語言在唱誦著什麼。在她前方時不時有浪花炸開，水霧橫掃縛靈師的身子，她神情痛苦，卻不以為意地持續儀式。

俊手裡拿著厚重的羊毛披風，和四名奔靈者在她後方一段距離圍了一個半圓待命。若地勢有突然的改變，他們得隨時做出反應。

俊瞥見一個熟悉的身影站在遠方打量他們。

那是凡爾薩，那個曾被稱為「叛逃者」的傢伙。

一直到現在，凡爾薩也沒有加入任何任務小組。總隊長似乎同意讓他隨自己的喜好行動。很明顯，凡爾薩放不下縛靈師；每一次她進行引路儀式，俊都會看見他站在遠方觀察，彷彿一秒都不放心讓其他奔靈者承擔她的安危。

俊想起來上一次和凡爾薩面對面是在瓦伊特蒙。凡爾薩要求加入聯合遠征隊，而路凱打了他。

但凡爾薩活了下來……路凱卻死了。

一股糾結的情緒油然而生。俊想起凡爾薩當時對路凱的咆哮：「面對死亡之際——你和我一樣都是懦夫！」他不確定當時的衝突是不是對路凱產生了影響……

俊看見縛靈師的雙臂緩緩落下，便深吸口氣，讓自己聚焦在眼前的工作。

他迎上前去，用披風包裹住她顫抖的身體。「你們帶縛靈師回去雪橇那兒。」囑咐完其他奔靈者之後，俊獨自往另一個方向滑去。

過去這段時間除了出任務，白髮奔靈者只要一有機會便在鄰近的雪域徘徊。他蹲在雪地檢視各種狩群的殘跡。久而久之，他找到一些線索，終於明白是什麼導致他的長期不安。

那想法像道陰影模糊了俊的雙眼。路凱隻身抵擋狩群的模樣歷歷在目，俊忽然不確定路凱付出了性命，究竟值不值得……

如果答案和他的猜測一樣，他能夠承受嗎？

路凱的死究竟換來了什麼？

俊閉起雙眼，壓下心中的不安，明白無論如何他還是必須親手挖掘出證據。

某一天，俊一直在等待的機會來臨了。

同時他想清楚一件事。從不知多久前開始，他就把自己的定位成為輔助的角色。或許從他第一次見到路凱起，也或許是兩人狩獵雪鹿那次……但打從他相信路凱是值得幫助的夥伴那一刻起，俊的人生軌跡便固定了。

因為路凱拚命向前，所以他得鎮守後方。

因為路凱不顧一切，所以他得維持理性。

換言之，是路凱的存在造就了今天的他。俊的人生是由路凱定義的。因此他越來越講究理性，也因此最終當兩人激辯過後，路凱得到他想要的天命，而俊成了唯一的生還者。

天空從暗灰緩緩轉明，透露出棉絮般的雲層。此時俊剛回到營地，先去找韓德。

他告訴這名資深弓箭手自己的想法，因為對方將是這整件事的關鍵。韓德壓了壓覆面孔的金屬口罩，考慮片刻後，毅然點頭。

俊知道所面臨的風險，因此必須尋求更多人的幫忙。然而他並未徵得總隊長的同意，這是他私下的實驗，只得找有空閒離開崗位的人來協助他。

之前一起擔任魂木搜索工作的同僚帕爾米斯自然是首選。他和父親及兩位胞弟坐在一起談話時，俊找上他；帕爾米斯則找來依可蘿、莉比絲，兩位少女同樣是弓箭手。牧拉瑪習慣性地脫離自己的守備崗位，躲在隨便挖開的雪窟裡睡覺，被他們找到後叫醒。而年過四十的比克洛陶宛則因手臂受傷，近期沒拿到什麼重要的任務，也就成了理想人選；他是瓦伊特蒙淪陷之前，最後一批成為奔靈者的新人戰士。

「我想證實一些事，」俊對他們說：「請你們……幫助我。」

白髮奔靈者帶著那同伴們追蹤之前發現的狩的痕跡，約莫半小時後在一片平坦的雪原看見十來頭魔物。

稀薄的霧氣懸在空中，他們七人隱身在一道渠溝內。俊聚精會神地看著魔物的動作——牠們抬起硬雪凝成的大腿，一隻腳粗重地掌落地揚起雪塵，數秒後才又抬起另一隻腿。這動作遲緩而笨重，但所有奔靈者都曉得這是魔物尚未進入況態的模樣；一旦戰鬥開始，有些魔物的移動速度甚至可媲美棲靈板。

「你帶我們冒險離開遷徙大隊，就是為了這個？」莉比絲說：「七個奔靈者對十幾頭狩，會不會太小題大作？」

回答她的是戴著酒紅色綿帽的依可蘿，她說話時水汪汪的大眼眨動：「莉比絲，妳總是在抱怨。既然妳那麼厲害，乾脆用自己的『遠古加農砲』單挑牠們就好啦。」

莉比絲怒視她，帕爾米斯趕緊出聲阻止。俊心想她剛才說的，大概是指莉比絲的雪靈能力，只不過哪兒來的名詞他不確定。

「這裡離遷徙大隊不算太遠，如果牠們有援軍，我們是唯一的屏障。」俊只如此回道。

奔靈者依照計劃行事，在薄霧中緩緩從左後方逼近狩群。敵人似乎並未察覺。

韓德舉起刻滿符文的長弓，瞄準魔物的後膝部位，同時發出兩支箭。箭身拉開的虹光刃切開了霧氣，斬斷數隻狩的雙腿。牠們在瞬間爆裂為白色塵埃。

俊驚愣了一下。竟然和他的猜想吻合。「韓德，繼續！」

其它的狩此時已反應過來，在霧中朝他們接近。第二道虹光刃又誅殺了幾頭魔物。其中有一頭狩，僅一邊膝蓋被掃到，斷裂後那條腿再次迅速生成。韓德的第三道光刃將牠們徹底解決。

「什麼，就這樣？」莉比絲才剛說完，大地已發出撼動的嘶吼。不出一陣，更多狩的身影從霧中出現，放射出激烈藍光。

「牠們都在這附近？剛才怎麼沒看見？」

牧拉瑪露出詫異的神情，這才慌張地掏出武器。

比克洛陶宛喚出駝著背的巨大雪靈，擋在眾弓箭手前方。俊也來到他身邊，雪靈「潾霜」已化為燕形，在他身邊盤旋。

敵人尚在遠方，依可蘿便朝天放出緩箭，拉開一道虹光拋物線——箭矢落入狩群中央，瞬間綻放成一潭閃爍的彩影，形體有如龐大的遠古水蓮，燒盡底下的狩群。

莉比絲哼了一聲，也朝敵人放箭。一如既往，她的攻擊像根巨石柱，任何人看了都會頭皮發麻。

莉比絲的攻擊在敵陣左側開了個大洞。她迅速退下，帕爾米斯踏了上來，他手中夾著三支箭。

俊目測現在撲來的魔物不下二十頭，後方或許還有更多。越了解這些魔物的情況，他心中的陰影越強烈。雖仍缺乏關鍵證據，但直覺告訴自己已經非常接近答案——襲擊瓦伊特蒙的巨大魔物，冰封在凍原底下的巨大魔物；狩群行走的動作，「核」所代表的意義……

或許五世紀以來，人類從未知道自己真正面對的是什麼。

情況忽然變得急迫。帕爾米斯釋放手中的箭，莉比絲也再度拉弓。另一旁，韓德與依可蘿同時封住箭袋，一人卸下雙刃長槍，一人緊握鑲著刀刃的長弓，做好近身戰的準備。比克洛陶宛的雪靈擺盪粗重透明的拳頭，散放彩光開始奔跑。牧拉瑪則緊壓自己的太陽穴，深吸一口氣。

俊仰頭，看見潾霜在高空中畫出一道弧線，切開霧氣朝下飛來。

成群魔物張開怒吼之口，他的同伴向前迎戰。俊有股衝動也要跟上去，然而他在最後方站定姿勢，只有白髮隨風飄動。

心裡有個聲音說，自己或許永遠無法成為像路凱那樣的奔靈者。但假如他的長處是分析戰況，就該把這目標貫徹到底。俊僅用意念讓虹光燕子伸展銳利的雙翼，變換軌跡往其他同伴的身旁飛去。

他自己則緘默無聲，不為所動，讓集中力在霜白眸子底端化為火焰，緊盯同伴們的背影以及翻騰雪浪的魔物。他要看清楚一切。

在這場戰役中，他必須找出答案。

EPISODE 19《拂羽》

「你們都忘了，她的身子和普通人沒有兩樣。」凡爾薩直視紅狐的眼神底下有一股慍怒即將爆發。

雨寒站在他倆中央，不知該說什麼。紅狐依舊以鎮靜的口吻回道：「瓦伊特蒙的未來比什麼都重要。這一點，我相信縛靈師自己曉得。」

「再這樣下去，她撐不了多久。」凡爾薩的聲音卻變得緊繃。「別以為天候對她沒有任何影響。這幾個月下來，難道你們沒發現陀文莎的感知敏銳度在慢慢流失？難道你們沒發現她需要的儀式時間更長了？」

「這代表遷徙大隊的時間越來越少了。我們很快會面臨生死關頭。」紅狐冷冷回道：「你別忘記，當初決定採取這方法的，就是我們三人。」

凡爾薩瞪視著他。「沒錯，但我沒想到你會不擇手段逼迫她！」

「這是我們下的賭注——若找不到目標，所有人都會死在雪地裡。」

凡爾薩找不到話來應對，索性把視線拋向雨寒。他的眼裡飄過某種無法辨識的情緒。雨寒不太明白他為何看向她，卻本能地不敢直視。

沉寂的數秒過去，凡爾薩發出一陣冷笑，然後轉過身去。「為了看似眾人的利益，逼迫個人做出犧牲……所以這就是你們統領階級的邏輯。」他丟下這句話，便離開長老的營帳。

雨寒盯著營帳的出口半晌。

「費奇努茲……」她這才說出心裡的話：「我覺得凡爾薩說得沒錯，縛靈師的情況太勉強了。我們甚至還無法確定接下來行程有多遠……」

「雨寒，讓我問妳一個問題。」和她一同跪座在篷內的紅狐，以暗沉的雙眼凝望過來。代表理想的白蔓刺青和歷經風霜的龜裂皮膚在他的眼角交錯。「如果現在妳得做選擇，殺死一位奔靈者換來三千條人命，妳會怎麼做？」

「我……」她幾乎沒有思考。「如果可以保全眾人的話……」

「那就對了。況且我們並沒有要奪走陀文莎的命，這只是過度期。」他解下背上的長弓，沉沉地橫擺在大腿上。

「但縛靈師在冰天雪地裡做感應，她的表情確實很痛苦……」

「一樣道理。僅折磨一個人，換來文明存活的希望。不好嗎？」紅狐淡然回道。

雨寒猶豫了，她忽然非常心疼縛靈師的處境。然而當她細細思考，才訝異踏入白色大地這一年，自己對生命的價值似乎出了錯亂。死亡如影隨行，他們已目睹太多人在雪地死去，對一切都感到麻木。反而像縛靈師那樣數個月受盡痛苦而活著，才能扯動她的惻隱之心。

紅狐拿出一塊繡有花紋的絲巾，以極具紀律的動作擦拭弓身。「身為上千人的領導者，妳的每一項決策會同時生成好與壞的結果。遠古的故事總告訴我們，只要良善多於罪惡，便會有好的結局。」

「但雨寒，舊世界那些故事並不真實。」他話鋒一轉說：「良善與罪惡絕對同時存在。它們不會相互抵消，而是永遠並存。人們犯下的罪惡怎樣都無法抹滅。」紅狐從皮革背包裡翻找出一個罐子，雨寒似乎瞥見那背包裡頭有一袋暗色的碎晶片，發出喀啷喀啷的聲響。她正想問那是什麼，紅狐卻突然開口：「妳認為，一位領導者和常人的最大差異是什麼？」

雨寒抿著下脣，認真思考一陣，最後搖搖頭。

「承受罪惡的能力。」紅狐用絲巾沾抹罐子內的魚油，施力於弓的邊緣。「身為領導者，必須有辦法承受常人無法面對的罪惡。妳會漸漸發現自己的道德指標時常與人相左。」他看向雨寒的目光利得像要在她的面容上鑽孔。「只顧滿足自己良知的人不配作為領導者。真正的領導者有魄力背負數千人當中，無人膽敢承受之事。」

每次聽費奇努茲說這些話，雨寒都會覺得胸口隱隱作痛。如果母親仍在世，面對這樣的情況會對她說些什麼？如果導師茉朗仍活著……又會對她說些什麼？然而她們都不在了。

各種情景飛快地掠過雨寒的腦海，她想起自己確實和母親一樣，和居民有些隔閡。同時她和多數奔靈者也不親近，他們只是礙於職責對她抱以最低程度的尊重。因此，她或許真是可以承受罪惡的角色，不單因為她是長老，而是她毫無罣礙。

這陣子以來雨寒已越來越明白紅狐的話自有道理，同時他是唯一對她耳提面命的人，雨寒希望自己能達成他眼中的期盼。

「但妳得謹記，無論做出何種決定，妳並非惡人。」紅狐的語氣忽然軟化，帶了一絲憐惜。「長老代表的是『大我』，是整個群體。只有群體的最終利益獲得實現，妳才有存在的價值。」他靜靜地放下弓。「要記住，『妳』——就代表了瓦伊特蒙。」

雨寒沉默地凝視紅狐。

我，就是瓦伊特蒙。
她露出堅決的神色，輕輕頷首。

當初，遷徙大隊依靠瓦伊特蒙帶出來的魂木、蠟燭及鯨油火來提供熱能，撐過第一段路程抵達澳大利亞；接下來再由丹翠森林及沿海的遠古雨林中一路斬獲魂木，順利度過百天的行程。但自從他們決定冒險北行，情況開始不斷惡化。

遠離「赤道」貫穿的島群之後，再難遇見深雪覆蓋的原始森林。

少了能持久燃燒的魂木，成天頂著暴雪、海風與浪潮，許多人撐不下去，相繼凍死。

對這決定反彈最大的是眾學者。在他們的計算中，介於子幅74與84度間，緊鄰極西沿海的印度尼西亞群島才是最有可能找到理想鄉的地方。他們的觀點是提煉科學考據的成果，而非依賴一個女人在風雪中裸露身子語無倫次的荒謬預測。

雨寒領著眾奔靈者做出的北行之舉，相當於推翻了研究院一年來的辛勞。

一位名為烏理修斯的資深學者帶著研究院的同僚，時常夜半十分來到雨寒的篷子與她爭吵。他們情緒失控，若非紅狐在場制服了烏理修斯，難料會發生什麼事。現在每天扎營時，紅狐的單人帳篷總和長老的大篷子緊鄰。

學者們的怒意即使過了數個月仍未平息，但首席學者帆夢沒有加入這場鬧劇。

他的神情有些與世隔絕，雨寒每次看見帆夢他都在研讀某些東西；他以日漸消瘦的手指翻動紙張，並在文獻上記錄腳註。帆夢提出了一個奇怪的要求，希望恆光之劍能交由他保管幾天。

麥爾肯一直在帆夢身旁。大隊在雪地行進時，年輕的助手把兩人的東西全扛在背上，一聲不吭。

某天夜裡，帆夢找來雨寒，讓她用雪靈的光照亮筆記。麥爾肯在一旁幫他整理硯台和筆刷，以儀式般恭敬的動作將其放回刻著符文語的木盒子裡。

帆夢突然神祕地說：「如果二十年前那批來自歐洲的人是為了代表自己的家鄉，到世界彼端尋找殘存的人類文明……妳知道這代表什麼嗎？」

雨寒讓思緒飛快地揣摩，回道：「他們並非處在自顧不暇的狀態。因為他們握有的能力給了他們長途遠行的自信。」

「是的。而且這表示他們定有方法可以找到回家的路。艾伊思塔項鍊上的雙子針度數必然是關鍵。」

「但單單一個數值有什麼用呢？」雨寒不大相信。第一次瞥見艾伊思塔打開的黑水晶項鍊時，雨寒不經意地記住了那數字：97.4。

麥爾肯也抬頭詢問：「首席，端看子幅線在地圖上的模擬，隨便一條 100.0 度線就貫穿了整個歐洲大陸，哪兒都有可能。」

「是的，因此我們還缺一項東西。」帆夢露出耐人尋味的笑容問助理學者：「你認為是什麼？」

麥爾肯和雨寒四目相接，邊思考邊喃喃道出：「子幅線的度數代表兩個方位數據的相對關係，也就是雙子針的夾角。假使我們想要精確測定地表上的某個點，還需要第三個數據，才有可能做出三角定位。理論上是如此。會不會和齒輪上不停變換的刻痕值有關？」

帆夢看來無比憔悴，但仍愉悅地頷首。「我們需要的第三個數據很可能隱藏在『恆光之劍』裡，但都被大家忽略了。你們看這兒。」他將儀器反轉過來。雨寒和麥爾肯立刻把頭湊過來。

底盤精細的金屬紋路反射著拂羽的光，而鋼絲之間有個囊狀的玻璃物。「這幾天我一直捧著『恆光之劍』觀察這底座，發現一件奇怪的事。」帆夢說：「啟動之後的某個時點，這個玻璃膠囊會發亮大約數十秒鐘。」

麥爾肯雙眼圓睜。雨寒則仍半信半疑地打量著儀器，並問：「可能是什麼用途呢？」

帆夢反常地大笑出聲。「抱歉，我還沒法百分百確定。得花點心神再做計算。」

隔天，紅狐將本來陪同縛靈師進行引路儀式的奔靈者換成一票自己的人，更加殘酷地摧促她進行感應。

縛靈師的感知能力似乎只有身穿薄裝時最能顯現效果，或許因為大片肌膚接觸風雪。然而好幾次陀文莎蒼白的身體已支撐不住，跪了下來。雨寒看了於心不忍，但壓下心中的質疑。紅狐有他的道理。

紅狐命令手下的奔靈者硬把縛靈師扛起來持續曝露在狂風之中，直到她撐著模糊的意識伸出顫抖的手，確切指向某個方位才罷休。

沒有一天晚上雨寒能安然入睡。到了白天，她又得舉著弦月形的彎刀在大隊前方領導眾人。

曾經，她為了保全戰士們的性命而犧牲了大批居民；也曾經，她為了多數人的未來而放棄了少數弱者。無論哪種決定，總有人會質疑。她在腦中重複回憶紅狐說過的話，給自己力量。

某日，他們在迷濛的微風行走一整天。傍晚時分，霧氣散去，人們看見左前方出現交疊的白色山脈。細霧有如千萬簍飄渺的薄紗，在壯闊的山巒之間漫動。在遠方更高的地方還有山，像是綿延視線的灰白剪影。

遷徙大隊朝山的方向走去。學者推論他們很可能已接觸到「方舟」的最南端。

艾伊思塔也證實這可能性非常高，告知統領階級這些山脈的模樣與她記憶中頗為相似。然而現在雙子針出了問題，即使是艾伊思塔也無法確定。

「多派些奔靈者尋找魂木吧，」紅狐告訴雨寒：「居民的情況倒是其次。但若陀文莎所言屬實，我們最好儲備好大量的備用棲靈板。我們需要新人。」

「現在？但我們不是說好先抵達能定居的地方，再考慮培養新的奔靈者？」雨寒說：「而且以縛靈師的身體狀況……應該無法再進行束靈儀式了。」

紅狐沉默地打量著雨寒。片刻後他說：「現在情況不同了。得做出權衡。如果好的時機出現，就算用強迫的，也得狠下心逼迫她完成束靈。」

接下來的兩天，他們延著山坡攀爬，持續向北。

途中他們偶爾經過零散的遠古遺跡，看見那些五世紀以來淹埋在雪地裡的片片角角。崩塌的建築殘破不堪，似乎比沉睡的樹木還要脆弱。遷徙大隊像條蜿蜒的長蛇，行走在斷木與文明的殘痕之間。

傍晚他們沿著不規則的岩坡紮營，看著地平線漸漸暗去。

雨寒照慣例和總隊長、四名遠征隊長以及首席癒師開會討論隔天的行程。然而自從縛靈師成了道路的指引者，奔靈者不再遠行探路，只做好規避危險地帶的準備便行。

今晚的會議非常順利，之後紅狐似乎有事要和額爾巴、哈賀娜等人商談，因此雨寒獨自來到居民的營區巡視。

「妳真的吃了火烤的雪狐肉？」

「是啊，可別輕易嘗試哦，我可吐了好幾次！」笑聲從營地的邊緣傳來。雨寒走近，看見崩裂的灰牆底下有幾十個人圍著一團飄動的彩光而坐。艾伊思塔在他們中央，腿上抱著一個孩子。男孩的臉上明顯都是凍傷的黑斑，卻毫不影響他燦爛的笑意。艾伊思塔的身旁還坐著一位眉毛和鬍鬚同長的怪漢。

「再分享一些吧，引光使大人，還有什麼故事？」一位成年居民興奮地問。雨寒隱約記得他叫杜朗達，在瓦伊特蒙曾經負責打磨石器。

「叫我艾伊思塔就好了。嗯，既然我們很可能正在『方舟』上，讓我說說在96.9度的遺跡裡發生的事。」綠髮的女孩壓低音量說：「那次我看見一幢遠古建築的表面，出現一個很神祕的圖案……」

居民正聚精會神地聆聽，連艾伊思塔也沒察覺她就站在一旁黑暗中的黑髮女孩。雨寒挪動腳步，靜靜地離開崩裂的牆墩。

她想再看看其它營區的狀況。走著走著，雨寒的心裡卻有些煩燥。她知道早在瓦伊特蒙，艾伊思塔就與眾多居民保持親匿的關係。但基於某些自己無法解釋的原因，她竟對艾伊思塔現在的模樣心生厭惡。

風勢漸強，從黑暗中捲來看不見的雪片，冰涼地溶化在臉上。雨寒拿著棲靈板心不在焉地走在上百個營帳中間。偶爾經過身旁的人們都沒有主動找她攀談。

雨寒覺得自己像個黑夜裡的孤魂，心裡一陣難受。假如紅狐所言沒錯，長老所做的一切都是為了群眾，那麼為何人們絲毫不將她放在眼裡？

她忽然感覺今晚比以往更加疲倦。每天夜裡的資源盤點，營區巡視，傾聽奔靈者一輪又一輪的會議……為了遷徙大隊，她已做出連自己都始料未及的犧牲。

她想起凡爾薩最後的那句話：為了看似眾人的利益，逼迫個人做出犧牲……

雨寒差點停下腳步。直到這一刻，她才意識到這句話背後的意義。

有許多人把凡爾薩父親的死歸咎於三長老，說是為了瓦伊特蒙的集體利益而被迫犧牲。當前雨寒等人對縛靈師做出的事，不正如出一轍……

為了得利於集團，統制者總能找到正當理由去折磨，去殘害一個人。原來當時凡爾薩望向她時，眼底浮現的是懇求。或許……或許凡爾薩眼中看到的不再是他在戰場上搭救的小女孩——而是瓦伊特蒙的長老。

現在，她握有裁決的能力，自己卻依循紅狐的殘酷決定，令凡爾薩大失所望。

站在飄落的風雪中，雨寒看著綿延到黑夜盡頭的營帳。多數居民都是五、六個人窩在一個帳篷裡。無論深夜多麼漫長，他們有彼此陪伴。

她不清楚上一代人的糾葛與真相，也不懂要怎麼成為討人喜愛的長老……但她在意凡爾薩的感受。

她很想念他。

就算她對生命中的一切產生懷疑，至少這件事，現在她無比確定。雨寒抓住那份思念，在紛飛的飄雪中緊握自己的胸口。紅狐的話都有道理，但她的命運是自己的，她要找回屬於自己的道路。

心裡有個細小的聲音在呼喊，如果凡爾薩無法改變他所相信的事……那麼就讓我改變吧。

雨寒往前邁出一步。

如果你認為我和印像中的領導者沒有兩樣，那麼我想親口告訴你，我會和他們所有人都不同——

雨寒的腳步變快了。拂羽分散為鴿群浮現出來，早她一步照亮經過的篷子。她想尋找側邊有巨刃割痕的帳篷，那是他的帳篷。

忽然有條道路在心中變得明晰，她明白自己該怎麼做了。她要讓遷徙大隊在方舟的山脈駐留一個月，直到縛靈師的情況好轉。無論紅狐同不同意，雨寒的心已決。蒙勒不在了，就算紅狐多有智慧，她還需要另一個人在身旁才對。如果凡爾薩願意，雨寒想請求他成為私人護衛，協助面對所有決擇。

拂羽旋繞身旁，雨寒奔走在上百個寂靜的篷子間，喘著氣卻未緩下腳步。好一段時間後，她看見了。

凡爾薩的篷子距離其它人有段距離，就在大隊的末端緊鄰廢墟之處。夜風吹著它的旁側，輕輕撥弄軟皮上的切口。篷子裡卻沒有人。

然而雪地上有足跡。

雨寒遲疑半晌，便循著它往岩坡的深處走去，心裡開始緊張。高聳的雪壁形成彎曲的夾縫，裡頭盡是破碎的遺跡碎牆。她跟著腳印一步步向前。風徐徐地吹起雪片。

雪靈隨著她的心情漸強漸弱地飄晃，讓地上足跡閃爍不明。雨寒認為或許是錯覺，但雪地似乎被重複踏過，彷彿不只有一人的腳印。

她走進一座厚雪與石牆形成的迴廊，依循彎曲的路徑，聽見牆上的積雪在身邊灑了下來。不遠處有細微的聲響。不知為何，雨寒下意識地丟下了棲靈板。板子在脫離手臂後，拂羽便化為透明，在半空飄旋幾秒後輕輕消逝。周圍回歸黑暗，前方的聲音卻未停止。

她伸手觸摸冰冷的雪牆，聽著自己的呼吸聲遭心跳所取代。

空氣似乎不再如此冷冽，某種她無法辨識的氣息正從前方傳來。那聲音有種規律，隨著踏出的每一步，越漸明顯。前方是片敞開的空曠地，微暗的紅光照亮積雪。雨寒的最後幾步帶她來到轉角處……

艷麗的紅色雪靈像在空中捲動的光緞，環繞著他們。

男子寬大的背部隨著韻律鼓動，一雙蒼白的手臂緊摟著他。他的臀部滿是汗珠，隨著每一次律動擠出大腿肌肉的線條。

陀文莎被壓在雪裡，她的面孔被遮掩，卻發出清晰而深沉的嬌喘。修長的雙腿無此雪白，彷彿展開的羽翼懸掛於半空。

落雪紛飛，像染紅的帷幔，掃過破碎的遠古牆簷，也掃過兩人的軀體。男子的短刺黑髮上沾滿雪沫，弓起的背有牙骨項鍊在後頸顫動。

雨寒站在黑暗中看著他們。

有那麼一刻，陀文莎粉白的腳趾緊繃，聲音在她的喉間化了開來。他們兩人僵住姿勢許久不動。然而男子沒有就此停止，他抓住縛靈師的小腿腹並加重速度，動作變得野蠻。

他把她往雪裡壓得更深。在他們底下的棲靈板彎曲了，雪靈激烈地綻放光芒——數不清的陰紅色緞帶融化成迷幻的渦流，漂晃，輪轉。

「凡爾薩……」白雪落在陀文莎紅潤的舌尖。

雨寒從不知道縛靈師會發出這樣的喘息，那聲音聽來就像情竇初開的少女，泛著微微的痛苦。男子咬緊牙抑制咆哮。

雨寒再也沒眨眼，靜靜地看著他們。

男子輕易地抱起陀文莎，換了動作。縛靈師的灰髮垂落，被汗水和雪水染得濕潤，黏著她的胸部及他的肩膀。

他姣好的胸肌蹭著她蠕動的背部，飢渴地埋首到她的後頸。他們的律動有股難以言喻的默契，蕭柔的肌膚淋漓相貼，手臂和雙腿是緊繃的弧線。雪靈繞著兩人盤轉——緋紅的天幕，幽靜的雪地，遠古的廢墟，裸露的胴體。那景象甚至有種聖潔的感覺。

然後他們再次換了動作。縛靈師昂首，時而唱吟似地發出嬌聲，時而母獸似地低沉嘶嗚。汗珠從她深紅色的乳首滴落，和他胸膛的汗水交融。雪靈捕捉到他們的頻率，時濃時淡，給交融的軀體蒙上瀲灩的清光，像是含煙的乳石。男子蠕動著，禁不住地嘶吼回應，狠狠扯住女人的長髮，毫不猶豫地挺撞。

縛靈師也狂喜似地下壓，她的神情忽然有種反常的邪勁，雪白的臀部以不可思議的節奏搗磨著男子，像是奶色的水波。灰髮間的憔悴面容被貪婪扭曲，過往的典雅蕩然無存。男子毫不示弱地捧住她，把她的身子像個蒼白的器皿般摟到懷裡。縛靈師回過神來，困惑地與他對視片刻，兩人相擁而吻。

在細柔而漸密的雪片之間，兩人的胴體緊緊相連。他們死鎖住深沉的吻，交錯的臂肌卻沒有停歇，再次帶起韻律揉動。

接下來的兩小時，雨寒動也沒動。她就這麼站在那兒，單手貼著身旁的雪牆，面無表情地觀望他們。沒有思緒，沒有情緒，耳中只有陣陣喘息和撞擊雪地的蠻橫聲響。

落雪更加綿密，暗夜變得深長。時間在心裡某個角落，永恆凍結。

EPISODE 20《芬瀾》

雨越下越大，左側山脈成為朦朧的白影。人群踩著糊狀的雪漿，吋步難行。再有遠征經驗的奔靈者也從沒見過天空落下如此大量的雨水，彷彿陰寒的天空正在哭泣。

冰雪世紀的氣候變化使多數地區乾燥冷冽，降雨是非常罕見的景象。當初艾伊思塔和亞閻為了尋找恆光之劍來到亞細亞大陸的近海冰域，路途中也沒遇見這樣的落雨。現在歷經了十天拔涉，遷徙大隊來到群山的盡頭，艾伊思塔認定這裡很可能是方舟的東北角。繼續行進，他們將再次踏入結凍的海域。她和亞閻擔心若這雨不停止，離開陸地會非常危險。

人們從頭到腳溼盡，數天下來因病倒下的人越來越多。死亡在耳邊吹起警訊，大隊被迫停止，無法再前進。

奔靈者帶著人群折返到群山腳下，朝高處攀爬。水在人們的腳邊奔流，像一柳柳切開冰雪地表的濕潤傷疤。他們穿越山坡上的林間，看著雨水沖刷掉積雪的樹幹，暴露出它們灰槁若死的身軀。

艾伊思塔一直抱著那對小雙胞胎，試圖切分雪靈之力為他們保暖。她只能期待前哨部隊歸來，希望他們已在山區找到可避雨的洞穴。

奔靈者帶回來的消息令人振作了些：只要跨越前方幾座丘嶺，山谷中有個小型的面海遺跡。那兒沒有狩的蹤跡，保有遠古的良好狀態，是個冰封五世紀的小鎮。人們可以在舊世界的建築中躲雨。

「加油，我們很快就到了！」艾伊思塔不斷鼓勵身旁的群眾，陪伴他們身旁緩緩前行。然而她從未預料到，真正的夢魘才將開始。

如探路的奔靈者所言，這些矮屋的根部都被深雪覆蓋，但人們還是可以輕易找到入口，爬到當中的高樓層避開翻滾的流水和傾瀉的大雨。居民像急於尋找洞窟的蝙蝠四處亂竄，一群群占據尚未沉浸在淤水中的建物。

艾伊思塔走過舊世界那些堅硬方整的屋子，看見裡頭的人們卸下一袋袋積水的衣物，抹著濕潤的臉龐靠在牆邊，眼神茫然。

體內的濕氣成為最恐怖的敵人，大批人群躺在屋子內，裹著濕透的身子發抖。奔靈者想釋放雪靈幫居民取暖，但通常得耗個半小時才可以使一個人的身體恢復乾燥——兩百五十名奔靈者，根本顧及不了三千多位居民。有人瑟縮在牆角哭泣，也有人急於抓住奔靈者。

「求求你！求求你先照顧我的孩子吧！」

「父親昏迷了，他耐不住寒氣啊……」

「幫助我妻子！否則我殺了你！」

人群的咆哮壓過了悲涼的落雨聲。每幢建築物中的奔靈者都面臨同樣的窘困，即使他們自己疲憊不堪。有些戰士早已高燒數日，在居民的拉扯中跪倒，也有戰士索性放出雪靈驅逐不知節制的人群，將本該用來保暖的靈力全耗在阻擋群眾的惡意。

艾伊思塔的情況也好不到哪兒去。面對急於想拯救垂死親人的居民，她束手無策。「你們得給她時間！不然沒人可以獲救！」兒時便熟識的費家兩兄弟護在她的身旁，拚命拉開失去理智的居民。「大塊頭」也來到她面前，用高大的身軀幫艾伊思塔擋住人潮。

她設法集中精力幫人取暖。然而，一直以來「靈力復甦性」都不是艾伊思塔的強項——黃潤的光芒才剛剛覆蓋第四位居民的身軀，對方正放鬆地嘆了口氣，芬瀾便順間消散了。

群眾在身後嚷嚷，但艾伊思塔知道自己也得找時間休息，否則她也會垮掉。

她讓大塊頭和費式兄弟擋住人群，自己從旁邊的窗戶爬上了屋頂。她拉起兔毛圍邊的兜帽，坐在立方形的屋頂喘口氣。雨水似乎小了點，讓艾伊思塔稍微看得清周圍的環境，心情平靜了些。

水繞過這座古鎮，順著山丘彎曲的弧度瀑流下來，帶著雪漿緩緩挪動，竟給人一種遠古白龍的錯覺。

不久之後，連綿數日的雨終於停止。取而代之是無盡的落雪。

此時在附近巡邏的帕爾米斯等人傳來振奮人心的好消息：雨水沖開鄰近樹木上的雪霜，令他們無意間看見褐色的表皮——而且還不止一珠。圍繞這小鎮的森林裡，竟然充斥著魂木。

接下來一整天，身體無恙的人們離開庇護所，分批踏過因雪漿而扭曲的巷弄朝森林而去。他們持著手斧，在飄雪的空氣中尋找內藏綠光的樹幹。

奔靈者陸續從附近的淺彎帶回大量的貝殼和魚類。艾伊思塔則繼續耐心地協助居民取暖。就是在這種時候，她才清清楚楚意識到一件殘酷的事：無論自己和居民多麼親近，最終她仍是奔靈者。雪靈給了她極不對等的能力。

隔天，當艾伊思塔再次來到屋頂，遠方景象變得更加明晰。這座舊世界的小鎮建在弧灣狀的陡坡上，建築之間有深切的梯道，彷彿有人拿刀在雪坡上切開一束束的路徑。從山脈延伸下來的是幾道白色長脊，它們朝遠方結凍的海面伸展，像是歇息的巨獸放鬆的爪子。天地之間細雪飄渺，有股說不出的靜穆與安詳。

她凝望這片景色，心中莫名哀傷。正如尋獲恆光之劍的那座城市，這些遠古遺跡永存，卻多了一種空寂和陰鬱，彷彿這些屬於亞細亞的歷史、傳統及思念，將從人類的記憶裡永遠遺失。

艾伊思塔試圖想像書中的傳說，試著讓故事與眼前的荒涼重疊。她讓視線穿透紛飛的飄雪。

在白島降臨前……

在文明消逝前……

在雲層淤積，大地冰封前……

海水曾像千萬鼓動的柔光，彷如鏡面反射晴空蔚藍。森林一片青綠，微風撥弄著蒼嫩的枝杈，推晃著表面的光影。小巧的樓房緊密而聚，群山間彼此依偎。夜幕伴隨晚風到來，舊世的人影出現窗邊，用魔法燃起燈火。星空下的街道，人群寂靜悠走。孩童奔跑在階梯上，四周香氣瀰漫；蟲的嗡鳴，鳥的鳴唱，伴隨他們的嘻笑迴蕩。每個轉角，都可能出現等待你的人。

世界曾是七彩的顏色，而非陰沉的一片灰白。

在那樣的世界，大地不會總是無情索命，天空並非一座鋼鐵牢籠，而陽光……

「艾伊思塔！」費家小弟的聲音從底下傳來：「艾伊思塔，不好了！」

「費藍克？」她把身體向前傾，看見他從空洞的窗簷探出頭來。

「他們……有好多人！他們和長老起衝突了！」

艾伊思塔乘著棲靈板穿梭在曲折的狹道間，切開濃濃的雪漿。她甩了個急轉，滑下陡峭的階梯，立刻看見聚集在前方的群眾。

「——給我們！」有人發出咆哮。

坡道上的建築物圍著一處空地，大塊魂木堆疊在角落。紅狐、飛以墨等奔靈者守護在長老雨寒的身邊，兵器已握手中。有三、四位居民倒在地上呻吟，其中一人面埋雪裡，已沒了動靜。而在雨寒後方的屋子裡站著「槌子手」駱可菲爾等三名工匠，他們滿臉的不知所措。

「這怎麼回事？」艾伊思塔擠進他們中央。她確認那名倒地的居民仍有呼吸，趕緊讓其他人把他帶走。然而更多居民撲上去，立即被奔靈者矯健的身手給制服。

飛以墨以手刀劈斬，接連使兩名鬧事的居民摀著臉跪下來。名為佩羅厄的奔靈者把一名中年人壓在雪地裡，三叉戟抵住他的腦門；他的姊姊佩塔妮則面露凶光，三叉戟的尖端抵著某人的喉頭，那居民緊張地舉起雙手。

「雨寒！制止他們！」艾伊思塔喊道。

然而黑髮女孩望過來的眼神卻異常冷默。艾伊思塔認不出那神情。

四處都有人群呼喊的聲音，居民似乎正呼朋引伴從各方聚集而來。艾伊思塔詫異地看見許多人帶著手斧和棍棒出現。

失控了……艾伊思塔驚慌地想。

更多奔靈者舉著長槍出現在周邊的屋頂和巷弄間。艾伊思塔看見湯加若亞和朗果等人，也瞥見韓德持弓的身影矗立在某幢建築物的頂端。

居民方面帶頭的似乎是石器工匠，招集所有人放聲示威。艾伊思塔趕緊拉住他問：「杜朗達！發生什麼事？」

「他們把魂木全奪走了，不讓我們用！」

「什麼……？為什麼？」

「我們解釋過了，」此時長老雨寒才開口，聲音輕柔，卻有種莫名的硬冷：「首批魂木……我們必須製成棲靈板。這是最重要的，請你們理解。」

「比我們的性命還重要？」杜朗達憤怒地指向周圍：「現在屋子裡還有上千人在受凍，你們毫不在乎嗎!?」

「給靈板工匠們一點兒時間，我答應你，削下來的多餘木塊你們都可以拿走。」雨寒說。

「多餘的木塊!?妳把人命當成什麼？」人群呼喊著。不知何時，他們聚集在艾伊思塔身後。

總隊長亞煌從另一側出現，兩柄劍鞘在腰間擺動。他手持棲靈板，徒步的動作有些僵硬。「這怎麼回事？費奇努茲，為何禁止人們燃燒魂木？」

「長老的命令很明確了，」紅狐側頭斜視他，淡淡地回：「這群人非旦抗令，還想襲擊長老。」

艾伊思塔不確定為何他們非得挑這一刻打造棲靈板。「雨寒，先讓居民取暖吧，大雨剛過，不弄乾身子會有很多人生病。」她急切地說：「這附近的森林不都是魂木嗎？如果你們有需要，之後再製板也不遲吧。」

「虧妳也是奔靈者，順序弄顛倒了吧？」紅狐的語氣帶著譴責：「溫暖只是暫時，棲靈板才可永久保存。多納入一位奔靈者，想想能帶來多少優勢。」

艾伊思塔怒視他。「我在問長老話，不是在問你！」

「叫他們回去吧。」紅狐面不改色地說：「目前還無法確定魂木的總數，為了暫時取暖而燒了它們，之後大家都會遭殃。這種愚蠢的錯誤我們已犯過一次。等搜集到必須的數量，剩下的你們想怎麼使用就怎麼使用。」

「你讓開！」艾伊思塔想繞過他，卻被費奇努茲的臂膀給擋住。艾伊思塔看著長老。「雨寒！」

長老雨寒呆立在原地不動，也不再看向她，眼神微有異樣。

人們開始吶喊著往前推擠。「我早說過是因為妳，我們才會死那麼多人！」杜朗達拿起棍棒朝雨寒大吼：「妳根本不配當長老！」

「閉上你的嘴！」佩羅厄轉身，一計迴旋踢正中他的眉心。「喀」地一聲，杜朗達連喊叫的機會也沒有，便倒於雪中。

居民暴怒了，他們和奔靈者正式交鋒。總隊長放聲阻止，卻為時已晚，他在吶喊聲中被群眾撞倒。接著有人拿起棍棒朝他的腦門揮去，灑出一灘血。黎音驚叫一聲，放出虹光獵豹撲倒對方。

朗果、湯加若亞在人群中東張西望，躊躇著不知如何，但多數奔靈者已動用兵器，解除居民手中的武器。

有居民揮出斧頭，某個奔靈者情急之下高舉棲靈板想抵擋，但那居民發瘋似地劈砍、再劈砍。木屑飛散，板子從中央斷開。在他們旁邊，一位奔靈者的胸口插了一柄匕首，大叫一聲向後倒下，鮮血染紅周圍的白雪。

炸裂的虹光襲擊群眾一角，居民的哀號聲撕裂空氣。

「雨寒！」艾伊思塔向前跑。「妳——」話語在喉間轉為一陣劇痛。紅狐扣住她的脖子狠狠把她向後拋。

艾伊思塔倒在雪地猛咳嗽，視線被人群慌亂的足跡蓋過。她抬頭，人影之間看見雨寒緊握弦月劍，神情震驚而蒼白。紅狐嘗試把長老拉進屋內，並對三位驚慌的靈板工匠施令：「別停下你們的工作。奔靈者會擋下他們。」

艾伊思塔看見在紅狐的催促下，雨寒準備離開這個紛亂的角鬥場。

綠髮女孩仍跪在雪地，喉嚨灼疼，但她本能地鬆下右手的鐵鎖鏈。千鈞一髮之刻她甩動手臂，鐵鏈穿過混亂人群中的細縫，「鏘」地一聲纏住雨寒的弦月劍。

年輕的長老愣住片刻，轉過頭來。兩個女孩四目相接，人群從中央被細長的鏈子切散為兩群。艾伊思塔的眼神因憤怒而沸騰；而雨寒投來的目光，徬徨底下卻有種壓抑般的猙獰。

「他們是瓦伊特蒙的居民啊！」艾伊思塔沙啞地喊道。

紅狐不知何時已拉開長弓，箭鋒對準艾伊思塔的腦門。「妳有兩秒鐘鬆開鎖鍊。」他的聲音不帶任何情緒。「一——」

另一支揚開的箭矢進入視線。韓德緩步來到艾伊思塔的身旁，滿弓對準紅狐。

艾伊思塔看見湯加若亞的背影，正守在自己後方。

她再度回頭凝望長老雨寒，拉緊手中的鎖鏈。

EPISODE 21《潾霜》

在遺跡西北方一段距離外，一群伐木工在林間揮動斧頭和彎刀。俊手持長槍站在樹林外圍的雪崖上，鎮守邊緣地帶。他聽著林中傳來此起彼落的伐木聲響，他的黑色披風被強風不斷停捲動。

俊的目光遠眺，穿透迷濛的雪霧，不確定自己看見什麼。朝結凍海面伸展的白色長脊之間，似乎有東西在晃動。

後方忽然傳來板子刮雪的細微聲響，俊回首看見持著雙刃大刀的男子經過身旁。凡爾薩拖著一網子躍動的魚，壓著滿結冰霜的白色披風，似乎留意到俊的眼神。

和以往一樣，每次碰巧看見凡爾薩，俊的心中總會升起一股慍怒。踏入遷徙之途至今，兩人從未交流，就算正面碰上對方也沒說過一句話。

「路凱……」不知為何這一次，俊決定在風雪中開口。

凡爾薩停下棲靈板，凝望過來。

「……他選擇犧牲自己，因為他不想成為你這樣的叛逃者。」

聯合遠征隊出發前與凡爾薩起衝突的事歷歷在目。當時凡爾薩譏諷路凱終有一天也會膽怯，會成為懦夫。不知是否這句話起到了影響，當路凱面臨最終決擇時，曾說出他不允許自己成為「叛逃者」那樣苟活的人。

無論路凱當初的心境為何，無論凡爾薩是不是曾經拯救瓦伊特蒙，俊發現自己難以原諒眼前這男人。「路凱直到最後一刻，都沒有被恐懼擊垮。」白髮奔靈者的腦中一片渾沌，以低沉的聲音說：「他從未拋棄夥伴。」

凡爾薩閉起眼發出嗤笑。「原來如此。」

俊直盯著他。「你在笑什麼？」

「話先說在前，你們帶回的資料救了上千人，包括我。這點無庸置疑……」凡爾薩猛然睜眼，凶狠地說：「但如果是你自己的無能害死了同伴，少把過錯推到別人身上。」

俊已握緊長槍。在森林邊緣就他們兩個奔靈者，若其中一人消失，無人會察覺。

「你不會明白自己幹了什麼事。」俊挪動腳步。

凡爾薩盯著白髮奔靈者手中的長槍。「幹掉我，『叛逃者』就剩你一人。」他露出歪斜的笑容說：「畢竟，你們全隊只有你活著回來，對吧？」

俊的長髮揚起，腳步像是疾風。凡爾薩也已拋下魚網，掄起巨劍——

「嘿！你們——奔靈者！」有居民大喊，邊跑過來邊從林間朝兩人揮手。

俊和凡爾薩同時望過去。

「你們快來看！有株魂木不大正常！」那居民指向森林中的一處，幾位伐木工聚在那兒。

俊和凡爾薩兩人互望，眼神中的殺意尚未消熄，但他們不約而同地朝居民那兒挪動。

工人們圍繞一株被削開的樹木，它的樹心中央散發出幽幽的綠光，像心跳一般波動。這是魂木的證明。

然而正當俊盯著它，那閃動的綠光卻漸漸縮小了範圍，彷彿從邊緣開始被火焰燃燒成灰，迅速化為死白。俊愣了一下。它正在「白化」？

曾任探尋者的他見過無數的白化樹木，但他從來沒有親眼見證正在白化的現象。

俊不自覺和凡爾薩對望片刻，對方也露出凝重的表情。瓦伊特蒙沒有人見過魂木如此急速地發生變化，更何況……它尚未遭砍伐。

「這裡，我這棵樹也是！」

「我的也……陽光啊，這什麼鬼東西!?」一旁的居民跌坐在雪地，邊向後爬邊呼喊。

俊轉頭看見的景象，令他的血液凍結。

在人們周圍，一株株褐色的樹幹轉為槁灰。這現象以驚人的速度朝森林中心延伸而去，彷彿某種駭人的魔法正在徹底磨滅世界的顏色。

EPISODE 22《芬瀾》

艾伊思塔緊握鎖鍊，感覺到雨寒拉扯弦月劍想擺脫。韓德戴著金屬殼口罩，眼神閃現沉靜的殺意。紅狐並未輕舉妄動，因為任何一人恣意改變箭鋒角度，都可能觸發不可收拾的後果。

周圍人潮一片混沌。虹光四處閃現。

「就是你害死了他們！你們這些有雪靈的人，從不管我們死活！」好幾位居民高舉棍子，搥打倒下的奔靈者。他們奪走他的棲靈板，傳遞在居民間。「不給我們魂木取暖!?我們就燒了你的板子！」

人們扶起剛醒來的石器工匠杜朗達，並朝奔靈者發起暴亂。

總隊長的臉上都是血，依然單刀懈下佩羅厄的三叉，另一隻手抓住想攻擊他們的居民的頸子。亞煌繼而抽出另一柄劍，試圖擋開其他正在纏鬥的人群。

老將額爾巴趕到現場，從某幢建築下躍時在空中放出雪靈——那是一頭起碼七、八公尺長的巨鱷，散發著彩光壓倒整排暴動的居民。

其他奔靈者看見這一幕，紛紛拋開先前的節制，展開反擊了。

物理影響力強大的雪靈直接攻擊居民，其餘奔靈者也開始狠狠揮動兵器鎮壓。有居民握緊斧頭的手指被斬斷，鮮血四濺；也有居民的手臂被襲來的彩影扯開，爆出一灘血紅。

一旦奔靈者認真起來，普通人根本不是對手。刀光劍影之間有居民接連倒下。艾伊思塔滿懷驚悸，難以相信正在發生的事。「停止，停止啊……」

「艾伊思塔，鬆開手！」紅狐放聲喊道。

人群的哀號充斥腦中，像一波波冥喪的鼓聲撞擊艾伊思塔的耳膜。她忽然胸口一陣緊縮，猛然釋放為劇痛。

突然間，在場的所有雪靈都出現了異樣，彩光瘋狂閃爍，就像瓦伊特蒙那些即將熄滅的螢火蟲。奔靈者在震驚之中停下動作，群眾也露出驚愕的神情。

艾伊思塔驚覺是自己胸前的黑色石子放出閃光，裡頭的色彩高訴旋動。她察覺到連芬瀾也不對勁了，彷彿與她連結的意識正在痛苦嚎叫，像在被什麼給啃食。

周遭的虹光持續被被某種力量扯動，忽聚忽散。人們從未見過這景象，彷彿所有雪靈都陷入了狂亂。群眾沸騰的情緒被迫緩了下來，看著奔靈者痛苦地跪下。紅狐、韓德都放下弓，壓住腦門。雨寒也緊閉起眼，抛下弦月劍。

就連遠方雪地也浮出之前不存在的細微光點，像游動的氣泡，要被艾伊思塔牽引過來。

過了長達快一分鐘，這現象終於停止。項鍊中旋轉的光芒放緩速度。四周的雪靈再度恢復原來的模樣，雪地也逐漸靜了下來。

「妳……妳做了什麼？」費奇努茲壓著頭，試圖起身。

「我不……我不知道，靈凜石起了作用……」她拚命搖頭。

碰磅——

巨響震盪著腳下的雪地。艾伊思塔隻手撐著身子，看見手套旁的雪塵在抖動。人們更加驚慌地全部望向她。

「該死，停止那東西！」紅狐握拳，朝她走來。

「這次不是我！」她抓著漆黑的珠子，不確定發生什麼事。

碰磅————

大地搖晃的程度加劇，周圍建築有大塊積雪崩落下來。人們站也站不穩，在晃動的雪地找東西攙扶。

「陽光啊……」某個站在建物頂端的奔靈者面色慘白。他面對北方呆愣數秒，轉頭對廣場上的所有人喊：「快逃！所有人！全都離開這兒！」

建築物擋住了艾伊思塔的視線，她看不見什麼事正在發生，只知雪地的晃動開始激烈。一旁有人大叫，人們轉頭就跑。韓德扶起艾伊思塔，兩人滑動棲靈板來到屋間的空隙凝望遠方。

她不明白自己看見了什麼。

大地彷彿活了過來。從遠處的結凍海面開始，冰層翻掀，雪脊崩裂。好幾波鼓動的生浪以駭人的速度朝他們襲來，衝擊遺跡所在的山坡。一排接一排的房屋被某種力量給震碎。

艾伊思塔的身子隨著大地顫抖，說不出話。

此時她才驚愣地看見有許多居民在慌張之中鑽入最近的建物裡。「別進屋子裡！快出來！」她慌張地吶喊：「快點出來啊——」地震的聲響蓋過她的聲音。

地面以違反物理常態的方式腫脹，誇張地隆起。房屋瞬間坍塌，石塊、白雪四處飛散，裡頭的人群被壓扁，爆出潭潭的黑色血漿。更多人被那翻騰的白浪捲走。

艾伊思塔乘著棲靈板，拚命想穩住身子，躍動在逐漸上升的地勢之間。連續幾聲巨響後，大地遽然裂開——結晶般的紋理遮蔽了整片天空。

巨大的觸手從古鎮的中央冒了出來，摧毀了半個小鎮。艾伊思塔看見遠方又出現兩個這樣的巨物；它們揚起無盡的飛雪，能見度劇降。朦朧空氣中，冰晶般的觸手像道巨牆，表面是噁心浮動的莖蔓。那些莖蔓的前端從晶體表面分離開來，拉直為甩動的刺鞭，似乎胡亂刺入雪地之中。連續有人遭到貫穿，哀號聲四起。

接踵而來是震天的嘶吼。艾伊思塔心一橫，甩開鎖鏈綑住一道連地的刺鞭，拉緊後向上飛躍。她不停用鐵鏈纏住一個個莖痕當支點，沿著觸手的冰晶表面向上滑。

腳下的巨物正在蠕動，艾伊思塔終於來到牠的頂端，剛想出手攻擊，卻停下了動作。

她屏住氣，慢慢環視周圍的山谷——起碼上萬個幽藍光點，搖晃著蒼白的身軀聚集而來。

他們完全被包圍了。這一次，狩群打算徹底殲滅人類。

EPISODE 23《潾霜》

光燕飛翔在俊的前方，彩光翅膀切開狩的側腹。俊疾馳林間，擺動長槍擊散魔物。凡爾薩在他身旁，兩頭虹光獵犬先行一步，陸續撲倒迎來的魔物。

兩位奔靈者再加速，幽沉的樹影從身旁飛逝。

他們越過山頭，立即看見難以想像的畫面——山谷中央是三條觸手狀的龐然大物。那模樣就和俊在瓦伊特蒙見過的雷同，但大上數倍。

牠們扭動著綿延數里的肥碩身軀，把遺跡建築像積木一樣搗毀。觸手尖端落在南端的山脊上；觸手的起源則來自破碎的海面凍原，從碎冰之間冒出的地方有數圈深紫色的駭人紋路。

「嘖，牠們專挑傍晚『恆光之劍』無法開啟的時刻！」凡爾薩咒罵。

「敵人已經學會如何對付我們。」俊說道。

越是接近狩的數量就越多，密密麻麻擋在前方。

潾霜縮短了翱翔的軌跡，開始繞著俊的身邊急速打轉。凡爾薩的雪靈也緊貼身旁奔馳。

他們殺出一條雪塵四散的路徑，長驅直入來到第一座巨型觸手旁。好幾道莖索般的東西從牠的冰晶表面伸展出來，刺入雪地裡。莖索周圍的魔物擠成一團，胸口的冰齒胡亂攪動，身軀像在抽蓄。俊想起當時為了拿路凱的遺物，飛奔回黑底斯洞所看到的情景就和這一模一樣，有種無法解釋的詭異感。

看著眼前的藍色大軍，記憶與心中的疑慮相連，俊忽然確定了幾件事。

他握緊長槍，知道自己必須趕回總隊長身邊。巨型觸手彎曲蠕動時，底下偶然透出空間，俊和凡爾薩便刮開雪沫滑了過去。

對面的情景更是一片混亂。奔靈者在破碎的灰白廢墟之間與成千上萬的狩作戰。到處都是屍體，有些明顯遭到利爪剖開，散出溫熱的惡臭物，有些則被崩塌的建築壓碎，榨出濃稠的血漿。

數千居民已聚集在震盪的斜坡上，卻被夾在兩條巨物之間；在萬千狩軍的包圍下，他們毫無逃生的機會，只靠奔靈者開了一圈防線試著阻擋包夾而來的敵軍。俊在防線的邊緣找到總隊長亞煌。艾伊思塔和長老雨寒也在那兒，竭力對抗狩群。

「這些狩的體內全有獨立的『核』！必須擊碎，否則牠們都會再生！」亞煌朝奔靈者吶喊。

「總隊長——！」俊喘著氣舞動長槍，急切地告訴亞煌自己的推論：「這些『狩』很可能只是『卵』，我們無法殺光牠們！」

亞煌的雙刀劃開十字銀光，斬殺眼前的魔物。「什麼意思？」

凡爾薩將另一頭魔物劈散後退了一步，也與他們背對背，束耳傾聽。

「情況比我們想像的還複雜。幾百年來，奔靈者習慣在雪地滑行，所以自然地把狩想像成和我們一樣的動態方式。但根本不是。」俊說：「無論形態的魔物，牠們從來沒有兩隻腳『同時』離開過雪地！」

「然後呢？」總隊長又劈開一頭狩，這次盯著牠那雙最後消散的雙腿，以及迅速變暗的冰晶碎片。

「韓德的斬擊一次切斷雙腿，就和解決『核』的效果一樣，因為牠們體內的冰藍骨幹，和某種深入地底的莖脈相連。」

亞煌驚訝地望過來。圍攻他們的敵人越來越多，三人廝殺一陣後，俊再度開口：「問題是斬斷牠們的雙腿，那些莖脈還會複製出更多狩！我們一直以為狩身上的殘缺肢體能夠再生，那是因為狩本身就是能不斷翻生的東西。只要哪兒有雪，那些『莖脈』就能成為脊幹，凝固雪塊造出大軍。」

總隊長抬頭望向冰晶紋理滿布的巨物。「你說的莖脈，是那些吧？」在巨型觸手的側腹，數不盡的刺鞭像細密的長矛與雪地相連。

「應該沒錯。」白髮奔靈者嚥了口唾沫。然而那些莖脈的數量若非上千，也有上百，俊不知該怎麼解決它們。而且從它們的動態看來，竟也具有再生能力。

總隊長思考了數秒。「你說的很可能是對的。所以襲擊瓦伊特蒙河底的巨物去打通隧道，並非是為了讓狩群從外頭進來……」

「而是為了使狂風帶入飛雪，在瓦伊特蒙內部直接造出魔物。」俊感覺渾身寒顫。「所羅門也是這樣滅亡的。」

凡爾薩側首過來。「難怪我們時常無法預料狩群會從哪兒出現，因為整片白色大地都是牠們的製造廠。」

「沒錯。但我也只有這些推論，」俊說：「實際上要怎麼根除牠們，我不知道。」

「我也有個假設。」凡爾薩送出虹光犬，在他面前狠狠咬開狩的胸腔。「——瓦伊特蒙戰役中，有一大批敵人擁有相同的『中樞』，比方那些口中放射紫光的魔物。現在看來，應該是這三條巨型蟲子。」他反轉大刀，回過頭來說：「牠們的弱點很可能是和海面接壤的地方，表面那幾圈紫光的紋路。」

他們三人同時望向觸手的來源處，目光穿透水氣和白霧。總隊長沉靜片刻。

「——奔靈者！」亞煌叫來鄰近的戰士群，並從中挑出三位。「你們跟著凡爾薩突圍，繞道前往底下的凍原。凡爾薩會告訴你們該怎麼做。」

遠征隊長哈賀娜也是其中之一。她大口喘息，神情無法置信。「什麼？跟著這傢伙去送死嗎——」

亞煌打斷她：「我會再帶一群人嘗試斬斷這龐然大物表面的莖脈，能做多少算多少，替你們爭取些時間。」

俊看見灰髮遮住半邊臉的女弓手就站在眾人身旁，便說：「還有莉比絲，讓她陪同凡爾薩。他們會需要她的能力。」

亞煌點頭。莉比絲神色緊繃地滑行到凡爾薩身旁。

最後總隊長告訴俊：「你把計畫傳達給艾伊思塔和雨寒。保護居民的任務就交給你們了。要撐下去。」

戰鬥進入膠著狀態。總隊長帶走三十名奔靈者，剩下的戰士在一座雪墩上圍成環狀陣勢，將上千名居民護在中央。長老雨寒和艾伊思塔都在其中。

人們的面恐盡是恐慌，居民緊抱彼此，只能盼望奔靈者的防線別遭突破。

俊望見底下的古鎮有人奔走——尤里西恩等速度出眾的奔靈者分散開來，穿梭在崩塌的巷道間與千百魔物進行游擊戰，尋找依然生還的居民。

俊奮力抵擋魔物，肩頭卻受創，披風給爪痕染紅。然而時過不久他便察覺一陣舒坦流過身體。長老雨寒站在防線後方，不斷釋出翠綠色彩的鴿子，協助戰士喚回體力，並治癒他們的傷口。

「艾伊思塔！」俊看見依身保護一群孩子的綠髮少女，似乎她的存在能讓居民心安。「我們需要妳上前線。中程範圍的游擊戰沒有妳不行。」

艾伊思塔擔憂地看了眼黏著她的孩子們，然後望向戰場。她似乎立刻明白俊的意思，那些尚未被魔物覆蓋的地方適合由她來守備，一直待在居民身旁，她能做的非常有限。那才是保護人們最好的方法。

綠髮少女和孩子們說了幾句安撫的話，便驅板上前。俊則持續掃視防線的情況，必要時央求同伴們調配陣式，用最精簡的語言讓他們明白調動的目的。

突然遠方有了動靜，碎裂的小鎮裡，某位奔靈者衝出正在落陷的迴廊，背後載著靈板工匠駱可菲爾。然而那奔靈者被狩群攔住，利爪掐入體內，胸膛被殘酷地撥開。岔開的胸骨之間鮮血泉湧。

靈板工匠滾落在染紅的雪地裡。

千分之一秒的瞬間，有兩股力量在俊的腦中對撞——長年以來的沉著本能，要他待在原地檢視戰況；當機立斷的行事衝動，要他冒險去救人。

俊驅板衝下雪墩，離開守陣。燕子往前飛翔，拉開虹光的殘影鑽入魔物當中紛亂旋繞，為他開路。

傾聽直覺採取行動，這一向是路凱的角色。但路凱不在了，俊接下來十幾秒的動作將決定靈板工匠的生死。

他避開一道道揮來的藍光，殺到駱可菲爾的身旁，看見靈板工匠躺在雪地呻吟，右手活生生遭扯斷，成了混著碎衣的肉泥。俊抱起他，不顧鮮血瀑流在自己身上。當他想轉身回衝的一瞬，卻驚愕地煞住棲靈板仰頭——

一道巨型觸手不知何時已抬至空中，晃過俊的頭頂，朝向眾人所在的雪墩挪動過去。牠表面那數十條與雪地相連的莖脈被連根拔起，閃爍著溼潤的藍光。

「快離開那裡！」俊回頭大吼。雪墩上的人潮已開始潰散，但那龐大的觸手像道拱橋般遮掩天際，停頓片刻後，重重地砸在雪墩上。

漫天雪塵讓能見度降為零。俊的心跳被恐懼凍結，無力地盯著前方。

「奧丁！救救槌子手！」俊找到戰場上最近的癒師，把駱可菲爾交給他，再朝觸手的方向奔去。他深怕看見地上全是模糊的血肉，深怕所有人都已死亡。

然而當他越接近，卻不敢相信自己的眼睛。彷彿奇跡似地，依然有好幾群人從底下奔逃，似乎有什麼東西抑止了巨物。

俊看見不可思議的景象：一圈巨大的虹光盾頂住了那龐然大物——那是湯加若亞。年輕的奔靈者嘶吼著，嘴角已迸出鮮血。更多交織的彩影出現，一條條光網切入魔物的底腹，是「捕手」普拉托尼尼從底下發力。比克洛陶宛也衝上雪墩，喚出駝著背的巨大雪靈，以粗重的手臂協助他們支撐重量。

俊和艾伊思塔趕緊幫居民撤離正在崩解的雪墩。過了幾分鐘，捕手的光網消失，而比克洛陶宛的雪靈也化為忽暗忽明的飄散狀態。

「你們快……快走……」湯加若亞咬著牙，鮮血從下巴滴落。他緊閉起眼。

「湯加若亞！」艾伊思塔想往回奔，俊卻本能地伸手環抱住她。

「我們也得走了。」白髮奔靈者說道。

「不行！我不能丟下他！」艾伊思塔放聲喊道。俊忽然有種熟悉感，想起聯合遠征隊的狙擊手埃歐朗陣亡時的情景。但他毅然制住艾伊思塔，不顧她在懷中吶喊，離開虹光盾的範圍。

湯加若亞等待所有人離開後，露出淺淺一笑，然後鬆下雙肩……虹光盾消失了。

一道白影晃過，巨物重壓下來。激起的雪霧籠罩一切，衝擊的力量將人們衝散。

雪塵尚未落定，坐在雪地裡的俊卻發現湯加若亞就躺在他和艾伊思塔身旁。

「孩子，這就樣慘死在淑女面前，可會讓她做好幾年惡夢。罪不可赦。」一個男子用單手調整頭巾，緩緩起身。「下次想壯烈犧牲的時候，想想前輩說的話。」

「啊……」艾伊思塔的視線從男子挪向神情錯愕的湯加若亞，然後撲上去抱住後者。

俊認出眼前這名突然出現的男子的身分，詫異地說：「你是……」

「嗯，我是。」他投來輕率的笑容，然後轉向艾伊思塔：「我看見凡爾薩和黎音往北方去了？」

「總隊長派遣他們的。」艾伊思塔眼角泛淚，回頭道：「他們說巨物末端的紫紋，有可能是弱點。」

「是嗎……」那人眼神變了，洋溢著殺氣。「情況很不妙。如果你們看見能脫逃的路徑，記得立刻帶居民走。我怕你們被纏上了。」語畢，他讓兩柄劍在手中打轉，然後突入狩群中央。

EPISODE 24《拂羽》

拂羽已突破能力的極限，但雨寒以意志力硬撐，不斷施放虹光。

別停止，再堅持一陣子，雨寒在腦中懇求——他們是我的子民！

她以負傷的奔靈者為優先治癒的對象，然後才是渾身染血的居民。雨寒站在人群中央雙臂敞開，眼眸輕閉，一隻接一隻鴿子形態的光體從棲靈板騰空，逐漸轉為暖綠色。

在上千人群聚集處的上空，綠光渦流緩緩旋動，彷彿某種巨大魂木的核心。

居民震驚地凝望站在他們中央的長老。即使是那些摟著受傷親人的居民，也無人敢打擾她；所有人都知道他們正面臨生死存亡的一刻，而奔靈者是關鍵。

雨寒睜大眼，看見戰場彼端，總隊長率領的戰士已聚集在巨物的腹側。他們在數不清的莖痕之間披荊斬棘。有些奔靈者已開始攀爬巨物。

亞煌再次迴身放出雪靈——片羽聚密的彩光翅膀伸展開來，一隻體積龐大的翔鷹拍起雪浪，載起數位奔靈者，沿著冰晶紋理向上飛。

奔靈者落在巨物頂端，輪翻發動攻勢。他們閃避四處甩動的錐刺，斬斷它們與巨物表面的連接點。韓德在邊緣疾衝並架開雙箭朝底下一射，擴散的虹光之刃割斷數條莖脈。飛以墨扭腰迴旋，從棲靈板放出彎曲的虹光波，斬斷整排的莖脈——

每一道斷裂的莖痕，都造成底下一批狩群爆裂開來。這暫時解緩了遭圍剿的居民守護防線。然而巨物的表面不斷鼓動，生出更多滿是錐刺、刺入雪地製造狩群的莖絡。雙方開始進入消耗戰。

當總隊長運送完身旁的最後一批奔靈者，獨自在雪地面對無數魔物，不出一陣子便遭蒼白的狩影給淹沒。瞧見這一幕的雨寒倒抽口氣，突然虹光羽翼炸了開來，巨鷹載著手握雙刀的亞煌騰空。站在巨型觸手背上的狙擊手們放箭掩護他，一道道彩光埋入底下成排的狩。剎那間有好幾道莖蔓從雪地被拉起，像道反撲的密網朝巨物背上的奔靈者甩去。整排弓箭手以整齊劃一的動作對準它們——

叫聲從雨寒的右側響起。當她把注意力拉回身邊的戰場，發現防線遭到突破。狩的爪子挖開某奔靈者的臉，獠牙滿布的胸口連同棲靈板一起吞下；另有奔靈者被狩高舉起來，腦袋在利爪之間已不成模樣。居民們則慌張地潰逃，在粉紅色的濕雪中相互推擠。

雨寒皺起眉頭，心想那些奔靈者本不該亡。她寧可看見居民受傷。

但她依然動身前往戰況膠著之處。她的目光跳過那些奄奄一息的人，尋找值得拯救的對象，派出青鳥飛去。不知何時紅狐已站在她身旁，揚弓放箭掩護她。狩群的攻勢猛烈，像洪流衝散四周人群。手持圓鎚的朗果和手持戰斧的海渥克，兩人同步跟了上來，護在長老身旁。佩塔妮、佩羅厄兩姊弟則奔走前方；他們的三叉戟刺中的傷口會殘留虹光，像某種七彩的毒液緩緩啃蝕狩的身軀，溶解硬雪形成的腹部，流入核心直至牠們爆裂。

在遠方，老將額爾巴試圖保護縛靈師及首席學者，然而他抵擋不住攻勢，救出縛靈師的同時，帆夢的背部被劃開來。

混亂中有居民哀號著倒下。雨寒以本能取代思緒，分配雪靈沒入染血的群眾體內，看著他們的親人把他們往後拉。她並嘗試遠送一隻青鳥到帆夢那兒——一隻手抓住了雨寒的腳裸。

她低頭，看見滿臉是血，腰部有道鮮紅爪痕的工匠杜朗達。

「長……長老……」石雕工匠的眼神被恐懼滲透，他緊緊抱住雨寒的靴子。

雨寒凝望他。

果然凡爾薩說的沒錯……這是懇求的嘴臉。

她別過頭去，讓注意力回到戰場。舞動雙手驅使彩鴿，協助激鬥中的戰士；一道道綠光鑽入奔靈者的背裡，讓他們逐步穩住攻防。

當雨寒再次望向腳邊，杜朗達已懷著猙獰的面孔死去。

雨寒靜了片刻，然後在渾沌廝殺的戰場中蹲下身，靜靜地幫他闔起眼。

EPISODE 25《離焱》

「黎音——！」莉比絲衝上去扶起雪地中的女孩。在她們背後，凡爾薩舉劍護衛。

「我沒事。」黎音壓著衣衫襤褸的臂膀，染血的手緊握長槍。虹光獵豹回到她身旁。

「莉比絲，妳到底還要多久!?」哈賀娜氣憤地咆哮，然後就地旋轉，讓棲靈板帶開一股螺旋的光波，掃蕩包圍過來的狩群。她的氣勢之強，連周遭雪花都被捲動。

接著哈賀娜朝一旁滑開，在雪地留下一道彩光燃燒的軌跡——試圖通過的狩都被灼傷，白雪肌理化開，曝露出裡頭的冰色核心後逐一炸裂。然而她的光軌僅能持續十數秒，她必須左右來回，不斷放出新的彩光才能阻擋狩群。

「再給我點時間，」莉比絲面色慘白，握著長弓的手在顫抖。

五個奔靈者渺小的身影站在破碎的冰層上。凡爾薩抬頭仰望，眼前龐大觸手的側腹起碼十幾個人高，像面蠕動的巨牆。牠表面的畸形紋理已被奔靈者燒出坑坑洞洞，能看見裡頭的紫光像心跳般閃動。

和凡爾薩同樣拿著雙刃巨劍的辛特列急喘著氣，再次出招；他大喝一聲，垂直劈斬，刀鋒甩出鞭子般的激烈光影，那形體彷如一條遠古巨鰻。彩鞭切斷更多噁心的組織，透出的紫光更加強烈。

哈賀娜繞行過來對其他四人喊：「亞煌那傢伙竟然沒分派癒師給我們，是不打算讓我們活著回去吧！」

「別那麼說，總隊長相信我們的能力。」黎音回道。

「嘖，我才不打算死在這兒。」凡爾薩掄起巨劍。在他身後，哈賀娜再度揚起螺旋虹光，和黎音一同抵抗把他們死死圍困的狩群。凡爾薩和辛特列一同向前衝，猛烈劈砍巨物的紋理。

「去吧。」凡爾薩送出自己的雪靈——兩條虹光獵犬鑽入魔物裡，野蠻地左咬右啃，破壞裡頭的殘根。辛特列這一次朝上方掃動巨劍，切斷頂上絲痕般的組織。

整個巨物往旁挪動，在大地磨擦出聲響。他們腳下的冰層開始傾斜，水浪翻騰。

凡爾薩回頭，終於看見莉比絲徐徐吸了口氣——細緻的手臂拉開長弓，半邊灰髮遮蔽左眼，右側的辮子在風中飄蕩。她以單個瞳孔鎖定目標，鬆開手指。

圓柱般的彩光刷過眼前，像個巨鎚撞入魔物體內。

新開的口子讓牠震顫片刻。接著，仍在水中的半截撐不住重量向後滑，撕開泛著紫光的紋理。

「就是這樣！持續攻擊牠！」凡爾薩喊道。眼前的幽光不停閃爍，像是膨脹的血管。奔靈者竭盡全力去破壞，連黎音也轉過身，讓獵豹加入他們的行列。哈賀娜向前滑，燒出一道彩光軌跡直接壓過巨物那溝渠般的傷痕，抵達另一側。

終於那觸手近乎斷裂，只剩底部薄薄的一層相連。然而巨牆般的表面忽然扭動，浮現出扭曲的莖痕。

「快閃開！」辛特列等人朝後方跳開，凡爾薩卻隻身向前衝。鞭刺般的長脊刺入周圍的冰雪之中。

「啊啊啊——！」前方傳來哈賀娜的尖叫聲。她的大腿遭刺穿，血如泉湧。而在他們四周，碎冰帶表面的積雪開始鼓動，像氣泡般隆起，上百頭狩正在成形。

凡爾薩踩在巨物快要斷裂的豁口上，高高舉起兵器。「回來我這兒！」虹光獵犬頓時散化開來，成為無數光點射向他的劍鋒——凡爾薩狠狠劈落，拉開一道誇張的軌跡，切斷最後殘連的組織。

觸手在冰面刮出巨響，散發著白霧，緩緩縮回海中；牠的斷面閃動著不規律的紫光，沉入冒泡的水裡變得朦朧。哈賀娜驚叫一聲，被溜入水底的錐刺拖著走，但一頭虹光獵犬已撲入她的懷中頂住她。另一頭獵犬躍過她的前方，咬斷錐刺。

哈賀娜冒著過度驚嚇的冷汗，和凡爾薩對望片刻。突然遠方傳來冰晶炸裂的聲響，兩人一同扭頭望去。

山巒間，延伸數里的殘留觸手一邊扭動，一邊彷彿洩了氣般迅速崩解。而眼前可見之處，上千頭狩彷彿遭到旋風掃蕩，飄散成無盡的雪塵。

EPISODE 26《潾霜》

三條巨物之中的一個腐朽了。無數狩群化為雪沫，空氣灑滿幽光閃爍的塵埃。

北方幾乎開了整片空地，居民趁此奔逃，像潰堤的流水散布在坡道上。奔靈者從另一側組織起防線，抵禦重新集結而來的狩群。俊和歸來的總隊長、額爾巴等人帶著一批戰士殿後，給人們時間繞過破碎的冰源。

戰場上，老將額爾巴停下棲靈板，在雪地撿起一些冰屑，似乎想起了什麼。

「我們得走了！」總隊長呼喊他。

額爾巴抬頭時，藍色的左眼反射鋒芒，然後才動身追上。俊在他身後也跟上了遷徙大隊。身後的群山就像凍海上的白色風帆，在飄渺的水氣間逐漸朦朧。

成千上萬的狩群意欲追來，然而一陣突發的巨響，又有一條巨型觸手崩解了。牠在遠方扭動，內部透出激烈的紫光，遽然衰敗後吹起揚天的雪霧。

俊頻頻回頭，不知道是哪些奔靈者留在那兒解決了第二條觸手。

人們依縛靈師先前的指示轉往東北方，經過深雪覆蓋的冰域，再次開始漫長的穿越。恐懼在接下來幾天就像甩之不去的陰霾，覆蓋大隊中所有人的面孔。晝時他們開啟恆光之劍，沒有魔物敢接近，然而後方不斷迴蕩著轟隆巨響，彷彿冰層底下有東西在追蹤他們。夜晚時大隊被分為五個營區，以防觸手的突襲。

居民大隊承受了遷徙至今最嚴重的損傷：死亡或失蹤的居民遠遠超過八百人，帆夢是其中之一。他的背上血流不止，急於逃亡的人群只得拋下他的屍體。黑髮像頂一圓帽的烏理修斯自命為下一任首席學者。然而實際上，研究院的存在意義早已不在，因為他們幾乎丟失了所有書籍。不僅如此，所有雪橇，所有儲藏食物的箱子，所有長途遷徙的必備器材，都被那場渾沌給吞蝕。除了少數殘存的裝備和輕篷子，人們已一無所有。

遷徙大隊在哀傷中行進。人們除了啜泣，再沒精力說話。

人群的心陷入絕望。

彷彿這樣的折磨仍不夠，地平線的四方不斷出現狩的蹤影，騷擾著大隊的軌跡。就這麼且戰且逃，五天後他們竟然奇跡似地遇上一個島嶼。俊看著手中的雙子針，顯示 98.3 度。它像座突出於雪原中的傾斜岩塊，側面露出灰色的石斑。島上的溫度比周圍都高。

在一望無際的凍原中央遇見這樣一座島嶼，已萬分幸運。更另人意想不到的是奔靈者在岩脊之間找到一個深通地底的狹洞，走過蜿蜒漆黑的一段路，可以看見底下有道火紅的熔岩流過。居民終於得以避開風雪，窩身在深洞裡的崖邊取暖，稍稍得到了慰藉。

殘酷的事實便是，他們正處於海洋中央的荒蕪之地。島上連株白化的樹也沒有，更別提任何生物。烏理修斯大放厥詞，說他們正踩在隨時可能爆發的熔點上。

他們沒有時間為上一場戰役哀悼。人們都明白，補充好體力後，必須再次跋涉到冰雪地獄。

「如果狩群都是增生出來的複製品，那觸手到底是什麼？」哈賀娜的腿上裹著泛紅的綳帶。有十幾人聚集在洞穴入口處，包括雨寒長老身旁的戰士群，還有艾伊思塔、凡爾薩等人。俊自己坐在一旁，用磨刀石刮著槍刃。目前脫離大隊的只有紅狐及飛以墨兩位遠征隊長，因為長老派遣他們先外出探路。

「帆夢曾說過這五百年間，白島有意識地成長。」老將額爾巴說話時，冰色的左眼閃爍。

「那些觸手會不會……正是它延伸出來的一部分？」

這答案令所有人沉默，但俊絲毫不覺詫異，因為他已思考過這可能性。

「白島距離我們八千八百公里之遙，」新上任的首席學者烏理修斯用手指頂了頂有裂痕的黑框眼鏡。他身上也滿是傷痕，卻掩飾不了趾高氣昂的模樣。「如果白島要伸出那麼大的觸手到這裡，看體積來判斷它應該就難以乘載，物理上就根本無法成立。」

「狩，觸手，白島，我們還有很多不了解的東西。一切都有可能。」艾伊思塔說。

「別瞎想了，」烏理修斯義正辭嚴地搖頭。「一切都該有科學依據，否則後患無窮。就像我們根本不該北行。」

「水。」俊輕聲開口時，人們望了過來。「只要有水的地方，便可迅速凝結為冰，再轉化為成我們看見的晶體紋理。小的成為狩骨和莖脈，大的則是我們所見到的巨型觸手。它們很可能可以無限衍生。」

雨寒和艾伊思塔露出極度驚訝的神色。但總隊長等人只點頭，說明他們也已想過。

「至今我們看見的巨型觸手都出現在河底或海底。」俊說出自己的推論。「瓦伊特蒙的暝河，所羅門的河川，都是這樣遭到入侵。」

佩羅厄雙手交抱胸前，指尖拎著他的兵器。「要真是這樣，世界上沒有一處安全了。白島可以透過海洋連接到任何地底河道，它的魔物大軍要去哪兒都行。」

「這……這不符合科學邏輯。水分子到了四度會開始膨脹，零度會結晶，所以冰的密度沒有液態水來得稠密，才能浮起……」烏理修斯喃喃自語，笑容僵硬，但沒人理會他。

若俊所言為實，這已超過人類所能理解的範圍。他自己的心中也充滿困惑。

「白島」不應是舊世界二十一世紀墜入太平洋中央的隕石？「狩」難道不是它帶來的居民？俊的腦中不自覺浮現路凱面對排山倒海的狩軍的背影……

「我們到底在跟什麼樣的東西作戰？」哈賀娜惱怒地說。

「所以一直以來我們所面對的『狩』，其實只是白島分裂出來的『細胞』。」首席癒師安雅兒沉下雙肩，神情絕望。「犧牲了那麼多人，就為了對抗這種無限繁生的東西嗎……」

俊拳頭緊握，深深吸了口氣。

不出一陣子，紅狐和飛以墨兩位遠征隊長陸續歸來，他們的神情異常急迫。

「到處是狩的蹤跡。霧太濃了，但不難察覺牠們隱藏在冰域裡等待我們。」飛以墨難得嚴肅地說：「只要離開這個島，都是危險。」

紅狐拍掉自己肩上的白雪。「滑行三小時有下一個可以避難的據點。是個環形的島鏈，附近還有海豹棲息的痕跡。但居民徒步需要至少三天的時間。如飛以墨所言，這段路途絕對會遭受襲擊。」

「那該怎麼辦？我們一直待在這洞穴裡？」長老雨寒問道。

「我建議讓分批行動。」紅狐提出：「在這裡至少有地熱可保暖，讓多數人先歇息。我們留下三分之一的奔靈者做為守備軍，駐留在此。其他的戰士組成一支護衛隊，保護一部分居民前往下個據點。可能得來回跑四、五趟。」

「但這樣總共也得花兩週的時間才能送完所有的居民，不是嗎？」艾伊思塔質疑。

「沒有更好的方法，全部出動被殲滅的風險太高。」紅狐回她。

「第一批人，我們先帶上三百個居民就好。」飛以墨沉思片刻後說：「試探敵人的意圖。假如情況其實沒有我們想像中的糟，就再增加人數，縮短移動的次數。」

雨寒環視眾人，似乎無人有異議，便點頭答應。

傷勢嚴重的居民自然先暫留此地。安雅兒分配出一半數目的癒師照料他們，並與其它癒師一起挑出三百位健康狀態良好的居民。縛靈師也得同行，由凡爾薩和額爾巴保護。其他遠征隊長則挑出一百五十名奔靈者，組織起龐大的護衛隊。

一百五十名戰士保衛三百個居民，是完全可以負荷的比例。老將額爾巴誓旦旦地告訴眾人他們定會完成任務。

這群先發部隊聚集在洞口。這時俊看見弓箭手帕爾米斯從洞穴裡走來，詢問長老雨寒：「現在我們只剩七十位奔靈者留守在這島上，得負責那麼多居民的安危……如果有狩襲來，會非常難應付。」他聽來極度不安。

「洞窟裡的熔岩會確保牠們不敢靠近。」回答的是紅狐。他朝周圍無雪的岩壁抬了抬下巴示意。「這是天然的防衛要塞。你們遇襲的機率比我們小多了，別擔心。而且總隊長會和你們在一起。」

帕爾米斯噈了口唾沫，神情依然凝重。紅狐不再理會他，望向手持長槍的白髮奔靈者說：「俊，你跟著我們。」

「不，他留下。」亞煌從洞裡走出來，手中拎著棲靈板和兩柄長劍，黑披風上一圈白色毛皮被風吹拂。「我和護衛隊同行。」

「總隊長，島上需要你坐鎮。」紅狐微微皺眉。一旁正在與居民交談的艾伊思塔也望了過來。

「如果再遇上白島觸手那種龐然大物，空戰能力不可或缺。」亞煌說完，轉身凝視著俊。「居民就交給你們了。等我們歸來。」

護衛隊帶著居民，像條密實的隊伍啟程。癒師奧丁拎著大背包左右眺望，似乎在尋找什麼。灰髮的黎音則手持「恆光之劍」跟上去；那將是護衛隊保命的關鍵之一。最後走出洞穴的是凡爾薩，他挑起巨劍看著前方的人群片刻，然後目光落在俊的身上。

有那麼幾秒鐘，凡爾薩似乎想說什麼。然而他卻沒開口，乘著板子跟上隊伍。

不出一陣子，護衛隊便成為一抹殘影，消失在雪霧裡。

艾伊思塔來到俊的身旁，綠髮貼著臉蛋，發出細碎的貝殼聲響。「總隊者似乎很看重你。」她投來一抹淡淡的笑容。

白髮奔靈者輕嘆口氣，什麼也沒說。

接下來三天，俊和帕爾米絲、湯加若亞等數十名戰士輪流外出尋找食物。

他們在鄰近的碎冰帶和淺川裡發現大量魚群，裹腹已不成問題。最令人慶幸的是，他們並未遇到狩群的襲擊。

「哦，我應該要跟護衛隊去的呀，只是當時想說在附近先睡個午覺，沒想到醒來他們已經走了。奧丁那傢伙，我要靴了他。」牧拉瑪怨氣重重地說完，從冰縫裡頭猛然拉起一串掙扎的魚。「不過這樣也好，就讓他們先去探探路吧，待在這兒輕鬆多了。」

俊幫他把魚拉起來。「你和奧丁是……」

「呵呵，從瓦伊特蒙我們就同居了。本來只是發現能力相近，一起學習當癒師。」牧拉瑪一反往常的慵懶模樣，露出靦腆的笑容。「他很體貼，知道我愛休息，總幫我扛所有衣物。這次算他倒霉啦，希望他們別遇上狩。」

周圍幾個奔靈者聞言也笑了笑。

然而事情的變化猝不及防。第四天過去，護衛隊沒有一人歸來。

第五天過去——周圍只有落雪與風聲。

俊站在洞口的雪幕中，凝視一望無際的蒼茫大地。凜凜的風帶著不祥的嘆息，持續吹拂著。

「出事了。」尤里西恩等三位奔靈者抱著板子走進洞穴中，其他人立刻圍了上來。

「有遇上任何人嗎？」帕爾米斯急問。

「風把最明顯的軌跡都磨掉了，斷斷續續的，很難捕捉。」

「那麼有找到下個據點嗎？他們說在正北方，大約三小時的距離。你們應該會看見一串環狀島鏈？」

「辦不到……」尤里西恩看著手中的羅盤，搖搖頭。「滑不到兩小時便碰上碎冰帶，根本無法跨越。」

「碎冰帶!?」艾伊思塔睜大眼，滿臉恐慌。「不會吧，難道……」

俊和綠髮女孩相望，心底冒出一股寒意。如果結凍的海域迸出巨型觸手，那會是最糟糕的情況。

「你們也遭到攻擊嗎？」艾伊思塔緊張地問。

「沒有，但是……」同行的另一位年輕奔靈者泰鳩爾回答：「雪地裡有狩的殘跡。凶多吉少，他們確實遇襲了。」

尤里西恩摸摸下巴說：「但我不懂的是那些魔物留下的殘冰，有些仍留有一絲微光，有些卻暗沉得像好幾個月前的東西。」

「現在很難判定當時他們發生什麼事。」泰鳩爾說：「只能猜想那一帶定是魔物長期出現的地方。護衛隊可能筆直走入牠們的巢穴。」

「你們有看見奔靈者的屍體嗎？」俊問道。

「這才是最奇怪的地方……」尤里西恩望過來。「我們在雪地找到一些裝備，卻沒發現任何屍體。」

他的話讓所有人更加困惑。不安的氣息繚繞在溫熱的空氣中。

「但願他們不是被碎冰帶給吞了。」泰鳩爾說：「或許慌亂之下，護衛隊走偏了路。」

「這下糟了，他們帶走大部分的戰士，還一併把『恆光之劍』也帶走了。」帕爾米斯睜大眼。

俊轉頭，看見許多居民心神不寧地聚集來洞口。人人都察覺到情況有異。他們身負重傷，衣物破損，眼中盡是徬徨。

白髮奔靈者凝望這些人密密麻麻的身影——兩千三百位居民，正在等待奔靈者的決定。

這時他才明白……或許最壞的情況，還沒有到來。

EPISODE 27《離焱》

「請大家堅強。」長老雨寒懷著痛苦的神情告訴眾人。她彷彿心力交瘁，卻堅忍地撐起身子。凡爾薩站在不遠處，雙手插於胸前，沉思著。

一百五十名奔靈者、三百位居民聽見長老所說的噩耗，全陷入極端震驚。男男女女，有人摀著嘴，有人掩面哭泣。雨寒告訴他們事情的始末：由於凍原分裂，大片碎冰帶成形，護衛隊被迫向東繞行。長老當時已派遣兩位親信回去島嶼通報，欲告知艾伊思塔等人行程出現劇變。

然而當奔靈者抵達島嶼上的洞穴，卻發現裡頭空無一人……

緊接著才是噩耗。他們在鄰近洞穴的冰域發現戰鬥的殘跡……那是一場英勇的戰役，卻留下慘絕人寰的結果。顯然島上的人群不知為何，竟然決定離開島嶼的庇護，卻始料未及地立刻遭遇大規模的魔物突襲。七十名奔靈者嘗試守護上千個居民，但被壓倒性地擊敗了。

上千具屍體散布雪地。無人倖免。

「我們是瓦伊特蒙唯一的生還者，大家必須堅強。」長老的聲音顫抖，抹了一下淚水。風像在哀傷地嘆息，吹起了她的黑色髮辮。雨寒提著弦月劍站在一道傾斜的鐵架上。四周的人群則矗立於結滿白霜的鋼鐵甲板。

幾艘舊世界的巨型船艦以歪斜的角度傾躺在彼此身上，結凍於隆起的冰架中。那是巨浪把它們堆疊在一起，一波波襲來卻逐漸被時間凍結，無盡的風拉出數不盡的冰刺，像在點綴某種詭異的祭壇。

放眼望去，遠方凍原還有幾艘類似的船舶，白衣底下曝露出褐色的鏽跡。這裡是遠古船隻的墓地。

凡爾薩看見雨寒觸摸「恆光之劍」的底座，仰視那道寧靜而直通天際的光。他打量著站在長老身旁的費奇努茲。然後他掃視群眾，目光跳躍在居民之中的銀將和鐵匠。

已經好一陣子，凡爾薩的心中盡是疑慮，認為事有蹊蹺。

之後兩天，護衛隊仍駐留此地，在遠古船艦隆起的船殼下挖出一道防風渠，讓居民在裡頭建起雪窟歇息。暴風雪漸強，但恆光之劍一如既往，燃起一束明亮。

在縛靈師確切指出路徑之前，他們不敢冒然離開。然而最嚴重的事發生了：陀文莎數次在風中昏死過去，什麼也未道出。

不知為何，雨寒總在眾人面前猙獰地望著陀文莎。凡爾薩想說服雨寒別讓陀文莎累垮，意見卻從未被採納。現在，人們都擔心他們再也找不到下一處據點。

「北方的理想鄉」一說，破滅了。

當縛靈師在奔靈者的逼迫下再次昏迷過去，統領階級開始商量對策。某天正午暴風肆虐，恆光之劍變成一抹殘破而朦朧的光。凡爾薩才剛從碎冰帶歸來，仰頭正好瞧見紅狐等人的身影攀爬到遠古船艦的甲板上，他們步入邊緣一個密室裡。

凡爾薩的表情遭憤怒點燃。他尾隨上去，踩著嚴厲的步伐踏上船艦，打開結著厚冰的生鏽鐵門，踩進殘破的船艙中。

關起門時，風聲在他身後中斷，前方傳來人們激烈討論的聲音。

凡爾薩走過一條扭曲的長廊，看見聚集在裡頭的有雨寒，費奇努茲，佩氏姊弟，老將額爾巴，哈賀娜和飛以墨，首席癒師安雅兒，以及總隊長。統領階級都到齊了。

「縛靈師的話已很明顯。只要先找到舊世界的『沖繩島鏈』，沿著東北方行進。就算她不再給出指引，我們也可以……」紅狐止住話，望了過來。「凡爾薩，有事嗎？」

其他人也看向他。然而凡爾薩沒有理會任何人，目光只鎖住費奇努茲，視線凶狠得彷彿要在他身上燒出洞來。

「你欺騙了長老。」他對紅狐說：「你欺騙了所有人。」

費奇努茲皺起眉頭，與他四目相視。雨寒輕眨疲憊的雙眸，看向紅狐：「費奇努茲，他是什麼意思？」

凡爾薩這幾天已反覆調查，發現真實的情況。「他刻意帶著我們繞道，避開碎冰帶。當時大夥兒被催著趕路，沒人注意到邊緣地帶都是沉積冰層——分裂的冰座覆蓋著一層由粒狀雪壓縮而成冰。」他已在今早獨自回去那一帶確認，拍掉表面的粉狀雪便會看見。「這代表那片碎冰帶早就存在好幾週了，根本不是你說的剛剛成形。只不過在那一刻沒人會懷疑，因為沒人知道你接下來的意圖。」

凡爾薩沉默數秒，發現紅狐似乎沒有爭辯的舉動，憤慨地說：「你私下告訴艾伊思塔他們目標據點在正北方，卻帶著我們朝東邊走。為了保險起見，你不僅試圖磨滅護衛隊在雪地的軌跡，還不斷拋撒狩體留下的殘冰屑，營造戰鬥的假象。」凡爾薩攤開手掌，露出一把暗沉的冰色細屑，還有顏色鮮豔的碎布。

這是他昨天在遠方雪地找到的證據。如果艾伊思塔派人筆直向北，有相當高的機率會得出紅狐期望的結果。

統領階級其他人也陸續望向紅狐。雨寒睜大了眼，下巴垂落。

「——遷徙大隊的人都還活著，對吧？」凡爾薩凝視著紅狐。

過了數秒費費奇努茲才回答：「如果當時活著，現在也為時已晚。過了那麼多天，現在暴風雪降臨，我們不可能再找到彼此。」

「費奇努茲……為什麼？」雨寒不可思異地說，她的神情似乎已達理智的極限。

凡爾薩緊握棲靈板，打算隨時呼喚出離焱。費奇努茲在整個統領階級面前遭到揭發，很可能會做出什麼衝動之舉。

「優勝劣汰，適者生存。萬億年來，這世界不就是這樣嗎？」然而紅狐鎮靜的模樣出乎凡爾薩意料，他的語調甚至有種詭異的冷淡。「我這麼做是為了讓該活下去的人類有更大的生存機會……之前那情況，只是在消耗奔靈者的生命力。事實便是，三百多位奔靈者根本保護不了五千名居民，我們從瓦伊特蒙開始，第一步就錯了。」

「所以你選擇帶走強健的居民，有用的居民——包括靈板工匠，銀匠和鐵匠。」凡爾薩怒道：「你拋下所有負傷的人，老人與孩子。」

紅狐點頭。

「你計劃了多久？半年？一年？從調動大隊的結構開始，就萌生這種想法了吧？」

「準備早已就緒，狩的攻擊給出完美的機會。」

「費奇努茲，他們是我的子民！」雨寒激動地說。

紅狐嘆了口氣。「我盡心盡力培養妳，妳卻還是如此天真。」他斜視長老。「想想那些對妳舉起斧頭的居民，想想膽敢對妳拋出鐵鏈的艾伊思塔。」他的語氣輕蔑。「仔細想清楚。妳的子民不該是所有人，而是心向著妳，值得與妳同生共死的——」

亞煌踏過來，單手抓住費奇努茲的脖子把他重重抵在生鏽鐵牆上。

船艙發出悶沉的聲響，迴蕩在狹窄的空間裡。有個人向前走……是飛以墨。他的手肘甩出黑影，一柄短劍抵住亞煌的後頸。

「總隊長，費奇努茲說的沒錯。沒用的累贅只會是負擔，難道你忘了遠征隊的法則？」

看樣子紅狐找到他最親密的同盟了，凡爾薩諷刺地看著這一幕。當初正是那兩人帶回虛妄的情報。凡爾薩盯著灰髮的遠征隊長，讓雪靈在意識裡流動；離焱的虹光已在板緣流露，準備發動攻勢——然而周遭的氛圍有股說不出的怪異，令凡爾薩猶豫。

「你們兩人聯手幹出這種事，」亞煌一字一句都燃燒著憤怒。「會為此付出代價。」

「我們兩人？」費奇努茲握住亞煌的手腕，施力挪開，清了清喉嚨說：「看來，你相當遲鈍。」

不祥的感覺攀上脊椎，凡爾薩這才緩緩掃視船艙內的其他人。額爾巴、哈賀娜等人面無表情地觀望這一切，一直無人作聲。

亞煌似乎也意識到了。艙內的氣氛彷若凍結，眾人投來石雕般的冰冷目光。

費奇努茲揉了揉喉嚨。「雪地的冰屑……由額爾巴負責。哈賀娜運用她的能力，模糊護衛隊的軌跡。我說服長老派遣佩塔妮、佩羅厄回去尋找遷徙大隊，當然，他們並沒有這麼做。而居民的情況就屬癒師團隊最清楚，安雅兒給了他們挑人的準則，帶走三百位值得活下來的人。」紅狐不顧總隊長和長老雨寒的驚愕神情，信心確鑿地說：「我們所有生還者，會一起創造新的人類文明。」

所以，連首席癒師也和他們是一夥的。凡爾薩看向安雅兒，明白她本就優柔寡斷，甚至可能是最早被紅狐說服的。安雅兒只低著頭，似乎並不以此為傲，卻什麼也沒有解釋。

費奇努茲又說：「別說我們殘忍。我們已盡人道，留下半數癒師給他們。」

「放屁！」凡爾薩忍不住開口：「你不這麼做的話，人們只會立刻起疑。什麼狩群的威脅……你只是為了帶走奔靈者，帶走『恆光之劍』！」

「看吧，我早說過他是個麻煩。」哈賀娜露出厭煩的神情。然而當凡爾薩睨視她，她卻避開了視線。

「縛靈師需要你，凡爾薩。」紅狐緩下聲調。「我們都需要你。殘酷的生存邏輯需要時間消化，然而一旦想清楚，你會覺得被選中是幸運的。那些有家庭羈絆的奔靈者我們一概不列入考慮，否則早該延攬帕爾米斯和他的弓箭隊。」紅狐的話振振有詞。「比起先前的遷徙大隊，現在，我們的生存機率高上太多了。」

雨寒難以置信地凝望所有人，神情受傷。「你們竟然……聯合瞞騙我……」

「長老，這麼做是為了保護妳。」佩羅厄告訴她。很明顯，雨寒從未預料到整個統領階級都與紅狐共謀。

「決定一旦做了，說什麼都太晚，我們只能朝前看。」老將額爾巴環視所有人。「我們還有必須面對的挑戰，必須依靠彼此活下來。這事兒若讓外頭的奔靈者或居民知道，對誰都沒好處。亞煌，我們很早就想找機會告訴你。你仔細權衡一下就會明白，這些事都是必要的。」

總隊長沒說話，額爾巴朝他走近一步。

「亞煌，聽我一句。」額爾巴說：「我老了，在雪地裡還能活幾年不曉得。但我支持這麼做，就是因為相信瓦伊特蒙的文明火焰不能熄滅。」

飛以墨放下短劍，也緩步走到亞煌的前方，目光卻凝睇在雨寒身上。「長老，別懷疑我們對妳的忠心。但有件事早該解決了。」他靜靜地道出：「請妳任命費奇努茲為新的總隊長。」

一時間無人說話。雨寒仍陷在情緒裡，似乎不敢相信正在發生的事。

飛以墨面向亞煌。「總隊長，你為瓦伊特蒙付出了很多，我們都知道。但是面對雪地裡極端嚴酷的考驗，戰士們需要另一種類型的統帥。」

哈賀娜斜視一旁，神情隱約露出不屑，卻未反對。佩氏姊弟更是神色尷尬，低著頭不敢看向亞煌。凡爾薩觀看整個場景，心中滿滿的驚愕。他放鬆握著棲靈板的手掌，頓時感到異常疲憊。

「大夥兒依然敬重你，亞煌。」紅狐淡淡地說：「但遠征隊長的意向很清楚了。癒師團隊也會聽從安雅兒的話。所以放下私人成見，別耗費沒意義的氣力。」

亞煌的青筋在頸部跳動，眼神抑制著殺氣。他與紅狐對視一陣後，才看向所有人。最後他的目光落在雨寒身上。「我聽從長老的決定。」

「我……」雨寒猶豫了。她的腦中似乎有思緒在飛轉，然而目光停滯牆邊，久久做不出決擇。

曾經有許人說過凡爾薩偏執，然而這一刻，他覺得眼前這群人才是瘋子。一年數個月前他們離開瓦伊特蒙，當時的遷徙大隊有超過五千人……現在的生還者卻連五百人都不到。而眼前這群統治者還有心內鬥。他受夠了，打算離開這裡。

船艙某處響起沉重的碰撞聲。凡爾薩回頭，其他人也觀望四方。更多撞擊聲出現，在鋼鐵上嗡鳴迴蕩。

突然走廊盡頭揚起呼嘯的風聲，雪花瞬間灌入廊道。有人打開門吶喊：「長老——！」那人叫了幾聲後，在出口處探頭進來。「長老！我們遇襲了！」

統領階集的眾人愣了片刻，拎起板子迅速動身。

「是狩嗎？有多少!?」佩羅厄跑在最前方，三叉戟已掛在手上。

「不是——是奔靈者！」

他們一個個衝出船艙，闖入厚密的雪幕之中。在他們眼前，傾斜的巨大甲板上，有個渺小的人影逆著風雪直衝而來。兩個奔靈者上前想阻止他，卻在傾刻間被擊倒。黎音手持恆光之劍，似乎想逃離那人的追擊。

「他的目標是『陽光』！」紅狐吃驚地喊。

凡爾薩認出那熟悉的身影——圍巾掩面，手持雙劍，男子像鬼魅般的白影疾馳而來。

EPISODE 28《宇蝕》

雪靈在體內鼓動，像要衝出禁錮的牢籠。

他捕捉那股洶湧的力量，加快棲靈板的速度，在歪斜的甲板上刮出弧形的雪痕往高處移動。前方船艙內湧出了一群人，急於分開掩護捧著恆光之箭的灰髮少女。

亞闍用右手的長劍勾住生鏽的鐵欄杆，停泊片刻。風雪細細嚎叫，他的淡灰色瞳孔掃識眼前這群人，在腦中預測他們可能採取的動作。他知道突圍一次就得奪得恆光之劍，時間拖久只會對自己不利。他的臂膀染血，背部傷疤隱隱作痛。

當初亞闍獨自解決一條巨型觸手，為遷徙大隊爭取逃脫的時間。養傷數天，等他再次追上瓦伊特蒙的人群，卻發現多數奔靈者已離去。亞闍躺在岩丘背面，聽見俊和帕爾米斯等人的討論。他直覺不對勁，獨自追蹤難以辯識的軌跡，卻發現路途中有更多紊亂的雪痕。必定是有人刻意而為。

於是他在不斷惡化的風雪中奔馳，企圖找到離去的奔靈者。暴風雪吹散一切，路徑的判別難上加難。當他確定無望，卻看見遠方雪幕中模糊的恆光。

即使從遠方觀察，他也立刻明晰事情的始末——必然是統領階級打算拋棄絕大多數的居民以求自保。諷刺的是，他們成功帶走的人力和資源，精算過的戰士居民比例，全令亞闍讚嘆這計畫的周全。這群依身船艦的人在雪地生存的機率，將比島上那些人大上好幾倍。

就算亞閻能夠帶著艾伊思塔兩人在雪地活下來，他很確定沒人救得了那兩千多個居民。況且，艾伊思塔已經好幾個月沒理睬他。就算回去她的身旁，有非常大的機率居民將再次叛亂，而這一次，他八成會和其他奔靈者一樣，為了自衛把無數居民砍死在刀劍之下。屆時他將萬劫不復地被艾伊思塔憎恨，直到她自己也死在雪地裡。

亞閻已經知道接下來事態會怎麼發展。聰明的作法是加入眼前這幫人。

「安份點，別給我帶來麻煩。」亞閻試著掌控心底的怒意和湧動的雪靈，逼自己擠出一抹微笑——然後他挪動板身向下俯衝。他明白自己的選擇是錯的，但或許這才是意義所在。

迎面而來的是手持三叉的一男一女，這對奔靈者看來是雙胞胎。亞閻揚裝要從中央闖過，卻在最後一刻急轉。女奔靈者愣了一下，少年卻凶狠地緊貼上來。亞閻隨著甲板傾斜的坡度滑行，再加快度速。

「你是誰？有什麼目的!?」刺來的三叉戟被長劍撥開。

他們逼近坡道底端，亞閻從眼角餘光瞥見女奔靈者正緊追於後方。他舉劍劈砍，刻意減緩動作半秒，讓少年的兵器卡住自己的長劍。亞閻抽拉幾次，發現少年已死鎖兩人的武器，便猛然煞住板子，另一柄劍反轉刺地——交錯的兵器成為支點釋放離心力，使急衝的少年整個身子脫離軌道朝旁甩去。

「啊——！」少女撞上他，騰空翻滾。她的三叉戟拋開於半空，身體直接從船緣飛了出去，落往底下蓬鬆的雪地。

少年憤怒大吼，解開死鎖的兵器，舞動戟刺不斷戳來。亞閻以近乎不可能的角度放低身子，繞行到他身後以劍柄重擊後膝，不等他跪下又旋繞回上方，以棲靈板抵住少年的身子，往斜坡底部推去。

「等……等等——」少年以半跪半坐的笨拙姿態，在結凍的冰面加速滑落，逼近甲板邊緣。他拚命刺向地面想煞住身子，卻發現毫無用處，索性起手朝亞閻的腿部刺去。「鏘」地一聲，雙劍擋住三叉戟，下一秒少年露出驚慌的神色，身體淩空。

千鈞一髮之刻亞閻抽回雙刃，往腦後刺入傾斜的地面——雪靈之力流竄過雙臂肌肉，他繃起腹部腳抬棲靈板，矯捷地做了一個後空翻，剛巧落在甲板邊緣維持住平衡。其他奔靈者見狀全都面無血色，彷彿無法理解怎有人能做出這種動作。

底下的雪地已有越來越多居民聚集，觀看這場在艦艇甲板上的戰鬥。

他在圍巾底下喘口氣，看見額爾巴雙手各持一柄長槍逼近過來；飛以墨則亮出兩柄短劍從另一方向包夾而來。

亞閻舞動雙劍，接連格擋長槍和短劍，嚇阻瀑流般的急切攻勢。他用肩膀撞開飛以墨，趁縫鑽出攻擊範圍，不打算與之纏鬥——

一支箭矢埋入他的右肩。亞閻的身子在震盪下扭轉，甲板上翻滾數圈。他定住身子，看見紅狐已架好另一支箭瞄準自己。額爾巴的槍刃再度從後方襲來，亞閻單手抵擋攻勢，另一隻手折斷肩上的箭。痛感漫延身軀，他察覺一股急來的怒意攀升腦門，決定放手一搏。

亞閻左手佯攻，右手以倍增的敏捷度擊落飛以墨手中的短劍，對方急喊：「是不是艾伊思塔他們派你來——」亞閻單拳重擊他的臉頰。飛以墨向後煞住板子，震怒似地吐了口唾沫，同時掃動棲靈板放出致命的虹光波。但亞閻已做出反應，以誇張的弧形軌跡閃避攻勢。

耳邊接連有箭矢呼嘯而過。

他再次喚出雪靈之力，筆直朝飛以墨滑去。他知道對方招術的弱點——飛以墨只能做出貼近地面的掃擊。待下一陣虹光波射出，亞閻遽然空翻，以險要的差距略過對手的頭頂。

飛以墨剛剛驚訝地轉過身，鋒利的雙刃已橫向劈砍，在他的腿上劃下四道血痕。然而飛以墨才倒下，哈賀娜已出現身旁，捲起一道旋動的彩光襲擊亞閻。

他感到皮膚傳來一陣劇痛，圍巾和披風撕裂開來，情急之下亞閻喚出雪靈抵擋。彩光與彩光對衝，在雪甲板上綻裂強光。他的眼角捕捉到額爾巴刺出的長槍，以急速的反應舉劍卡住它，再扭轉另一手斬斷槍柄。

他在腦中盤算下一步，若想逼近恆光之劍，身邊至少要跟上一位奔靈者來嚇止紅狐。因此他猛然轉身攻擊哈賀娜。女奔靈者驚愣一下，慢了一步放出雪靈。亞閻閃避後以雙劍夾住額爾巴僅剩的一柄槍，畫出螺旋軌跡。哈賀娜的雪靈似乎被三柄兵器的銀紋牽引，朝著不對的方向捲動，此時亞閻已繞到她身後。哈賀娜轉身的一刻嚇然看見凶光——刀刃切過她的下巴與前胸，拉開一道殷紅血痕。

當亞閻察覺時，自己右手的長劍已刺向她心口。他竭盡意志力擺動手肘，千鈞一髮之刻劍鋒偏離，深深戳入哈賀娜的肩膀。她痛苦地叫出聲來，摀住傷口跪倒。

亞閻刻不容緩地朝恆光之劍的持者黎音奔去，額爾巴則不出所料追了上來。

另一個手持雙劍的男人進入他的視線。

「啊。」亞閻急煞棲靈板，回首劈向額爾巴。長槍與劍鋒交錯，他以驚人的速度埋身進入槍刃的範圍內，手肘重擊額爾巴的腹部再揮拳扣擊他的下巴。年脈的奔靈者跌落在甲板上。

亞闍滑向亞煌。

左前方，紅狐鎖定目標正要放箭之際，一柄巨劍斬斷了他的箭矢。兩頭虹光獵犬撲倒費奇努茲，空洞的雙眼釋放怒意。

「呵，謝了。」亞闍看見凡爾薩以巨劍抵住紅狐的頸子。

狂怒的暴風雪中，四柄長劍磨撞，敲出一陣鋼鐵聲響。亞煌的攻勢極猛，令亞闍險些鬆開手。他再度提升雪靈的能量，超乎極限地加強身體的耐受力。

片刻分開之際，他扯下圍巾的殘痕，喘著氣露出微笑。「沒有想到雙腿負傷，你的劍術依然如故，大哥。」亞闍的淡灰色眼眸直盯著與他長相一模一樣，但髮色為深黑的男人。

亞煌沉默片刻後開口：「你是從艾伊思塔那兒來的吧？帶我們回去找他們。」

「亞煌！別開玩笑了！」費奇努茲失常地嘶吼：「你會讓我們的努力功虧一簣！」

「啊，看來有人不同意啊。」亞闍笑著說完，卻發現自己的眼角在抽搐。每次遇見自己的大哥，情緒便不自覺失控，他感覺越來越不妙。

「亞煌的胞弟……」額爾巴矗立在不遠處，凝重地說：「因研究禁忌之術，遭研究院驅逐的首席學者。」

亞闍瞥望他一眼，歪斜地笑了笑，然後目光回到大哥身上。「說實話，能不能再次找到艾伊思塔他們的所在地，我也不確定……但我看不慣你們的做法。我來取走『恆光之劍』！」語畢，他抬起雙劍斬擊。

下擋、上揮、下擋、橫砍，亞闍的攻擊流暢而猛烈，卻劍劍遭到攔截。他驚訝地發現局勢很快便逆轉，自己正被節節逼退。果然大哥的柔剛流轉劍術無人能出其右，亞闍越想越憤怒。

然而與自己相比，雙腿負傷的亞煌必定在於機動力上有缺陷。亞闍左攻右閃，長劍重砍，同時繞著亞煌打轉，逼他跟著旋動。劇升的壓力從大腿傳至小腿肌肉，他知道這是不智之舉，卻不斷加強雪靈的力量予以支撐——因為他知道這樣下去，自己的大哥會先垮掉。

不出所料，激烈的動作使亞煌雙腿超過負荷，一刹那便失去平衡。

亞闍抓住那瞬間雙劍突刺，擊落大哥的武器，卻無意間在亞煌的手掌斬下一道極深的傷口。「啊……抱歉，你知道這不是我的本意……」亞闍的嘴角依然掛著笑容，神情卻已猙獰，臉頰盡是青筋。

他聽著自己急促的心跳，趕緊滑向驚慌的黎音。

黎音大吼一聲，放出虹光獵豹撲來，亞闍讓遊絲般的雪靈盤繞雙刀，將其切散。然後他重擊黎音腹部，取走散放光芒的舊世界儀器。

突然有東西壓了上來，恆光之劍掉落在甲板上。

亞煌在他身後慢慢起身。彩光巨鷹舞動著翅膀，重重覆蓋在亞闍身上。「亞闍！拋掉棲靈板！」他的大哥警告他。

「這是……犯規的呀……」亞闍的雙眼抽動，口水無法抑制地從下巴滴落。旋風般的情緒——悲憤，怒意，哀傷——正在啃蝕自己。他已無法抑制心中那股黑暗擴散。他的雪靈更脫離意識的控制，彩光膨脹起來試圖抵禦虹光之鷹，受不住控制地激烈閃動。

突然間亞闍的雪靈就像潰堤的流水四散開來。不斷變換的彩光顏色加深，再加深——轉瞬間，已成為墨黑色。

「大哥……快走。」他反握著劍柄，劍鋒插地，雙手頻頻顫抖。

雪靈已變成比暗夜還黑的烏煙，伸出無數觸角甩動。亞煌來不及後退，半身被刷過，皮膚拉起一片鮮紅，放聲慘叫。他忍痛讓巨鷹先載起黎音，經過身旁再帶著自己走，朝艦艇邊緣而去。「——大家快離開這裡！」

「『暗靈』……」一旁的哈賀娜害怕得手足無措。

那黑芒般的雪靈不斷膨脹，彷彿暴風雪被突來的黑夜啃蝕個大洞。它接觸的地方冰霜都化為黑水，鏽鐵也遭侵蝕。船艦發出駭人的絞動聲，逐漸從中央被巨大的暗靈給分解。

凡爾薩驅散虹光獵犬，帶著雨寒從甲板旁下跳。紅狐也跟進。

哈賀娜在額爾巴攙扶下逃往甲板另一端。然而飛以墨動作慢了一步，全身遭黑煙掃過，他哀號著從甲板邊緣滾落，跌入底下雪地時滿身是血，肌理都看得見。

一陣鐵器扭轉的聲響，巨大的遠古船艦崩為兩半。斷裂處仍有黑煙附著，像被沸騰的烏水緩緩啃蝕。底下的居民四處奔逃。

濃密的白雪中，暗靈是不規則散布的黑煙，透過棲靈板從亞閻的背部湧現。他撐起最後一絲意志，抱起恆光之劍躍下甲板，滑離眾人視線。

「他帶走了恆光之劍！」

「殺死他，把恆光之劍搶回來！」

後方雪幕裡的叫喊聲越演越烈，奔靈者已追了上來。亞閻壓著胸口劇烈喘氣片刻，扭動儀器上的錐形旋鈕——光束遽然消失。然後他維持朦朧的意識，沒入暴風雪之中。

他絲毫沒有記憶自己怎麼找到艾伊思塔等人的所在地。

他只隱約瞥見眾人以恐慌的眼神盯著棲靈板邊緣冒出的黑芒。亞閻就那樣拖著成串的幽暗游絲，逼近他們。有人拉起弓箭，有人叫他止步，某個奔靈者甚至張開彩光形成的護罩。然後他們看見他手中捧著的儀器。

前方有人奔來。

亞閻鬆了手，拋下「恆光之劍」於雪地，脫離棲靈板，解下沉重的雙刀……走了幾步後，倒在綠髮女孩的懷中。

EPISODE 29《芬瀾》

暴風終於減緩，輕落的白雪像無數絨毛在空中舞動，亞闍卻未醒來。

眾人面色凝重地圍繞這個沉睡的男子，竊竊思議他的故事。艾伊思塔一語不發，撫摸他的臉龐，聆聽人們道出的恐怖事跡。

她終於知道亞闍為何總是獨來獨往……他就是陀文莎第一次喚出「暗靈」的奔靈者；也是帆夢曾經說過，僅當上一天首席便遭研究院鄙棄的學者。

憤怒和愧疚在艾伊思塔的心底糾纏，她對亞闍說過許多不該說的話……所以他必須隱藏自己的情緒，所以他總是擺出嘲弄的態度……因為若非如此，他將無法克制體內的惡靈。然而艾伊思塔逼自己收起混亂的心，知道他們正面對更急迫的問題。

遷徙大隊下一步該怎麼做，沒人曉得。

亞闍昏迷整整兩天才醒過來。起初，他似乎不太想面對人群，但只要不喚出雪靈，奔靈者並未躲避他。因為他帶回了陽光，所有人都急切想知道究竟發生何事。

外頭雪地裡，恆光之劍再次點亮。居民蜂湧而出，圍繞著白色凍原中的燈塔，因再次見到光明而露出寬慰神情。

而在洞穴的入口處，眾奔靈者把亞闍團團圍住。他似乎想逃走，卻被艾伊思塔給拉住。

「亞閻，告訴大家吧。」她輕摟著他的手，凝望他的眼底深處。

俊和帕爾米斯等人也來到眼前。艾伊思塔還看見斷了右臂的「槌子手」駱可菲爾站在人群裡；紅狐等人必然認為他已沒了用處，帶走所有靈板工匠，唯獨拋下他。

亞閻嘆口氣，摘下頭巾，淺灰色雙眸仍泛著倦意。然後他從頭到尾道出自己經歷的一切，揭發令人震驚之事：大隊的分裂全是由統領階級所策劃。

眾人議論紛紛，陷入焦躁和迷惘。「雨寒怎麼會……」即使聽了第二次，艾伊思塔仍感到無法置信。「我還是覺得雨寒她不可能做出這種決定。」

「妳太小看人類順應命運的潛力了。妳也太小看黑允的女兒。」亞閻回道：「她身為長老做了那樣的決定，事情已成定局。」

「只要『恆光之劍』在我們的手裡就夠了。」綠髮的弓箭手帕爾米斯說。

「但縛靈師在他們那裡。我們現在該去哪兒都不知道。」站在他身旁的莉比絲不安地說。

「如果按亞閻說的他們已變換方向，代表北方的理想鄉打從一開始就是個幌子。」

艾伊思塔環視剩下這些奔靈者。他們都相當年輕，許多甚至比她的年齡小得多，臉上卻早已掛著絕望。在場除了亞閻，韓德，以及聯合遠征隊的俊之外，沒有人曾經獨自扛下遠征任務。統領階級帶走了所有的老兵。

——他們是七十名尚不成熟的奔靈者，和兩千三百位居民一同被拋下。

湯加若亞左顧右盼一陣，嚥了口唾沫，才遲疑地做出提議：「要不然……叫居民暫時躲在這兒一陣子，我們先試著找到長老，和她談判……」艾伊思塔瞪視過去，他才尷尬地住了口。

亞閻笑了笑。「他們離這裡數百公里。暴風雪一過，在這種一片汪洋的地方要再找到他們，連我也做不到第二次。遑論這幾天，他們可能已去了更遙遠的地方。」

「我們不會做出統領階級那樣的事。居民需要我們。你們當中許多人的家人都在其中。」艾伊思塔說：「我們得找到自己的路。」

「還是帶著大夥兒回去『方舟』的群山？」尤里西恩發問。

「危險性太高了。」俊回道：「我親眼看到那兒的魂木在瞬間白化。很可能『白島』已滲透它的每一處。」

「那麼向南行吧，尋找之前研究院公布的目的地，印度尼西亞一帶。」帕爾米斯主張。

「但碎冰帶的危機仍在。居民無法——」

「不如待在這裡——」

他們熱切地討論起來，卻久久無法達成共識。似乎無論哪裡都充斥著危機。亞閻的手按著雙劍的手柄，靜靜地沒說話。到最後連艾伊思塔都感到意志消沉，或許一切都完了。

「還有一個可能性。」

麥爾肯出現在眾人後方。他裹著皮革大衣，裡頭是學者的布袍子。他略為靦腆地說：「艾伊思塔，妳父母親的故鄉。」

眾人露出不解的神情，望向綠髮的女孩。

「『歐洲大陸』……」她沉靜片刻，知道這是全然不可能的事。「太遙遠了。而且我們沒有找到那文明的方法。」

「請跟我來。」麥爾肯踏著雪地，走向恆光之劍。眾奔靈者面面相覷，才遲疑地跟上。

麥爾肯尋求俊和艾伊思塔幫忙，請他們把恆光之劍高高抬起。「如果按照首席的意思……

艾伊思塔，我還需要妳的項鍊。」

她猶豫了一下，單手取下靈凜石。麥爾肯打開它；隱藏在黑色珠子裡的儀器正在運轉，層疊的金色齒輪相互牽動，呈現一組不斷變換的六碼數值。

「要等一下。」麥爾肯單手舉著項鏈在面前，雙眼卻目不轉睛盯住恆光之劍的底部。

等待的時間，艾伊思塔趁機向其他人解釋俊從所羅門帶回的資訊，以及可能存在的遠方文明。這種超乎想像的事反而讓人們不知該說什麼。奔靈者站在白濛濛的天空下屏氣凝神，越來越多居民來到周邊，同樣露出好奇的神情。不知是否錯覺，艾伊思塔隱約覺得頭頂的光束似乎慢慢變亮。

「已經過了數十年，為什麼這些齒輪還會轉動？」帕爾米斯看著黑水晶項鍊問道。

「這我就不知道了。」年輕的學者絲毫沒有挪開目光。「不管艾伊思塔的祖先在哪兒，他們的技術層級令人驚嘆。希望有一天，我們的問題都能得到解答。」

時間過了許久，身旁有些人已顯得不耐煩。突然麥爾肯說：「啊，有了！」

在恆光之劍底盤，交錯的鋼絲之間有個囊狀玻璃亮了起來。僅僅持續約半分鐘，便又暗去。麥爾肯凝望手中的黑晶項鍊說：「06。17。43。這是水晶項鍊顯示的數值，我們得記下來。」

「它又代表什麼意思？」艾伊思塔和俊把恆光之劍緩緩放在雪地上。

「這是人類文明最強大的智慧結晶了。我不曉得舊世界的人們有沒有預料到有某天我們的天空會被封鎖，世界會失去陽光的庇護。但他們延用巴比倫人的魔法，直到世界冰封五百年的現在，都能無誤地捕捉『時間』。」

「時間？像是瓦伊特蒙的水鐘嗎？」帕爾米斯又問。

「類似，但沒有人為誤差，而且他們找到方法把時間和空間地貌的座標相連。」麥爾肯說：「剛才的信號代表『正午』。它意味我們所站的地方，在那一刻恆光之劍會進入頂峰狀態。轉換為精確數值的語言，就是12。00。00。但是同一時刻，在艾伊思塔父母的故鄉有另一個精確的時間值，就是剛才看見的06。17。43」

「原來如此。」亞閻似乎領略了什麼。「所以在剛才那一刻，這兩個時間值的差別就代表兩邊地裡上的差異，如果我們把時間想像成距離。」

麥爾肯打量亞閻片刻，頷首後說：「首席留下了一個運算方法，我們把這兩份時間值套進去，就可以計算出該文明的『經線』。」除了亞閻以外，其他人明顯對這名詞感到困惑，於是麥爾肯近一步解釋：「想像在雲層出現之前的地球是個均值的球體，遠古的人類把地球表面當作一個模擬圖，畫出貫穿南北極的地理線，把地表切成等量的好幾份。那些就是『經線』。」

「然後呢？」艾伊思塔感到不可思議，急著問。

「你的項鏈上刻了另一個數字，97.4。首席已確定它就是妳家鄉的子幅線度數，代表兩個方位數據的夾角。而06。17。43這串數字代表的經線，就是首席生前所說的第三數據。」

「在地圖上做出三角定位。」艾伊思塔驚嘆。

「是的，只要透過運算畫出那條『經線』的準確模樣，並找到它和妳的『子幅線』度數交錯的地方——我就可以在地圖上標出歐洲文明的精準位置。」

周圍的人們無不震驚地看著他。

「這就是帆夢遺留給我們的東西。」麥爾肯面露憂傷，但似乎才發現一雙雙眼睛盯著他瞧，臉上一陣羞赧。

尤里西恩問道：「但就算我們知道位置又如何？從這裡走到歐洲大陸還得再耗一年的時間。更可能的情況是，我們還沒走到那裡就全軍覆沒了。」

「人類在遠古冰河時期也曾有過好幾次這樣的長程遷徙，他們甚至沒有雪靈的幫助。」亞閻聳肩。

「但他們也沒有魔物尾隨在後。」

「只要進入亞細亞大陸，我們就會脫離碎冰帶的威脅。」俊在這時開口：「我們也會遠離『白島』可及的範圍。」

眾人沉思一陣。艾伊思塔說：「之前人們喪失信心，是對未來充滿不確定。但只要知道在世界另一端有某個文明在等待我們，相信大家有能耐撐到最後。別小看他們。」俊和帕爾米斯頷首示意，其他人也紛紛點頭。於是在恆光之劍底下，艾伊思塔拎起背包，把兩千多位居民招集起來，公布他們的決定。

出乎意料的是，居民的反應並不如她和學者般熱烈。人們坐在雪地裡，眼神充滿懷疑。離開瓦伊特蒙至今，他們歷經一次又一次磨難，超過半數的居民死在這片白色大地。最後，他們還被理當信賴的統領階級給遺棄。在艾伊思塔面前，這些居民護著親人，拉緊兜帽，全都投來不信任的目光。這一刻，她覺得空氣瀰漫著窒息感。

人們的沉默是不祥之兆。

紛飛的雪花間，即使恆光之劍照亮所有人的臉龐，許多居民的眼中早已喪失了希望。那是一年多來一次次遭到背叛，無時無刻活在恐懼中的結果。他們只空洞地盯著艾伊思塔。

「說了那麼多……還是沒有證據說那遠方文明真的存在。」某位居民消沉地開口。

「我就是證據！」艾伊思塔手壓自己的胸口。「二十年前，我的父母親已經有辦法穿越各大洲，來到海洋的彼端。他們留下線索給我們，就是要我們找到那文明。到時候所有人都會安全了！」她打開黑水晶項鍊，試著說服所有人，卻發現眾人的懷疑加劇了。

「就算妳說的是真的，我們怎麼去得了那麼遠的地方？」有個母親抱緊自己的孩子。他們的披肩全是凝固的血。

「裝備全丟了。而且……引光使大人，」還有個居民的瞎了一隻眼睛，半邊臉被繃帶裹住。他凶惡地指向她說：「說到底……妳也是奔靈者吧。不管妳裝得和我們多親近，事實就是當怪物出現，妳也會捨棄我們。」人群跟著附和，朝她投來嫌惡的眼神。

艾伊思塔感到胸口一陣疼。她越開口解釋，人們的質疑越強烈。

她忽然體會到，原來這就是雨寒的感覺嗎？

真正感到絕望的……是妳嗎？

「你們別說了。我相信艾伊思塔。」費茲羅伊、費藍克兩兄弟站了起來。

「我也相信她。每次有人落水她總奮不顧身去營救。」胖子葡慕左顧右盼，慢慢起身。半晌後，貝琪挺起虛弱的身體，從人群之中站起。大塊頭也膽怯地站起來。逐漸有更多人說出他們對她的支持：「我們願意聽從引光使的指示。」現在，十幾位居民表達出他們對艾伊思塔的信賴。

即使如此，在數千居民中這些人寥寥可數。她望見許多熟識的居民依然絕望地坐著，不敢直視過來。她看見女孩茨蒂躲在母親懷裡，她們眼角積淚，低頭拉緊帽緣。

艾伊思塔終於意識到這與人們對她的信賴根本毫無關係……這是面對死亡時的絕望姿態。在這些人的心中，生存的火燄早已熄滅。

莉比絲來到她身旁，輕聲說：「妳是在白廢力氣。」

「艾伊思塔，先這樣子吧。讓他們回洞穴裡，我們再想想對策。」湯加若亞想說服她。

葡慕和費氏兄弟似乎和身邊的人吵了起來。那股爭執渲染群眾的氛圍，許多人越來越憤怒。「我們都累了！別再說要走去什麼理想鄉，我們只想找個地方歇息！」有人倏然起身，朝艾伊思塔叫喊。好幾個聲音跟著漫罵。

「那也是我們的目的啊，」帕爾米斯喊道：「但必須先經過——」

「再踏上遷徙之途，然後呢？」又一位居民反駁：「就像以前一樣把我們分成好幾群，然後一個接一個拋棄掉？」遭點燃的記憶侵蝕人們的理智，他們一個個起身，對艾伊思塔咆哮。

亞閣在她身旁，嘴角勾起一絲微笑，眼神卻已改變。俊也持著長槍靠過來。艾伊思塔看見韓德解下長弓。奔靈者圍住她，面對居民沸騰的情緒。

艾伊思塔愣了一下。這情景似曾相識。

——不對，這樣不對！

「下一批妳要拋棄誰？」一個居民的面部有三道深長的傷疤，看似狩爪所為，切碎了他的鼻梁和上脣。他緊摟著同樣身受重傷的妻子與孩子，怒吼道：「要我們丟下孩子嗎？還是挨餓受凍的親人!?」

在恆光之劍的照耀下，艾伊思塔忽然看見那人眼角的淚光。在那一刻，她才明白到某件事。

他們也在掙扎……他們的心，在掙扎……

彷彿看不慣這一切，亞閻靠過來，以恐嚇的口吻在她耳邊說：「很好，就如他們所願吧。把『恆光之劍』留下來給他們。」他抓住她的手肘。「妳我兩人自己去歐洲大陸，尋找妳父母的出生地——」

「我不會拋下你們！」艾伊思塔甩開他。「我絕不會拋下你們！」

她脫離亞閻，脫離身旁的奔靈者，向前走。「不管發生什麼事，我不會拋下你們！」淚水無法克制地浮現，懸在碧綠色的眼眸邊緣。「我不會拋下任何人！」

她試著提高音量，壓過居民浮躁的叫喊聲。「如果你走丟了，我會來找你！如果你墜入海中，我會去救你——你們每一個人！」她聲嘶力竭地吶喊：「你們每一個人！」

許多居民體態僵直，握著拳，咬緊牙，彷彿想要相信，卻做不到。「妳是奔靈者！你們有雪靈可以抵抗魔物，我們呢!?」某個青年的眼中有淚珠在打轉，他大吼：「妳的謊言和那些人一模一樣！」

「騙子！事情發生時，妳也會轉身就走！妳和長老沒有兩樣！」居民怒視艾伊思塔。在他們沸騰的面孔底下，是極端的痛苦。

「如果魔物追來，我會在你們前方！如果你們落入雪崖，我也一定會找到你！」艾伊思塔以沙啞的嗓音不斷喊著：「我絕不會拋下你們任何人！」

她強忍眼中的淚，突然丟下背包，在眾人面前蹲下身。雙手的鐵鎖鏈在雪地灑了開來。

無論居民和奔靈者，都因她的舉動愣了半晌，凝視綠髮少女。艾伊思塔從袋子裡拿出匕首和鐵鎚，以俐落的動作敲開鎖鏈末端的一節，再將它封閉為環。然後她走過去，把指節寬的鐵圈遞給瞎了一隻眼睛的男子。「把這帶在身邊，上頭鍍的銀有引靈作用。如果你走散了，我會靠它找到你。」碧綠色瞳孔因淚水而模糊，但她冷靜地說：「雪靈能牽動銀器，就像推動棲靈板一樣。無論你落入海中，或被深雪埋沒，我都會讓我的雪靈去救你。」然後她環視身旁，濕潤的目光掃過人群。

她再度彎下身，用匕首撬開下一個鐵環，以鐵槌封合，遞給下一位居民。

艾伊思塔蹲在眾人面前，一節一節拆開她的鎖鏈。某個小女孩看向自己的母親，年邁的夫妻牽著彼此的手，他們全盯著艾伊思塔。她正在拆解唯一的防護兵器，正在一點一滴拆解自己的所有選項。

漸漸地，居民靜了下來。白雪飄落在人們身旁，恆光之劍像道寧靜的光矗立在後方。寂靜之中，只有鐵鎚的聲響迴蕩。

艾伊思塔就這麼逐一遞給眼前的居民。她不在意哪些人她是否熟識，把鐵環交給最近的人。當左腕的鐵鏈用盡，她開始拆解右手的鏈子。

莉比絲站在一旁，不可思議地看著她。尤里西恩、湯加若亞，沒有人說一句話。蒼茫天空下，所有人都沉寂了，只有鋼鐵的敲打聲一次次迴蕩。

她停頓片刻，再次舉起鐵鎚……突然一雙皮靴踩過她身旁的白雪。

艾伊思塔抬頭，是個她念不出名字的奔靈者。那人往前走，來到面部有三道傷疤的居民面前。那奔靈者的背上有兩支短矛，當他抽起其中一支，面前的居民害怕地退縮。

「你想保護你的家人？」奔靈者問道。

面帶傷疤的男子狐疑地回望，摟緊自己的妻小，然後點頭。

他交出鍍銀的矛。「帶著它。如果有狩來襲，待在我身邊，我會分給你我的雪靈之力。」

那居民睜大眼，盯著眼前銳利的刀鋒，然後看向家人。妻子抓緊他，搖頭說：「太危險了……」然而他擠出淺淺的笑容，然後轉向奔靈者。傷疤底下的眼眸變得堅定，他握住鍍銀兵器。

「那個奔靈者瘋了。」亞閻手插胸前，嘆口氣：「只剩一柄武器，要如何在棲靈板上作戰——」

尤里西恩走上前，解下左邊腰間的刀環，把其中一件給了某個人。

又一位不認識的奔靈者走向居民，艾伊思塔懷著驚訝的神情，看見他雙手拎著短刀，遞出其中一把。越來越多奔靈者經過她身邊，一一卸下身上的兵器。

「敵人出現時，拿起它，我們得一起作戰。」奔靈者交出武器。

金色的陽光前方，艾伊思塔蹲在雪地裡，碧綠雙眸看著這些人的背影。居民懷著錯愕的表情接過鍍銀武器。孩子看著父親，兄弟彼此凝望，然後他們和奔靈者的目光相接。

「太好了，你們這些人全瘋了。」亞閻壓緊自己的雙刀握柄。

匕首、短刀、手斧、鏈鎚，奔靈者交出自己的兵器，每人只留下一樣在身上。白雪靜靜飄落，居民看著手中的鍍銀武器。出於某種莫名的理由，他們的眼神改變了。

「我們需要一位領導者。」尤里西恩轉頭望向艾伊思塔。

奔靈者與居民站在一起，全回過頭看著她。人們紛紛點頭。「如果是妳……或許能帶我們順利找到遠方的人類文明。」抱著孩子的母親說。

臉上三道傷疤的居民起身上前。「那麼就照妳說的吧，引光使。」他沉默片刻後，對艾伊思塔點頭。「不……『長老』。」

「——長老！」有人附和。

「——長老艾伊思塔！」

「是我最先說她可以的！」肥胖的葡慕張開雙手大笑。

「什麼!?是我們先說的！」另一端的費氏兄弟撥開人群，不滿地大喊。

艾伊思塔搖頭，告訴眾人：「長老——聽起來好老啊，我才不要。我喜歡『引光使』這稱號！」她抹開眼角的淚。「下一段遷徙的路途，我們會從經過的遺跡找出更多銀器給你們。我們的銀匠『大塊頭』會負責幫大家打造可以攜帶的器具。」

「銀……」大塊頭站在群眾當中，雙眼圓睜。

「啊，但是確實，」艾伊思塔思索一陣。「我們大隊需要一位……真正能勝任領導者的人。」

她回頭掃視，剛巧和亞闍對上眼。

「喂……開什麼玩笑……」亞闍恐慌地退後幾步。

「怎麼可能是你?你連自己的雪靈都管不好！」艾伊思塔吐吐舌頭，找到了理想的人選。

「俊，請你擔任奔靈者的總隊長，帶領我們前往歐洲大隊。」

白髮的奔靈者略顯驚訝，他沉寂著無法反應。

「聯合遠征隊的俊……我沒有異議。」某個年輕的奔靈者說。

「你確實是最合適的人，俊。」帕爾米斯笑著說。

「只要別一天到晚用那自殘式的打法面對狩，那麼我也贊同。」莉比絲斜視他。

俊垂首，依舊沒有表態。白色的眼底似乎有某種情緒。有隻手搭住他肩膀，俊回望時看見戴著鋼鐵口罩的韓德朝他點頭。

「我……如果大家有需要，那麼……」俊終於說。

有陣風吹來。

艾伊思塔嘗到冰霜的味道，她仰頭看著沒入雲層的光束，感覺氣氛改變了。不知為何，即使他們即將面臨更加堅難的挑戰，即使奔靈者得帶著超過三十倍的人數跨越歐亞大陸……至少這一刻……

她環視眼前所有人，露出燦爛的笑容開口：「那麼，我們準備踏上旅程吧。」

PART III

EPISODE 30《拂羽》

長老雨寒和總隊長紅狐率領四百多個瓦伊特蒙的生還者，經過結凍的海域，穿越大大小小的島嶼和零散的遺跡。除非必要，他們一刻未歇。即使絕對磁極的指針有異，至少所有人的羅盤指向北方的方向是相符的。

他們依循正北偏東的路徑行進。然而每一次跨越剛凍結的冰面，人們都變得面無血色──清晰的冰層底下永遠是扭曲的結晶紋理。人們已見過這景象無數次，但學會不發一語，戰戰兢兢地通過。

每次雨寒環視一望無際的白色凍原，上百尺的積雪覆蓋了凍結百年的海面，雨寒都不敢去揣測底下那些看不見的深淵裡有些什麼東西。

如果海底那些廣袤的晶體都是從白島延伸而來的休眠載具，她不懂為何它會對他們窮追不捨；更不懂為何數週過去，竟沒有一處冰層底下的紋理復甦過來襲擊他們。

這樣的詭異狀態令人窒息，但他們不敢停下腳步。

一百五十位奔靈者和三百位徒步的居民走走停停，休息的次數越漸頻繁，因為過去幾天縛靈師的感知能力似乎失靈了。現在少了「恆光之劍」的庇護，倍增的雪地危機讓統領階級不敢冒然行進，只能命令眾人等待縛靈師的儀式結果。

「長老，」癒師安雅兒給雨寒一杯從生雪溶成的水，溫柔地說：「如果還有什麼需要，再跟我說吧。」

雨寒看著安雅兒。在那笑容背後，妳在想些什麼？「嗯，謝謝你。」雨寒輕聲回應。

極凍的寒風時而噓嘆，時而怒號，彷彿有人被細針和大刀交替刮弄肌膚。雨拉緊雪羚披風，盯著正在分派任務給奔靈者的紅狐。他們點頭，率先動身做前沿探路，紅狐則穿過稀疏的雪幕來到她身旁。

在隊伍右側不遠處，是座色澤暗沉的孤島。

雨寒嘆口氣，她早已明白縛靈師的預言之地是不存在的。「我們經過了不知多少個這樣的小島……雙子針的角度呢？」

「102.1。」端看紅狐的表情，他應該也開始懷疑當初北進的決定過份莽撞。

亞煌遭受暗靈攻擊後，虛弱地無法行動，他們得從遠古船艦拆下鐵片，做成沉重的克難雪橇載著他，由強壯的海渥克和幾個人輪流拖行。雨寒只得同意讓費奇努茲接任總隊長一職領導戰士們。然而她的心理無法原諒紅狐背著自己與他人密謀，未經她同意便拋下她的子民。

雨寒突然站起身，拎著弦月劍離開紅狐朝大隊的邊緣走去。

幾位由佩羅厄帶領的年輕奔靈者守在縛靈師身旁。陀文莎披著一片厚重的毛皮，薄紗裙襬在風中飄晃。她的眼神依舊空洞，齒間發出微微顫響。不遠處，哈賀娜、飛以墨坐在雪地觀望。

「她指出方向了嗎？」雨寒問道。

「長老。」佩羅厄望過來，搖搖頭。

「拿掉她的披肩。」

「我們才剛幫縛靈師披上，她已經在風雪裡站了一小時——」

「……拿掉它。」雨寒又說了一次。

佩羅厄遲疑了一會，以和緩的動作取下結滿雪霜的毛皮，陀文莎露出白皙的頸子。強風襲來時，陀文莎的連身絲衣緊貼軀體，她的肩膀比以往消瘦了些，但屬於中年女性的豐腴曲線依舊顯露無遺。

雨寒的腹中有股怒火。

佩羅厄恭敬地往後退了一步，這時雨寒說：「脫掉她的絲衣。」

幾位奔靈者面面相覷，神色詫異。佩羅厄眉間緊皺說道：「長老……沒必要吧……」

「別把她當成普通人，縛靈師有冰冷的血液。」雨寒不耐煩地說：「她只有在大片肌膚和風雪接觸時，感知力才能發揮得好，這已獲印證。動手吧。」雨寒看著其他奔靈者。你們也打算反抗我，是嗎？

佩羅厄窺視身旁的同伴幾眼，無奈地伸向縛靈師的背部。他猶豫片刻，然後慢慢扯下她那層幾乎透明的衣裳。

「雨寒！妳瘋了嗎!?」凡爾薩踩踏深達小腿的白雪走來。他空著雙手，也沒有棲靈板。

「——快住手！」

「我沒有要徵求你的意見。」她冷冷地凝望凡爾薩，不自覺緊握手中的弦月劍。你想再一次像英雄一樣拯救她，對吧？為了她，你也可以對我動手，對吧？

但凡爾薩手無吋鐵，只能猙獰地瞠視；他的棲靈板及雙刃巨劍都在紅狐的命令下被取走，幾個月以來他得和居民一同徒步。佩羅厄趁此機會鬆開手，似乎不太情願執行長老的命令。

不知何時，飛以墨出現在眾人當中。他抽出短劍，單手扯住縛靈師的絲衣邊緣，以俐落的動作割開它，曝露出陀文莎整個上身。她失神般地沒有動作，也沒遮掩渾圓色深的乳首。

飛以墨整張臉被粉紅色的繃帶遮掩，唯獨那雙冷酷的雙眸在撕開衣服時直視凡爾薩，彷彿挑釁。

當初「暗靈」被掃過導致他毀容，雙頰露出猩紅的肉理，可見齒骨。曾經留至腰間的秀長灰髮，現在所剩無幾，散亂地落在肩上。

飛以墨腳踩棲靈板，把縛靈師的衣服切成一束一束，扯下後甩在雪地裡，再彎腰割開她的皮靴。整個過程他那凶很的目光都沒從凡爾薩身上挪開。

飛以墨粗魯的動作就像在切割生魚的肉。最後，陀文莎如同踩在破碎的皮革花瓣上，在疾風飛雪中裸露全身。她就像失去靈魂的雕像，一點反應也沒有。片片雪花落在她蒼白的肌膚，卻未立刻化掉。佩羅厄等年輕奔靈者羞紅著臉，尷尬地別過頭去。

凡爾薩不可思議地握拳，憤怒地直視雨寒。

他的目光像利刃一般刺痛她的心，但那股難受很快就被莫名的滿足感給取代。凡爾薩憤怒離去的背影，在她眼底和那一夜汗水淋漓的背影重疊。

她深吸口氣，讓那股飽滿的愉悅感沉澱下來，在腦中重複提醒自己……只要傾聽理智，她就不用受制於非必要的情緒。諷刺的是紅狐教她的一切，都是對的。

而現在，理性告訴她只要親眼見證這女人受苦，自己就能稍稍冷靜。

雨寒側首面風，讓飄雪冷卻眼角的熾烈。然後她下令：「就讓縛靈師這樣，直到她點出方向為止。你們都別動她。」佩羅厄等人投來不可思議的目光。

她背對他們離去，心想有一天，你們也會背叛我；總有一天，你們所有人都會背叛我。就像居民公然反抗我，指責我不配當長老；就像統領階級全都背著我密謀，因為他們認為我無法承擔決策！

雨寒忽然想念起母親……不，她想念起茉朗……只有茉朗無時無刻把她擺在心裡第一位。她抿著唇，空洞地盯著幾百個朦朧的人影。但導師死了。那彷彿已是好久前的事。

從當時到現在，她走到了什麼地方？

無助感啃蝕著內心，但她強迫自己去否定那一股的無力。那是弱點，是身為長老不該有的弱點。雨寒告訴自己必須堅強。必須比任何人都堅強。

「前方有足跡，好幾個人。」前沿部隊的朗果歸來，嚴肅地向紅狐回報：「應該是奔靈者，雪裡每對腳印的旁邊都道刻痕，像是他們拿著棲靈板在雪地行走。」

「為什麼他們要步行？」紅狐雙手抱胸，鬍鬚上盡是白霜。

前沿部隊的戰士對視片刻。「說不定又是操控『暗靈』的那個奔靈者，這次帶著同伴想來奪取我們的物資。」

「那正好，我們有帳要算。」又一名奔靈者說。

「但感覺不太對。我們看到至少有六、七對腳印，」朗果又說：「『暗靈』只有他一人吧？」

雨寒在他們身旁聆聽，並未加入討論。現在已過了三小時，陀文莎依舊沒說出下一段路該走什麼方向。雨寒正好望向縛靈師所在的地方，發現一整群奔靈者慌張地圍繞在那兒，有騷動聲傳來。

怎麼回事？雨寒開始朝那兒走去，紅狐似乎也發現了，跟上她的腳步。

他們看見陀文莎閉著眼，倒在風雪中，再也沒有起來。雨寒站在眾人後方，不確定發生什麼事。

「……縛靈師死了。」佩羅厄慢慢起身，神情極度震驚。

怎麼……怎麼會？雨寒腦中一片空白，硬是壓住驚訝的表情。人們議論紛紛，全慌了。

曾經在瓦伊特蒙，縛靈師是最受奔靈者敬重的存在。但進入白色大地後為了生存，多少事情都變了。雨寒直盯著躺在眾人中央的陀文莎那一絲不掛的屍體。佩羅厄等人眉頭深鎖地望向雨寒。

漸漸地，內疚爬滿雨寒的心頭，但正在大力啃蝕自己理智的，卻是恐懼。

她害怕他們的眼神。她害怕所有人的眼神。在她面前，奔靈者沒人說話，就這麼全看著她。

紅狐搶先一步開口：「看來我完全錯估她的能耐。」彷彿想讓所有人都聽見，他以反常的嘹亮口音說道：「幾個月來逼得過緊了。但事實上我們沒什麼損失，她已經許久指引不出道路。什麼『北方的理想鄉』，也是她的一派胡言！看她把我們帶到什麼地方？」

「費奇努茲，你曉得自己在說什麼？」佩羅厄的雙胞胎姊姊說：「少了縛靈師，將來沒有人能幫新人束靈了！」

「認清事實吧，陀文莎老早就無法再進行束靈儀式。我們不是沒嘗試逼迫她。」紅狐說：

「就地把她的遺體埋了。我們得出發了。」

之後當眾人散去，費奇努茲來到雨寒身旁，沉靜片刻後，輕嘆口氣。

雨寒依然沉浸在極端的震驚之中，啞口無言。紅狐柔和地說：「妳必須告訴自己，妳沒有做錯任何事。縛靈師早已沒有存在價值。」然而雨寒什麼也聽不進去。

臨行前，她試著回首看向埋葬陀文莎的雪墩，發現凡爾薩的身影靜靜站在那兒。有那麼一刻，千百種情緒糾扯她的心口。「我……」她想走過去，卻被紅狐制止了。

「別回頭。他會跟上來，不然也得死在雪地裡。別忘記妳仍是長老。」

雪片落下的頻率像是哀傷的輓歌，在蒼茫的天空下，隊伍緩緩動身。瓦伊特蒙最後一任縛靈師，就這樣辭世了。她沒有找到繼承人，沒有將束靈的本領傳授給任何人。換言之——

雨寒知道在自己身旁的一百五十名奔靈者，是僅剩的魂繫雪靈的人類。

陀文莎的死，卻換來了奇跡。

他們看見陸地就在前方；大片的陸地，而非零碎的島嶼。幽柔的雪白丘嶺鋪開於地平線，像在灰濛天空下靜躺的女人。更遠處有好幾道深灰條紋從地面連接到天幕，不確定是煙塵，還是特殊的雲霧。

他們走在凍原上，兩旁出現越來越多灰槁的斷木。這些原屬陸地的樹，不知何時被流水沖走，以各種傾斜的姿態結凍於海面。

更前方似乎有幾株帶有不同的顏色，這令雨寒困惑……但待他們接近，卻發現那些並非殘木——而是人影。

「來者何人？」當中某人開口時，奔靈者立刻戒備。

對方穿著某種寬鬆的衣袍，防寒毛皮覆蓋身體各處，但抓住雨寒目光的是他的左肩後方掛著一柄類似長刀的東西。握柄包著皮革，擋手倒扣於肩，而刀身——奇特的是刀身的長度，竟比奔靈者的雙刃長槍還要長。它斜靠在那人的背上，尖端沒入雪中。

那人的同伴已慢慢朝兩邊挪動，以扇形分開。他們也帶著相同的武器，有人同樣背在肩頭，也有人則懸掛於腰間，都在雪地刮出痕跡。他們每個人從頸部到臉頰都隱約閃現某種紋路。七人圍成半圓陣，擋在雨寒隊伍的前方。

沒想到陀文莎說的是真的……雨寒幾乎不敢相信自己的眼睛。她和紅狐、哈賀娜及額爾巴等人互望，緊繃地點頭。沒有人敢相信地表竟然真有另一個殘存的文明，活生生出現在眼前。

「長老，」紅狐輕輕推了她。雨寒急促地吸了幾口冰冷的空氣給自己壯膽，感覺身子已在發熱。她收束起驚愕的表情，開始向前走。

「我們是來自南太平洋的人類文明——瓦伊特蒙，」雨寒一字一句說出口：「我們的家園被魔物奪走了，長程遷徙而來，請收留我們。」

EPISODE 31《潾霜》

踏上亞細亞大陸的一刻，連空氣的感覺都變得不同。相較於碎冰帶總刮著陰冷如利刃的寒風，這裡是乾澀的冷風、濕潤的暖流，以及好幾種不知名的氣流交會之處。行走在蓬鬆的雪地上，每個人都能察覺吸入肺中的空氣，每分鐘都在變化。

放眼望去，遠方不規則的陸地被潔白的雪衣包覆，猶如軟綿綿的白色毛毯延亙到視野的盡頭。數百年來毫無人跡的原始氣息，掩埋所有文明的足跡，純淨無瑕得令人難以置信。現在這景象因人類的到來而改變——

一道淡金色的光芒降臨雪地，後方跟著兩千三百多位來自世界南端的人類，緩緩步入這片大地。

曾有學者相信，奔靈者文明源自亞細亞大陸，由灰薰族人的祖先向南遷徙，把奔靈的文化流傳給所羅門及瓦伊特蒙。數世紀以後的現在，俊帶領著一群人，回到它冰冷的懷抱中。

過去好一陣子，他們時而向北，時而向西，難以判定軌跡是否正確。五世紀之間，亞細亞沿岸多處已遭海嘯淹沒，再無數次凍結。劈開冰域的浪潮，凝結水氣的天候，這兩股勢力在數百年間不斷交戰，模糊邊界並改變地勢。直到身邊不斷出現舊世界的建築遺跡，他們才確定自己已踏上世間面積最大的陸地邊境。

「101.4……但願這是正確的數值。」麥爾肯手裡捧著五個雙子針，不斷比對度數。「我們繼續往西邊走，應該會碰到我要找的遺跡。」年輕的學者滿臉鬍渣，身旁跟隨幾個助手幫他背著一袋袋沉重的文獻。

之前麥爾肯出了幾次錯誤推算，耗了些時間才確定若想鎖定艾伊思塔先祖的居住地，必須先找到某個能當定位基準點的地標。從當初研究院整合的資料裡翻找，這一帶最明確的地標便是某一座沿岸遺跡。

「我了解了，那麼……」俊看向身旁的夥伴，遲疑了一會。「泰鳩爾，依可蘿，麻煩你們勘察一下前方有沒有狩群出沒。」

俊依然不大習慣對往昔的同伴下達命令，總感到彆扭。但兩位奔靈者聽令後很乾脆地揚塵而去。大隊跟在俊的後方。一個名為索菲亞的居民少女捧著恆光之劍，走在人群中央。

時不時，俊的心中仍有迷惑，想起若路凱還活著才會是值得信任的總隊長。他不明白為何命運選擇他，讓他這麼不適合的人扛起這樣的重任……

但他想起路凱的時間越來越少。身為總隊長，有千百件事得顧及。

過去一個多月，遷徙大隊仍有人不幸逝去，總體狀況卻比預期要好。八位年邁的長者體力不支死去，還有一個七歲的孩子脫隊時落入深不見底的隱蔽冰崖。然而多數的居民似乎越來越能適應雪地裡的長征，學會如何阻隔風寒，如何維持身體的靈活度。

俊讓帕爾米斯設立一組邊防部隊，負責守護居民大隊。

帕爾米斯的弓箭隊包括莉比絲、依可蘿等人。韓德難以和他人溝通，因此算是獨立的狙擊手，但這不妨礙俊時常找他商談決策，因為韓德或許是這幫人裡最具生存能力的奔靈者。

當然，所謂的商談就是俊問問題，韓德點頭或搖頭。

而新建立的前沿探索部隊，俊希望亞閻能擔任指揮，傳授探路的技巧給經驗尚缺的奔靈者。這使許多人露出不安的神色，但最吃驚的或許是亞閻本人。

「你不怕我又突然爆走？」當時亞閻露出了奇怪的笑容。「我可嚇著了好幾位統領階級的傢伙，因為我，他們很多人身受重傷。」

「你有效壓制板子裡的『暗靈』已經很久了。」俊就事論事地說：「艾伊思塔都告訴我了，離開瓦伊特蒙的前半年其實是你在引領大隊。和你的能力相比，『暗靈』的風險不足掛齒。」

俊心想若路凱在場，定會做出這樣的決定吧……

他想起路凱曾不顧他人的眼光，將比性命更重要的文獻託付給曾經打算背叛眾人，但擁有絕佳靈迅力的茄爾莫。

亞閻仍是一副不願和他人合作的模樣，頭巾底下的目光和俊的白色眸子對視。「你應該不會不曉得，我動用了禁忌的『逆理奔靈』。」他發出諷刺的笑聲。「不會不安嗎？」

「只要你別教導其他人『第七屬性』就行了。」俊那細霜般的睫毛輕閉，不急不徐地回答：「挑選你的同伴吧。遷徙大隊的路要怎麼走，全看你們了。」

亞閻沉默片刻，勾起一抹微笑。「呵，好吧，既然總隊長這麼看好我，可以試試。」然而他的目光變得銳利。「但如果那些人資質不夠，傷到自己，可別怪我會在前線拋下他們。」

那時他所挑選的尤里西恩、泰鳩爾等人聽見這句話，都有些侷促不安。

於是，七十名奔靈者大致分為亞閻的前沿偵察部隊，帕爾米斯的邊防部隊，以及俊和艾伊思塔領導的遷徙大隊主體。其中，擁有治癒能力的奔靈者約占二十名，只不過他們多數都還太年輕，稱不上癒師。事實上，整群人裡頭只有一名資深癒師，就是牧拉瑪，但他總一副懶洋洋的模樣，給人一種靠不住的感覺。

大夥兒經過越來越多遠古建築，俊讓大隊停下來好幾次，派奔靈者搜尋可用之物。找到的銀物，艾伊思塔分配給居民；找到的木頭和稠油，他們燒火取暖。尚未腐化的硬器則做成雪橇或載具，讓居民負責拖運物資。某天夜晚他們在一座建築中度過。

俊手獨自走到黑夜裡，想讓腦子放空。他手裡握著一片多角的透明石子，是死去的所羅門奔靈者的瑪洛娃給他們的。俊曾經給帆夢和總隊長亞煌看過，但沒人知道它有什麼作用，判斷可能只是一個普通的裝飾品。

他盯著透明石子陷入思緒，前方三道人影走了過來。

「好看，好看。」依可蘿戴著大大的酒紅色綿帽，輕挑地仰望比她高一個頭的帕爾米斯，並開心地用手撥弄他的精細髮辮。

「妳的品味有嚴重的問題。」在他們身旁的莉比絲冷冷說道：「他適合率性一點的風格，妳把他綁得跟小女生似的。」

依可蘿瞪大眼。「妳的品味才詭異。哪有人半顆頭綁成辮子，另外半顆放瀏海？」

莉比絲用單個手指捲動右肩上的灰髮辮。「我用弓箭殺敵時，有個動作叫『瞄準』。這是可以隨便亂放箭的妳不會懂的。」

「妳在說什麼啊？妳的遠古加農砲閉著眼睛都——」

帕爾米斯想阻止她倆鬥嘴卻辦不到，因此暫別兩位少女，走來俊的身邊。「呼……她們總是這樣。」

俊點頭，看著依可蘿和莉比絲走遠。「謝謝你，願意領導邊防守衛的工作。」

「小事。」帕爾米斯說：「艾伊思塔選對人了，你還挺適合當總隊長的嘛。」他爽朗地笑了笑。「大夥兒很願意聽你的話。」

帕爾米斯無心的一句話，卻使俊的心情無比沉重。他們沒什麼選擇，因為資深戰士都被雨寒帶走了。而且俊總隱約感覺人們願意聽從他有一部分是出於同情；所有人都知道聯合遠征隊的慘況，知道他所經歷的磨難。「不……」俊不自覺地說：「要是路凱在這兒，他會更能勝任。他才是天生的領袖，能夠無私的做決定。」

帕爾米斯聽完沉默了一會兒。他把髮辮給解了，若無其事地說：「你是不是遇到什麼事都會先想起路凱？」

俊愣了下，然後露出微笑。「這陣子比較少了。」

帕爾米斯用手搔了搔了頭皮，甩甩頭。「說真的，你覺得路凱真有那麼偉大嗎？」

俊望向弓箭手，不確定他想說什麼。

「啊，別誤會我的意思。路凱的性格我們都清楚。當然，大家永遠會記得他犧牲自己救了數千條人命。」帕爾米斯停頓片刻。「但你說過，是他叫你把其中三張文獻親手交給艾伊思塔，對吧？」

當俊沒有回話，帕爾米斯接著說：「遠征隊應該有明文規定，所有帶回來的文獻必須第一時間交到黑允長老手裡。就算不給長老，也該交給研究院吧？」

「然後呢？」

「怎麼說呢……」帕爾米斯抓了抓腮鬍。「我們都知道路凱多重視遠征隊的原則和長老的囑咐。但他知道自己將死的時候，做出的最後一個決定其實只是他個人的渴求。即使那樣違背他一輩子遵從的原則。」

俊愣了幾秒。確實……是路凱要求他必須親手交給艾伊思塔，但俊從來沒有想過這件事背後的意涵。不安感扯動了俊的神經。「你想說什麼？」

「路凱和艾伊思塔以前的事，我們都曉得。兩人或許不了了之，友誼長存，但路凱每次遠征心裡的掛念還是她。她髮上那些貝殼幾乎都是路凱帶給她的吧。」

白髮奔靈者點頭。整趟聯合遠征的旅程，路凱不斷告訴眾人得完成亞煌和三長老的托付，卻從未提及過自己的心情……

「俊，他在生命最後一刻做出違令的決定，打破過往的所有原則。你還能說他是『無私的做決定』嗎？」

俊壓根沒想過這事兒，他甚至從沒懷疑過路凱每一個舉動背後的動機。

「我覺得，那些有能力領導眾人的人，心理狀態總是複雜的。領導者的信念不可能只建立在什麼大公無私，為了全人類那種空泛的理念上。嘴裡總掛著一切只為群眾利益的冠冕堂皇的道理，才是最危險的。你想想桑柯夫，還有紅狐。」帕爾米斯嚴肅地說：「即使成了聯合部隊的隊長，路凱從來沒有背棄私情。我覺得這才是最重要的。領導者不能沒有恐懼。」

「……嗯。」

「你說的沒錯，假如路凱在這兒，一定可以成為很稱職的總隊長。但你也是，別小看自己。」帕爾米斯拍拍他的肩。

俊吸了一口長氣，感覺情緒緩緩沉澱。他沒想到會從帕爾米斯口中聽到這些話。「你知道嗎，當初路凱問我要不要找你入隊，但我卻推薦了埃歐朗……那可能是個誤判。」

「你說聯合遠征隊？不，你可救了我一命，否則陣亡的就是我了。」帕爾米斯搔搔頭說：「抱歉，我不該開這玩笑……別誤會。」

「沒關係。」俊露出了難得的笑容。某方面來說，知道自己當初對帕爾米斯這個人起了誤判，令俊感到欣慰。

同時，了解到路凱最後舉動的意義，莫名地為俊的心底帶來寬慰……基於千百種理由。

「總隊長——」隔天早上，泰鳩爾從遠方歸來。

他的手腕扣著長長的虎爪耙，通常只有在戰士們不確定狩體的「核」位於何處時，他會動用那兵器撕開硬雪形成的肌理，察探魔物的弱點。「遺跡在前方不遠處，」泰鳩爾急著說：「那應該就是麥爾肯說的舊世界城市沒錯。但是……」

「但是什麼？」俊問道。

「它和研究院的資料看來完全不一樣。你最好來看看。」

空氣中飄來一波波濕冷的水氣，前方一片朦朧。當大隊悠悠行進，一片建築物從霧中地出現，零零散散，像是雪地裡空蕩蕩的碉堡。人們詫異地看著它們，彷彿要踏入一個沒有出口的迷陣。

和先前被巨型觸手襲擊的古鎮相比，這座遺跡的屋子無論體積或數量都大上無數倍。遷徙至今，這是人們第一次踏入舊世界的「城市」。

俊和同伴們站在棲靈板上緩緩挪動，長槍依托手肘戒備。居民踩著或新或舊的雪鞋，露出畏怯的神情。越來越多白色建築映入眼簾，成為繁密而毫不間斷的景色。從地勢判定，它們的根部都被深雪埋沒。

俊屏住呼吸，一股情緒湧上來。這是許多人剛當上奔靈者時夢寐以求的場景……一排排建築物傾斜著包夾過來，看似井然有序，卻醞藏著某種野性，彷彿結凍的鋼架曾經是繁密的叢林，庇護著逝去的遊魂，釋放千古空靈。他嘗試想像五世紀之前這裡究竟是什麼模樣。

他們延著一條長街似的雪道朝西北方走去。風帶著溼氣迎面而來，眾人腳邊飄著雪浪。

「那是什麼聲音？」後方有人說道。

身旁的艾伊思塔豎耳聆聽，但俊早已發現了。持續不停的轟隆聲響，隨著步伐越漸清晰。

「陽光庇佑……」牧拉瑪難得露出徹底清醒的神態。居民目瞪口呆。

水霧之中，垂立的影子慢慢浮現。它們是通天的巨塔，高聳入雲。這些舊世界的高樓被白雪遮蔽所有牆面，像一整列遠古的兵器屹立風中，也像沉寂的巨人肅穆等待。大隊從中間遲緩地穿過，彷彿走在巨人的腰間。

「我和亞閻在『方舟』見過類似的白塔，沒想到這裡竟那麼多……」艾伊思塔拉開兜帽，任綠髮在身後飛揚。「舊世界的人類……他們究竟怎麼辦到的……」

「看前面！」身旁的湯加若亞驚呼。「那是湖泊!?原來水氣是這麼來的。」

俊爬上隆起的雪堤，腳邊有凍結的碎物，身後的眾人也接連踩上來，目不轉睛。他們看見半座城市淹沒在水中，包括那些高聳的塔樓。這片「湖泊」的堤岸實際上是堆積的鋼架、瓦礫和難以辨識的殘骸，結凍在晶瑩剔透的冰脈裡。它阻隔的水面有淡淡的漣漪和漂浮的碎冰。微風帶著霧氣穿過半沉的殘破建物，輕撫人們的面容。

「那裡，那就是我在找的地標。」麥爾肯指向遠方，成群建物彼端的某樣東西。

白茫茫的霧氣中，隱約可見一座樣貌特異的尖塔。「我需要到它正下方去做記錄時間值。如果估算沒錯，應該再兩三小時就是『正午』了，必須帶著『恆光之劍』在那之前抵達。」

俊審視遺跡的情況，思考了一下。「接下來的路程對居民而言有難度。而且從方舟和所羅門的情況看來，遺跡的中心地帶聚集大量狩群的機率很高。大隊就在這兒等待吧。帕爾米斯，這裡交由你指揮。找個據點設立防線，順便看看鄰近的建築物有沒有可用的銀器。亞閻，韓德，艾伊思塔，你們和我保護麥爾肯，快去快回。」

亞閻綁好頭巾。其他人也紛紛點頭同意。

帕爾米斯和莉比絲開始分派弓箭手的邊防位置。湯加諾亞，尤里西恩，牧拉瑪，泰鳩爾，比克洛陶宛，還有依可蘿，他們各自組織起支援小組，準備好從六個方位為居民大隊護航。這些一年前仍稚嫩的年輕奔靈者，一語不發地扛起了居民安危的責任。

「我們幾小時內就回來，」總隊長俊說：「到時還得另闢蹊徑繞過這座遺跡。叫居民先充份休息吧。」

「沒問題。我們會先開始探勘路徑。」帕爾米斯回。

艾伊思塔已從少女索菲亞的手中接過恆光之劍。韓德拎起學者塞滿古籍的背包。俊自己載上麥爾肯，亞閻則抽出雙劍打頭陣。五人刻不容緩地出發了。

半淹沒在水裡的建物之間依舊有結冰的航道可循，他們奔馳其間，接連換了幾個雪軌。後方，居民大隊所在的堤岸立刻成為朦朧的殘影。一旁可見澄澈的水面出現悠悠的波紋，頭頂一幢幢高大的白色塔樓靜靜地晃過。這個舊世界的人造叢林沉浸在湖裡，而水底不時可看見鋼筋的周圍泛著淡藍光波，那是數世紀以來壓縮在遺跡夾縫中的永凍冰。

轟隆的聲響越來越明顯，掩蓋棲靈板的刮雪聲。他們開始從遺跡左側繞路而行，躍過漂流的殘冰。三座尤其高聳的巨型塔樓映入眼簾，彷彿支撐是世界的白柱，那模樣竟有點像恆光之劍的三個玻璃管。

「我和亞閣找到恆光之劍的城市中心也有這樣的巨塔。」艾伊思塔捧著恆光之劍滑過來，對俊和麥爾肯說道：「所以這裡應該是這座遺跡最核心的地帶。」

三座白塔從他們的身前晃到身後，恆光之劍像根移動的金色細針，挪動在成群的塔樓之間。

終於他們看見了目標的建築——巨大的球形底座架起垂直的管狀身軀，上方是又一個圓形物體，撐起刺針狀的頂鋒。它的表面一半是雪一半是冰，那模樣像是半溶化的魔法尖塔。迷濛的空氣中，隱約可見整片天空以不尋常的速度在移動。

但當他們越靠越近，才發現那尖塔的後方並非天空……

而是雪壁。比所有建築物更高的白色高原，從東邊的天際延伸至西邊，以彎曲的狐度包夾視野的左右兩側。它遮蔽了天際線，幾乎要接觸到雲層。上千道瀑布緩緩落下，激起大量的水霧。「這地方竟然成了高原……」俊身後的麥爾肯吃驚地說：「這和舊世界文獻裡的圖完全不一樣。」

水流聲震耳欲聾，即使距離依然遙遠，俊能感受到水氣不斷掃過皮膚。他們躍上一道環狀的人工迴廊，刮開緊密的軌跡一同前行，每個人的目光都挪不開那景象。

壯麗的瀑布從高原的邊緣落下，從他們的角度仰望，彷彿是灰色雲層正在下起傾盆大雨。水流在底下釀造成蜿蜒的河，包圍半島狀的城市遺跡；某些支流滲入堤岸，侵入遺跡之間，才形成剛才所見的大片湖泊。俊等人來到球形巨塔的底部。

「請給我一些時間。」麥爾肯棲身在一個柱子旁，躲避襲來的水霧，手忙腳亂地從背包裡掏出殷紙，尺規，雙子針。恆光之劍擺放在他旁邊，金色光束與尖塔並列。

等待的一兩個小時，亞闇、艾伊思塔動身在附近勘查，飛躍在各種凝雪的結構之間，試圖進入那些遠古的樓房。

韓德和俊一起幫麥爾肯舉起恆光之劍，給他空間盯著底盤下方等待。學者和之前一樣，掌上放著打開的靈凜石項鍊。

俊凝視麥爾肯專注的側臉。如果瓦伊特蒙沒有出事，現在這位年輕的學者依然會在悄無聲息的洞穴裡幫忙帆夢整理書架，地點上蠟燭謄寫文獻。但他現在說出的每句話，都將影響千百條人命。

當世界劇烈變化，每個人的每一個決定都相互綑綁，承擔同樣的命運。就像路凱的一生影響了俊，影響了艾伊思塔，影響了亞闇，影響了所有奔靈者，影響了整個研究院。

白霜般的眼底滲出了淚水。即使面對無限增生的魔物，路凱並沒有白白犧牲。沒有人會白白犧牲。因為人類命運相繫，人們的精神總會找到方法傳承下去。

俊已明白一件事。身為領導者，依賴理性或依靠感覺去下決定，都不是最重要的差異。真正重要的是每一個決定都在建立傳承。帕爾米斯，艾伊思塔，亞闇，麥爾肯，他們每個人都有能力取代他。只要能馴服自己的恐懼，瞄準未來，人類就有希望。某天當他必須面對同樣的抉擇，不會再遲疑。

「俊——！」艾伊思塔從遠方就開始呼喊。她急切地滑來，在他面前煞住身子。「跟我來一趟，有東西你必須看一下。」

韓德雙手接過恆光之劍，甩了下頭示意。於是白髮的奔靈者緊跟著綠髮少女朝一幢極高的建築滑去。相較於其它塔樓的工整和堅硬感，這幢高塔的外觀給人某一種它正被看不見的雙手扭轉的錯覺。那建物還不算遺跡裡最高的，看上去已非常震撼。

亞閣在底下等待他們。

建築的最外層嚴重破損，鋼架結滿冰霜，裡頭有層略為扎實的白色內牆直通塔頂。「我們在裡頭找到一個梯道，跟我走。」亞閣領頭穿越幾道門，帶他們進入崩塌的狹小空間。牆壁和階梯均被薄雪覆蓋，三人的棲靈板帶著他們向上飛奔。「我有……很不好的預感。」艾伊思塔的聲音聽來在發抖。

他們花了好一段時間抵達某個接近塔頂的平台，衝出的剎那，風的感覺已強勁，不像底下那種異常的安寧。當他們到了建物頂端向下看，可眺見鋪開的樓房，沉寂的湖泊，以及陣陣飄過的霧氣。然後在艾伊思塔的指引下，俊看見包圍整座遺跡的冰雪高原，千百條瀑布組成的嘆息之壁。

「遠方，你能看見嗎？」艾伊思塔說。

他們所站之處無法看清高原的表面，然而有樣東西難以忽視，令俊的腦子麻了起來——白色高原後方有道朦朧的倩影，從距離判定它的體積，至少比這遺跡裡的任何建築都要大上三倍。蒼灰天空下，它的模樣像扭曲的巨木，也像某種遠古生物的脊椎。

「為什麼它會在這裡……？」艾伊思塔不安地問。

俊睜著透明的雙眸凝視，無法回答。

一年多前，和聯合遠征隊前往所羅門時，他就看過這座冰脊塔矗立在海面。

半年前，遷徙大隊經過印度尼西亞時也見過它，縛靈師正是在觸碰它之後出現異樣，一蹶不振。

而現在，龐大的冰脊塔又出現在他們的面前。若非艾伊思塔和亞閻攀上這幢建物，沒人會發現它就在那兒，像座沉默的圖騰，詭祕地端視他們。

EPISODE 32《離焱》

舞刀使稱自己的居住地為「日痕山」，是地底火燄通往世間的大門。根據引領他們的使者——子藤的說法，在遠古時期它有另一個名字，即為「櫻島」。

奔靈者把棲靈板拿在手上，跟隨七名舞刀使徒步前進。凡爾薩裹著單薄的麻製披風，走在居民之間。尚未看到日痕山，卻已望見漫天煙塵。一群人走在蜿蜒的沿岸道路，右側是隆起的丘嶺，左側是清澈的海面。偶有浮冰漂來，凡爾薩卻感覺那水面似乎從未真正結凍過。海的彼端能瞥見另一片陸地，那兒的白色矮丘綿延，只有幾處被尖帽似的山嶺打破剪影。

這裡的雪地比其它地方陰灰，仔細瞧會發現上頭染著斑斑黑塵。凡爾薩打量前方這群自稱「舞刀使」的人們；他們穿著袖口寬鬆的暗白衣袍，腰帶連結到折痕勻稱的褲襬，纏布的小腿脛底下腳踩類似雪鞋，但更加精巧結實，也更為沉重的複合皮靴。每位舞刀使的髮上都繫著緞帶。而令凡爾薩感到最奇怪的是他們的皮膚：這些人的面孔都畫著某種灰銀色的紋路，從眼睛下方延伸到頸口。幾個未戴手套的舞刀使，手背上也有相同的銀紋。

防寒的動物毛皮從子藤的肩頭垂掛到整個後背，但凡爾薩看見他的左肩戴著某種皮革吊帶，從袍子的切口突出來，懸掛著不成比例的長刀。

凡爾薩皺起眉頭，心想若他判斷無誤，那似乎是柄未開鋒的鈍刃，並不銳利。它的表面純黑，磨得精亮，凡爾薩甚至可以看見自己的倒影。果真如此，他們背著那麼長的鈍刀做什麼用？

舞刀使沒有用刀鞘，就這麼拖行與人等高的長刀在雪地行走。

「我們右側山巒的另一頭就是鹿子嶺，是個跨越數里的鹿場。」子藤告訴他們：「我們會定期派人去狩獵白鹿。不過那裡也是裂嘴白妖最常出沒的地方。」

「裂嘴白妖？」瓦伊特蒙的長老雨寒詢問：「是指『狩』嗎？」

「是的。就是你們所說的狩魔。牠們活像從我們祖先流傳的妖鬼故事裡走出來。上百年來，一直頻繁出沒在那一帶。」舞刀使和奔靈者使用的符文語近乎相同，除了腔調差異偶爾需要彼此重複幾次，溝通未有太大的困難。另外，凡爾薩注意到這七名舞刀使沒有一位是翡顏裔，均留著灰色或黑色的頭髮。

子藤有張略帶稚氣的臉，似乎由他負責和奔靈者打交道。他的態度相當和善，但當雨寒等人熱切地問及舞刀使文明的某些事，他的回答總有股不易察覺的謹慎。

理所當然，他們不確定我們會不會是威脅，凡爾薩心想。他還注意到一件事，就是子藤應該不是這七人當中的領袖。

一位高䠷的舞刀使，名字似乎叫做熾信，至今未發一語，但凡爾薩留意到他一直在旁側靜靜地打量瓦伊特蒙的來客。他的袍子內有層墨藍色的襯衣，髮上的緞帶也是墨藍，左肩同樣倒扣著陰色長刀，握柄的尖端是一顆銀灰色的雕飾，刻滿某種遠古的符文。熾信的感覺更像這群人的頭子。

眾人經過一處類似沿海村莊之地，積雪的平房之間是鋪滿網子的漁類養殖場，以及從未見過的家禽的牧場。裡頭的村民一個個抬起頭，吃驚的神色不亞於和他們對望的瓦伊特蒙居民。凡爾薩看見不少女人和孩子，當中確實有些翡顏面孔的人。

慢慢地，日痕山映入眼簾。它從海面延展開來，是個廣闊的雪嶺，頂端正冒著烏煙。那濃煙和亞閣的暗靈竟有些相似。

不曉得他是否無恙……不曉得其他人是否安然無恙。凡爾薩從未想過遷徙的旅途會以這種模式告終。當初陀文莎探知北方有另一個殘存的人類文明，凡爾薩、雨寒和紅狐都半信半疑，因此沒有一五一十告訴其他人，只下注在北方或許有合適的地理環境，選擇帶著遷徙大隊北進。但他錯估了許多事。錯估紅狐的野心，也錯估了黑允的女兒雨寒……

他和陀文莎的發展並不是預料中的事。自從凡爾薩在瓦伊特蒙之役解救了縛靈師，兩人產生某種微妙的信任，那關係在一年多的遷徙當中獲得鞏固；保護縛靈師成了他的精神依托，從最初不情願的職責，演變為發自內心的使命。即使凡爾薩不願承任，打從雨寒成為唯一長老的一刻，凡爾薩就莫名感覺失去了什麼。和雨寒的疏遠讓他感覺心裡被掏空，而身旁的陀文莎撫平了他的無力感，彌補了他當時都沒察覺的渴求。

當他的人生不再需要逃避，凡爾薩渴望擁有什麼。他與陀文莎相擁，幾乎來自雙向的本能。

然而……縛靈師畢竟和常人不同。

凡爾薩無法感受到她內心的情緒。除了徬徨與迷茫，以及時而湧現的熱情，陀文莎幾乎沒有任何正常的情緒表現。她彷彿像是來自另一個世界。他們甚至無法像普通人一般交談。但他曾告訴自己，或許這正是他想要的，一種最單純的執念。

雨寒的做法卻改變了一切。她殺死了她。就像她的母親選擇殺死加爾薩納。熟悉的怒意在胸腔沸騰，凡爾薩難以忘記陀文莎。她死去之後，凡爾薩以自己的羊駝披風裹住她身子，將她埋葬。他憶起黑允的罪惡，黑允女兒的罪惡。如果有機會——

凡爾薩的思緒被一個聲音打斷。

「我們深怕如果縛靈師倒下，最後的生存希望便消失了。這是我們不得不趕路的理由。」費奇努茲似乎正以總隊長的姿態在對一批奔靈者解說。不知不覺間，凡爾薩已走到他們的身後。

「原來如此。那麼當初為何不先告知人們，目標是找到日痕山文明？」奧丁問道。

紅狐斜視他，嘴角有抹隱晦的曲線。但他立刻收起表情，嚴肅地回答：「我只能尋求你們的諒解。長老帶領眾人並非易事，有太多不確定的因素得納入考量。」

「如果……如果牧拉瑪和艾伊思塔他們，還有其他居民沒有遭遇不測……」奧丁口吻沉痛，眼神散渙。「現在大家都已經安全了。」

紅狐回道：「現在只能往好的方面去想。如果舞刀使文明發現竟然來了數千個難民，會很難接納我們。試想兩千多個所羅門的流亡大隊想入駐瓦伊特蒙，有多少人可以接受？資源短缺的情況下，機率更渺茫。」凡爾薩看見一些奔靈者點頭。

一旦脫離地獄般的遷徙，獲得平安，人們似乎完全接受了現況。凡爾薩懷疑若他對所有人說出統領階級的惡行，他們說不定還會為統領階級辯護，視其為正當理由。

這一刻，你們應該很欣慰吧？自己屬於被挑中的生還者，而非那些死於雪地的兩千三百人。凡爾薩越想越覺得心裡作嘔。

費奇努茲發現凡爾薩就在身後，卻未多說，只低聲囑咐其他人：「一切未成定數，現在放鬆還太早。衝突的可能性也必須列入考慮。我們得留意對方武力的情況。」

紅狐開始分派工作，叫某些奔靈者在腦中記住對方戰士的數量，另一些人則記錄他們在日痕山的分布。

紅狐的邏輯總聽起來那麼的合理，凡爾薩卻看穿他的算計。先前拿到魂木時，優先製作棲靈板的要求必定也出於相同的考量。紅狐需要掌控一切，而且是透過力量的對比。

先前幾次，狩的襲擊和陀文莎之死接連毀了紅狐的願望。但凡爾薩已看清紅狐的行事原則，成為總隊長的他只會變本加厲。因此即使其他文明願意收容他們，這一切還遠遠不是結束。

低沉的吼聲令凡爾薩身體一顫。奔靈者全望向右方丘嶺——雪坡上出現狩的身影，不下幾十頭，後方或許更多。

「別害怕，在這裡你們是安全的。」子藤朝他們喊道。

有些奔靈者似乎本能地想放下手中的棲靈板，卻被紅狐制止。凡爾薩看見在狩群的對面，不知何時已出現十幾位舞刀使阻擋在前。他們以沉著的步伐分散開來。

舞刀使握住背後的刀柄，然後以肩膀為支點，架起長刀。他們的動作有種莫名的紀律，雙手高舉額前，刀刃垂直向天。狩群快速衝向他們。凡爾薩微微吃驚，那些人就這麼矗立在那，絲毫沒有恐懼或躁動的神情。

與其說在等待，他們更像是在感受什麼。

某一位舞刀使開始扭動手腕。他的握柄依然高懸面前，刀鋒在身旁劃開巨大的圓弧，尖端切開他的右側雪地，然後左側雪地。在他兩旁的同伴也開始做出類似的動作；他們站定位置，除了微風吹拂衣襬，身軀動也不動，只有手腕急旋，揮動比他們還高的長刀在身旁舞出金屬的刃光——忽然一道道虹光閃現，依附皮膚的銀紋綻放。

刀刃拉開光軌，像包覆身子的一束束彩影。

與魔物接觸的前一刻，舞刀使的身體旋轉，長刀帶著虹光劈斬。狩群接連爆開。

數十隻狩就像白色浪潮襲來，卻彷彿撞上幾處不動的岩石，雪塵紛飛，冰屑四散，彷彿在白紙上用指甲刮開數道藍痕。通過第一次撞擊的狩則面對後方又一排舞刀使。

「我們……該去幫忙嗎？」海渥克在後方問。

「看清楚。」紅狐凝重地回。

戰鬥進入近身纏鬥，每位舞刀使在自己站定的地方扭轉身軀，揮動長刀，拉開無數道光軌，斬殺的魔物不計其數。他們的動作流暢自然，彷彿在和彩光共舞。凡爾薩忽然察覺已有幾名舞刀使挪身到狩群的後方。

接下來發生的事，凡爾薩在一瞬間難以理解。

一個舞刀使不停旋轉，繞身拉起數圈光軌，然後他倏然以刃切開地面——燃燒的虹光劈開白雪朝前射去。另一個身子正在旋動的舞刀使剛好承接那道光波，將其捲入自身的虹光之中。閃動的彩光交融，不出幾秒又拋向下一處。

虹光就像急燃的燄痕，從一個舞刀使射向下一個，在暗白的雪地畫下劇烈閃動的巨大光陣，直到狩群全被包圍其中。一陣刺眼的光芒令凡爾薩摀起眼。

片刻之後他睜眼，狩群全化為飛塵。凡爾薩根本還未看清發生什麼事，雪地上的虹光已逐漸消逝，飄散成零星的光點。眾舞刀使身上的彩光也淡去，只有皮膚上的銀紋依舊閃爍，好一陣子才轉暗。

「你們在前來的路途中，應該也被許多裂嘴白妖侵擾？」

「我們……嗯，對的。」雨寒也因方才的情景吃驚。「有許多奔靈者為了保護遷徙大隊而犧牲了。」

「我能想像你們所面臨的挑戰與悲傷。看樣子你們也經歷許多事。」子藤說：「數百年來，難以計量的舞刀使捐軀，才得以維持我們居處的安全。」

當眾人經過剛才那群舞刀使，凡爾薩看見他們當中有幾位女性，穿著紅色褲裙，髮繫紅色緞帶。裡頭也有幾位翡顏裔的面孔。然後他們從山坡路走向一個低地，左右兩旁均可見海水包夾過來。日痕山就在正前方，就近看其實沒有預期中的高。然而它靜逸地躺在陰灰天空下，即使生煙陣陣，卻有股肅然的感覺。

就是這地方，支撐著這一帶的人類……凡爾薩看見連接日痕山的陸橋，入口處有排粗重的木架，規整地組成某種框形廊道。那兒通往這文明的中樞區域，也就是舞刀使的本部。

然而子藤卻轉向東邊，並未朝那廊道去。「你們一路跋涉應該累了，我先安頓好你們，吃點東西，歇息一晚。」他帶著瓦伊特蒙的人們朝另一個方向走。看似是頭子的熾信則帶著其餘幾位舞刀使，不發一語地朝日痕山走去。

EPISODE 33《芬瀾》

原以為待在遺跡外圍便能安全，但艾伊思塔知道他們犯了致命的錯誤——恆光之劍熄滅的一刻，大地湧動起來。

遷徙大隊正打算南行，廢棄的建物間卻傳來震耳欲聾的聲響，彷彿整座城市都在搖晃。巨型觸手從環狀高原的雪壁突刺出來，瀑布的水流沖刷牠冰晶般的軀體，表面有莖痕甩動。人群在驚慌中轉向，卻看見北方雪壁也破出了觸手，撞碎整排的建物，疾速翻轉而來。

兩條觸手螺旋交繞，形成更加結實的屏障。牠們就像交錯的鎖鏈，封鎖住遺跡所在的半島。

「糟了，牠們打算把我們困在這兒！」艾伊思塔把靈凜石塞回胸口，喊著人群向後撤，身為總隊長的俊已組織起奔靈者擋在前方。飛灑的雪霧中，越來越多的冰色藍光閃現。兩千多居民和數千頭正在成形的魔物之間，是七十位奔靈者。

亞閻從某幢建築的頂端躍下，兩柄刀刃卡著細冰屑。「到處都是。看來這次牠們來真格的。」

「艾伊思塔！」俊朝她喊：「我們沒有人力在空曠的地方防衛，帶所有人撤回到遺跡的中心，找一處易於守備的建物躲藏！」

「但這樣子容易遭圍困！」

「以我們現在的戰力要突圍，代價太大了！我們用建物做屏障，撐到恆光之劍再次啟動。」俊和尤里西恩等人接連喚出彩光，但並未主動迎擊。

「我知道了！」艾伊思塔立刻退往後方，呼喚人群跟著她走。找到利於守備的地方將是生存關鍵。

在俊和其他人阻擋敵軍的同時，她帶領大隊深入遺跡的核心地帶。飄來的水氣溼潤所有人臉龐，他們跨越不成路徑的積雪地，聽著後方越演越烈的作戰聲響。

在無數高樓和浮冰充斥的湖泊上，眾人倉促行進，有時幾乎是連滾帶爬。不少人在慌忙中落入水裡，居民拉起彼此，不敢停下腳步。

他們回到擁有球形底座的地標附近，攀上懸浮在湖面的環狀迴廊。在千流瀑布之牆被觸手攪亂後，周邊的水流都激盪起來。艾伊思塔探勘過這一帶，她得找出能讓居民躲藏的理想地方。

瀑布的轟隆聲短暫蓋過戰鬥的聲響。然而湖面正在迅速凍結，滾滾而來的白雪誕生出新的魔物身影。傾刻間，周圍的景色已和數小時前她所看見的迥異，彷彿時間在加速運轉，一切已被深雪淹埋。身邊的樓房開始出現張牙舞爪的狩，牠們垂直站立在建物表面，就像她曾在方舟遺跡見過的那樣。

人群全擠在廊道上，驚慌失措。

我們得離開這裡！艾伊思塔緊張地掃視周圍，猛然看見一幢她和亞閣進去過的建築。

「大家跟我走——！」她驅動棲靈板滑了過去，並在幾位居民的幫忙下破開積雪的入口。

人群從環狀迴廊傾瀉進去，湧入舊世界的建物裡頭。

高聳的牆頂有隙縫透入微光，陰暗的內部比想像中寬闊，起碼二十公尺高，斜梯穿梭其中，串連平台和廊道，全被薄雪覆蓋。

「弓箭手！我們去那上頭！」帕爾米斯指向某個橫立在上方的平台，帶著十幾名奔靈者繞道上去駐守。

俊則派遣奔靈者守住狹窄的通道口，擋住拚命想擠進來的魔物。

艾伊思塔環顧四周，確定這是個堅固的空間。然而她依然要居民挪動到一個中間層的懸空平台，這樣假如狩闖進來，他們有多一道守備，只需要擋在連接那地方的斜梯和廊道。

「亞闍，」身後的俊說：「我們得趕緊視察這個建築物有沒有已遭突破的入口。」

「明白。」亞闍露出笑容，拉低頭巾。「啊，接下來的十八個小時會相當刺激。」他架開雙劍，躍入凹陷的地底層，俊則找了幾個奔靈者朝不同方向勘查。

艾伊思塔和兩千多居民聚集在中央平台，幾根柱子的後方有條短梯向上，通往一個隔絕的凹室。在那上頭，癒師們開闢出照顧傷患的地方。艾伊思塔看見負傷的群眾紛紛被抬上去，自己卻什麼忙也幫不上。

拆解自己的鐵鏈後，她沒了兵器，只能眼睜睜看著其他奔靈者和魔物交戰，心底焦急如焚，希望自己也能和他們並肩作戰。

俊和亞闍又發現兩處遭狩群突入之處，喊上人過去鎮守。有些拿了奔靈者兵器的居民也鼓起勇氣參與防守。

無論先前的感覺多麼激昂，普通人畢竟和受過訓練的戰士不同；兵器在手，許多人卻不知如何使用。高大的狩踏進來，冰爪刮開牆壁，胸口獠牙層層掀開。有些居民見到這一幕，連驚叫也沒丟便丟下武器跑了。但也有居民咬牙堅持，以鍍銀的兵器捲起身旁奔靈者釋出的虹光，一同撲向魔物。

接下來的數小時，艾伊思塔一邊安撫居民，一邊看著守備情況的發展。

總隊長俊和一批人包圍最初的入口，毫不鬆懈地面對闖入的魔物。地上發光的殘冰屑越積越多，吹入的白雪也越堆越高。亞閻、尤里西恩分別帶人鎮守其它兩個缺口。帕爾米斯的弓箭手則身處制高點，瞄準任何突破防線的魔物；唯一脫離弓箭隊的是莉比絲，她遊走在三個守備據點之間，蓄集靈力一陣子便射出巨大的虹光柱清除魔物，為守方換來短暫的喘息時間。

但時間並不站在他們這一邊。狩群不斷增生，攻勢從未停止，奔靈者交替防禦，體力卻隨著白晝的消逝而逐漸消耗。

現在才過了幾小時……這樣下去，我們根本撐不到明天。艾伊思塔握著手，無力地想。

忽然，她看見亞閻脫離崗位，滑過一道斜梯奔往俊的身旁。艾伊思塔知道出事了，起身挪動到他們身旁，剛好聽見亞閻說：「……守備得交給其他人，我想辦法殺出去，找那些巨型觸角的弱點下手。」

艾伊思塔露出恐慌的神色。「外面至少有上千頭魔物！而且根本不曉得有多少那樣的巨型觸手存在！」

「所以我得親自去看看。」亞閻轉動手中的長劍。

「不行！太危險了！俊，阻止他這麼做！」

白髮男子僵著表情，和亞閻對望片刻。「艾伊思塔……他說的沒錯。這樣下去不是辦法。」

「看吧，總隊長明理多了。」亞閻再次勾起笑容。

「但你不能自己去，我們沒有本錢失去你。」俊不顧亞閻的反對，還是找來四名奔靈者陪同，包括弓箭手韓德。「如果情況不對就立刻返回，別硬幹。」

「是吧。到時候還得猜猜哪個入口會被莉比絲清空。」亞閻笑了笑，和同伴們準備動身，艾伊思塔卻抓住他的披風。

「你一定……一定要安全歸來。」她說。

頭巾底下的淡灰色眸子凝望過來，鎖住她的眼眸片刻。她以為亞閻要轉身，卻發現他的雙唇貼了上來。

「去去就回。」他退後，轉身滑行離去。

戰鬥一直持續到深夜，負傷的戰士輪替崗位，居民幾乎都從前線退下。擺放傷患的凹室人滿為患，有些人得躺在階梯上。

艾伊思塔拿著某個陣亡戰士的長槍，和湯加若亞等人一同守住亞閻留下的空缺。不知何時開始，魔物的攻勢不再那麼猛烈。漸漸地，每批狩之間甚至出現空檔，給人足夠的休息時間。艾伊思塔不停瞥向各據點，想像自己看見亞閻走進來。

好幾個小時過去，卻一點跡象也沒有。

「啊！尤里西恩——！」吶喊聲從下方傳來。一波狩群闖了進來，尤里西恩倒在血泊裡顫抖。俊和數位奔靈者看見，從兩旁的平台跳下去支援。他們拖走受傷的人，開始面對那幾頭狩。

又一波騷動拉過艾伊思塔的注意力，有人影聚集在旁側的入口。她忽然瞥見反射虹光的金屬口罩。

「韓德！」艾伊思塔飛奔過去，推開人群，看見他扛進來滿身是血的亞闍。

「癒師——癒師！」艾伊思塔抱著亞闍吶喊。她和韓德對望。「只剩下你們兩人……」對方點頭。

「真是狼狽……」亞闍的頭巾不見了，灰髮在臉龐撒開，喘息費力。他忍著疼痛說：「敵人比想像中還難纏……」艾伊思塔驚愣得說不出話，她從未想過亞闍會受那麼嚴重的傷。

「讓我來，」牧拉瑪跪在他身旁，一手觸碰棲靈板，另一手壓住亞闍深得見骨的肩傷。癒師的頸上掛著防風鏡，彩光從他手臂放射出來，呈樹根狀分散，再分散，直到纏繞亞闍整個軀幹。光波掃過他的肌膚，亞闍痛苦地呻吟。治癒花了大約十分鐘，牧拉瑪單膝跪了下來，壓著自己腦門。「我只能做到這麼多了。」

「這樣夠了，」亞闍扭動自己的肩膀，再讓另外兩位癒師協助包紮。「我們幹掉兩隻觸手，但應該還有更多。很明顯，狩群只消散一部分。」他咬牙，發出一聲輕細的呻吟。「……感覺整個黑夜都在晃動，牠們真的打算一勞永逸把我們全吞了。現在只能等到晝時啟動恆光之劍，帶居民離開。沒有別的辦法了。」

接下來的時間，人們面對零星的攻勢，抓住機會輪替休息。亞闍拿著鐵鍬撬開劍刃上的暗冰屑，艾伊思塔擔心地待在他身旁。從旁經過的湯加若亞投來異樣的眼光。

「你傷得很嚴重，」她揉了揉眼睛說：「我以為你……」

「喔。那是為了搭救某個白白送死的傻子。人沒救成，自己卻受傷。」亞閻無奈地說：「早說過我自己去才對。」他聽來有一絲不悅，臉上卻難掩悲傷。

艾伊思塔拉緊他的手。

「敵人也在學習怎麼對付我們。」亞閻凝重地說：「以往待在遺跡外圍多少都還有活路可走，沒想到這次敵人竟然動用大批觸手，把去路全封了。」

艾伊思塔把頭靠在他身上，一股淡淡的睡意讓她閉起了眼。聽見嘶吼聲醒來時，她發現自己一人裹著披風躺在地上。周圍有居民慌張地挪動，飽受驚嚇的面孔被彩光點亮。

不知敵人是否意識到晝時已近，狩軍發動了強烈進擊。三個入口都有越來越多藍光透進來，奔靈者全湧上去阻擋，再也沒人可以休息。艾伊思塔看見亞閻在底下，那模樣像在繫緊披風。俊和帕爾米斯站在他身旁說些什麼。

「你要去哪!?」艾伊思塔跑過去，不可思議地望著他。

「我得再出去一趟。」亞閻手中的刀刃坑坑洞洞，殘破不堪。「我和韓德兩人去便行。」

「你瘋了嗎?你的身體撐不住的!」

「現在離天明約三小時，這表示我們得等待超過六小時才能啟動恆光之劍。六小時，妳明白嗎?」他以長劍掃向建物各個角落，到處都是激戰的人群，狩的嘶吼和奔靈者的吶喊聲此起彼落。「我們的防守線撐不了那麼久。接下來就是妳最愛的居民通通遭到屠殺。」亞閻測試了一下兩手劍刃的平衡。「我得走了。」

亞閻……艾伊思塔看著他。「我和……我和你一起去!」她不知自己為何說出這種話，但她的腦中一片混亂。

「呵呵，可愛的淑女，妳看我傷得不夠重，想當個更稱職的累贅？」他抬起少女沒有鐵鏈纏繞的手臂，給了她一個微笑，然後朝一旁點頭。「莉比絲，我們準備好了。」

女弓箭手拉開長弓，匯聚虹光至箭鋒。「——讓開！」

巨大的光束貫穿出口，眼前的魔物瞬間蒸發，留下通往黑夜的長廊。亞閻與韓德立刻動身，消失在彼端。艾伊思塔只能低下頭，祈禱他們平安。

但她並未料到亞閻離去後……再也沒有歸來。

白晝帶來陰沉的天光，從牆簷的破窗滲入，微微點亮建物內部。然而敵軍是無法預側的潮水，時而激湧，時而淡退。唯一確定的是敵人已鎖定這兩千多個人類，封鎖所有去路，讓他們一步都離不開這幢遠古建築。

「總隊長！艾伊思塔！」幾個小時後，年輕的學者麥爾肯捧著恆光之劍朝他們奔來。「現在……應該可以了，我們可以嘗試啟動！」

奔靈者一個個回望過來。他們染著血的面孔稍稍放鬆，彷彿看見了希望。

「終於……」泰鳩爾疲憊地說。

「好，讓居民做好準備，我們得突圍。」俊喘著氣說：「但願那些觸手看見恆光降臨，會主動讓道……」

艾伊思塔表情空洞，一股恐懼油然而升。亞閻與韓德一直沒回來，或許他們正在遺跡的某個角落，同樣一樣遭到圍困。若是那樣，當大隊帶著「陽光」離去後，他們該怎麼辦？

「俊，我有一個想法。」艾伊思塔開口。

眾人凝望過來，她接著說：「讓我帶著恆光之劍去高原上的冰脊塔。」她知道自己聽來十分不智，但她確實思考過一個可能性。「到目前為止，我們知道魔物之間有某種聯繫。殺死一個結點的首腦就能解決一批魔物。因此說不定……說不定那些觸手都是從冰脊塔生成的。」

俊愣了半晌。「我們還沒有證據來確認冰脊塔到底是什麼。」

「你說過自己見過它很多次，不是嗎？若非它在跟蹤我們，就是那樣的冰脊塔其實不止一座。」艾伊思塔急著說：「總之，它一定和白島生成的魔物有關。那模樣非常不尋常。」

白髮的奔靈者看著手裡的恆光之劍，猶豫了。

「恆光之劍開啟的時間有限，帶著居民我們到底能走多遠？」艾伊思塔設法說服他：「現在敵人執意要圍殺我們，若無法徹底擊敗牠們，就算給一段安全的時間離開封鎖……明天我們在雪地依舊會被圍困。到時候就沒有遺跡的防禦優勢。」

「我明白了。」俊的目光從艾伊思塔挪往身旁的戰士。「妳需要多少人陪同？」

「我自己去。你需要所有奔靈者來保護居民。」

「不行。」俊斬釘截鐵地說。「外頭的魔物每分鐘都在遞增。就連亞闍也需要韓德陪伴。」

艾伊思塔反駁他：「四周都是水流，只有我的雪靈可以勝任。」她感到焦急，在這兒討論的每秒鐘都是失去的時間。她害怕魔物的圍剿會讓大隊堅持不到明天；也害怕亞闍正在某處等待，獨自對抗上百頭狩。「如果有恆光之劍在手，我不會有事的。」

俊捧著尚未開啟的遠古儀器，絲毫沒有意願要把它交給艾伊思塔。那霜白的眸子開始打量身邊的戰士，似乎想找出有誰適合協助這任務。

「俊！我們沒時間了！」她大喊。

「這事沒有商討的餘地。」

在艾伊思塔眼裡，這還是俊第一次如此強硬。她心想俊總算有了總隊長的樣子，卻徹底激發她的怒氣。「還是你擔心我要出了什麼事，沒人把恆光之劍帶回來？」

俊只沉默半秒，很乾脆地點頭。「這是其中一個理由。」

圍觀的人們都僵直了身子，無人敢插口。戰鬥的聲響在遠方迴盪，這兒的空氣卻像凍結。

「聽著，」艾伊思塔往俊走一步，和他面對面。「今天可以啟動恆光之劍的時辰正一分一秒減少。」她凶狠地說：「這一趟都是水路，還有一座五百公尺的瀑布得通過。不管是誰跟著我——包括你自己——都只會拖垮我的速度。」

俊望著她，神情鬆動了。

「總隊長，你得做出決定。」艾伊思塔說：「不冒險失去恆光之劍，還是嘗試戰勝敵人。」

她知道兩個選擇都是賭注，或許最終的結果都一樣。

然而，俊屏息片刻，交出了恆光之劍。「無論發生什麼事，要活著回來。」

衝出建物時，艾伊思塔轉開旋鈕。雲層在頭頂旋動，金光瞬間射入世間，與手中的儀器相連。一股久違的暖流貼近臉龐。

上一次她選擇離開瓦伊特蒙，最終明白了自己的歸屬所在。這一次，她為了保護那的歸處，選擇獨自離開所有人。

原本廣大的湖泊已變成固狀的雪地，擠滿魔物，牠們在艾伊思塔接近時本能地四散。她看見凍結的高樓之間有巨大的噁心紋理在挪動。

有觸手到這麼近的地方了？她果斷地捧著恆光之劍繞道過去，由底下滑過——

沉寂的光束切過冰晶的腹面。觸手發出駭人的聲響斷為兩截，邊緣冒著白煙，激烈扭晃。殘餘的部分瘋狂甩動，一次次重擊旁側的高大建築，震盪聲讓艾伊思塔差點摀住耳朵。那是先前他們帶俊上去的塔樓，體積大到難以仰視，但有鋼鐵與雪塊在周圍散落，砸裂她周圍的碎冰。那座高塔由底部崩裂開來，傾倒在另一幢建築上。艾伊思塔沒有回頭，聽著遺跡塌陷的巨響在後方揚起。

她把臉埋在手肘，遮掩橫掃而過的雪浪。突然一旁出現大體積的狩，發狂似地想攻擊她。眼角一道虹光屏障擋開牠們。

「湯加若亞！你怎麼會——」她不可置信地望著兒時玩伴。

「不能讓妳一個人去！妳會需要我的！」他喊道：「至少我也受過水中作戰的訓練！」

兩人朝著瀑布之牆飛奔。腳下的冰層不斷裂開，慢慢化為一攤攤浮冰，再被流動的溪水覆蓋過去。艾伊思塔的棲靈板在混雜的水冰之間毫無阻礙地躍動，湯加若亞的速度卻被拖延了。

通天的瀑布就在前方，披掛在起碼五百公尺高的白色斷崖上。最底下隱約可見一排建築廢墟，部分淹埋於冰壁，在瀑流的沖掃下若隱若現。而介於艾伊思塔與瀑布白牆之間是一道蜿蜒的河流。

狩群已從四面八方湧來，毫不在意飛沫溶解了雪塊肌理，撐著奇形怪狀的冰骨接近。許多細小的莖痕從水中出現，像是探出頭的水蛇。

「艾伊思塔，妳快走！」湯加若亞轉身張開虹光護網，壓制住敵人。「我沒法跟妳上去，但可以掩護妳！」他再度擴大眩目的光波。
艾伊思塔躊躇了一下，然後喊道：「你也要找地方躲避！絕對不能死！」
她暫且關閉恆光之劍，捧著棲靈板躍進河川。她感受到水流強大的阻力，加大芬瀾的力量帶著她逆行。待她攀上一幢矮建物的頂端回首而望，已不見湯加若亞的彩光。水流在她兩側嘶吼，艾伊思塔抬頭，明白她得耗盡芬瀾的靈力，才有可能沿著瀑布扶搖直上。
片刻的思索令她不確定是否該這麼做。一旦踏上那片白色高原，便沒有回頭路了。
艾伊思塔深吸口氣。「芬瀾——帶我上去！」

EPISODE 34《瀲芒》

靜逸的風徐徐吹來，悠長的鳥塵纏繞白雪，空中紛飛舞轉。

熾信踩著鬆雪，沿著日痕山的西南坡道上行，來到山口附近。矗立在他前方雪地裡，幾根木樁上頭綁著飄揚的花色緞帶。有個少女站在底下拉著線繩，寬鬆的袖襬隨風飄晃。

「霞奈。」

少女轉過頭來。「——哥哥。」她把線繩在樁緣的扣環上捻了個結，然後朝他走來。

熾信看著她跛行的動作，哀傷浮現心頭，但他抑制住表情。「抱歉，來晚了，遇到一些事。」

少女發出輕音，微笑著搖頭。「哥哥是議會首長，得掛心許多事。」

「不……我們來了訪客。」

「訪客？」他們兩人走上積雪的坡道，往高處攀爬。

「嗯，初次遇見的一群人。」熾信思索著那群來自南方的遷徙團隊。他們當中約三分之一的人佩帶武器，且握著奇特的板狀物。帶領他們跋涉千里的領導者是位過於年輕的女孩，這令他有些詫異。有一位戴著紅褐毛披肩的中年人散發出異樣的特質，熾信判定他在貴方文化裡是有獨特影響力的男人，很可能掌控實權。

他們大致訴說了南方家鄉「瓦伊特蒙」的遭遇，但模糊了許多細節。待他們休息過後得問清楚……

熾信陷入自己的思緒，才發覺霞奈已慢了自己好幾步。「啊，抱歉。」他停下來，拉起她的手，牽著她爬上一道粗矮的石牆。霞奈拿出長巾，平鋪於雪地，和兄長並坐。熾信解下長刀，水平擺在腰後的雪地上。

從他們的位置看去，雪坡擋住底下村子，但仍可瞥見村落的西邊一角。在海岸邊緣，素色的三角平房散布著，其中好幾幢建物的表面漆上繽紛色彩，頂端插著金箔針，那是由青碧髮色一族從北方帶來的文化。隱約可見周邊有渺小的人群正為今日的工作繁忙。

而在它的對岸，僅隔一道狹窄的海灣，便是白妖肆虐的鹿兒島遺跡。

「那些訪客來自南方，經過將近一年半的長途遷徙來到我們這裡。」熾信若有所思地說。

「又是為了……在世界各地尋找人類文明？」

「不。他們的家園毀滅了。」

「咦？」霞奈眨了眨眼，明顯感到困惑。

「裂嘴白妖大舉入侵，他們是被迫的。」

「啊……我以為……」霞奈看向手腕上的某樣東西。

「嗯，和我們之前遇過的不同。」熾信說：「他們正在外領地歇息。皇刃即將招開議會，傾聽他們發生的事。對了，」他打開腰間的皮革袋，拿出一個小罐子。

霞奈眼中已隱隱放出光彩。她接過手，從裡頭取出一朵藍色的結晶物，像是易碎的小花。「好美……這株顏色比之前的還亮呢。」

「是啊，我和子藤在高隈一帶的雪地找到的。」

「咦？高隈山？」霞奈面露憂色，目光在兄長的衣袍上搜索著什麼。「哥哥，那是鹿場另一端，村民搖傳有許多人……是不是去了就沒有歸來？」

「可以這麼說……但多是沒有結伴的舞刀使。」熾信捲起袖子。「我們遇到一些從未見過的白妖種。原以為雙核以上的種類在遺跡外是看不見的，但這次遇到了一頭五核妖。」他露出左臂，鮮紅的繃帶依然溼潤。

「啊！傷口……」霞奈觸碰他的肌膚。「……這傷口很深。」她趕緊捲起雙邊的袖口，從手腕取下一個黑晶色的手鐲。

「我沒有關係，霞奈，妳不該繼續使用這東西。」

他的妹妹搖頭，眼底有股倔強。熾信原本打算堅持，卻吞回口中的話，靜靜地讓霞奈解開他的繃帶。手臂的傷可見肌理，像灘浮腫的肉泥。霞奈驚嘆一聲，但神情立刻寧定下來，以姆指和食指拿起手鐲，在白雪上方晃動。

沒什麼事發生，於是霞奈站起身，以蹣跚的步伐朝一旁走去。

「霞奈……」熾信嘆了口氣。

「未有居所，無拘無束的自由神靈，請聽我令，」她緩緩彎身，把手環在雪地上方一吋的位置繞圈子，專心吟詠：「請聽我令，助予我治癒之力——」

漸漸地，微小的光點從雪中冒了出來，像浮空的氣泡盤旋於手鐲周圍。霞奈將那些飄動的虹光點引來，再讓手鐲晃過熾信的手臂。光點沒入濕潤的傷口，不出幾秒，血液迅速凝固。原本鮮紅的肌理變得暗沉，浮腫也消了些。

她鬆了口氣，戴回手鐲，細心地幫熾信綁回繃帶。

那手鐲的材質和舞刀使的長刀看似有些雷同，卻完全不一樣。它並非是鑄造刀刃所用的黑曜石。「妳不該繼續使用它，這不是屬於我們的東西。」熾信再次強調：「如果被其他舞刀使瞧見……」

「嗯，我會注意的。哥哥別擔心，他們……不會有機會發現的。」

熾信嚥了口唾沫，心中一股哀愁。他靜默地望著妹妹纖細的動作。

霞奈留著柔順的淡灰髮色，臉龐清秀白淨，但在那對看似豁達的眸子底下，他知道她心中的感受。

自小，霞奈便跟隨兄長練劍，一開始僅出於好奇，但某天她竟說自己也想成為舞刀使。熾信阻止不了，便試著傳授刀技給她。眾人詫異於妹妹的稟賦，每每給予褒揚，甚至連皇刃都曾親自給予她讚賞。當時熾信便有意無意地感覺到，霞奈對「銀封之日」的到來抱以嚮往。

三年前，就在她準備成為舞刀使之際，發生了某件事，讓一切出了變數。腿部的殘疾毀滅了她的夢想。現在，霞奈日復一日待在遠離村落的地方，接下隱蔽的工作。熾信從未開口詢問，但他猜想……或許她是為了逃避眾人的目光。

「我得回去了……皇刃很快要招開會議。」他擠出一絲笑容。「之後我再來和妳分享南方世界的事跡。」熾信緩緩起身。有時他不禁思索，說不定自己……也是在逃避妹妹的目光吧。

他們兩人沿著原來的路徑返回，他在木樁之地和妹妹道別。

熾信邊往下坡行，邊調整左肩的皮革扣環，讓長刀落入平衡的角度。他回頭，看見霞奈站在緞帶飄揚的木樁前，灰髮與袖擺跟著飄動，身影孤寂。

他嘆口長息，轉過身去。

EPISODE 35《離焱》

瓦伊特蒙的人群在稱之為「外領地」的內灣處待了一夜。

晝時的水面有霧氣低懸，隱約看得見諸多小船冉冉漂晃。用餐時，子藤將他們帶往一個長形的平房內，像是某種集會廳堂。居民和奔靈者同樣席地而坐。許多當地的平民來回奔走，再次準備好招待的食物，且不時投來好奇的目光。瓦伊特蒙的青年和少女也抱以同樣眼神回望。

四百人的餐點不算少數，但從昨夜到今日，他們賓客從未等待太久便有食物端上。不幸的是，當中有一半肉質怪異，居民難以下嚥，甚至有人露出惶恐的神色。凡爾薩曾在亞闇的訓練下吃過好幾次「熟食」，沒什麼問題。技巧是迅速咀嚼掉泛焦味的魚肉，再去享用偏生的部分。盤中還有某種細長的生菜，含入口中一股清爽，慢慢轉為微辣的滋味。另外還有黑色的黏稠豆糊，足以飽腹。

四周都有背著長刀的人看守，凡爾薩發現他們均穿著暗白色衣袍，裡頭的襯衣則染成不同顏色，感覺似乎有種規矩。他還發現廳堂的周邊擺滿舊世界的遺物，包括裝飾品和各式器具，數量比起瓦伊特蒙多很多。

早餐用後約兩小時，身材高眺的舞刀使熾信再次出現。「瓦伊特蒙的長老，請妳跟我來一趟。」他對雨寒說話的聲音斯文，卻有種堅實的底韻。「這邊請。」

紅狐，哈賀娜，額爾巴等人全跟著雨寒起身。然而熾信卻說：「得說聲抱歉，請妳僅帶兩位使者陪同。不能攜帶武器以及你們的……『棲靈板』。」

眾人交換眼神，明顯感到不安。但雨寒僅遲疑片刻，便放下自己的板子。「我懂了。費奇努茲？」

紅狐點頭，解下從不離身的長弓與箭筒。

雨寒掃視身邊的人，似乎在猶豫什麼，最後說：「……凡爾薩，你可以陪同嗎？」

「長老——」不僅哈賀娜及額爾巴開口，連癒師安雅兒都提出異議。

「雨寒，換個人吧。妳知道他現在……」紅狐瞥了眼身旁的舞刀使，停頓一下。「……不算是正規奔靈者。」

「沒關係，沒帶上棲靈板，我們都一樣。」雨寒盯著凡爾薩。

本能推動他一口回絕，然而凡爾薩握住拳頭抑制衝動。若讓另一個統領階級的傢伙跟去，很可能又一次人們怎麼被賣了都不曉得。凡爾薩並不打算坐以待斃。

他抹了下嘴，站起身。

「很抱歉剛才沒有正式自我介紹，」熾信說道：「我是舞刀使決策議會的首長，對內輔佐皇刃統領日痕山，對外主司境外狩獵。」他領著他們朝西方山丘的方向走去。「皇刃正在等待，他很期盼與來自世界彼端的人們做些交流。」凡爾薩試著辨識他濃厚口音底下的字義；熾信似乎是某種高階部隊的隊長，而皇刃必然是統領這裡的人。

子藤也跟來了。紅狐和凡爾薩兩人走在雨寒的後方，氣息緊繃。費奇努茲輕聲說道：「別做出不該做的舉動。這事攸關所有人的命運。」

凡爾薩直視前方，不予理會。

他們通過昨天看到的木架廊道。由雙柱、橫梁組成的框形門有九座，並排陳列於雪地，正面通往日痕山。雨寒觸碰木頭的表面說：「這是『魂木』……」

「是的，」子藤微笑道：「遠古時期我們腳下這片的陸地尚不存在。是六百年前的某天，日痕山完全甦醒，噴發出的熔岩才形成這段陸橋，和旁鄰的陸地連接起來。過往的白妖時常朝此地襲來，因此先祖在此以靈木搭起鳥居，以示邊界。百年來，幾代的舞刀使就在守護靈的庇祐下，從未讓白妖通過陸橋。」

「『守護靈』？你是指雪靈對嗎？透過束靈儀式和人類魂魄相依的虹光。」雨寒說。

「是的，讓雪地的神靈附著於身軀和刀刃，賦予我們退散白妖的能力。」子藤說：「但我不懂妳說的束靈儀式是指？」

雨寒猶豫一下。「沒什麼……」她看了凡爾薩一眼。「我們雙方文明似乎有很多不同之處，可以慢慢交流。」

日痕山就像座圓形的孤島，他們沿著岸旁的路徑從繞過北方，看見更多的平房。那是個村落，許多小船停靠岸邊，背著長刀的舞刀使輪番從船身拖下東西。

「他們在做什麼？」紅狐詢問。

「他們是剛從『霧島遺跡』歸來的武士，」這次回答的是熾信。他的眼底多了一份鬱悒，少了子藤的親切感，口吻卻不失恭敬：「我們定期派人去探尋，帶回先人使用的物品以及生活所需的材料。」眾人在他的指引下遠眺，視線穿越迷茫的霧氣。

內灣對岸的那片陸地，確實隱約可見城市跡象。

「這麼近的距離……沒有狩出沒嗎？」紅狐又問。

「有的。『露島遺跡』，以及西側的『鹿兒島遺跡』都充斥著大量白妖，因此只允許有經驗的舞刀使擔任採尋工作。但偶爾，我們也會給新成員鍛鍊的機會。」熾信回道。

「剛成為舞刀使的生手得三、四人結為任務組，去遺跡殺敵。」子藤補充道：「那是增強實力的必要修行。」

凡爾薩心底有個疑問，若水底的魔物跨海而來，日痕山無非曝露在威脅當中？

正當他思索之際，答案卻已出現眼前。紅狐和雨寒也注意到了——一整排銅鍋浸泡在海水中，有人扛著整籃的白雪倒進去，也有人以桶子提起已融的水。一旁是由石陣圍成一區一區的露天浴池，許多人身穿輕袍，悠閒地泡著交談。熱氣使空氣變得朦朧。

所以日痕山周邊的海水幾乎沒有凍結的跡象，原來是這麼回事。凡爾薩心想，這群人無須擔憂瓦伊特蒙和所羅門遭遇的事，因為若依照俊當初推測巨型觸手的生成是由水結為冰晶，這一帶無論是內灣或南側海面，盡是熱泉。魔物必然無法通過。

他看向冒著煙的日痕山頂。很顯然，即使隔岸便是魔物充斥，依偎在火山邊讓他們的心理能夠承受恐懼。能夠無視恐懼。

在熾信的帶領下，他們開始沿著坡道攀爬，經過大片平房，繞向山的西北側。凡爾薩看見雪坡上明顯有幾道溝渠的痕跡，但裡頭似乎是乾枯的，朝下延伸而去，繞過大片平房的聚集處。

「那些是為防日痕山甦醒時，用來疏導岩漿用的。」子藤解釋。漸漸地，他和熾信的腳步增快，在山坡路上和雨寒三人拉開了幾步距離。

隨著他們的位置攀高，底下寬廣的聚落一覽無遺，覆蓋了日痕山幾乎四分之一的沿海地。從外領地是看不見的。

凡爾薩落後在隊伍最後方，看著底下密集的平房和往來的人群，發現這裡人口數或許是瓦伊特蒙的兩倍。他意識到日痕山的這一側才是舞刀使文明的核心地帶。它有點類似黑底斯洞，各種設施與工坊都聚集於此。不同的是，瓦伊特蒙的人們將鐘乳石窟雕塑為居所，這裡的文明則找到方法結合新舊元素，善用從鄰近遺跡搬來的東西重新建立起他們的社會。平民當中約有七成以上是灰薰裔，人群喧囂繁忙，卻有種秩序井然的群體默契。

俯瞰眼前的景象令凡爾薩不自覺思念起瓦伊特蒙，這連他自己都感到驚訝。

他在心底盤問，像這樣的地方，他是否會渴望長待？

「凡爾薩……」雨寒回過頭，細聲說道：「我想請你擔任我的隨身護衛。還有明天之前，請你從奔靈者當中挑出三十人，充當瓦伊特蒙的使節團。今後我們雙方文明謀合生存模式的過程裡，由這群人負責和舞刀使交涉。」

紅狐怔住。凡爾薩則皺眉，一頭霧水地說：「哼，妳要我挑人？他們會同意嗎？」

「由不得其他人。你只要思考該找誰便行了……我會下達命令。」

「我為什麼得照妳說的做？」煩躁使凡爾薩提高音量。

「因為我是你的長老。」雨寒的語氣也隨之轉變，盯著凡爾薩的雙眸像是結凍的冰。「否則請你離開這裡。我會轉告舞刀使你是個變節者。」

憤怒從他胸口升起，然而凡爾薩忽然發現紅狐的表情更為猙獰。

「雨寒，」費奇努茲的語氣異常地陰沉：「和舞刀使交涉，這是總隊長的職權。我的使命便是協助長老做這些事。」

雨寒面無表情地直視紅狐片刻，什麼也沒說。然後她轉身跟上子藤與熾信。

走了幾步後雨寒回首道：「還有，費奇努茲，請將凡爾薩的棲靈板和兵器歸還給他。」

斜坡頂端是座擁有紅梁的塔城。它的底部明顯搭建在殘留的舊世界建築之上，工整的楣石、椿柱架起溫和的扇形屋簷。與它相鄰是一幢樣貌雷同，但小一號的黑色建築。

「那是煉金廳堂，『化術師』的本部。」熾信朝黑色建築示意道。「他們的工作繁多。提煉銀液，過濾黑曜石，調配醫藥和易燃膏，都得依賴他們。」

「所以舞刀使主司外務，化術師主導內務？」雨寒說：「你們的化術師有點像我們的研究院與工坊單位合併起來。」

「啊，不，」熾信近一步解釋：「有些化術師也是相當稱職的舞刀使。子藤便是位傑出的化術師。」

子藤回過頭來對他們一笑，微微示禮後說：「容我先告辭，得去煉金廳堂處理些事。」他轉往黑色建築，熾信則帶著其他人走向紅梁塔城的大門。

熾信將長刀交給門口的衛士，踏入裡頭時，眾人聞到一股令人心曠神怡的木香。內部許多梁柱均由魂木構成。凡爾薩感到好奇，舞刀使文明似乎無須燃火，也不用製作棲靈板，所以把尋得的魂木都用在建築上。

這裡……真是個得天獨厚的地方，他不禁思忖。

熱泉環繞，提供溶雪和天然防禦的屏障；人們無須待在地底，因而享有晝時之光；同時他們有某種烹煮食物的方法，代表火源無礙。以現況看來，社會形態已穩定。

若是如此，他們會願意打破現況，收留我們這些外來者嗎？

走過一層階梯，廊道內側的廳堂已坐著九個人在等待。熾信引領他們，並簡短地解釋這是由九位成員組成的決策議會，統領整個文明。熾信自然也是其中一員。而第十位——坐在正中央的——便是「皇刃」。

「你們遠道而來，辛苦了。」皇刃開口。

「我們很幸運，在穿越無數險境之後，有機會來到這裡。」雨寒回道：「我代表我的子民向你們表達最深的謝意。」

凡爾薩和紅狐並坐在長老後方，忽然感到異常不自在。不知從什麼時候起，雨寒已變得非常不一樣，她似乎完全適應了長老的身分，舉止冷靜，看來不再軟弱。她要求凡爾薩擔任她的隨身護衛，這雖然讓他擺脫紅狐的束縛，但凡爾薩總覺得不知不覺中，自己正受到雨寒的擺布。

嘖……凡爾薩咬牙心想，我不會再忘記妳是黑允的女兒，我不會忘記妳害死了陀文莎！

忽然有位使者匆匆趕來廳堂，跪在皇刃身旁耳語一陣。

皇刃看向雨寒等人說道：「外駐的武士發現，有名女子跟隨你們隊伍的足跡，朝日痕山的方向走來。」

雨寒不解地沉默片刻，回望紅狐及凡爾薩。他們兩人同時露出困惑的表情。

「我們應該沒有遺留下任何人，」費奇努茲沉著地說：「但或許……是某個脫隊的成員也說不定。」

「你剛剛說朝這裡走來，她沒有使用棲靈板？」凡爾薩詢問。

「派駐在沿岸的舞刀使說他們還無法確定。」那名使者回道。他以懷疑的眼神打量瓦伊特蒙的三人代表一陣，才接著說：「那女子的移動速度難以捉摸，他們想叫住她，對方卻在雪丘間不斷消失蹤影。」

紅狐面不改色地說：「不可能是我們的人。我們所有成員都在你們的領土接受款待。」

凡爾薩心生疑慮。繼亞闍之後，難道艾伊思塔也找到了我們的所在地？果真如此，或許不是件壞事。

「沒關係，」皇刃吩咐使者：「先叫武士們留住那女子，之後再行處理。現在我們有事和賓客商談。」使者欠身後便離開了廳堂。

眾人的注意力回到舞刀使的首領身上。皇刃是個俊挺的男子，只有眼窩邊和嘴角的細微皺紋暗示了實際年齡。凡爾薩端詳眼前這男人。他或許未達四十歲。袍子內的襯衣是獨一無二的金色。臉頰兩旁的銀紋繞過眼側，在太陽穴畫出精細的線痕。一道傷疤從眉心斜切，直達右耳垂。他抬起頭時，目光深具穿透力。

「那麼，來自遠方的長老，」皇刃對他們說：「請告訴我們瓦伊特蒙的故事吧。」

EPISODE 36《芬瀾》

冰脊塔就在眼前，散發陰藍色光芒。它像兩種反差物的合成體，彷彿把扭曲的枝幹與某種遠古生物的脊柱揉合在一起，激烈擰轉。沒有任何舊事界的建築比它更加宏偉，更加駭人。

廣大平原上，細絲般的金光切開雲層，朝它接近。

艾伊思塔的濕潤長髮在身後飄擺，遠離身後的瀑布與遺跡的戰場。漸漸地，一股詭異的寧靜降臨，只有風聲在耳邊徐徐呼號。

她堅信那些觸手一定是冰脊塔延伸出來的，非是不可！她必須以眾人對她的信念下賭注。所有奔靈者都在等待，亞閣也在某處等待——她會以恆光之劍破壞那座巨塔，這麼一來定能驅散遺跡裡的所有魔物。

彷彿探測到她的意圖，前方雪地開始發泡，產生一波波隆起物。它們的表面裂開縫細，綻出藍光，然後朝上挺起身軀，成為胸口撕裂的狩。

「恆光之劍，庇祐我。」艾伊思塔輕聲默念。她左手捧著遠古儀器，右手抽出一柄鍍銀的短劍，然後加速疾馳——金色光柱穿越成群的白色大軍時，艾伊思塔曲身保護自己，看見周圍的魔物不斷爆裂為雪塵。有利爪劃來，刮破她的肩膀和背部，但她絲毫未停歇。

人們都在等待……我不能失敗！

艾伊思塔衝出屍白的魔物群，發現自己的披風僅剩半截碎布，索性扯下它拋在風中。她的背部滿是血痕，大腿上的傷口也陣陣疼痛。突然她煞住板子，看見前方竟有個龐大的湖泊。高原上，怎麼會有這樣的東西……？

但冰脊塔就矗立在湖的中央。

後方的魔物已追來，艾伊思塔沒時間思考，騰空躍入水中。

光束在水底便消失了。艾伊思塔抱住棲靈板，讓虹光帶著她向前游。湖水極度清澈，卻被某種無法辯識的光源微微點亮，蒙上一層幽婉的藍光。她距離湖底起碼數百公尺，卻能清楚看見底下有種巨型結構，似乎是舊世界的橋梁和相互交錯的通道，猶如奔靈者的十字髮辮的形狀。她也看見數不清的遠古建築，沉眠在湖底。

水中有其它動靜。她看仔細，發現是鞭刺般的莖痕，閃動著從四面八方游來。

她浮出水面換了口氣，再度潛進，讓芬瀾以極快的速度拉著她在水中前行。藍光閃爍的鞭刺襲來，她緊握棲靈板在水底拉開柔順的軌跡穿縮其間。鞭刺從哪兒冒出來的完全看不清，只知道有越來越多出現在眼前。它們高速射向艾伊思塔，像一道道惡意的錐刺。

她逐一閃避，猛然感到右腿傳來灼燒般的痛楚。

巨牆般的冰脊塔就在前方，它表面的不規則形體占據她的視線，同時更多莖痕包夾過來，在她面前形成密網。

艾伊思塔先是揮刀斬斷腿中的鞭刺，然後放出雪靈。芬瀾化為絢光閃耀的虎鯨，咬碎阻擋在眼前的冰藍色的網子。她穿過缺口，急速向前游，然後在扭曲的塔面找到一處斜坡，攀爬上去衝出湖面。

金色光束回到懷中。

艾伊思塔站在斜坡上，發現自己的腿部開了個極深的洞，血肉爆出緊繃的褲管。她咬牙忍痛，乘上棲靈板在扭曲的紋理上滑行。陽光像道垂直的細線貼近巨塔的垂直主體。

冰脊塔的表面彷彿燃燒起來，漸漸化開一道凹陷的溝渠，裡頭有幽光在躍動。

「他們都在等待……一定要成！」艾伊思塔向前逼近，再向前逼近，直到龐大的冰脊塔燒為兩半，從中央溶解。當晶體般的表面組織散化，藍光般的肌理散化，她看見更深的地方有一層紫色的網狀組織，像稠密的紫色血管從面前她延伸到塔頂，彷彿有脈博似地無聲跳動著。

艾伊思塔發現在數百公尺的上方，密網的中央有個球體狀的巨核，就像血管和心臟。它正在被無數圈鋸齒狀的蔓痕捲動，包覆。蔓痕組成密縷般的防護衣，彷彿已意識到她帶來的威脅，加劇扭轉，封住巨核的表面。艾伊思塔立刻從底下滑過，讓金光切過它。

當她抵達另一端，立刻明白自己的猜測無誤。冰脊塔開始崩解，從頂層開始逐漸坍塌，分解成塊狀物落入周圍的水中——然而它的核心並未毀滅。

血管般的密網大面積地化開，遺落懸掛在其中央的巨核。它跟著慢慢粉碎的冰脊塔一層層落了下來。艾伊思塔正想閃避，卻看見好幾道鋸齒蔓痕繞著它的表面滑動，融入巨核的裂縫，遮掩裡頭放射的紫光。

它正在復原！艾伊思塔驚訝地盯著它，毅然決然帶著恆光之劍往回衝。

塊狀冰晶砸落在四周，但她乘著棲靈板再度切過巨核的底部。這次更多密網斷裂，巨核重重落在她的身後，把她彈向水面。艾伊思塔在翻滾中穩住身子，恆光之劍卻落入水裡，光芒遽然消失。

她起身想撲過去，水中卻冒出數道鞭刺迎面射來。

「啊呀——！」艾伊思塔哀號，她的腹部、左臂、右腿都遭刺穿。然而比起疼痛，她看見更驚駭的景象——水中好幾條冰色的鞭刺甩來，接連擊穿恆光之劍。

玻璃管破碎，底座迸裂開來，器械散落水底。

陽光………

艾伊思塔睜大眼，淚水湧現。人們賴以為生的光，她和亞閻自遠方帶回的信仰，路凱犧牲性命換回的希望……在她眼前粉碎了。

「你……！」她憤怒地看向那巨核。腳下的塔座正在崩塌，冰水淹過腳邊，巨核已有一半沉入水裡。她揮動短劍，駕著棲靈板破開浪花，朝紫光之核奔去。

她用虹光覆蓋的刀刃狠狠截入核的一側。然而它的體積比她大上數十倍，她的攻勢一點用也沒——數道鞭刺從身後刺穿艾伊思塔。

那些鞭刺從水裡浮出，緩緩扭動，把哀嚎的女孩抬至半空。

棲靈板在空翻轉，落入底下的水中。虹光慢慢消失了。她滿口是血，精力殫竭，顫抖的手掌已無力握住短劍，鬆開了手。

艾伊思塔的意識變得朦朧。四肢傳來劇痛，胸口有道血紅的錐刺貫穿出來。

……我失敗了……

亞閻……是我丟失了……我們最後的陽光……

淚水從臉頰落下。她無法阻止冰脊塔，將孤單地在這裡死去。但她無法接受所有人都將因此而亡。信任她的居民，跟隨她的奔靈者。所有人。

「芬瀾——！」她使盡最後的氣力大吼。「救我！」

水中的板子放射出螺旋虹光，化為鯨魚的形體游繞一圈，猛咬水中的莖痕。

她從空中落下，沉入水裡。

鮮血讓眼前盡是紅霧，她迷茫地盯著紫色的巨核；網狀的鋸齒蔓痕覆蓋上去，結為冰晶，它正在修復自己。不知為何在這一刻，種種回憶在腦中閃現。她想起亞闍，想起圖像中父母親的模樣，想起自己雀躍地成為奔靈者的那一刻，想起縛靈師帶著她念過的禱文。

是啊……我說過束靈的誓言。

我是……奔靈者。

她抬起手，掙扎著游向棲靈板。撈過板子的一剎那，虛弱的彩光再現。她以意念驅動雪靈，帶著她衝向巨核。

最後這一刻，艾伊思塔讓自己閉上雙眼，讓思念化為聲音和影像流過腦海。

消逝的生命啊，莫忘遠方執念。

自沉睡中甦醒，喚醒對方到來。

「奔靈者——保護『陽光』！」亞闍對著所有人喊道。

艾伊思塔握住雨寒的雙手，兩個女孩緊緊抱著恆光之劍。金光掃過之處，巨狩底部化為隨風飄散的塵埃。

兩者相互牽引，永恆循環的意志。

環繞著生靈的軌跡，懷抱著淨化的意念。

「跟上來——」亞閻丟下這句話，架著棲靈板往懸崖衝去。

「如果在這裡止步，那我……永遠只是那個被瓦伊特蒙禁錮的小女孩。」艾伊思塔望著崖邊的白雪及前方的灰色天空，然後往前奔去。

以未來彌補過去，我們並未忘卻遠古的誓言。

縱使光明破滅，黑暗叢生；直到天地滅裂，生命終結，我們是奔靈者——文明延續的軌跡，寒冷黑夜的光源。

一雙雙手握住鍍銀武器，刺向湧來的魔物大軍。

那些人的臉孔或許熟悉，或許陌生，卻擁有共同的使命。虹光掃過整排兵器，在空氣中渲染開來。一個人倒下，另一人接上他的腳步。

我們是人類信念的守護者，遠古遺跡的繼承人，以銀紋為脈，以魂木為驍，劃開白色大地的冰冷之軀，燃燒靈魂深處的光引之魂。

艾伊思塔在水中睜開碧綠雙眼，單手貼上棲靈板的雪紋封印。

「謝謝你……」她的另一手輕輕觸碰巨核鼓動的表面。

「——『芬瀾』——」

EPISODE 37《瀲芒》

「這群人有不少疑點。」十人議會中的舞刀使因幡說：「在尚未了解他們那些『棲靈板』的能力之前，先別答應讓他們留下，或許較妥當。」

由熾信等七名舞刀使，兩位平民代表，以及皇刃所組成的議會仍在進行。而來自瓦伊特蒙的訪客三人，皇刃已派人帶他們去參觀山底的村子。

眾人沉默，似乎一致認為不該立即接納瓦伊特蒙的難民。「但如果我們不接受他們……他們還能去哪兒呢？」熾信試探性地說：「從遠南的海域而來，僅剩一成的生還者。總不能見死不救。」

「有件奇怪的事，你們沒有察覺嘛？一提到他們的人民喪生的原因，對方長老的回答似乎有點兒模糊……」說話的是舞刀使崙美，她擁有白皙的皮膚，黑色卷髮高盤為髻。

「確實感覺像在避重就輕。」平民代表筑紫說道。

「還有方才使者報信中提到的女子，」因幡嚴肅地說：「如果不是他們帶來的人，難道還有另一群人？是不是他們並未告訴我們所有實情？」他的目光凝望過來。「不過未經深思熟慮納入新文明可能帶來的災害，熾信，你應該比我們都清楚吧？」

熾信深吸口氣。

「我同意得再行觀察，至少，先了解他們與雪地守護靈之間的關係。」皇刃做出結論：「這並非第一次有其他文明前來拜訪，我們已有過慘痛的經驗。三年前的事若重蹈覆轍，是所有人不願看見的。」

眾人低聲附議，頻頻點頭。

——那群來自歐洲大陸的使者，熾信心想。空中的魔導士。導致霞奈殘疾的原因。

他在日痕山西岸的沿海地段找到瓦伊特蒙的長老。名為凡爾薩和費奇努茲的兩名奔靈者陪同在旁，幾位使者正帶著他們參觀溫泉區。

「你們不僅浴池，連房子的外牆都圍了那種孔狀的石頭？」雨寒長老環視後方的平房，上方是毫無光澤的粗糙灰岩。

「是的，那些是浮岩，從日痕山內部挖出的，有良好的隔熱作用。」熾信回道。

「在瓦伊特蒙，我們也有一個洞穴專門做公共澡堂呢，」雨寒長老看著工整的石陣。它們切開沿岸的暖洋，並封住從日痕山側邊湧出的熱泉。「但我們沒有像你們這樣的規模。如果……我的子民也能來感受一下，即使只是泡泡腳，應該也會有家鄉的感覺。」她的面孔閃現一絲愁容。

「啊……嗯。」熾信點頭。「我先帶你們回外領地吧。」

他們繞過日痕山的南方，看著天空一如既往地落下塵埃般的灰雪。最初遇見這群人，熾信的腦中便浮現某種直覺……霞奈因為事故整隻右腳遭削開，即使舊傷已復合，她仍行走困難，亦無法遠行。那已是三年前的事。

織信思索著，若能從這些人身上學會奔靈的方法，或許……或許霞奈可以再次在雪地像正常人一樣……

「長老，你們說過，奔靈者將守護靈封入魂木製成的長板之中，便能透過意識操控它，載著人移動是嗎？」

「對的，人們首先得獨自前往雪地尋找屬於自己的雪靈。」年輕的女長老回道：「再經由一種稱為『束靈』的儀式把人類的魂魄與雪靈相繫。」

「啊，舞刀使亦然，每人得獨自找到專屬的靈體，並為守護靈命名。但我們沒有所謂的束靈儀式。」織信回道：「我們有一批『繪銀師』，他們運用煉金廳堂製作的液態銀，灌注到舞刀使的皮膚底下。它會帶來劇疼，卻是必要的過程。身上有銀紋的人親自接觸到守護靈那一刻，魂魄便與其交合。」

瓦伊特蒙三人的神情都顯詫異。「完全不需要任何形式的束靈儀式？」名為費奇努茲的男人說：「或許我們也該學學怎麼做。唯一能進行儀式的縛靈師已死，我們擔心再也無人能成為奔靈者。」

織信聞言心中一沉。如此一來，便無法央求他們幫助霞奈了……但他仍沉穩地做出表達：「抱歉聽到這樣的事情，我……能理解你們的傷痛。或許之後——」

「啊！織信，原來你在這裡！」子藤語氣急切地跑來。他站定身子，朝雨寒長老等三人點頭示禮，蒼促地說：「你們聽說了吧？有名怪異的女子出現在外領地。」

「是的，怎麼了？」織信問道。

「這……沒人知道她怎麼躲避所有人的耳目，但她似乎已潛入內領地。」

熾信側目，忽然留意到女長老和總隊長費奇努茲交換了不安的視線。熾信詢問子藤：「有沒有派人追去？未清楚對方目的之前，還是得先禮遇——」

「幾位舞刀使找到她，卻莫名受了傷。有人最候一次看到那女子，她正朝日痕山的山口走去。」

霞奈也在那附近。「我立刻就過去。」熾信說。

「還有一件事，」子藤看了一眼賓客，躊躇一陣才開口：「有些瓦伊特蒙的奔靈者，似乎想帶兵器闖入內領地，去追蹤那女子。因幡帶著一票人在鳥居廊道前擋住了他們……」

「費奇努茲，你快去看一下怎麼回事。」雨寒長老立刻對他說：「無論如何，先安撫好我們的人，別讓他們鬧事。」

子藤帶著身穿紅褐色披風的奔靈者抄捷徑往山下走，熾信則帶著雨寒及凡爾薩由另一條道路繞過山脊，前往日痕山口勘察那件奇怪的事。他們沿途碰到幾位舞刀使，同樣在尋找那名未經許可便潛入禁足之地的入侵者。

他們隨著蜿蜒的步道持續向上爬，來到山坡南面的時候，熾信眺望山腳下，發現陸橋之地果真聚集了許多身影；拿著長板的遠方賓客和手持長刀的武士形成對峙的陣營。

瓦伊特蒙的女長老撞見，不可置信地說：「這太荒謬了。怎麼會演變成這樣？」她似乎這才了解情況的嚴重性，急切地說：「我得下去一趟，凡爾薩你留下——啊！」雨寒睜大眼，看向西邊。

熾信也看見了。陰暗的天空下，有個灰色長髮，披著白毛的身軀疾速消失在山脊彼方。他們立刻追趕過去。

「那身影……不對……」雨寒喘著氣，跟在熾信身旁。

他們在木樁之地找到那名女子。

幾根繫著花色緞帶的木樁倒塌在雪裡。那些柱子全由堅實的靈木所製，熾信卻親眼看見當那女子伸手晃過，木樁便「啪」地一聲斷裂。她正以漸冉的步調朝著火山口走去。

忽然間，熾信瞥見妹妹的身影出現在某根柱子旁。她悲痛地環視遭破壞的聖潔之地。

霞奈跛著腳，似乎想攔截那名女入侵者。

「霞奈，別接近她——」熾信從左後肩壓過刀柄，架起黑色長刀，轉向那女人吼道：「站住！這裡是祭祀神靈的聖地！妳完全越界了！」

雨寒長老也朝她吶喊，快速攀上雪坡。「妳是誰!?回過頭來！」

淡灰長髮在烏麾底下飄揚，女人高眺柔美的身影轉了過來。雨寒和凡爾薩同時一怔，停下了腳步。

熾信不確定他們看見什麼，張望片刻。「怎麼……怎麼回事？是否為你們認識的人？」

雨寒愣在原地，無法回答。

凡爾薩睜著眼好幾秒，才說出一個熾信不曾聽過的名字：「……陀文莎？」

EPISODE 38《漭霜》

所有人都看見陽光消失了。

防守建物入口的各個據點都遭突破，人們不停沿著一層層平台向上逃，爬出破碎的窗架來到樓頂。陰灰天空下，瀑布激起的水氣成為橫掃眼前的細雨。他們的位置並不算高，卻足以窺視到高原上的冰脊塔的局部輪廓，以及與它重疊的金色光束。

「撐下去！艾伊思塔很快就會解決敵人的本體！」幾隻狩的硬雪身軀正蹣跚地從窗架推擠出來，俊指揮一整排奔靈者上前抵擋，兵器帶著虹光斬擊。千道瀑布像浩瀚的幕簾覆蓋視野，毫不間歇的轟隆聲衝擊聽覺。

有居民尖叫，俊看過去，發現有冰爪出現在建物某一側的圍欄之外。屍白色的軀幹冒了出來。他和幾位奔靈者立刻滑去刺殺那隻狩，卻望見底下的牆面還站了數十頭，朝他們挪動過來。

帕爾米斯衝來，單腳踏上牆緣，三箭齊發。他的攻擊具備超群的穿透力，接連打穿狩的胸口，一次攻擊毀滅了八隻魔物。然而底下狩軍密布，不斷從周圍的冰雪地集中過來。

艾伊思塔，妳在做什麼？……白髮的奔靈者望向高原，赫然發現恆光之劍消失了。

居民們也注意到這景象，面懷恐懼盯著遠方，啞然失聲。好一陣子過去，陽光依然沒有重現。天空被厚重的雲層密封，狂風與上萬頭魔物齊聲嘶吼。

「啊！看吶！」有人指向高原。

「冰脊塔垮掉了！」人們驚訝地摀起嘴。

遠方那抹陰沉的倩影從中央崩塌，逐漸消失在高原天際線的後方。她真的辦到了……俊深吸口氣。

視線一角，龐然大物般的觸手在諸多高樓之間緩緩挪動，周圍的冰地因牠的重量不斷破裂，又神奇地迅速結凍，成為凹凸不平的冰藍異域。湯加若亞的身影出現在牠背上，張開虹光盾擋下甩來的鞭刺，沿著牠的表面疾馳朝建物頂端躍來。

他落在俊的身旁，在地上翻滾數圈。「——艾伊思塔成功了！」湯加若亞喊道。

兩旁的圍欄冒出更多狩，有奔靈者閃避不及，身軀被利爪打穿。還有隻巨大的狩單手抓住一名奔靈者，把他猛然刷過胸前的銳齒。那名戰士被巨狩拋開，落在驚叫的居民當中，成了雙腳抽搐血肉模糊的一灘東西，眼睛和口鼻全糊在一起。

這怎麼回事?俊怔住。

戰士們分身乏術，蒼白身影彷彿又多了一倍，從四周爬上來。有隻狩突破防線，揮掌刮過一排居民的臉，讓他們的鮮血噴濺彼此身上。俊立即讓虹光之燕劃開那頭狩的軀體，滑過去以長槍閃擊，使其綻裂。

這到底怎麼回事……?俊環視身邊的戰況。狩群並未消散，更沒有撤退的跡象。

「總隊長！敵人……敵人數量越來——呃！」奔靈者的胸膛被削開，跪了下來。他的同伴替補上空缺的位置。然而魔物激增包圍而來，防線拉得鬆散，被逼得隨時可能潰堤。

「總隊長——！」

白髮奔靈者僵著表情，思緒空白。「難道……」難道是我錯估了情況？冰脊塔……和這些狩並無關聯！

俊再度望向高地，依然沒有恆光之劍的蹤影。如此一來，莫非艾伊思塔也已經……

冰雪天空下，千萬狩群大軍充斥舊世界的建築之間。人類站立的樓房就像藍光海洋之中的孤島，完全孤立無緣。巨大觸手鼓動表面的噁心紋理，繞著他們緩緩蠕動。遠處可見更多觸手般的暗影，盤天捲動著雲霧。

「總隊長！該怎麼辦!?」有人咆哮，有人哀號。俊呆立在原地，腦子全慌了。握著長槍的手在顫抖，眼底盡是恐懼，無法反應。

「別……別停下動作，對抗他們！」俊擠出幾個無力的字，扭頭看著樓頂混亂的攻防。冰冷空氣中，唯一的溫度來自長槍的握柄。他試著重拾戰士的本能，明白事到如今除了抵抗至死，別無它法。他驅板滑過幾層積雪的圍欄，光燕略過左肩，和槍刃交錯劈開魔物。俊猛然抬頭——

看見一條巨型觸手的尾鞭甩落。牠重擊建物一角，砰然壓陷出龐大的凹洞。不少居民被榨成肉泥，血漿像是爆開的濕潤果實，灑得相鄰的人群渾身。有人驚叫著滾落底下，也有人被各處攀爬上來的魔物圍困。

俊試著起身，全身肌肉疼痛至極，傷口不斷出血，卻仍舞動槍刃想抵擋眼前的狩。他忽然發現雙腳不聽使喚，手也握不住兵器，揮擊時長槍被拋了出去。在他身旁的奔靈者接連倒下，武器落在染血的白雪中。有人摀著肩傷，有人壓住斷腿，痛苦的叫聲彌漫四方。泰鳩爾、牧拉瑪，都因體力不支而倒地。

有居民發出嚎叫——

俊聽不清楚他們在喊些什麼，只看見有人拾起他的長槍。那居民把彩光絢染的槍刃向前刺，直直插入狩的腹部。狩爪削掉他半個腦袋，另一位婦女卻接上他的腳步，拿起長槍再往前壓。更多居民持著兵器，捲動彩光，紛紛刺入那魔物的身軀……直到牠爆裂開來。

面帶三道傷疤的男人帶著一批居民，擋在敵人的前方。

「增強你們雪靈的範圍！」他們回頭對奔靈者喊。

有些戰士似乎意識到該怎麼做，他們跪坐在雪裡，棲靈板散放出極限的虹光，一瞬間便橫掃過一整排居民手中的武器。俊咬著牙也照著做，讓潾霜化為稀薄的帷幔，在空氣中渲染開來。帕爾米斯和其他弓箭手也加入；他們的箭筒已空，只能將雪靈之力借助給眼前的人。

就這樣，數百位居民圍成堅實的防線，一個人倒下，有另一人接上他的腳步。他們一同推向前，就算鮮血四溢，總有下一個人拾起鍍銀兵器。「保護奔靈者！」有人吶喊：「擋住魔物！保護奔靈者！」

俊詫異地看著男男女女的身影湧入視線當中。

在身旁的尤里西恩已全身是傷，手臂鬆垂著動不了，然而他朝居民大叫：「你們……你們對抗不了狩的！」

某位居民滿臉恐懼，卻磨滅不了眼底的堅決。「你們不能死。你們得保護我的家人。」

另一個女人也回望過來，泛著淚說：「陽光消失了。這世界上，你們的雪靈就是僅存的『光』——」

一頭狩裂開胸口的獠牙，憤怒地藍光四射，發出沉重的低吼。面帶三道傷疤的男子拿著短矛與牠纏鬥。狩的雙臂猛然刺來，十二道利刃般的爪子沉入他的身體，慢慢向外撥。男子四肢抖動，口中滿是血泡，頭無力地向後仰。兩旁的居民見到這駭人的情景，全驚慌地後退。

「……別退……縮……」他抬起頭，面對整圈盤動的獠牙。「……拿起武器戰鬥。讓那些怪物知道我們數百人……都有雪靈的幫助。讓牠們看清楚──我們全都是奔靈者！」

人們發出戰號，湧向前去。男子死去，鬆開了手，但兵器落地前已有人接過。

俊壓緊左肩，撐起身子。許多奔靈者也挺起傷勢滿布的身軀，用盡全力散放雪靈之力。

「我們還沒滅亡……」尤里西恩吶喊：「人類還沒滅亡！」

能作戰的居民保護著釋放彩光的奔靈者，他們一同圍成虹光瀰漫的光壁，守護中央的老弱婦孺。弓箭隊運用天生強大的抗縛性和靈體分散性傳送出一波波彩光，成了防守之牆的樞紐。魔物發狂搬地宰殺人群，但那些沒有鍍銀武器的居民也蜂湧而上，運用鐵鍬、砌刀，任何可握在手的工具一點一滴敲開硬雪凝成的狩體，再讓手持虹光兵器的人斬斷裡頭的藍冰髓。

一聲巨響晃動周圍。俊瞥見後方某幢大樓傾塌了，它的底座彷彿遭黑色火燄侵蝕殆盡──烏煙般的黑芒分解了鋼鐵和牆墩，迅速膨脹，啃蝕接觸到的一切。巨型觸手也受到波及，瘋狂地想閃避，表面一大半卻猶如灑上了黑墨，融化開來。

一層層冰晶紋理褪去，露出裡頭的紫光脈絡。黑芒貪婪地覆蓋上去。牠撕裂了，像洩了氣似地癱軟，顏色迅速轉暗。緊接著，樓頂一整群狩同時爆為雪塵。然後又一波，再一波──居民前方的魔物數量瞬間減少一半。

俊感覺自己心跳在加速，突然腳下的地板歪斜了。他看見底下的湖泊盡是鞭刺般的莖痕，遠方還有更多龐大的觸手半浮於水面。他們的建物似乎也受到黑芒波及，在搖晃中崩裂。殘存的魔物持續襲來，更多蒼白的狩身攀上人們所在的樓頂。

莉比絲驚叫一聲，被狩爪往旁彈開。她脫離了棲靈板，身子朝建物角落的凹陷處滾下去，在碎裂的樓層間想抓住什麼，卻止不住。

俊動身滑去，隨手撈過建築物上的某根細管線，纏繞腰部打了結。他騰空躍出，千鈞一髮之際抓住她的衣裳。帕爾米斯已趕到，在後方拉住管線，撐住他們的身子。俊載著莉比絲，在裂縫滿布的牆道間向上奔跳，將她送離崖邊。

砰磅——建物再次搖晃，俊腳下的地板崩裂開來。

「俊！」帕爾米斯拉緊那根管線。俊感到腰部一縮，疼痛感震動脊椎，他就這麼懸掛在傾斜的建物旁。石塊和鋼鐵落入底下的湖中，數百道莖痕在水面晃動，懷抱殺意在等待。

「別放手！莉比絲，快叫其他奔靈者——」帕爾米斯正想轉頭叫喊，卻發現魔物已從四周包圍他。莉比絲拿著毫無用處的長弓，徬徨地張望。

帕爾米斯凝望過來，和俊的眸子相接片刻。「再撐一會兒，我會想辦法……」

俊睜大白色的眼珠子，看了一眼靴底的棲靈板。虹光燕子飛射出來，在空中拉開弧形軌跡，展開利刃般的羽翼。

俊蹬開雙腿，以板子抵住牆面，拉緊管線。他和帕爾米斯最後一次對視，微微點頭。

燕子劃開一道彩影，切斷繩索。

EPISODE 39《宇蝕》

彩光像片方形的屏障，延著四面牆角壓制住門扉。昏暗的色澤緩緩流轉，撞擊聲接連不斷。

亞閻盤腿坐地，背靠薄光覆蓋的門。他和韓德兩人所處的地方是個密封的廊道，彼端原本該通往某處，卻在百年間遭冰雪堵塞。

隨著外頭每次撞擊，亞閻感受到雪靈的狀況變得更加不穩定。「宇蝕，維持這模樣——別浮躁。」

每位奔靈者都視其雪靈的「真名」為最須嚴格把關的祕密，因為喚出真名即能使喚那人的雪靈。但亞閻觀望韓德的模樣，知道他不會對自己造成威脅。這不僅因為韓德無法說話……

弓箭手的腹部淌血，金屬殼製的口罩底下傳出粗重的喘息聲。他唯一的長弓兵器已斷為兩截。

沒有癒師協助，他活不了多久了……亞閻沒說什麼。這是雪地的常態，沒什麼大不了。

亞閻明白自己的情況也好不到哪去，痙攣的肌肉，裂凍的皮膚，雪靈的力量正在慢慢流逝。他們聯手幹掉三條巨型觸手，卻發現湖底不斷冒出更多。接著兩人被追殺到某幢建築物內的躲避之處，現在門的外頭塞滿了魔物。就算自己一人，要活著離開的機率也很渺茫。

但他得想出辦法……至少，得見到艾伊思塔最後一面。

自從她步入亞闇的人生，他才明白什麼是寧靜。不知何時開始，看著她微笑的模樣，他會感到安定，看見她宣洩情緒的樣子也是。她生氣的模樣，哭泣的模樣，開心的模樣，哀傷的模樣——都能使他沒來由地心裡安定下來。艾伊思塔的存在，讓不停扯動亞闇心緒的暗靈也靜了下來。

是那雙碧綠色眼眸讓他的世界恢復了平衡。因此他想保護她的純粹。

當然唯一的例外，是當她打從心底瞧不起他，就像那次她責罵亞闇是頭無心的野獸。他確實順從了，開始嘗試與其他奔靈者合作，明知後果會如自己預期，比單獨作戰的結果更糟。

「沒想到死前最後一刻，竟然會跟你這傢伙在一起。」亞闇看著韓德，笑了笑。

韓德虛弱地回望，沒有吭聲。

「啊，」亞闇猛然起身，離開棲靈板和封門的虹光。「宇蝕，堅持下去。」然後他蹲在發不出聲的戰友面前，試著以最誠懇的口吻說：「吶，我很感激你之前救了我一命。但我有個非常重要的人得見，還不能死在這兒。你應該能了解吧？」

韓德盯著他，眼皮沉重地眨動。

「而且，與其我們兩個一起死，不如你自己死，你說是吧？」亞闇說：「我得試著殺出一條路回到她身邊。但願我不會太遲……不會只剩下屠殺過後的殘跡。」他猛然起身。「那麼我們在此告別了，可以嗎？」

韓德微微點頭。鐵門一次次遭抨擊，外頭是千百頭魔物的嘶吼。

亞闇走到門前，單腳撈回棲靈板，並抽出雙劍，舒展手臂肌肉。他停頓了數秒，輕嘆口氣。然後他再次回到韓德面前。「別說我對你不夠好。」亞閻把左手的鍍銀長劍放到韓德手中，幫他握住劍柄。

然後他喚回宇蝕——虹光像是蠕動的煙絲流回板中，並點亮刀鋒。下一刻，鐵門一聲巨響彈了開來。他衝向前，迴身以單刀快速而炫亮地斬殺魔物。

蒼白的身軀擠滿長廊，亞閻劈開一條雪塵飛散的路徑。他瞥了眼身後，看見魔物湧入韓德所在的地方。亞閻集中精神對抗前方的狩群，闖出廊道來到一個稍顯寬闊的地方。然而視線中的魔物有增無減，他以長劍橫砍、斜劈、刺擊，擺腰再橫砍，再度橫砍，闖出魔物堆擠而成的白色碉堡。

單劍多出的重量給右臂負重，打亂身體和棲靈板之間的細膩平衡，他只能吃力地嘗試突進。那似乎不再重要了，因為前方都是狩群，根本無法行動。他確定自己無法闖出這裡。

好頭狩同時張開撕裂的大口，貪婪的藍光齒圈一一撥開，然後瞬間爆裂。

數秒間，所有魔物化為雪沫，灑了一地冰屑。

亞閻以手遮擋雙眼，不確定發生了什麼事。前一刻依然充斥狩軍的建物內部，現在成為空蕩蕩的積雪之地。他滑過幾個彎道，離開所在的樓層來到一片露台。

他被眼前的景象麻痺腦門，無法思考究竟怎麼回事。雙腳也像被凝結，動也動不了。

遺跡城市裡的千萬狩群如今少了一大半，分散各處的龐大觸手瘋狂擺動，表面覆蓋一層金銅色的光。魔物掙扎不出片刻，便爆裂開來，成為飛散的淡金色雪花。

一直以來，亞閻認為恆光之劍是這輩子唯一見證的奇跡……直到他抬起頭。

空中有個巨大的缺口，從高地漫延過來——

雲層慢慢旋繞，慢慢化開。潔淨的光波以傾斜的角度灑入世間，點亮一幢幢樓房，點亮凍結的湖面，點亮亞閻的周圍。溫暖的觸感掃過臉龐。遺跡不再是暗沉淤滯的死白，傾刻間已被濃烈的白金光芒給籠罩。瀑布飄來陣陣水氣，閃爍著金色的氣息。

千萬魔物消散的速度和疾風吹拂的速度相當。殘餘的巨型觸手聽從了命運，全都沉寂下來。牠們的表面結為金色的殼，然後無聲地崩解，飄散而去。冰層底下可見有藍光在潛逃，幽幽地從湖底消失。

天空的洞持續擴大，四溢的金光和雲層邊緣的鉛灰色呈現極端反差。亞閻睜著眼，感受周圍的一切正在改變；吸入肺中的空氣少了一點寒冷，掃過肌膚的水氣多了一點暖意，這座遠古城市像被下了咒語，回歸到早被遺忘的靜謐。

在亞閻的眼前，由無數建築勾勒出來的遺跡天際線，被熾熱的白光燃得刺眼。

EPISODE 40《瀲芒》

灰髮的女人裹著長長的羊駝毛披風，裡頭是蒼白的胴體。她沒有任何表情，眼珠像染上一層白墨。在她四周的一圈雪地，波紋狀的雪波不祥地浮動。

「她究竟是誰？」熾信手握細長的黑刀，急迫地問道。

「縛靈……縛靈師，」瓦伊特蒙的女長老不可思議地說：「但她應該已經死去，我們親手埋葬了她……」

熾信直覺事情不對勁，立刻朝妹妹喊：「霞奈，別過去！退過來我這裡——」

波紋鼓動，揚起漫天雪塵。待熾信看清楚時，女子已從原來的位置消失。

她出現在他們中央。

「**凡……**」她露出痛苦的神情，但頃刻之間面孔已轉變，像被看不見的手硬生生扭回毫無表情的模樣。「**重靈之軀，為一切禍根。你們打亂淨化的意念，但僅此為止。**」她直視年輕的女長老，伸出纖細的手指，尖端是冰藍色的指甲。雨寒滿臉恐慌，愣得說不出話。「**已注定，你們全都得死。**」

熾信走過去，來到女子身後。「未經許可，這裡不是妳該——」那女人猛然向後揮手，指尖劃過他的咽喉。

他聽見霞奈尖叫，雨寒也發出驚嘆。

熾信皺起眉，想喘氣，卻發現呼吸變得緊縮。他觸摸自己的頸子，手上滿是鮮血。

「妳……」他的頭部開始暈眩，視線迅速模糊，但他依然緊握長刀。

滑潤的血液讓他費盡氣力才能握住刀柄，腳步卻已不穩。他朝那女人踏出一步。

又一道利爪揮過，切下熾信的頭。

緊握長刀的手臂和頭部一同滾落，灑了滿地鮮紅。稠濃的血泡在雪泥中湧動。血液的溫度換來一陣暖煙。

灰髮女人周圍的雪地破開，好幾道冰藍色的荊棘冒出，繞著她盤轉。她的指甲慢慢變長，像是細銳的錐刺。

霞奈想跑過來，卻在雪中跌倒。她扶著坍塌的木樁，半坐半滑地來到兄長的屍體旁。

原屬宿主的意識漸漸消失了……

從無頭屍體背上的銀紋開始，虹光飄晃出來，猶如煙絲沒入空氣中。霞奈抱緊屍體放聲哭泣。「哥哥……哥哥……」

忽然她看見柔弱無力的虹光絲，正隨風逝去。

「不……瀲芒！」她哭著喊道：「留下來！瀲芒！」

守護靈彷彿重新有了意志，扭轉回來，在她和兄長的屍體周圍飄晃半晌。霞奈望著彩光盤旋，不知該怎麼做。但漸漸地，守護靈卻像找到歸屬，沒入在她身旁的魂木樁柱。

灰髮的女人朝著霞奈不認識的兩位外地人走去。他們頻頻後退，臉上盡是恐懼。雪地的鼓動程度加劇，數圈冰藍荊棘攪動著白雪，像座隆起物把那女人拱起來。

霞奈看得出神，不知該怎麼反應。
下一刻，白毛披風從那女人的身上落下。
「啊……」霞奈看見她的背部，驚訝得說不出話。

EPISODE 41《絢痕》

居民爬下傾斜的建物，集中在鼓起的厚冰上。水流沖刷四處，比之前更加洶湧。

人們所站的冰層表面盡是乾扁、暗沉的紋理。更遠處也可看見許多那樣的東西，有些覆蓋著凝固的冰，有些淹沒於川流底下；無數個之前活躍的巨型觸手，如今已成了枯竭的殘跡，牠們就像碎裂的巨網，充斥城市遺跡各處。

琴手持帆布綑包的長板，倉促地回到人群當中。銀珠般的眸子瞥視周圍，似乎沒什麼人注意到她——她忽然止步。

在一堆殘骸瓦礫之間，有個男孩直愣愣地盯著她。他穿著學者的服裝，琴有印象他一直跟在領軍的奔靈者身旁。

難道……難道他看見了？琴緊張地低下頭，三步併兩步鑽入人群裡。

她看見有人在包紮傷者，也有人在瓦礫和殘冰之間尋找生還者。一些擁有治癒能力的奔靈者則放出綠色光波，安撫群眾。黑髮少女走在居民的身影之間，聽見人們的啜泣聲，也看見有人跪著朝天讚頌。金色光芒改變了世界的色彩，將一切染上躍動的光影。

遺跡上方的天空是一圈穩固的缺口，無瑕的淡藍色晴空，或許綿延數千里。人們議論紛紛，難以置信。天空不再給人淤積的窒息感，仰望時，有種莫名遼闊的生息，就連琴也覺得呼吸的感覺變得不同。但在視野盡頭，陰灰色的雲層依然像一圈鋼鐵邊界，框限住藍天。

而西邊高原的一部分，因為某種不知名的理由而崩陷。瀑布的數量減少一半，水流激增似地橫掃遺跡。琴停下腳步，看見湯姆斯跪在冰地上，瞌著頭祈禱。琴知道這位遠親……或許是自己唯一剩下的親人。

他看見她，瞪大紅腫的眼。然後他伸手抹抹臉，起身走來。

「妳……妳去了哪裡？」湯姆斯瞄向她手中的帆布。「妳帶著那做什麼？不過是一塊木頭……還是原來……妳企圖逃跑嗎？」

黑髮的女孩沒有回話。

「妳的姑姑們全死了……」淚水從男人眼角流落。「怪物攻擊我們，我們站的樓頂也塌了，妳都有看見嗎？」

琴的目光略過湯姆斯，盯向他身後的天空。湯姆斯哽咽起來，憤怒地說：「為什麼死了那麼多人，就妳沒事……？妳回答呀！」

當琴依舊一語不發，湯姆斯舉起手掌。「妳——妳給我開口！」

有人抓住他的手腕。

亞闍的臉上滿是血痕，腰間掛著兩柄長劍。他的眼神充滿殺氣，嚇著了湯姆斯。「琴，」他拋下目瞪口呆的男人，將少女拉到一旁。「妳有看見艾伊思塔嗎？妳應該知道引光使。」

琴思索片刻，然後搖頭。亞闍數個月來一直教導自己如何控制「暗靈」，現在他的神情極度凝重，和之前幾次見面時完全不同。「是嗎……？」亞闍掃視周圍的人群，目光黯淡。

「太好了，你還活著。」有名頸上掛著防風鏡的奔靈者走來。

「牧拉瑪。」亞閣看向他。

「我有幾件……不太好的消息得告訴你。」

「等等……」亞閣舉起手打斷他的話，莞爾一笑，似乎在調節自己的呼吸。「你得先三思，再說出下句話。」亞閣尖銳地盯著對方，笑容變得僵硬。「否則就算你沒死在我劍下，不能保證我的雪靈會做出什麼事。」

名為牧拉瑪的男子沉默了數秒。亞閣忽然眨了眨雙眼，看向一旁，彷彿在聆聽什麼。

然後琴也聽見了……某種逐漸接近的聲響。人們一個個抬起頭。

她跟著人們的視線扭頭望去。

「那是……那是什麼？」

「陽光庇祐…………」居民的嘴張得老大。

接連面對難以想像的魔物以及歸來的陽光，人們試圖想掌控好情緒，去理解這一連串發生的事。然而此刻他們露出了更加震懾的神情，再也控制不了本能地驚呼。很明顯地，無人敢相信眼前的情景。

一座巨大的冰山懸浮於半空，體積大過任何塔樓。在它兩側，數道瀑布被某種光暈籠罩，流落下來化為閃耀的水霧。那樣的冰山共有三座，正緩緩經過遺跡上方。

冰山邊緣，出現一群人的身影。

EPISODE 42《離焱》

陀文莎一步步走向凡爾薩和雨寒，藍色荊棘盤繞在她腳邊，混著白雪不停滑動。隆起的雪塊像有意識的有機體，逐步吞蝕掉她裸露的肌膚。

凡爾薩全身僵硬，不可思議地盯著灰髮女人。她真的是陀文莎嗎……？

那聲音聽來確實像是縛靈師，卻也像空寂冰域中的天然回音，彷彿她從喉嚨到臟腑全塞滿了攪動的碎冰。「**原來的打算，便是讓她跟隨你們，進入此地難以攻克的陣營……妳竟然摧毀她的本尊之軀，令這身軀支撐不下。**」那雙白墨般的瞳孔鎖住了雨寒。女孩搖著頭，蒼促地後退。

「**無懼火燄，是遲早的……凡爾……快帶她走……**」陀文莎的臉像要哭了出來，緊閉起眼。片刻之後再度睜開，已然恢復冷酷的神情。「**現在你們沒了她，已無辦法。重靈劫掠輕靈之生存。接下來，所有文明殘地，我將誅滅。**」

凡爾薩驚訝地看見有東西從陀文莎的背後不斷裂出——那是她的脊骨。一節節骨頭從內部透出了藍光，然後她的體內又衍生出三條晃動的荊棘，和急速盤繞在身邊的束狀冰棘相互交繞。硬雪正迅速遮蔽她的胴體。

突然一聲裂響，陀文莎的四肢分開。眾人發出驚駭之聲。高聳的雪墩中央撕裂一道陰暗的光芒，好幾排利齒冒出，飢渴地蠕動。

凡爾薩仰首，看著眼前的生物越挺越高。牠的正中央是道狹長的縫，一層層冰齒從外向內延伸，裡頭是激烈浮動的藍光。那看似嘴巴，又像巨型眼珠，或者女體下陰的垂直縫口，頂端懸掛著陀文莎的腦袋。

她正睥視著凡爾薩。而在陀文莎面孔的兩旁像觸角般高掛的，是她蒼白的雙腿。

那詭異的形態已不像人。她的手臂在接近地面之處，從魔物的腹部伸出來，長如刀刃的冰藍指甲刮弄著白雪。更往後的地方是硬雪凝成的一雙巨大狩臂，各有六道巨型冰爪擱在雪地中，彷彿支撐著魔物的軀體。

牠的背部披滿好幾束冰棘，延伸為一圈圈的保護網，朝著不同方向甩動。

陀文莎分裂的肢體竟然沒有流出一滴血。

這一刻，凡爾薩才恍然大悟。他怔住神情，對陀文莎說：「當初妳觸碰了冰脊塔後，告訴我們要往北方尋找殘存的人類……」他的喉間一陣乾澀。「原來那時，妳就不是妳了……」

從古至今的縛靈師或許懂得探知雪地的靈氣，但從未有人可以探知「人類」聚集在何處——那是魔物的專長。換言之，在那時候陀文莎就已被魔物附體，才有辦法帶著他們找到舞刀使的文明。

她早已死亡。世間已不存在任何縛靈師。

遠方的山腳下出現更多舞刀使的身影，他們紛紛抽出長刀，從雪地奔跑過來。或許五分鐘內可以趕到。而在魔物後方，有個女孩依著一根木椿，冰藍荊棘在她周圍旋繞。

「雨寒，帶著那女孩走，離開這裡。」凡爾薩對長老說。他們兩人手無寸鐵，連棲靈板也不在身旁。很明顯，眼前的魔物任何一個舉動，都能瞬間置他們全部於死地。凡爾薩必須設法拖延時間，在舞刀使趕到之前，阻止魔物攻擊兩個雨寒和那女孩。他貿然向魔物走近一步，問出腦中僅存的問題：「如果陀文莎已死，那麼妳……到底是誰？」

厚重的鉛灰天空下，魔物挺起身軀，陀文莎的面孔發出幾聲無法辯識的呢喃，然後停頓片刻。

「——————**『白島』**。」

EPILOGUE《終幕》

亞細亞大陸，舊世界遺跡之地，慘烈的戰役結束之後，瓦伊特蒙的生還者踏上了浮空的冰山，被帶往世界的彼端。

冰脊塔毀滅後，千流瀑布後方的高原中央崩解出一道深谷。水流匯集起來，形成蜿蜒的力，把那深谷越沖越深，拆卸它本來的模樣。雪塊和藍冰被帶到崖邊，隨著奔騰的水流滾滾而去，在潰堤中形成白浪。

沉浮之間，寒冷的感覺不再，空氣聞起來也有些不同。熟悉的感知全都褪去，替換成魂魄深處莫名空寂的靈感。

有點兒像是……想回憶幼年時光，追想時卻擺脫不了的距離感；又像沉入時間停滯的密封盒子裡。

遠古的氣息瀰漫在意識中，猶如睜眼盯著深海底下的無光帶，卻能睇見一朵朵光塵。那些光塵化為氣泡，彷彿萬千個積聚的微小震動，在等待著被找到，等待著破繭而出。

否則，只有沉眠。

綿延不盡的皚白巒山間，飄忽不定的絲綢霙霏中，某些地方集聚了更多的鳴動，彷彿它們本能地想學習初始的波動般去發出啼鳴。

因此聽見了。因此被牽引而來。

周圍的雪地冒出彩影，先是含蓄的色彩，再化為一波波捲動的氣泡。它們是充滿野性的靈體，尚不明白自己的歸屬，卻莫名凝聚，圍繞著黑晶色的項鍊盤轉，猶如遠古天體在運行。

綠髮少女靜靜躺在雪地裡，流水優柔地從旁順撫，彷彿在為她釀成一個龕座。

數小時間，世界逐漸變暗，成千上萬的光點卻不斷飄來，形成一股泛濫的洪流沒入體內。一點一滴，一點一滴，傷口漸漸合併，漸漸復原，直到她睜開了碧綠色的雙眼，無神地凝望著深藍天際。

「……我在哪裡？」

《第二冊　完》

奇炫館

白色世紀2

作者／余卓軒　　封面插圖／盧東彪
榮譽發行人／黃鎮隆　　總經理／陳君平
協理／洪琇菁　　國際版權／黃令歡
執行編輯／呂尚燁　　美術主編／陳聖義
企劃宣傳／楊玉如、洪國瑋
出版／城邦文化事業股份有限公司　尖端出版
台北市中山區民生東路二段一四一號十樓
電話：（〇二）二五〇〇七六〇〇　傳真：（〇二）二五〇〇二六八三
E-mail：7novels@mail2.spp.com.tw
發行／英屬蓋曼群島商家庭傳媒股份有限公司城邦分公司　尖端出版
台北市中山區民生東路二段一四一號十樓
電話：（〇二）二五〇〇—七六〇〇（代表號）
傳真：（〇二）二五〇〇—一九七九
中彰投以北經銷（含宜花東）／楨彥有限公司
電話：（〇二）八九一九—三三六九
傳真：（〇二）八九一四—五五二四
雲嘉經銷／威信圖書有限公司　嘉義公司
電話：（〇五）二三三—三八五二
傳真：（〇五）二三三—三八六三
客服專線：〇八〇〇—〇二八—〇二八
南部經銷／威信圖書有限公司　高雄公司
電話：（〇七）三七三—〇〇七九
傳真：（〇七）三七三—〇〇八七
香港總經銷／城邦（香港）出版集團有限公司
香港灣仔駱克道193號東超商業中心1樓
電話：（八五二）二五〇八—六二三一
傳真：（八五二）二五七八—九三三七
E-mail：hkcite@biznetvigator.com
馬新經銷／城邦（馬新）出版集團　Cite(M)Sdn.Bhd.
E-mail：Cite@cite.com.my
法律顧問／王子文律師　元禾法律事務所
台北市羅斯福路三段三十七號十五樓
二〇二一年十二月一版一刷

■中文版■

郵購注意事項：
1. 填妥劃撥單資料：帳號：50003021戶名：英屬蓋曼群島商家庭傳媒(股)公司城邦分公司。2. 通信欄內註明訂購書名與冊數。3. 劃撥金額低於500元，請加附掛號郵資50元。如劃撥日起 10～14日，仍未收到書時，請洽劃撥組。劃撥專線TEL：(03) 312-4212 ・ FAX：(03) 322-4621。E-mail：marketing@spp.com.tw

國家圖書館出版品預行編目資料

白色世紀 / 余卓軒作 .
--初版.　--臺北市：尖端出版, 2021.12
面 ; 公分. --(奇炫館)
譯自:
ISBN 978-626-316-185-6(第1冊 : 平裝). --
ISBN 978-626-316-186-3(第2冊 : 平裝). --
ISBN 978-626-316-187-0(第3冊 : 平裝)
863.57　　110016293